MEMORY HOUSE
记忆坊文化

明月听风 ~著

记忆的诡计

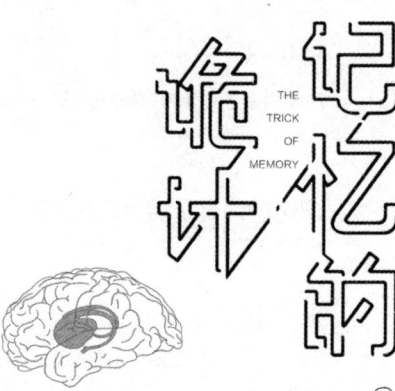

THE TRICK OF MEMORY

（全两册）上

长江出版社
CHANGJIANG PRESS

图书在版编目（CIP）数据

记忆的诡计 / 明月听风著. — 武汉：长江出版社，2024.5
ISBN 978-7-5492-9446-6

Ⅰ.①记… Ⅱ.①明… Ⅲ.①长篇小说—中国—当代
Ⅳ.①I247.5

中国国家版本馆CIP数据核字(2024)第087299号

记忆的诡计 / 明月听风 著
JIYI DE GUIJI

出　　版	长江出版社
	（武汉市解放大道1863号）
选题策划	张才日
市场发行	长江出版社发行部
网　　址	http://www.cjpress.cn
责任编辑	向丽晖
特约编辑	张才日
装帧设计	小贾设计
封面绘图	iiiis
版式设计	小贾设计
印　　刷	三河市国新印装有限公司
版　　次	2024年5月第1版
印　　次	2024年5月第1次印刷
开　　本	670mm×970mm　1/16
印　　张	39.5
字　　数	750千字
书　　号	ISBN 978-7-5492-9446-6
定　　价	86.00元（全两册）

版权所有 盗版必究（举报电话：027-82926804）
（如发现印装质量问题，请寄本社调换，电话027-82926804）

目录 CONTENTS

001 ... 第一章 ...... 开端

031 ... 第二章 ...... 交易

066 ... 第三章 ...... "社交达人"

098 ... 第四章 ...... 巧合

141 ... 第五章 ...... 交手

167 ... 第六章 ...... 迷雾

202 ... 第七章 ...... 107 个车牌号

239 ... 第八章 ...... 浮现

268 ... 第九章 ...... 失控

294 ... 第十章 ...... 约定

… 第一章

…… 开端

法庭。

全体肃立。

庭上正在宣判。

"经合议庭评议并经审判委员会讨论决定……被告范志远,故意杀人罪不成立……"

旁听席上受害者家属掩面痛哭。

审判词仍继续念着,受害者家属的哭声再也掩盖不住,妇人跳起来指着被告席大骂:"他是杀人凶手,杀人凶手,魔鬼,不能放过他,他得还我女儿的命!"

一旁的亲友含泪将妇人拉住,妇人号啕大哭,瘫软在座上。

被告席上的男人回过头来看了一眼大骂他的妇人,受害者家属们含泪怒目而视。被告面无表情,淡淡转回了头。

审判词已经宣读完毕。花白头发的女检察官一脸严肃地收拾文件夹,走向受害者家属。

妇人一把拉住检察官的衣袖:"陆检察官,陆检察官……"

陆萌安抚地点点头:"抗诉,进二审。还有机会的。"

"求求你,求求你,给我女儿一个公道……"妇人和家属泣不成声。

陆萌再度点头,她的目光看向旁听席的后方,那里有一个中年男人笔直地站着。

市局刑侦队支队长,关阳。

关阳与陆萌目光一碰，心照不宣。

抗诉，进入二审。

被告人范志远被押离法庭，他在侧门那儿也回头看，看到关阳也正望向他。范志远抿了抿嘴角，悄悄露出讥讽的笑容。

关阳盯着他看，直到他的身影在门后消失。

关阳板着脸，转身离开。

阳光洒进落地窗，映得茶几上的花束分外清新艳丽。

暖白色的房间布置得温馨舒适，沙发、书柜、地毯，像极了一个客厅。只是一旁的看诊台透露出这里是诊室。

一个看上去二十岁左右的年轻姑娘坐在沙发上，黑直发，大眼睛，皮肤白净得像是很少遇见阳光一般。她面无表情，抱着抱枕，看着窗外发呆。她额上的轻薄刘海被微风吹得轻拂眉梢，但她丝毫不动。

门口传来脚步声，一个头发花白、面目慈祥的中年医生拿着表单进来。沙发上的姑娘转头看，那医生对她和善笑笑："检查结果出来了，你恢复得很好，顾寒山。"

顾寒山站了起来，仍是没有表情："谢谢简教授。那我可以回去了吗？"

"可以。"简语坐回办公桌后头，打开电脑写电子病历。顾寒山站在桌边看着。简语很快写完，打印机嗒嗒地响，吐出一张诊断药单。

简语取下药单，熟练地在上面签字，一边签一边问："你阿姨最近还有骚扰你吗？"

"没有。"

简语抬眼，把药单递给顾寒山："如果有什么麻烦，你就给我打电话。"

"好的。"顾寒山应了，接过单子。

"最近有遇到什么特别的事吗？"

"没有。"顾寒山回应得冷淡。

简语对她的态度也不在意，只道："要按时吃药。"

"好的。"

简语看着她："那下个月见。"

"再见，简教授。"

顾寒山转身出去。她穿过笔直明亮的楼道，坐电梯下楼，出了楼门，迈入花园，一路往前。

简语站在诊室的落地窗前，看着她离开的身影。然后他拿出手机，再看了一遍手机上的信息。

"范志远一审无罪。"

简语皱着眉头，他调出通讯录，选择"关阳"的名字，拨了出去。

接通的"嘟嘟"声响了两次，对方接了。

"关队。"简语道，"我看到消息了。他就是凶手，不能将他放了，他出去肯定还会继续杀人的。还有什么是我能做的吗？"

鲜花摇曳，空气中隐隐飘散着花香。阳光灿烂，透过树叶在地上洒下斑驳美丽的影子。

顾寒山对美景无动于衷。

她把取好的药塞进了包里，快速穿过了医院花园。

十分钟后，她头也不回地走出了医院大门。

她身后，被擦得锃亮的医院招牌在阳光下分外醒目。

新阳精神疗养院。

新阳脑科学研究中心。

一个月后。

向衡走出萌心杂物铺，他身后的店里传出了激烈的争吵声。向衡替他们把店门关上，将声音掩在门后。

萌心杂物铺位于朝阳步行街。这里紧邻商务区，不远处是几栋商业办公楼，近旁有三个居民小区。五百米内有四个公交车站，还有个地铁站点。人流量大，交通便利。

向衡口袋里的手机响了。他拿出手机，一边走一边扫视周围。

今天天气很好。时近中午，路上行人不少。不远处的绿化小公园那头传来了笑闹声。

左前方的街边休闲椅上坐着一个年轻姑娘，看着二十岁左右的模样，白净清秀，披肩直发，浅蓝色薄外套，帆布包，小白鞋，像个大学生。她什么都没干，只是坐着。

她身后不远处有家长带着孩子在吹泡泡，还有几个年轻人在聊着天。

那姑娘安静冷淡的气质，与她周围的温馨热闹格格不入。而且这个年纪，闲下来没事干居然不刷手机。向衡下意识地多看了她两眼，然后接起了电话。

"你上班了？"电话那头是他母亲丁莹女士的大嗓门，"去了派出所？怎么回事，你跟你们支队吵几架能吵到被降职的程度？你之前不是说只是休假一段时间就好，怎么被降到派出所去了？"

"我不是降职，是调派，响应省里'下基层'的活动号召。我关系还在市局，警衔级别也没变。"

"行了，语文学得再好也掩盖不了被流放的事实。"丁莹很生气，"你这么好的人才，你们支队这么整你，他会后悔的。"

"嗯，他会后悔的。"向衡附和着。

"但是我怎么得从别人嘴里才能知道我儿子被调派派出所了？"丁莹继续生气。

"我自尊心受到了伤害，需要缓一缓，酝酿好了情绪和措辞才好跟你和爸说。这不，正打算给你打电话呢。"

"你少来。"丁莹丝毫没被蒙骗过去，"你都到派出所半个月了。你的情绪便秘吗，要酝酿这么久。"

向衡没说话，他看到有个年轻男子走近那个坐在长椅上的姑娘，还在长椅上坐了下来。向衡停下脚步，他听不见他们说话，但从面部表情和身体姿态看得出来，这两人不认识。

那男的在搭讪。

向衡观察着，想确认那女生是否需要帮助。

丁莹没听到儿子应声，心软了："算了算了。你现在适应得怎么样？"

向衡看到那个搭讪男子拿出手机，那位年轻姑娘也拿出手机，两人应该是加上了微信好友之类的。

"没什么要适应的。派出所的工作就那些。我是这里的菜鸟，开会、巡逻、警情处置，前辈让做什么我就做什么。"

丁莹护短之心激动了："什么菜鸟？我儿子不到三十就入选十佳刑警，立过两次二等功，是市局年纪最轻的重案组组长，升迁最快的优秀人才。"

"嗯，现在被流放了。"

丁莹噎了噎，声音小了下来，语重心长："那，你记得改改你的脾气。个性决定命运。"

"我的脾气个性受基因影响，怎么改？"向衡看了看那两人的交谈情况，觉得那姑娘应该没什么危险。只是太轻易跟陌生人交换联络方式这毛病得改，非常不安全。但这个他也管不了。

于是向衡继续往前走。

丁莹被儿子的态度气着了。爱子之心果然维持不了太久。

"你这么讨人嫌是我跟你爸的错吗？我们为了把你教好费了多少心血。你从小皮成这样，净学些乱七八糟的东西，管闲事、搞跟踪、率众打架，还敢组织小朋友搞什么小团队调查父母长辈有没有婚外恋，教唆他们敲诈勒索多拿零花钱，那些年的鸡飞狗跳，我跟你爸要是不够坚强都活不到你长大。"

"你夸张了。"

"不夸张。知道你的志愿是去刑警学院而不是出道组建黑帮,我跟你爸特意去庙里还了愿。还有啊,你那记仇的小心眼悠着点,现在是受委屈了,但自己的前途还是要好好顾虑一下,千万别乱来。"

"怎么会,我都老老实实在上班。"

丁莹不太信,"老实"这种品质跟她儿子不沾边。但她道:"行,你做事有分寸,妈妈放心。你看,你现在事业低谷,需要些感情上的慰藉。趁你现在还有点颜值,真的,当警察太熬人,你那张脸保不住太久。之前跟你说的那个教钢琴的姑娘真的挺好的,你抽个空,你们一起喝个咖啡认识认识。你也不要有压力,人家未必能看上你。"

这话题转的,向衡挠挠眉:"以后再说吧。我现在刚下调,说出去不好听。大家都知道我是市局刑侦支队重案组组长了,现在一见面问我干吗的,我说派出所民警,这脸丢不起,等我……"

"不,不。儿子,你多虑了。以前说你是刑侦支队的,人家姑娘都不太乐意,觉得搞刑侦整天不着家,还危险。这不我后来学聪明了,只说你是警察,具体工作情况当然是见面了之后你们年轻人自己聊。我这也是希望姑娘看到你这张脸和身材之后能加点分数,第一印象好了,后面知道点别的也不会太嫌弃。"

向衡无语。母亲大人您还挺有策略的是吧?

"现在你这情况,往好处想,起码有时间约会经营感情。找个好对象,个性就能变好了。事业嘛,还有很大的上升空间。凭你的本事,以后肯定能走上逆袭之路,重回巅峰。"作为亲妈,丁莹很用力在鼓励儿子。

"好的,谢谢妈,回头再联络。我现在赶着处理一个入职派出所以来最大的案件,为逆袭打好基础。我挂了啊。"

"你等等。"丁莹听得心里一紧,不是派出所小民警了吗,怎么还有重大案件?"什么案子啊?危险吗?"

"不危险,宠物失窃,价值八千。我挂了,拜拜。"

听到电话挂断的声音,丁莹真是一口气噎住。宠物失窃?可真是——好大的案子呢!心疼。算了算了,这次就先不跟这个兔崽子计较。

向衡已经走到自己停在路边的车子旁,他转头看了一眼那个长椅方向,搭讪的男生正起身离开,看起来并没有得逞后的兴高采烈。嗯,不是太顺利的样子。

向衡坐进车子,看着那男生走远了。他确定那姑娘没事,于是启动车子,离开。

休闲长椅处。

顾寒山遇到了搭讪的。

"嗨。"那个男生道,"我们是不是在哪里见过?"

顾寒山看着那男生带笑的眼睛和帅气的脸,脑子里自动搜索出了画面。

"我觉得你有些眼熟,一定是在哪里见过。"那男生又道。

顾寒山点头:"是的,见过。我看过你的节目,《第一现场追击实录》,采访记者耿红星。"

耿红星一愣,有些腼腆地笑起来:"哈哈,我还是实习记者,才出过两次镜。"

"正好看到了。"顾寒山道。

耿红星挠头:"真是不好意思。我还是得正式介绍一下,你好,我叫耿红星。红色的星星。你呢?"

"顾寒山。'姑苏城外寒山寺'的那个寒山。"

"啊!"耿红星笑得温柔,"你的名字真好听。"他拿出手机道,"要不加个微信吧。"

"好的。"顾寒山从包包里掏出手机,道,"我住院太久,没什么朋友。现在出来了正学习适应社会生活,谢谢你帮我。"

哈,真是顺利。耿红星很高兴。他一边加上了顾寒山的好友一边随口问:"你生病了吗?住院很久吗?"

难怪看着白净柔弱很有气质,病美人小仙女这款真的惹人怜爱。

"嗯,新阳精神疗养院,住了两年。我出来两个多月了。"顾寒山很平常的语气。

耿红星的笑容僵在脸上。

精神病院?

顾寒山把手机放好,抬头看耿红星:"我回学校几次都没看到你,这次碰到挺好的。"

耿红星又一愣:"你也在A大读书?"

顾寒山道:"是的,但我因病休学了,正跟学校申请复学的事,手续挺难办的,还需要多跑几趟。"

耿红星觉得哪里怪怪的:"你认识我?"

顾寒山点头:"我记得你是传媒专业的,还参加了吉他社。"

耿红星很惊讶:"是的。但我没见过你呀。"他把刚才说眼熟的搭讪招数都忘掉了。

顾寒山道:"见过的。2018年9月20日,周四。上午10点多。学校综合一楼西边广场的社团日活动,你在吉他社的招新摊位搭讪女生。你身边有个男生,比你矮半个头，稍胖，黑框眼镜，肤色黑。你叫他猴子，他叫你星星。他跟你说不要再勾搭了，不然小玉学姐又生气，她不跟你吵，但会找他问来问去跟他抱怨。我当时就站在你们附近，你转头过来还看了我一眼。"

耿红星："……"这无意中看了一眼怎么可能记得住。

顾寒山继续道："2018年11月5日，周一。下午5点多。学校南门奶茶店，你跟一个女生一起喝奶茶，你叫那女生妮妮，她问你要约会多少次你才算她男朋友，你说你是丘比特的烦恼，因为爱人太多，箭都不知道该射谁，所以你没法做她男朋友。"

耿红星完全说不出话来。他遇上变态了吗？

超级尴尬这种词都无法表述他此刻的心情。怪可怕的，什么人才能将他以前的事记得这么清楚。他自己都快忘了。

但是招新摊位、猴子、小玉学姐、奶茶店、妮妮什么的，都确有其事。

那时候小玉学姐跟他在严重暧昧期，后来妮妮狂追他，他那段时间也确实喜欢瞎吹自己是"丘比特的烦恼"。

耿红星看着顾寒山，有些被吓到。可顾寒山的眼睛澄清明亮，表情平静，丝毫没有戳穿他过往丑事的波动。

什么意思呢？讽刺他、吐槽他？看她表情又不像。

"你，呃，你记性真好。"耿红星有些结巴。

"是的。"顾寒山点头。

还"是的"！害怕！

耿红星只想赶紧撤退："认识你很高兴，没想到这么巧遇到校友，那我们再联络吧。"

"好。我下周要回学校，我会找你的。"

可别找了。他错了还不行吗！看见漂亮女生就想勾搭的坏毛病他一定改！

耿红星站了起来："好，再联络。"

耿红星落荒而逃。

凤凰街派出所。

这是个三层建筑。一楼是对外办公窗口，有接警处、值班办公区、警情处置室和拘留室。二楼是各队的办公室、物证室、户籍管理室、档案管理处、警员休息室。三楼则是行政管理区域、会议室、指挥监控中心等等。整个所里有近七十名警员，管辖的片区范围不小。

三队中队长钱威走到所长办公室门口，抬手敲了敲门，听到里头程清华的声音:"进来。"

钱威推开门:"所长,你找我?"

屋子里,程清华坐在办公桌后面。桌子前面的会客椅上,还坐着一个男人。

那男人转过身来,钱威看到一张颇面熟的脸,但一时想不起在哪里见过。

四十多岁的年纪,浓眉,眼神犀利,五官端正但普通,如果不看他的眼睛,那是很容易融入人群的样貌。

但那眼睛,太锐利了些。就像能把你看穿一样。

那男人站起身来,向钱威伸出了手:"你好。"

他的声音低沉,很有磁性,带着不怒而威的气势。虽然身高比钱威的一米七六高不了多少,但钱威感觉被压了一头,他不自觉地慌忙伸出手,应声一握:"你好,你好。"

这种感觉,有些熟悉。

钱威忽然想起来这个男人是谁了,因为这种气场他在向衡身上见过。

"关阳,市局刑侦支队长。"程清华给他们双方介绍,"钱威,我们三队的中队长。现在向衡就在他们队里。"

向衡调到凤凰街派出所后便被分到了三队,归钱威管。

这件事很尴尬。

在向衡调来之前,凤凰街派出所的所有人都知道向衡,三队对他更是"刻骨铭心"。

那时候市局重案组在追捕一个谋杀案嫌疑人,他们向各分局和派出所签发了内部协查通报。通报里有嫌疑人的作案情况、推测出的大概体貌特征和一张模糊的监控画面照片。

有一天,110接到了群众报案,在平北路有人疑似闯入民宅抢劫。平北路是凤凰街派出所辖区。当时正在巡逻的钱威和他的队员就在附近,接到警情通报后迅速赶了过去,不到三分钟就到达了现场。

钱威刚停车,就看到一名男子冲出楼门。那男子见到警察飞快迎了上来,说是他报的案,感谢警察这么快就赶到。

钱威与他进行了沟通,得知案犯闯入的正是报案人的对门邻居家。报案人紧张地说明情况,并称歹徒还在。他刚刚还贴在对门大门处听到里面喊"饶命,别杀我"什么的。报案人害怕,也不敢再观察,赶紧跑了下来。

钱威一边迅速安排警员进行现场封锁,申请后援,协调物业保安的帮助,试图摸清被劫持于屋里的受害人的情况和歹徒的意图,寻求解决方案;一边向指挥中心报告,等待下一步行动指示。

指挥中心告诉他重案组接手此案，并为他接通了向衡的电话。

原来重案组就他们申请协查的凶杀案预测了嫌疑人可能会出现的几个区域，让110中心接到相关区域报警情况及时通知。110中心将此次报警信息通报。向衡高度怀疑这个案犯就是他们要追捕的嫌疑人，便要求与现场出警负责人联系。

向衡与钱威通话，问了他几个问题后就要求钱威马上控制住报案人，并扩大封锁区域，守住小区大门和街口，关注可疑人员。在他们重案组到达之前，任何人不得进入犯罪现场。

向衡说得很急，很快挂了电话。钱威对向衡的要求有些不解，但那时候不容钱威多想，人命关天，后援未到，现场人手有限，钱威压力很大。他将报案人交给物业保安守着，自己急匆匆安排警力处置，并试图观察清楚屋内情况。待他回过神来，却发现报案人不见了，而据说劫持有人质的屋里，根本没动静。

向衡很快赶到，听到现场汇报脸黑如炭。他率警力冲进报案人家里以及对门的犯罪现场，两边都只剩下尸体，凶手早已没了踪影。

报案人家中，真正的报案人陈尸客厅，电视柜上摆着报案人的居家照片，与死者相貌一致，而钱威见到并问话的报案人根本是另一个人。

原来凶手行凶后察觉被报案人发现，便将报案人杀害。他更换了干净衣服逃离时正遇上警车赶到，便马上佯装成报案人，给了钱威错误信息，争取了逃脱的机会。

"你瞎吗！"暴怒的向衡将报案人的照片拍到钱威的胸膛，"这是一个人吗！我让你控制他，你交给保安？！你连一点核实身份的意识都没有吗！"

钱威看着一地血泊，当着众警的面被训得面红耳赤。

他确实是没想到。这么危急的情况下，凶手竟然衣着光鲜干干净净地跑到警察面前喊"太好了你们终于来了，是我报的案"。

钱威无法反驳，无地自容。他的队员和其他同事却愤愤不平，认为向衡是马后炮，他自己没赶在第一时间到现场，不必扛现场压力，事后知晓真相发脾气算什么？如果凶手真的就在屋里，手里有人质，那又怎么说？

这事在凤凰街派出所引发了不小波澜，一来因为向衡态度太差让人生气，二来这事传出去了，凤凰街派出所成为笑柄，就连上头分局的人来了都要叹息几句："你们出名了，当面放走凶手，还落在向天笑的手里。"

派出所众人一打听，原来"向天笑"是向衡在市局里的外号，因为他太狂，毕竟是年年第一的学霸，毕竟是校特警队明星队员，毕竟没毕业就被市里省里各单位抢着要。人家确实有狂妄的本钱。要不是他上头有个师父——本市第一神探刑侦支队长关阳能压着他，他得上天。原本大家叫他"向天横"的，但可能是听上去不太友好，就改成"向天笑"了。

所里众人听得直哼哼，改成"向天笑"又能有多友好。

虚伪，马屁精。

"对了，他还有一个称号。"分局的人说，"听说是他自己在一个庆功会上吹的，说什么三碗不过冈，三句断现场。所以有时也有人叫他'向三句'。"

三句断现场？钱威可能联想到了当初，脸色不好看了。所里众人便不再多问。但人人心里不服气。哼，真敢吹。

但别管向衡这个人风评怎么样，这件事让凤凰街派出所和钱威的脸丢尽了，整个三队都低气压了好一阵子。

后来那个入室杀人案的后续侦查，市局重案组需要凤凰街派出所配合，合作过程中向衡的脸一直是臭的，凤凰街派出所众人对他印象极差。

就这么一个"仇家"，最后居然虎落平阳，被发落到了他们凤凰街派出所手上！

凤凰街派出所上上下下一致认为值得放鞭炮。但是为向衡庆祝还是替所里驱邪就不一定了。

为这事，所长程清华专门组织三队开了一个会，向大家传达上头的决定，安抚大家情绪，做动员工作。

三队负责巡逻和案件处理，与分局和市局的配合比较多，日常工作范围还算是能与向衡的经验搭得上。

"总不能让他管户籍去。"所长程清华说，然后他接收到了众人"怎么不能"的眼神。

程清华便改口："同志们，现在来了一个有丰富刑侦经验的同事，机不可失，失不再来。这是学习的好机会！过去的事都过去了，大家调整好心态，让我们凤凰街派出所成为刑侦水平过硬、服务水准最高的派出所。"

有人小声道："那个向衡过来，虽然归我们所里管，可人家还是市局的人，我们三队挺尴尬呀，钱哥怎么使唤他干活。"

程清华噎了噎，道："他肯定比你们更尴尬。怎么不好使唤，你们钱哥该怎么使唤他就怎么使唤。"

大家的目光一致投向了钱威。钱威一脸愁苦回视回去。

"钱哥，交给我吧。"警花黎荛主动请缨，"恶人自有恶人磨。我请求跟向衡搭档，为大家解气。"

"不，不，不，不，不。"众人连连摆手。

"他再厉害，还能对孕妇厉害吗？！"黎荛努力自荐。

"万一把你气流产了,我们担不起责任。"众人再摆手。

钱威叹口气。程清华头疼。

向衡来所里报到时,所有人面色如常,假装心如止水。向衡更是坦坦荡荡大大方方,仿佛高高在上指着人家鼻子骂的事从来没发生过。当初多骄傲、现在多落魄对他来说都不是问题。

三队微信群里当天有无数吐槽:"所长骗人,人家一点不脸红。"

"对。论脸皮厚还是向衡赢。"

"不愧是向天笑。"

无论如何,向衡就在三队待下来了。黎荛也不管有没有人安排,她自己主动跟向衡说会带他熟悉业务,让向衡有事就找她。

旁边一同事赶紧说:"她怀孕三个月了。"

向衡看了看黎荛那根本看不出来的肚子:"过12周了?那胎应该稳了。恭喜你。"

三队众人:"……"

"胎应该稳了"这话背后有什么含义吗?

钱威叹气。

现在钱威不敢乱喘气,毕竟面前站着关阳——那个把向衡一脚踢到派出所来的男人。

能把你捧多高,就能把你踩多低。

传说当初关阳为了把向衡抢到麾下费了很大工夫,传说又说向衡风头太盛,快要抢走关阳的"第一神探"名号,于是一山不容二虎,关阳难容向衡……

恩怨情仇,说不清楚。

"向衡在这儿怎么样?上班老实吗?"关阳一开口,果然很有火药味。

钱威看了一眼程清华,程清华装没看见。钱威便答道:"他挺好的,上班从来不迟到,也主动加班,挺认真的。"

关阳冷哼一声,颇不以为然的样子。

钱威不说话了。

这位支队长您是想听我批评批评向衡吗?可向衡才上班一周多,表现确实还不错,没什么可挑剔的。

屋里默了两秒,关阳又问:"他在这儿都干什么了?"

这要怎么答?把向衡工作内容念一念?

钱威又看了一眼程清华。程清华还是装没看见。

钱威便道："就是学习学习文件，熟悉工作内容，与同事熟悉交流，然后巡逻，嗯，正常出警。"他看关阳似乎还要继续听的样子，只得硬着头皮继续往下说："处理了几起酒后闹事，还有送老人回家，还调解了小学生抄作业的纠纷，还有饭店吃霸王餐的，还有电信诈骗老人要汇钱的，还有闯红灯打交警的，不愿写作业要跳楼的，还有暴露癖……"

"嗯，挺好。他老实了就行。"关阳终于听满意了，打断了钱威的话。

钱威松了一口气。不知道关阳听到从前得力干将、重案组组长做这些事心里爽不爽，反正他是觉得尴尬的。

关阳又问："他在吗？"

"他昨晚大夜班……呃，我刚从外头回来，还没回办公室。要不我下楼看看他来了没有？"钱威道。

"嗯，麻烦你了。"关阳客气点点头。

钱威再看一眼程清华，应道："好的，关队。"

这次程清华终于给了钱威反应，他对关阳道："关队你先坐，我去叫人给你倒杯水。"

关阳没推辞，程清华跟着钱威一起出去了。

门一关，钱威拉着程清华快步远离办公室，压低声音问："怎么回事？这么快就要把贵妃从冷宫接回去了？"

"不是。"程清华给钱威一个大白眼，什么跟什么，电视剧看多了，"关队来捞人。有个叫许塘的，昨天晚上因为酒后斗殴进来了。向衡抓的。"

钱威愣了一会儿才反应过来。

我的天。向衡把关阳的线人抓了吗？故意的？

果然恩怨情仇。

凤凰街派出所，三队办公室。

向衡一进屋，就听得有同事道："向衡不是说等他今天上班了再说嘛？"

"不等。"回话的是黎荛，语气很牛气，"宠物失窃多大的案子，还要等他？我把监控资料都拿回来了，就是顺着时间线把消失的嫌疑人行踪找到就行。等向衡回来说不定我就已经找出来了。这种案子，三句断不了现场。就得花时间看监控。"

向衡停下脚步，他进来得真不是时候。

但说话和没说话的人都发现他了，办公室里突然安静。

黎荛很快稳定情绪，热情招呼向衡："向衡，我把步行街那一片相关单位的监控授权和影像文件都拿到了，一起来看呀。"

向衡清了清嗓子，努力让自己的声音听起来和蔼："不看了，案子查清楚了。"

黎芫："……"

办公室里再次安静。

周围的人全都竖起了耳朵，也有隔着办公位隔板偷偷朝这边看的。

黎芫从办公桌上摸了一块糖丢进嘴里，她是孕妇，她很冷静："来来，说说。"

向衡过去了。

黎芫拍拍身边的椅子让他坐，问他："偷猫的那个男人找到了？"

这个偷猫案是昨天接到的报案。

丢的猫叫"美美"，是一只英短。两年前男主人陈凯在宠物店花了八千块买的，送给了女朋友米萌。这是他们的定情信物。之后米萌与闺蜜宋心合开了一家店，卖高端日用礼品杂物，店名就叫"萌心杂物铺"。

后来陈凯也入了股，与她们一起经营。店里雇用了一个店员。英短猫美美白天就一直养在店里，晚上再跟米萌、陈凯回家。

美美不怕生，不爱叫，非常乖，客人都喜欢它。美美从来不乱跑，但前天晚上，美美不见了。

凑巧的是，店里的监控前一天才坏掉，还没来得及修，只有店门口的监控可以看。

监控显示，一个背着黑包、戴着鸭舌帽的可疑男人慌慌张张地快步走出店门，很快消失在人群里。

店员对这位客人有印象。他一进门就抱猫，店员提醒他不要抱，如果喜欢摸一摸就好。那客人把猫放下了，在货架上翻来看去，一直逛到店里头，什么都没买，但有"喵喵喵"学猫叫逗美美。

后来店里来了别的客人，店员去招呼，一忙起来没留心别的，等再回过神来，却发现美美不见了。

宋心、米萌，还有一直忙着给店里搬运新货的陈凯都没见到美美。他们问遍了所有人，店里店外周边找了好几圈，最后认定那个神色慌张的男客人最可疑。他的黑色背包，完全可以装下一只猫。

米萌他们一夜没睡，自己查不出什么来，最后决定报警。

案情并不复杂，米萌他们讲得非常清楚，还有监控录像为证。可事情发生在晚上，步行街客流量大，交通四通八达。可疑男人融入人群后有可能去往不同方向。要依据监控寻找他的行踪，需要调取大量的监控资料，这需要时间。

可结果是监控搜索还没正式开始，向衡就说他破案了。

"那个背包男人没偷猫，猫是陈凯自己偷的。"向衡道。

黎荛吃惊："什么！"

这案情反转的，是不是有点离谱？

"陈凯承认了，他前天晚上把猫卖掉了。我刚才离开他们店的时候米萌在跟他吵呢，我让他们吵完了来一趟派出所做笔录结案。"向衡老神在在。

黎荛愣半天："你随口一问他就承认了？"

"当然不。我是有理有据问的。"

黎荛坐直了："理据是什么？"

向衡道："昨天米萌他们拿过来的监控不是都看了嘛。"

"对。"黎荛点头。

那门前监控有什么问题？跟米萌、陈凯他们说的情况一致。宋心与店员的供述也都对得上。

"那个背包男人离开的时候，手上拿着手机。"向衡道。

黎荛转身对着电脑，拿起鼠标点进了米萌他们交上来的监控视频，调出了那一段影像。

其他同事围过来看。

影像里，背包男人紧张匆忙地飞速走出店门，很快从镜头里消失。

黎荛拉进度条，重看了一遍，重点盯那男人的手。

仔细认真看，真能看到那手上拿着手机。

黎荛点了暂停，转过来看着向衡："那说明什么？"

"昨天我问那个店员，这个背包男人是怎么抱猫的。店员模仿了一下。"向衡双手伸出来，做着抱猫的动作，"他两手握住猫的肘下，把它拉进怀里婴儿抱。"

"对。"黎荛记得，"那又怎样？"

"就是说他刚进店里逗猫的时候，手上是没拿手机的。"向衡道，"可他偷了猫之后，为什么要把手机拿出来，不会不方便吗？"

向衡比画着动作："他拉开背包拉锁，把猫放进去，然后再拉好背包，接着赶紧离开。这样才对。"向衡顿了顿，"手机拿在手上，紧张地离开，是因为他接到了一通电话，电话内容让他紧张，他得赶紧去处理。这个可能性比偷猫的可能性更大。"

黎荛："……"

"那为什么会怀疑陈凯？当初猫是他买的，他为什么要偷？"另一个同事问。

"因为他出轨宋心，背叛了米萌。"向衡这话一出，几个同事都"吁"出了声，一人道，"真的假的？"

"这动机就离谱。"

"定情信物一直在小三面前碍眼。米萌时不时嘴上炫耀，又自称是美美的妈妈，陈凯是美美的爸爸。陈凯一直没跟米萌摊牌，说是时机不合适，财权都掌在米萌手里，他向小三表示需要点时间。而宋心要这个男人证明爱情。于是蠢男人就决定让定情信物兼'孩子'消失，用这个讨宋心的高兴。这事是两人合谋的。"向衡道，"是很弱智，但是是事实。"

他的表情太过嫌弃，一同事安慰他："哎，这也不算什么，更弱智的我们都见过。你就是见识少，以后待久了你就知道了。"

其他人看向那同事，你居然对"向天笑"说他见识少！

黎荛没理他们，继续追问："你还没说为什么会怀疑陈凯。"

"我问他们店开了这么久监控坏了几次。"向衡道。

"嗯。"黎荛记得，"一次都没坏过。"接着她明白了，"太凑巧了，唯一坏了一次，猫就丢了。"

"有些碰巧是真碰巧，有些碰巧却是故意的。"向衡继续道，"米萌一直强调这只猫对他们很重要，不只是八千块，还是感情。而陈凯则在自责没有及时修监控。他甚至解释说因为前天要跑进货的事，忙不过来，他打算忙完这一天就找人来修，没想到就这一天猫丢了。"

"解释就是心虚？"

"按常理，监控坏了和丢猫没有直接联系。况且都报警了，如果想让警察认真帮着找猫，像米萌这样强调猫有多重要值多少钱才是正常的，一直解释监控为什么没修有什么用？"向衡道，"因为监控是故意弄坏的，为了偷猫做准备，所以嫌犯下意识地会去解释这个。"

黎荛不说话了。

"宋心与陈凯的互动也有一些微妙感。这个没法描述，得凭直觉。而陈凯那天在搬货，出出入入，手上还有纸箱，具备把猫悄悄带走的条件。"向衡道。

黎荛琢磨着，确实是这样。

"我陈述了疑点和后续调查手段，告诉陈凯我们能查到猫在哪儿，他自己交代可以节省大家时间。不然依据《治安管理处罚法》可以对他报假案实施拘留和罚款。还有，他们报案时我跟他们说过等我们调查结果，不要擅自发布嫌疑人消息。但昨晚米萌把店门前监控发到网上，圈起了背包男人，说要寻找偷猫人。如果陈凯不承认，这事后续会闹大，恐怕得承担刑事责任。米萌听了我的话之后也产生了怀疑，陈凯反对报警，反对在网上发消息，加上从前生活里的一些蛛丝马迹，现在都明白怎么回事了。米萌当场发飙，陈凯扛不住压力，就招了。"

"嗯。"黎荛一时无语,她缓了一会儿道,"你有这么多想法为什么不早说,省得我费这么大劲到处协调找监控。"

"我不是有跟你说等我今天上班了再说。"

黎荛抿抿嘴,"我上班了再说"这话不仅摆架子还兼着自信从容,很有领导风范,所以她抵触了一下。

黎荛又道:"那为什么你没有上班了再说,而是自己跑到店里问话去了?"

向衡解释:"我起床就看到米萌在网上发布的消息,所以我赶紧过去找他们删除内容,顺便把事情问清楚了。放心吧,没什么问题,米萌说了,她去宠物店把猫赎回来就来所里销案。"

黎荛盯着他:"你不跟着吗?这里头不仅有经济纠纷还有感情纠葛,很容易引发激情犯罪。万一他们打起来受了伤,赎猫的时候跟宠物店起冲突又打起来受了伤……"

向衡愣了愣。

黎荛继续教导:"派出所民警就是要服务到底的呀。你不擅长做这些你就应该叫上我,我来督促着办啊。"

周围同事一起盯着向衡。

"这跟你以前在市局不一样了。以前你们刑侦队查完现场甩手就走,后面收拾善后的都是我们派出所小民警。你是不知道这些工作烦琐细节磨人,现在身份角色转换得赶紧适应知道吗?不是把案子破了就完了,要把为人民服务的意识牢牢印在心里。"

向衡表情有些微妙。黎荛淡定看着他。

众人在心里给黎荛竖大拇指。果然有一套。

向衡还没来得及开口,钱威进来了。他看到办公室里的情形愣了愣,问:"你们在干吗?"

"讨论工作。"几个人异口同声,很快埋头座位假装忙碌。

钱威看看这个看看那个,最后对向衡道:"向衡你来了呀,那个,关队来了,在楼上所长办公室呢,好像是有事找你。你上去一趟。"

关队!

啊,那可是真正的仇人相见。

办公室里的人全都精神一振。

钱威悄悄扫视一圈,眼神警告。

"他有什么事吗?"向衡问。

"不知道。"钱威一脸无辜。

众人看着向衡，表情克制，内心吐槽：什么事不都得上去吗？有什么好问的！快上去呀！

向衡皱着眉头，颇是不乐意。他拿出手机拨号，对方接了。向衡一边往外走一边对电话那头道："你要干吗？约什么办公室，不够难看吗？停车场见！"

向衡电话讲完，人也没了踪影。

有人跳起来悄声奔门口探头看："啊，他真的没上楼，他下楼去了。"

办公室里有些沸腾。

"刚才那才是真正的向天横的语气吧。"

"他居然还敢这种态度。"

"小学生约打架吗？我们警察队伍明明是支稳重的队伍。"

门口把风的那人又小声嚷起来："啊，有个中年男人从楼上下来了。"

"关队？"另一人也趴过去偷看。

黎苊淡定地拿起水杯："让让，我去倒杯水。"

门口那两人让开了，黎苊朝茶水间走。

过一会儿大家反应过来，纷纷拿上杯子："我也去接杯水。"

几个人挤到茶水间去，黎苊却已经接好水了。孕妇对着这些男人老母亲一般语重心长："干吗呢，好好工作，不要这么八卦。"

一位同事戳穿她："你是不是都看完了？"

"我不用看就知道，向衡能让你们看戏吗？肯定没事发生。"黎苊捧着杯子走了。

大家不理她，一起趴在茶水间窗口看着斜对角的停车场。

向衡正站在那儿，一个中年男人走了过去。两个人面对面，站住了。

"啊，那个肯定就是关队了。"

大家也不知道在期待什么，反正就盯着看。

向衡与关阳两人四目相对一会儿，气氛相当紧张，紧接着关阳朝着向衡走去，冲突似乎就要一触即发，但是，关阳居然走过去了，走过去了……

"他们就是比赛一下谁的脸更黑吗？"

"好像是的。隔空较量一下气场。完事儿。"

"第一次看到这样打架的。"

关阳从大家的视线中消失了。向衡也没追他，就在原地站着。过了一会儿一辆车开出来，经过向衡身边，应该就是关阳的车。那车也没停留，径直开走了。

向衡看着那车屁股，直到车子消失。

向衡忽然抬头往办公楼这边看，茶水间里的众人呼啦一下全蹲下来，再趴到窗台上时，已经不见向衡的踪影。

大家赶紧回办公室各就各位，就当什么事都没发生。

办公室里，黎莞已经把窃猫案的口供笔录看完了。

钱威站在她身后一起看。

黎莞叹道："三句断现场……哎，难怪呢，他问的问题都是有原因的。"

问话的时候她就觉得奇怪了，怎么抱猫的，监控坏过几次，店主三人什么关系，这些跟偷猫嫌疑人跑哪儿去了有什么关系。原来如此。

钱威默默地看，没说话。黎莞忽然转头，把钱威吓了一跳。

"钱哥。"黎莞唤。

钱威警惕地看着她，没等黎莞开口，他便道："我不知道。"

"我还没问呢。"黎莞道。

"我也没问。"钱威道，"我没问过他怎么知道要控制住报案人的。"他也是有自尊心的好吧。

黎莞默了默。

钱威并不想在这个话题上继续，他出去了。

向衡走进来的时候，黎莞刚给米萌打完电话。她对向衡道："你有别的事吗？没有就跟我走一趟吧。我们去把偷猫案子后续处理一下。"

向衡没意见。一旁的同事却道："黎莞，你还是别出去了，我跟向衡去。"

黎莞拿起包包，一瞪眼："干吗，我周末去逛街活动量都比这大。歧视谁呢？"

大家不说话了，黎莞领着向衡精神抖擞往外走。

楼上，所长办公室。

程清华问钱威："向衡昨晚抓回来的那三个人什么情况？"

"酒后斗殴。我问了，徐涛跟向衡巡逻的时候发现的。向衡眼睛尖，远远就看到，赶过去的时候他们酒瓶子都砸开了，还抄了砖头，差点出大事。"钱威把笔录文件递给程清华。

程清华翻看了一会儿："许塘先动的手，拿着酒瓶？"

"那两个人是这么说的。许塘不承认，说是对方先动手。"钱威道，"他们都喝了酒，带回来的时候情绪都挺激动。"

"向衡什么意见？"

"向衡没意见。徐涛说向衡就是当场把人抓了，回来没说什么。审的时候徐涛主审。"

"毒检做了吗？"

"做了,三个人都没吸毒。"钱威明白程清华的意思,道,"伤得也不重,给他们稍微处理了一下,没什么大碍。他们也没人要求验伤和闹腾追究啥的,我看应该可以调解。"

"那就好。"程清华把笔录文件放下了,"这事你和徐涛处理,把那三个人都再问问话,训诫一顿,做好调解备档。不用立案,4点钟把他们放出去。"

"行。"钱威顿了顿,"需要跟向衡解释一下吗?"

"不用特意去说,他要是问了就告诉他。"程清华问,"向衡表现怎么样?"

"真的挺好的。也没什么坏情绪,让做什么就做什么。"钱威实话实说,"身手也好。徐涛说抓许塘他们的时候,一个打三个,特别利索。徐涛在旁边都没机会动手指。"

程清华哼道:"可不好嘛,那是特警队都想要的人。总之你看好他,要是有什么不对的地方,你就跟我说。"

钱威应了,又问:"为什么到我们这儿来了?"

"不就那点官场上的事呗。具体也不清楚。但向衡跟关队脾气都大,经常吵吵,这个大家都知道。早有人说向衡得受教训的。去别的所,别的所也不敢收。魏局找我说了两次,我不好再推。"程清华想了想,"回头我打听打听。"

钱威抿抿嘴角。可不是我让你八卦的。

黎荛开车,载着向衡往朝阳步行街方向去。

一路上向衡情绪挺稳定,似乎并没有受到关阳的影响。黎荛便与他搭话:"向衡啊,你有什么事业上的计划吗?"

向衡看她一眼:"就好好干呗,争取表现好了回市局。"

黎荛犹豫了一下,但还是问:"关队在呢,还能让你回去吗?没想过换个地方?"

"换地方也行啊,反正当做刑警,比他官大就行。"向衡平平淡淡的语气,"把我调过来,以为我会赌气辞职换个系统,我偏不。"

黎荛等了一会儿,向衡后边没话了,黎荛又道:"我也是。"

"啊?"向衡没懂。

"我也想往上升,去刑侦队。理想范围内的最大目标是以后做局长。"

向衡看看她。

这时候正红灯,黎荛转头过来回视向衡一眼,道:"我们全家都是警察。祖上三代都有警察。我有点惩恶扬善的理想,很正常啊。"

"哦。"向衡点点头。

"我没开玩笑。"绿灯了,黎荛启动车子,"别看我怀孕了以为我会混日子。

我不是的。这只是我生活计划的一部分。我跟我老公初中就认识了,青梅竹马。他知道我的理想,他也有他的。我们协调过,我的事业路线已经确定了,又非常稳定,所以早婚早育。等孩子稍大些,能懂事了,我才三十,年轻力壮,精力充沛,正好拼事业。他也一样。现在都是铺垫和积累。"

向衡没说话。

黎荛快速扫他一眼,又看回前方车道:"你不鼓励我一下?"

"挺有志向的。"向衡道,"你觉得老关事业好吗?"

"关队?挺好的呀。"

"他离婚了。孩子归妈妈。"

黎荛:"……"

向衡看她一眼。

黎荛:"好了,不用你鼓励了。"

向衡弯弯嘴角。

黎荛沉默了一会儿,道:"以后的事以后努力。来日方长,把握现在。反正,虽然时机不太好,但是你能来我们这儿,我还挺高兴的。我是认真想学习的。"

向衡不知道能怎么接话,过了一会儿他问:"我鼓励你一下?"

"不用了。"地方到了,黎荛在路边停车位找地方停车,"你知道怎么回事就行。回头我问题比较多,你能耐心点解答,我感激不尽。"

"行。"向衡笑笑。他转头,看到一个披肩直发,穿浅蓝色薄外套,背着帆布包的年轻女孩从他们车子旁边走过。

那女孩转头,向衡看清了她的脸。

又是她。

那个坐在长椅上被搭讪的姑娘。

姑娘看了向衡一眼,面无表情地走过去了。

下午4点,许塘从凤凰街派出所出来。他环顾四周,接着招了辆出租,随便报了个地址。车子开起来,他靠在前排座椅上,眼睛时不时看看后视镜。

驶了两条街后,许塘让司机停下了。

许塘下了车,回身看。一辆一直跟着的黑色帕萨特停在出租车后。见得许塘看过去,那车子打了打双闪灯。

许塘扫了一眼开车的司机,假装没看到,闷头快步向前走。那车也没停留,出租车走了它也走,从许塘身边驶过,离开了。

没一会儿许塘的手机响,他看了看号码,咬咬牙,接了起来。

"安全的，上车。"关阳的声音简洁有力，没等许塘应话，他就挂了。

许塘抿紧嘴，观察了一圈周围情况，那边黑色帕萨特绕了一圈竟又从他身后驶来了，这回停在了许塘的身边。

许塘快速拉开后车门，坐了进去。

车子没等他坐稳就快速离开。

车上只有司机，许塘认得这人，也是市局刑警，叫罗以晨。

"罗警官。"许塘打招呼。

"我以为不认识了，见我就跑。"罗以晨调侃一句。

"没看见，不知道是你。"许塘打着哈哈。

罗以晨开着车不再说话，绕了一条街后，车子缓缓靠向路边，一个男人迅速上了后座，坐在了许塘的身边。

许塘靠边挪了挪，唤了声："关队。"

车子继续向前开，关阳的声音冷冷的："换了号码也没打招呼呀。"

"哎呀。"许塘赔着笑脸，"有些麻烦事，就躲了一阵子。"

"躲谁？"

许塘支支吾吾最后也没说出什么来。

关阳便又问："那两个是什么人？"

许塘立时警惕，但很快放松，道："哦哦，你说跟我打架的那两个？不认识的。我喝多了，没控制住脾气。"

关阳盯着他看："你说说你什么意思，一边说要躲麻烦，一边打架惹事进局子。逗我呢？"

"不不，绝对没有这个意思，哪敢骗你呀。"许塘赶紧摆手，"你说哪回你安排的事，我没好好办呀。打听到什么异常情况，我不都火速上报。你让我打入内部，我这不是打入不了嘛。这办不成事，我没脸见你，真不是故意躲你的。"

"看不出来你脸皮这么薄。"关阳哼道，"那你说说，遇到了什么困难？"

许塘默了两秒，道："关队，我跟你说的那个哥们，是个特别机灵的人，他特别会察言观色，会来事。那些大哥都喜欢他。他都打入不进去，我也没办法。"

关阳打断他："他说的那个高端队伍，里头又是科学家又是那些有奇奇怪怪特异功能的人，有具体消息了吗？"

许塘咂了一下嘴，皱起脸扬高声音："关队，都说了没办法。"

他停了停，意识到自己态度不好，赶紧放低语调："关队，我没骗你。我那哥们那次真跟我说人家大佬让他帮忙运了些东西，神神秘秘的，特别沉，轻拿轻放还没法偷看。这是不是挺有问题的？这个我跟你说过吧？那组织是真牛，什么科学家什么高智商还有特异功能超能力的，哎哟这些人要搞起事情来那肯定是大事。你看这么危险我都跟你报告了，我真是忠心耿耿的。"

关阳道："你还答应我继续打听给我情报，然后你就跑了。"

"不是，你听我说完呀。"许塘赶紧道，"我没跑，我努力了。我跟我那哥们说，日子不好混，我们也跟着大佬吃香的喝辣的，给我也介绍介绍，我也想帮大佬做事，我费了好一番口舌，最后他才答应。"

关阳"嗯"了一声："你之前邀功的时候吹得比这个复杂些，我就一直等你的信，等到现在。"

"哎呀。"许塘急得拍大腿，"关队，后来我哥们真去谈了。结果那大佬特精，就问他是不是在外头漏口跟别人吹牛了。我那哥们会看脸色啊，立马觉得不对了，这肯定得否认。他一顿好说歹说，带我入伙这事那当然就不能提了。"

"不能入伙你就跟我说，遇到麻烦你也跟我说，躲什么？"

"因为那大佬怀疑我哥们或者我，是不是警方或者哪里的线人。人家还跟我哥们盘查了一番我的底细，问了好多问题。我哥们回来跟我说，情况不对。这是得干过大事的才这么警觉，怕是捅到马蜂窝了。这种干大票的，要是信你，能带你横着走，但要是不信你，那就是让你横着躺了。我哥们说他是不敢再往上凑，先避一避看清情况。他让我也小心一点。他说得这么严重，我肯定就慌啊，我帮警方做事要是暴露了那还了得，多少仇家得砍死我。"

"那大佬叫什么名字？"

"那我怎么知道，人家也没告诉我真名。"许塘扬高了声音，过一会儿又道，"关队，我真帮不了你。我那哥们千叮咛万嘱咐的，我可不想惹麻烦。"

"行吧。"关阳又问，"那你现在是什么状况，不躲了？后头有什么计划？"

许塘一愣，赶紧摇头："我没计划。我打算找我那哥们聊聊，但他失踪了，不知道出了什么事。如果我那哥们凶多吉少，我肯定也自身难保，哪敢有什么计划。关队，你就当我之前没说过什么吧，真的帮不了你。"

关阳看着他："你那哥们叫什么名字？我可以帮你找。"

许塘急道："你们一去找，这不就是告诉大家，我是警方线人嘛。关队，我这次是没帮上忙，但从前我也是出过力的，你可别害我。"

关阳想了想，道："这样吧，你既然觉得有危险，那我找个安全地方安顿你，你可以好好休息一阵子，冷静冷静想想。然后我们再决定怎么处理，你看怎么样？"

许塘沉默了好一会，道："我考虑考虑，准备好了给你打电话。"

关阳皱眉，问："还要考虑什么？"

许塘道："再找找我那哥们，是生是死总得弄明白。然后我总得跟朋友和家里交代一声吧，省得他们以为我死了或者干吗去了，还不能让人怀疑。我还得收拾些东西，不知道情况怎么样呢。"

关阳问："你现在住哪里？"

许塘一听这话，知道他原来的旧住址已经被查过，关阳知道他搬走了。许塘报了个地址，大明路78号摇滚魔鬼酒吧。"朋友开的，我在酒吧里面的包房暂时住几天。"

"给你24小时。"关阳道。

许塘抿紧嘴："我前面路口下。"

车子停在路口，许塘推开车门，听到关阳道："有麻烦就给我打电话。"

许塘回过身看了关阳一眼："行。"

许塘走了。

关阳挪到前座副驾驶的座位，说了句："回局里。"

罗以晨应了一声，把车子开起来。他是重案组刑警，从前是向衡的左膀右臂。向衡离开后，关阳未立新组长，名义上他自己代管，但他精力有限，很多事情还是交给了罗以晨。

关阳对罗以晨道："派人去摇滚魔鬼酒吧查查清楚。另外找缉毒支队那边再问一次，有没有发现什么新型毒品药物会让人表面正常神志清醒，但能力异常的。"

"好的。"罗以晨应了。

关阳又道："许塘说的失踪哥们也查查，看看这段时间有哪些失踪人口符合。如果没有报案的，就找混街头的那些线人打听打听。他那所谓的哥们既然路子活，肯定交际广，突然人没影了，会有人察觉的。"

"行。"罗以晨道，"许塘斗殴的事我也跟进一下吧。"

关阳点头："许塘这事就交给你负责，还不清楚他究竟搞什么鬼，低调处理。我要知道他之前说的那些跟范志远有没有关系，他的那个失踪哥们怎么回事。你找找他昨晚打架那附近的监控，查一查有什么可疑的。那两个跟他起冲突的人什么来历，也查清楚。必要的时候，跟凤凰街派出所的办案民警了解一下情况。"

凤凰街派出所的办案民警，那不就是向衡？

"行。"罗以晨应了。

两天后。

深夜，凤凰街派出所。

向衡坐在自己的办公位上，正在看电脑里的监控录像。

那是东阳路上,他抓到许塘的那一段影像。

东阳路是小有名气的夜市小吃街,有一连排的餐饮店,到了晚上这些店都做夜宵生意,烧烤炒菜以及各种小吃应有尽有,生意很火红,这也是他们凤凰街派出所晚上巡逻必查的地段。

监控里,人群熙熙攘攘,各铺面挂的灯红火热闹,铺面外有序地摆了桌椅,食客坐得满满的。

许塘提着个塑料袋,抱了个酒瓶在这街上走着。他已经走到了路段的尾部,人流少了许多。

一辆警车远远从他后方驶来,许塘忽然回头看了一眼。然后他继续向前走,但步子明显急促了些,还拿着酒瓶喝了一口。

画面里没拍到许塘表情,但向衡知道,正是许塘回头那警惕防备的姿态让他当时产生了警觉。

向衡停下画面,顺着许塘的视线方向认真看了看。许塘回身这一眼,能看到后方热闹的夜市,临近几家食店,还有后方的警车。

人群范围有些大,向衡没看出什么。他点了播放键继续看。

有两个人从侧面走了出来,撞上了许塘。

许塘将其中一人一把推开,手上的塑料袋掉在了地上,他用拿酒瓶的那只手指着对方骂。被推的那人倒地,他朋友火速上前一步,拦在许塘面前,并抬手要触碰许塘。

许塘一把把那人甩开,甩的时候身体侧转了一下,这角度可以再次看到警车方向。

警车加速赶到他们面前,许塘和那两人已经打了起来。许塘摔倒在地,酒瓶砸开,他拿着破酒瓶指向那两人。那两人也未示弱,一人拿了树下立着的扫帚,另一人抄起了一块地砖……

向衡看到屏幕里自己跳下了车冲过去,许塘向他挥舞酒瓶,另两人被打红了眼,仍试图袭击许塘……

向衡把时间进度条向前拉,打算重新看一遍。

这时候手机响,是罗以晨的来电。

向衡接了起来。罗以晨问他可有什么进展。

"没有,我拿到监控了,正在看,暂时没发现什么。"向衡道,"你们呢,还没找到许塘吗?"

"没有。他不住那个酒吧,酒吧老板也不是他的朋友。他骗关队的,用这个酒吧做障眼法,耽误我们时间。他手机信号定位显示他之前确实住在那一带。我们费了不少工夫，查到他其实住在酒吧附近一家小旅馆。但他前天下车后又关机了，电话打不通，信息不回，手机定位没信号。从他下车的地方开始排查监控，也找丢了。他还是很有反侦查意识的。"

"这么警惕不正常啊。"向衡道，"他那晚被我抓的时候肯定就是故意犯事。他察觉到有危险，想让警察带他离开。事后危险过去了，他又继续躲警察。他的话不能全信。"

"对。关队也是这么说，他觉得许塘可能被拉下水了，不然不会这么怕警察。他拖延我们时间应该是有些计划。小旅馆那边没什么有用的消息，不过那老板说，许塘前天回旅馆之前订了份外卖，外卖比许塘先到。许塘回到旅馆看到外卖有些惊讶，但他没说什么，看了看拿进屋了。接着没多久就退了房离开。"

"外卖点的是什么？"

"好像是份饺子，旅馆的人没细看，他们闻到了韭菜的味道，透过袋子扫了一眼，有个餐盒，还有调味料。外卖小哥的样子他们也没记住，每天外卖小哥出出入入的，所以他们没有特别留意。许塘确实常点外卖，所以小旅馆也没觉得有什么异常的。而且许塘住的这几天没什么特殊情况，行为举止都挺正常，也没人找他。"

向衡嗯了一声，想了想，没想出什么来，他道："跟许塘打架的那两人，孟强、吕军华，审的时候我观察了，没什么疑点。档案明面上也没问题，没前科，没吸毒，正当职业。人际关系方面你们自己再找找。超能力人群这部分，我暂时也没新发现。毒品那边有新消息吗？"

"没有。"罗以晨答，"缉毒科说的还是那些，比较接近的可能是卡西酮类，僵尸毒品，但吸食后反应也不是许塘说的那样。目前除了范志远，我们还没有遇到过什么特殊人群。除非我们有具体目标，不然也没法从医院方面查。"

"我记得许塘是一月份报的料吧？"

"对。然后二月就失联了。"

向衡沉吟着，二月到现在这将近两个月的时间，许塘经历了什么事？

"失踪人口调查呢？"

"暂时没发现。没有相符合的。"

"嗯。"向衡道，"我这边也留意一下，有发现就告诉你。"

罗以晨默了默，道："兄弟们都很想你呀。现在名义上是老关自己管重案组，但也没什么大案子交过来了。目前除了以前旧案的收尾，就是盯这个许塘。"

"哼，那他把重案组解散得了呗，反正都归他刑侦队的。"向衡道。

罗以晨叹气："要不你就服个软。你这个下基层也不是死的，还是能调回的。"

"他让老子背黑锅，老子服个屁的软。"向衡语气很硬。

罗以晨不说话了。当初范志远案给局里造成很大压力，证据够不够硬，程序有没有问题，对方律师可能采取的各种辩护手段等等，关阳与向衡意见相左，争执不断。最后案子结果不理想，矛盾爆发，两人互相指责与埋怨，向衡从前做事的手段和一些"自作主张"成了被关阳追究的责任。向衡是队里的明星警探、未来副支队长人选，他的实权、做事的自由度远比"重案组组长"的职权范围大。从前这种自由是由他的破案率支持的，现在案子出了问题，这情况就微妙了。

结果如何，就看魏局站在谁的那边。

魏局站关阳。

于是才有了现在这结局。

"兄弟。"向衡对罗以晨道，"你赶紧的，好好表现，升个官，把老关干掉，再给魏局吹吹风，我就回去了。"

罗以晨没好气："那还不如你好好表现自己回来。"

"我表现再好点就得留下当所长了。"向衡大言不惭。

"滚蛋吧你。我忙去了，还开会呢。回聊。"罗以晨挂了电话。

向衡看了看手机，这才发现晚上8点多他妈给他发了条微信消息，有一张照片，还有一段热情的介绍词。是那个他妈妈极力推荐的姑娘，弹钢琴的，长得挺漂亮，在艺术培训机构兼职教小朋友，也有乐团演出工作。

丁莹最后还发了一句："儿子，不打扰你工作。就是你有空了可以欣赏一下美女，了解了解。再有空一点加个微信认识认识。"

向衡拿着手机走到黎荛的办公位，对着她桌上的相框拍了张照。这时他看到门外有个人，那人看到向衡身影就赶紧进来了。

"向衡，你还在啊。"是钱威。

向衡淡定点点头："回家也没事，加一会儿班。有事可以叫我啊。"

"没事没事。"钱威回到自己位置上，拿了一个文件夹，"我拿个文件。"

向衡笑笑，回座位坐下了。他看着钱威出去，然后把黎荛那张照片给丁莹发了过去。

"妈，给你看看我派出所同事。"后面附上一个微笑的表情。

照片里，黎荛穿着警服，英姿飒爽，笑容很甜。

丁莹很快回复了三个叹号。

向衡继续输入消息："25岁，热爱工作，很有活力，要拜我为师，还说以后要当局长。"

丁莹有点小激动。啊，儿子喜欢这一款的吗？师徒恋可以的。都是警察，工作上当然更能互相理解。还要当局长呢，有点可爱。

丁莹赶紧回："行，那你好好带徒弟。脾气改一改哈，耐心一点。"

"我很耐心的。"向衡回道。

"行，行，你心里有数，妈妈放心。晚了，早点休息。"丁莹回复完，盯着手机，然而后面向衡就没话了。丁莹一边把手机放下一边吐槽，耐心个鬼咧，多聊几句都不愿意。

向衡这边也放下了手机，他看了看门口方向，接着继续研究监控。

一个旧小区居民楼里。

宁雅听到敲门声，她走到门后从猫眼往外看，犹豫了几秒，把门打开了。

门外站着顾寒山。

宁雅露出惊讶的表情，然后笑了笑："啊，怎么是你。顾寒山，好久不见。"

顾寒山微微点头："宁姐你好。"

宁雅微笑着。

顾寒山看了看她，道："我可以进去吗？"

"啊，不好意思，当然，进来坐。"宁雅热情地招呼，"我就是太惊讶了。你出院了吗？"

"两个多月了。"顾寒山走进宁雅家，环顾了一圈。

"你坐。"宁雅把顾寒山引向沙发，"你看起来很好呀，恢复得不错。"

"嗯。"顾寒山应着，坐下了。

"我给你倒杯水。"宁雅往厨房去。

顾寒山看着她走进厨房，起身跟了过去。

宁雅拿了个玻璃杯子，正往里倒水，见得顾寒山站在厨房门口，笑了笑："我还记得你不喝茶的，我家没矿泉水，就白开水吧。"

顾寒山没说话。她接过了杯子，默默回到了沙发位置。

宁雅也不介意顾寒山的态度，跟在她身后，拉了把椅子在她对面坐下，笑道："怎么突然来了？"

"我给你打电话你没接，我记得当初你应聘资料上的地址，就来看看。"顾寒山道。

"啊，你有打电话吗？"

"是的，还是以前的号码，没有变。"

宁雅笑了笑："我没你号码，以前我都是跟你爸爸或者你阿姨联系的。最近太忙了，有些不认识的号码我就没接，现在诈骗电话挺多的。"

顾寒山没说话，只看着她。

宁雅拿出手机:"这样吧,你告诉我号码,我存起来。下回就不会漏接了。"

顾寒山报了一串手机号。宁雅输入号码,手机界面上跳出已存号码,上面名字标注着"顾寒山"。宁雅装模作样地把号码再存一遍,道:"好了。"

顾寒山捧着杯子,表情平静。

宁雅问她:"你现在身体怎么样?"

"挺好的。"

宁雅又问:"你住哪儿?"

"还住原来的屋子。"

"那你阿姨……"宁雅顿了顿。

"我自己住。"

"哦哦。"宁雅点头。

"我没法照顾自己。"顾寒山道。

宁雅默了。

"我不喜欢做饭,也不想打扫。你能回来继续做我的家政吗?"

宁雅捏了捏大拇指:"你找我是为了这个呀?"

"你现在做什么工作?"顾寒山问她。

"还是家政。"

"你先生还是原来那个吗?"顾寒山又问。

宁雅有些尴尬地笑:"还是那个。他现在变得好多了,脾气没那么差了。我们,嗯,过得挺好的。他今天夜班,没在家。"

"那你能继续做我的家政吗?"顾寒山道,"每周只需要过来两三次,帮我买买菜,做成半成品放冰箱,帮我打扫屋子——就跟以前我爸爸在的时候一样。"

宁雅犹豫:"现在活儿多,我时间排得挺紧的。"

"我想回学校读书。但我休学太久了,而且还有病史,学校那边的态度有点消极。我还在争取。我也不是总在家里,你什么时候来都行。我把钥匙给你。"顾寒山道,"别的人不了解我的情况,我也不认识,我不想找别人。我可以给你高薪,按以前的两倍算,补偿你推掉其他工作造成的损失。"

宁雅抿抿唇。

顾寒山看着她,又道:"我有钱的。我爸给我留了遗产。"

宁雅忙道:"我不是这个意思。这样吧,我把我手上的几个活儿排一排,尽量挤出空当来。我明天给你回话。"

"好的。"顾寒山把杯子放在茶几上,站了起来,"我等你消息。"

宁雅起身将她送到门口:"你自己注意点安全,身边也没个亲人朋友的,晚上一个人出门要小心。"

"我很小心的。谢谢宁姐。"

门关上了，宁雅吐了口气，她拿起手机，在通讯录里搜索出号码，想了想，拨了出去。

几分钟后，宁雅家的房门又被敲响了。

宁雅看了猫眼，还是顾寒山。

宁雅把门打开，惊讶道："怎么回来了？"

"之前那个司机师傅答应等我，可我下去没看到车子。然后我发现我手机没电了。我可以借你的手机叫辆车吗？"

"可以的。当然。"宁雅转身拿手机。

顾寒山报了一串号码，宁雅帮她拨了号，把手机递给她。

顾寒山接过手机听，对方接通了。她往旁边稍走了两步，背过身，问了对方车子是否有空，然后报上这边的地址，几句话很快讲完。

宁雅看着她的背影，耐心等着。

顾寒山讲完电话，低头挂掉了，她看了眼手机，转身把手机还给宁雅。

宁雅问她："是认识的司机吗？"

顾寒山点头："以前我跟爸爸坐过几次他的车，留过电话。"

顾寒山一边说一边看着宁雅。宁雅赶紧解释："啊，我是担心你的安全，没别的意思。"

顾寒山便报出一个车牌号："他车牌是这个，你手机上也有他的电话了，如果我今晚失踪，你可以报警提供线索。"

宁雅张了张嘴，又闭上。

顾寒山仍看着她。

宁雅咬咬牙："一天五百，买菜打扫做饭，一周至少上门两次。"

"可以。"顾寒山很爽快。

"那行吧，我去帮你做饭打扫，时间我尽量安排。"

"谢谢。"顾寒山从包包里掏出一把钥匙和五百块钱，递给宁雅："我家的钥匙。这钱先预付。你过来之前跟我说一声就行。"

"好。我这两天空出时间就去。"

宁雅给顾寒山写了个收据，再次送她出门。

顾寒山在楼下很快等到了她叫的车子。司机还认得她。

"小姑娘，好久不见。"

"你好，罗师傅。"

"哎呀，你还留着我号码呢。好久没叫我的车子了。你爸爸呢？"

"他去世了。"

"哦哦。"司机师傅有些尴尬，看看顾寒山的脸色，并没有跟他聊天的热情，于是闭了嘴，专心开车。

顾寒山拿出手机开机，在键盘上输入了一个手机号码，尾号3078，她很快听到电话里传来提示音："您拨打的号码是空号。"

顾寒山面无表情地把手机收起，打开了车窗。

宁雅手机通话界面在她脑子里一闪而过。她之前刚走，宁雅就拨了通电话，名字写的是"司机小刘"。谁的司机？宁雅想跟他说什么？可居然是空号。

窗外凉风吹了进来，将顾寒山颊边碎发拂到脸上。顾寒山白净的脸在车外灯光的映照下忽明忽暗，黑白分明的眼睛里毫无情绪。

一个瘦长的人影从一栋楼后面狂奔出来，迎着顾寒山的方向急冲，速度非常快。顾寒山盯着他看。

那人转眼便拐进了一个窄巷子，奔向了另一栋楼后面。

顾寒山的车子驶过了那栋楼。

顾寒山喊道："罗师傅，停车。"

司机有些惊讶："啊？"他靠边停下了。

顾寒山扫码付款："我就在这里下。"

"还没到地方。"司机道。

"有点事。"

"等你吗？"

"不用。"顾寒山推开车门下了车，朝着刚才那个身影的方向走。她看了看地上，观察楼宇的环境，拨通了电话："110吗？我要报警。我看到有人行凶逃逸。"

第二章
交易

凤凰街派出所的办公室里响起了机械警报声:"有新的警情请查收,有新的警情请查收。"

向衡一看系统,按下快捷键休眠电脑,捞起执勤腰带装备迅速奔下楼。

值班的钱威已经拿上了警情处置单,见到向衡穿戴好冲下来,便道:"伤人案,凶手逃逸。"

"让我去。"向衡道。

钱威一挥手,带上了向衡。

另外五个警员开了两辆警车跟上。

路上,徐涛开着车,钱威坐副驾驶位,向衡在后座上看手机系统上的警情细节。

"第一个报案的是个年轻姑娘,她坐在出租车上看到一个手持匕首身上沾血的人狂奔。第二个报案的是位男性,住一楼,他的厨房正对着行凶现场。他进厨房想做夜宵时听到打斗挣扎的叫声,后来看到受害人倒下,凶手逃逸。他不认识受害人,没看清行凶经过,没看清凶手。第三个报案的是一位中年妇女,下楼倒垃圾时看到受害者倒在血泊中。指挥中心已经叫了120。"

"听起来情况很不好啊。"徐涛道。

钱威用对讲机向指挥中心做通报,汇报凤凰街派出所已经出警,还有他们的车辆、人员数量及编号。

指挥中心进行了信息更新反馈。

"收到新的报警，确认受害人已经死亡。"

"靠！"徐涛握方向盘的手紧了紧。这事情性质就完全不一样了。

指挥中心继续说："已经通知武兴分局刑侦队，他们预计十分钟到达。技侦和法医也在路上。你们将会是第一批到达现场的警员，请观察好现场情况，维持秩序，注意安全。"

钱威应了。

指挥中心继续道："第一位报案人顾寒山，她详细描述了嫌疑人的外貌特征，并说嫌疑人从燕山路十栋出来，跑到了北区一里后面。武兴分局刑侦队已经通知分局巡警队前往北区一里后面沿途追查嫌疑人踪迹。目前我们在监控上没有看到可疑人员和车辆。请通知全体出警人员将对讲频道调到03，打开执法记录仪，到达现场后注意排查情况。"

钱威再次应了。

警笛声在黑夜中呼啸，三辆警车飞速奔驰着。

指挥中心接着向他们通报有关嫌疑人的样貌描述。

"男性，身高一米七几，很瘦。黑色外套，外套上有口袋，外套拉链是金色的，口袋和袖子按扣也是金色。里面穿着浅蓝色的T恤，胸口位置沾了很多血。手上戴黑色手套，拿着匕首，大概二十厘米，黑色的刀柄，刀刃上有血迹。深褐色休闲裤，没有系皮带，裤子前面右边的口袋鼓出一块方形，可能是手机。裤子右大腿位置上也有血迹。黑色运动鞋，黑色绑带，白色的李宁LOGO，白色鞋底。高颧骨，长脸，眼睛不大，戴着黑色口罩。头发很短或者没头发，因为在帽子下面没看到有头发露出来。棒球帽是深灰色的，跟身上黑色外套有色差。帽子上没有LOGO。"

钱威他们听完后安静了两秒。

向衡很快发问："这是第一位报案人的描述？在出租车上看到的？"就算面对面聊过天都未必能记住这么多细节。

"对。我们核实了两遍，她说得非常肯定。"

向衡再道："有别的目击证人证词能佐证她的描述吗？"

"没有。第二位报案人说嫌疑人个子挺高，很壮，但他后来又说自己没看清。其他报案人说没看到嫌疑人。"

"第一报案人描述时有反问问题吗？有没有表示自己很害怕，向你们了解案情情况，或者打听别的报案人之类的？"

"呃，没有的。她没有问问题。"指挥中心那头的年轻姑娘被向衡的严厉镇住,语气有些弱。

钱威看了一眼向衡。

向衡还在继续问:"核实她的身份了吗?她现在在哪儿?"

"她说她就在现场。"

"核实了吗?"

"啊?"指挥中心那姑娘可能没遇到过这么横的小民警。

徐涛看了一眼钱威,钱威的目光正好对了过来。

来了来了,向天笑变身了。他还记得他已经不是重案组组长了吗?

"定位她的手机信号方位,确认她说的是真话。"向衡发号施令的语气非常自然。

"这个,这个得申……"指挥中心姑娘想解释。

"你们今晚哪个主任值班?"向衡打断了姑娘的话。

姑娘紧张地转头找主任:"汤主任……"

汤荣早注意到这边似乎有点情况,他走过来拿起桌上的听筒,一边看了看警员姑娘面前电脑屏幕上显示的案情情况。

"我是接警情报中心汤荣。"

"老汤,我向衡。"向衡招呼着。

徐涛与钱威又对视了一眼。明明大家都是小民警,有事得报派出所名字和警号,人家向天笑直接说大名就当通行证了。

向衡跟汤荣道:"第一报案人的供述太详细了,不合常理,道路监控和其他目击证人都没能证实其证词的真实性。现在整个调度在按她的口供安排行动,如果被带歪了会给凶手逃逸争取时间,必须马上核实。我很快就到现场,你们帮我定位她的手机方位,我只需要确认她在现场这一点没说谎。"

汤荣很快配合,查出来了:"她没说谎,确实在现场。"

"盯好她的位置,如果有移动告诉我。"向衡刚说完,钱威就提醒他:"我们到了。"

远远已经能看到凌乱的围观人群,还有人举着手机在拍。钱威皱了眉头。

向衡也看到了,他对汤荣道:"这案子分局谁负责?你协调一下尽快申请授权,安排网警盯好网上消息,现场很多人在乱拍,收集所有的相关图片和信息。还有北区一里后面沿途的追查有什么情况告诉我一声。我到现场了。"

"好,我来安排。"汤荣答应了。

指挥中心的年轻姑娘小心看着自家主任,以前没发现汤主任还挺和蔼的。

车里,向衡跟钱威道:"让孔松带人去北区一里,沿途查看有没有凶手的遗弃物品或是痕迹，做好标记和封锁。你负责目击证人问话，找到那三个报案人，尤其是顾寒山。注意周围情况，保护好他们的隐私。"

"行。"钱威赶紧通知后面的警车。

大家飞快下了车，往事发现场跑去。

围观人群那边有人听到警笛声就来迎他们："警察，警察，在这边。"

"警察来了！"

人群散开，让出了一条路。

众警员已经看到了地上流淌的血迹，一个人侧倒在地上，面朝楼体方向。

"他死了，已经死了。"有围观群众喊。

"吓死人了。我正看电视呢，听到声音出来一看，差点昨天的饭都要吐出来。"

周围是七嘴八舌的议论声。有人说听到了什么，有人说看到了什么。

钱威一脸无奈看了眼向衡。看看，知道第一现场小民警的难处了吗？保护证人隐私！怎么保护？这嚷嚷得足够凶手转回头再砍他们十回了。

向衡脸色不变，比画着方位叫道："阿华，从这里开始拉警戒线，范围大一些，到出口那边全围上。徐涛、老刘，把围观的带开，别让他们拍。你们两个，到这边来，守住通道，进出登记。你，联系物业和楼管，调查小区情况，申请协助。小宋、老刘，这两栋楼门口都守好，对，这栋楼也需要。强哥、光哥，上楼看看楼里是否有可疑痕迹。大家记录周围情况，所有东西都不要碰，等刑侦队来。不许跑，拦下他们。了解情况的请到这边。钱哥！"

凶杀案这种场面并不多见，还有一群这么积极八卦的围观群众，众警员的神经全都绷紧了。但向衡淡定从容的样子很有安定人心的作用，大家赶紧各就各位照嘱咐办，没人质疑向衡职位身份够不够格。

受害者身边的场地快速被清空，向衡戴上手套走过去，拍下照片，小心避开现场痕迹，绕到了受害者的正脸方向。

这一看，心头一震。

许塘！

那天将他抓走，终究还是没能救他一命。

向衡一看那流血量和许塘的脸色，还有他颈部的伤口情况，就知道他确实是完了。

向衡初步查看了许塘身上的伤处，又翻查了他身上的物品。

接着向衡拿出手机调出罗以晨的微信，把许塘遇害的照片发了过去，又发了个定位，附上信息："许塘死了。"

罗以晨很快来电："燕山路那案子吗？我们接到了命案通报，现在在路上了。"

"好，等你。"向衡挂了电话，看了看周围。大家的行动很有效率，基本按他说的控制了现场。向衡仔细观察人群，沿着楼宇转了一圈，审视现场环境。

再转回来，他看到钱威与两个人站在角落说话。而离他们不远处，有个纤细的人影静静站在楼宇另一边的墙角，正隐在阴影处。若不仔细看，很容易将她漏掉。

向衡朝钱威走去，听到钱威在问有没有见到凶手。

"没有。"一个年轻男人声音挺大，"我就听到打斗挣扎和惨叫声，我正进厨房呢，一开灯，外头声音就停了停，我探头一看，那人似乎想叫救命还是什么，发了一个声音然后两个人抱在一起，那个人就倒下了——吓死我了。然后凶手就跑了。我缓了好一会儿才缓过神来。外头黑乎乎的，我没看清，也没敢出去，后来确认没动静了才敢报警。"

另一人道："我就是想去买包烟，看到有人围在这儿，我就过来看，一地的血。凶手早就跑掉了。"

向衡越过钱威，朝阴影处的姑娘走去。走得近了，看清了她的模样。

他认得她。

朝阳步行街上被搭讪的姑娘。

那姑娘看着停在她跟前的向衡，看了看他身上的警服。表情非常镇定。

向衡凭着直觉轻声问："顾寒山？"

顾寒山点头："我是顾寒山。"

向衡认真打量了她，向她出示证件："向衡，凤凰街派出所民警。"

顾寒山扫了一眼向衡的证件。这么暗的光线，也不知看清没有，反正她没什么反应。

向衡观察着，又道："我们换个地方说话。"

"不。"顾寒山直接拒绝。

向衡想了想，便也不坚持，问她："你具体是在哪儿见到了嫌疑人？"

"就在外头，燕山路。"那姑娘抬了抬下巴指方向，"我坐的车子由西向东开，他由东向西跑。我们直线距离最短的时候不到三米。他从这栋楼方向跑出去，跑到北区一里后面。"

这距离，算上车子行驶和嫌疑人奔跑的速度，那就是很短的瞬间。

怎么可能记得这么清楚？

"你说说嫌疑人长什么样？"

"中等个头，一米七几吧，挺瘦的。长脸，戴着帽子和口罩。眼睛不大，帽子下面看不到头发。黑色外套，外套右胸位置有个口袋。拉链和袖子按扣都是金色的……"

"你以前见过他吗？"向衡打断她。

"见过。"

向衡冷静地从警服兜里掏出小笔记本和笔，就着昏暗的光线摆出做笔记的样子来："你说。"

顾寒山道："大概半个小时之前，我坐车到静安路，曾经路过这一带。当时在前面太华路的一个巷口，有一辆黑色的丰田卡罗拉停在路边从东往西数第二格停车位上，凶手坐在副驾驶座。那时候他还没戴口罩。"

向衡闷头只管记。可以的，更厉害了，第几格停车位都记得。

"你认得车子型号？"向衡问。品牌就算了，型号还张嘴就来。

"正好以前见过卡罗拉。Corolla。"顾寒山拼给向衡听。

向衡："……"

"警官，我也见过你。"顾寒山道，"4月13日上午10点多，你从朝阳步行街走出来，往南边去。差不多一个小时之后，你跟一位女警官坐着警车又回来了。你们的车牌号是XXXXXXX，车座是皮质灰色。女警官短发，大眼睛，耳垂上有颗痣。你们车子前座扶手箱放着清风牌的软包装抽纸，后视镜挂着一个蓝色猫咪小玩偶，耳朵是白色的。你当时在笑，你还看了我一眼，你记得吗？"

向衡："……"

这回向衡有了身为当事人的震惊，他抬头仔细看了看顾寒山，镇定地道："我记得。"

顾寒山对上他的目光，说道："不要质疑我的记忆力。你得相信并认真处理我的证词。"

她的语气平平常常，但越这样越显得狂妄。向衡想摔笔夸她一声"绝了"，但他只淡淡地应："嗯，你继续说。"

"我看到那个凶手坐在副驾驶位上，我也看到了司机，我认得出他的样子。现在那个司机就站在外面那一圈围观人群里，看着犯罪现场。他原本没注意到我，但因为你走过来又跟我聊了这么久，他正盯着我们看。这也是我拒绝跟你离开的原因，我不想让他看到我。他穿着灰色带帽长袖卫衣，胸口有个兔子的图案，黑框眼镜，黑色短发。"

向衡心里一动，可他没有冲动转身，他稳住站姿，若无其事地把本子和笔放回兜里，问："你能告诉我他现在在人群里具体的位置吗？"

顾寒山观察着他的姿态，道："三点钟方向，他站在一个穿着蓝格子睡衣的大爷身后。"

向衡仍未回头，他拨了手机，徐涛接了。

向衡压低声音:"我的这个位置三点钟方向,蓝格子睡衣大爷身后有个灰色带帽长袖卫衣的男人,黑框眼镜,短发。别打草惊蛇,慢慢靠近他,抓住。"

"啊?"徐涛吃了一惊,但很快反应过来,也压低声音回道,"明白了。我看到他了,这就去。"

顾寒山看向衡处理得很冷静,便继续道:"车牌号码XXXXXXX。"

向衡联络指挥中心,报上车牌号、车子品牌车型以及时间、路段范围:"查监控,找到这辆车。"

他话刚说完,却听到人群那边一阵喧杂吵闹。

徐涛这边出了意外。他正接近那个灰色卫衣男子,那男子突然转头看到,惊叫一声退出人群。徐涛加速向他靠近,那男子撒腿狂奔。

徐涛大喝一声:"站住!别跑!"

向衡猛地转身朝那个男子的方向冲去。他一边冲一边大喝:"守好现场不要乱!看好她!别交给别人!"

钱威非常自觉地领下了向衡最后那句话。这分明就是对他说的。

钱威两个箭步迈到了顾寒山跟前。

顾寒山纹丝不动,表情毫无变化,她淡淡地看了钱威一眼。

钱威:"……"

向衡的速度很快。

比徐涛快。

冲到街边时,他已经越过徐涛,逼近灰色卫衣男。

灰色卫衣男的身手相当敏捷,他手一撑轻松跳过人行道路边围栏,往马路中间冲去。

车道里正行驶的汽车紧急刹车,刺耳的轮胎摩擦声响划破夜空。司机大声咒骂。

灰色卫衣男险险从车前面冲过去,大腿在车子保险杠上擦了一下。但他停也未停,闷头全力狂奔。

向衡冲刺到围栏前一跃而起,直接跳了过去。

刚才险些撞到灰色卫衣男的那辆车的司机还没有来得及反应,又见一个身着警服的人影撑着他的车前盖跃过。

几个车道此起彼伏响着刺耳的喇叭声。车子歪斜着停了一串。

灰色卫衣男已经跑到了对街。他翻身跃过围栏,顺手一把抄起了路边店家放的大号绿色垃圾桶就往向衡追来的方向砸,出手之后停也未停继续跑。

向衡往旁边一闪，躲开垃圾桶，纵身跃过围栏，紧追不舍。

灰色卫衣男已经冲进了一栋临街旧居民楼的后头，一拐弯，向衡再看不见他的踪影。但向衡仍旧未停，他一边冲刺一边从腰间拔出了警棍，在楼宇拐弯处稍稍减速，腰部下沉。

果然这处有埋伏！

一块废旧长木板从拐角后头用力挥出，朝着向衡袭来！

向衡一曲腿，整个身子斜倒下来，他铲滑过这个拐角，躲开了这一击。手上警棍一甩，"啪"的一声棍子伸长。向衡挥臂朝那人的腿打去。

一击即中！

那灰色卫衣男"啊"的一声惨叫，手上木板飞出，人痛得跪了下来。

向衡脚一点地，单掌一撑，稳住了身形，整个人一跃而起。

灰色卫衣男仍未放弃，他连滚带爬扑到那木板跟前，抄起板子滚身，向后挥打，企图将逼近的向衡击中。

向衡丝毫没跟他客气，飞起一脚将木板踢断，"唰唰"挥棍连击对方胳膊，灰色卫衣男惨叫，抱着胳膊滚在地上，眼镜歪到一边。

向衡踢开木板，抓着灰色卫衣男衣领将他拎了起来。灰色卫衣男大声高喊"救命"，仍试图挥拳反击。

向衡拧着他的胳膊一转，反剪他的双手将他按在了楼根墙角。一只腿压着他的后膝，手拧着他手腕手肘顶着他的脊梁骨，灰色卫衣男再动弹不得，痛得喘着粗气号叫。

向衡用身体压着灰色卫衣男，另一手持着警棍朝外，警惕地看了一圈周围，确认没有异动，这男人没后援。他这才松开劲，掏出手铐将灰色卫衣男铐上了。

徐涛气喘吁吁终于赶到，还是灰色卫衣男那声"救命"将他引导到了正确方向。他看到一切结束，扶着膝盖好好喘了喘，下定决心从今天开始，不，从明天开始一定要好好锻炼体能。

向衡把灰色卫衣男交给了徐涛，徐涛押着他等着。向衡再次观察了周围，然后用对讲机通报抓到了一名嫌疑人，并报告了方位。

灰色卫衣男大声叫着："你们乱抓人，警察乱抓人。我什么都没干，我就是看看热闹。我会投诉你们的！"

向衡一巴掌拍向他脑袋："闭嘴！"

徐涛张了张嘴，又闭上了。执法记录仪拍着呢，不能乱打人。算了算了，向天笑还没适应，不怪他。

有警员在对讲里回复，正开车过来接应。

向衡和徐涛等着。向衡搜灰色卫衣男的身，他身上有钱包、手机、车钥匙。身份证上写着名字石康顺，今年26岁。

石康顺似乎终于接受了现在的处境，态度软化许多，但嘴里仍叫道："警官，我就是看看热闹，我真的没干别的。"

"那你跑什么！"徐涛喝他。

"你们追我我当然跑了。杀人了啊，我害怕呀。本来就很紧张，结果你们凶神恶煞地冲过来，我没过脑子，就是本能就跑了。"

"你还本能地拒捕、袭警。"向衡捡起那块被他踢断的木板，"这上面有你的指纹，还有你砸我的那个垃圾桶上面肯定也有。"他又指指自己肩膀上的小仪器，"这是什么知道吗？执法记录仪。"

哦，你还知道。徐涛不说话。

石康顺也闭了嘴。

向衡又问石康顺："你认识死者吗？"

"不认识。"石康顺飞快答。

"你见着他样子了吗，就说不认识。"向衡喝道。

石康顺再度闭嘴。

向衡用手机调出许塘的档案照片，石康顺认真看了一眼，认真回答："不认识。"

徐涛在一旁安静听着，他其实也不明白向衡为什么要抓他。

向衡收起手机，问石康顺的居住地址和来这边的目的。

"住松柏路？这么远跑来这边做什么？"

"吃完晚饭没事干就开车出来随便兜兜风。"

"车呢？"

"停在前面太华路了。"

向衡不动声色："停在太华路，怎么走到这边来了？"

"就是想找个小超市买点零食和烟什么的，然后听到有人叫嚷有热闹看，我就去了。"

"车子什么牌子车型？"

"丰田卡罗拉，黑色的。"

向衡继续问："车牌号呢？"

石康顺不耐烦吼道："干什么，我袭警了关我车子什么事？"

"是，是你袭了警，你的车子没动手。"向衡一脸耐心和蔼，"我们在命案现场做调查，你突然发狂、拒捕和暴力袭警，我有充分理由调查你的精神状况以及你有没有藏匿违禁品。"

"我没有。"石康顺喊,"你搜去,给你钥匙。"

向衡不说话了,他看着石康顺。

这么有恃无恐,是虚张声势还是早有准备?

石康顺在他的目光下突然软化下来,乖顺老实地道:"我,我以前是有吸毒史,但我已经戒了。我就是习惯性地,看见警察就害怕。真的,我心虚害怕才这样的。我车上没藏毒,你们可以搜,我就是出来走走,犯贱看见有热闹就往前凑了一下。"

向衡仍不说话,他心里有底了。

徐涛正在心里赞叹向衡简直神了,一问就中。他做民警也在街边抓过不少吸毒的,但没发现这个石康顺有什么不对。向衡真的厉害。结果还没赞叹完,却见向衡脸色很黑,似乎他断案如神一点都不值得高兴。

啊,向天笑又要变身了?

徐涛正不知向衡有什么心思,警车到了。

向衡和徐涛把石康顺押上警车,一行人回到犯罪现场。刚到路口,向衡却道:"先把这人押这里,我去看看情况,看要把他送哪里再说。"

开车的民警应了。徐涛跟着向衡一起回现场。他有一肚子问题,但看向衡脸色不好,也没敢问。

向衡联系指挥中心找汤荣,汤荣说按时间段能看到这辆丰田开进这一片区域,确实是转了几圈,然后停进了太华路里的一个巷子,那地方没监控,看不到是否有人上车。也没看到石康顺下车离开,有可能是从巷子的另一边离开的。这一片是待开发的旧城区,还存在一些重复施工之类的问题,所以有些地方监控设施没跟上,有些地方改建拆掉了监控没能及时补装。

"能看到他跟一个黑外套瘦男人在一起吗?"

"没有。到现在为止还没有。他出现在镜头里时一直是一个人。我们还在继续看监控。"

向衡谢过汤荣,回到了现场。

分局里的人已经赶到了。领头的叫葛飞驰,分局刑侦大队的大队长。他正在跟顽强守着顾寒山的钱威交涉。

"什么时候派出所的优先级排在我们分局前头了?"葛飞驰有些不高兴。

"不,不,不。"钱威客客气气,"葛队,我们完全配合你们的工作。我们没有优先级,但就是我们所的情况有点特殊。"

"特殊什么？"葛飞驰刚说完，察觉到身后有人过来，他转头一看，"哦。"

是够特殊的。

"向衡。"葛飞驰跟向衡打招呼，"你们所可以的，现场安排井井有条，连北区一里都做侦查封锁了，很有刑侦意识。做得很好，给我们省了不少事。"

钱威有点紧张，生怕这夹枪带棒的话让向衡发飙。大庭广众的，这么多双人民群众的眼睛在看着，警察吵架多不合适。

结果向衡面色如常："那是，我在这儿呢。这案子你们不愿干了我们所自己处理都行。"

大言不惭啊。

钱威垂下头，不好意思看葛飞驰的脸色。

比脸皮厚，向天笑同志看来就没输过。

向衡完全没有不好意思，他继续用熟人好朋友的语气跟葛飞驰道："怎么回事？干吗跟我领导摆架子呀？"

葛飞驰也像没事人一样如常回话："我要带证人回局里做笔录，钱威说要等等。"

"对，等一等。"向衡看了看不远处的顾寒山，"我先跟证人说几句话。"

也不待葛飞驰给反应，向衡就过去了。

葛飞驰不甘示弱，跟了过去。

钱威觉得自己有责任维护和平，也过去了。

顾寒山冷静地看着三个警察过来。她问向衡："抓到了吗？"

"抓到了。但目前还没办法证明他曾经跟行凶嫌疑人在一起。除了你的证词，没有其他证据显示他们之间有联系。调查也许会有难度，还需要时间，你一定要注意安全。"向衡想让她明白这个。

身为唯一能认出凶手和同伙的证人，她简直就是立在凶手面前的靶子。抓到石康顺并没能解除她的危险。如果不能证实石康顺参与了案子、跟凶手之间有关系，那很有可能他过了太久就会被放出来。

有吸毒史，见到警察就有应激恐惧反应，这个理由不算太差。再加上他们对这一带很熟悉，知道怎么躲开镜头，这肯定是有预谋的行动。

一个负责杀人，一个负责断后看清楚警察行动，这么有组织，肯定不是普通的杀人案。

顾寒山似乎没感应到紧张的气氛，也漠视了向衡语气里的关心，她淡淡地"哦"了一声，道："那你们再努努力。"

向衡："……"

这口吻！你是谁领导呢！

葛飞驰听得顾寒山的语气也是一愣，但看到向衡吃瘪的表情又觉得好笑："你们认识啊？"

顾寒山和向衡都没回话。

向衡忙着瞪顾寒山，前面没当她的面摔笔她就保持住了风格对吧？

顾寒山审视他的表情。

钱威："……"

葛飞驰看到这情景更觉好笑。他对顾寒山道："姑娘，他努力不行。这案子由我们分局负责，我们一定会抓到凶手的。我现在安排人带你回去做个笔录，你把见到的、想到的、能回忆起来的，全部告诉我们。"

他说完，故意再问向衡："你还有别的话吗？"

"没了。"向衡冷漠脸。去吧，把能回忆起来的全告诉他们，让他们做电子笔录的电脑死机，加油。

顾寒山没理向衡的脸色，她跟着葛飞驰走。

向衡看着他们的背影真是没好气，但他还是叫住他们："葛队，有个嫌疑人，叫石康顺，我押在东边路口警车里。别让他看到顾寒山。"

葛飞驰挥挥手："知道了。这个石康顺我也要了。"

顾寒山都没回头，她继续跟着葛飞驰往外走。向衡听到她问："你比向衡官大是吗？"

"对。"葛飞驰答。

"好的。"顾寒山应。

向衡觉得后槽牙痒痒的。

钱威还没来得及替向衡尴尬，就见顾寒山忽然回头，问向衡："向警官，你手机号码多少？"

向衡看着她。

顾寒山见他没说话，想了想补上一句很有礼貌的问句："可以告诉我吗？"

向衡克制住了表情。

势利鬼！还好意思装可爱！

向衡冷淡地报了一串号码。顾寒山道："谢谢。再见。"然后转头就走。

葛飞驰故意道："要向衡号码啊，有什么事呢？"

顾寒山答："想交个朋友。"

这还，挺直接的。虽然说得有点怪。

钱威和葛飞驰都忍不住看了向衡一眼。

向衡没表情。都想什么呢，这位顾寒山同学的语气像是想交朋友的吗？

顾寒山见大家都看向衡，她也看向衡一眼。然后她突然折返，朝向衡走去。

大家一愣。

顾寒山掏出手机，调出自己微信二维码："向警官，可以加个好友吗？我是有诚意的。就是不太习惯，刚才忘记了。"

向衡："……"你家诚意的记性不太好呀。

大家都盯着他俩看。

向衡慢吞吞掏出手机，点开了微信，一边刷她的码加好友，一边趁机教育她："不要跟陌生人乱加好友，很危险的，知道吗？"

"知道。谢谢向警官。"顾寒山一本正经。

哇，你俩的互动怎么这么虚伪呢。不知道顾寒山"乱加好友"历史的葛飞驰有点想继续看好戏，但顾寒山加上好友就收起手机无情走人，诚意确实欠缺。向衡也不在意，转身干活去了。

葛飞驰被两人晾下，反倒有些尴尬了。

钱威装没看见，向衡就是有这个本事，事情是他干的，但尴尬的总是别人。

葛飞驰清清嗓子有些没好气，跟在顾寒山身后道："好了，走吧。"

葛飞驰领着顾寒山走出巷子，正找警员交代顾寒山回局里录口供的事，却见一旁走来两个市局的人，眼熟，认识。重案组的罗以晨和方中。那可是从前向衡的属下。

葛飞驰的八卦之心蠢蠢欲动，这戏肯定比刚才的精彩，可惜再折回去有些太明显，何况还带着个证人办正事。

葛飞驰遗憾地看了一眼顾寒山，顾寒山淡然回视。

葛飞驰："……"

市局刑侦队，关阳办公室。

关阳举着手机，听完罗以晨的汇报，道："葛飞驰负责吗？行，那就先让他们那边侦查，我们等等结果再说。"

罗以晨那头应了。

关阳放下手机，一旁的打印机已经完成了工作，吐出一张刚打好的照片。

照片里，许塘的尸体卧在昏暗的角落，阴沉压抑。

关阳拿着那照片看了半晌，将它贴到了一旁的案情板上。

板子上贴了不少照片，还有用不同颜色白板笔写下的案情线索。关系图最上方是一张三十来岁男子的照片：白衬衣，黑头发，端正的五官，看着颇帅气。他在微笑，但眼睛里没有笑意。

照片旁边写着名字范志远。

旁边还有两个字：证据？

这后面的问号又黑又粗，明显画了好几次。

关阳盯着这白板看了好一会儿，末了他把白板翻转，案情关系图被掩在了背面。

关阳摸出一根烟，站在窗前，把烟点着了，深深吸了一口。

窗外夜空很暗，没有星星。

武兴分局。

顾寒山跟着一名女警穿过办公区。虽是深夜，但仍有人在加班。有些办公室的门开着，顾寒山一路走一路看。

最后女警带着顾寒山在一间问询室门口停下了。她打开门，招呼顾寒山进去坐。

"你稍等。一会儿会有负责的警官过来问话，做个笔录。"

顾寒山坐下了，她看看坚实的桌椅，摸了摸桌面，又看了看桌上摆着的电脑，再抬头，看到不同位置的监控摄像头。

那女警微笑着道："我们问话都得记录的，工作流程，你别紧张，不会泄露出去的。"

"我不紧张。"顾寒山应。

"很晚了，你累吗？饿不饿？笔录的时间可能会长一点，一会儿如果你需要休息，可以说哦。你要喝什么吗？或者吃点什么？"女警又问。

"矿泉水。"顾寒山没有客气。

女警打电话让同事帮忙拿矿泉水过来。

过了一会儿，两个男警察进来了。一人拿着一个文件夹和矿泉水，另一人拿着个小小的暖水瓶和几个纸杯。

"来，你要的矿泉水。"女警把矿泉水放到顾寒山面前。

警察们做了自我介绍，两位男警官一个叫禹天路，一个叫聂昊。女警名叫陶冰冰。聂昊是从现场把顾寒山带回来的，他对顾寒山很亲切。

"我们还带了些热水过来，你喝点热的。别紧张，我们就是把你报警的情况仔细再问一次，看看还有什么漏的。"聂昊道。

"我不紧张，也没什么漏的，我知道的都说了。"顾寒山的脸上确实看不出紧张来。

几个警察互相看了一眼。

聂昊清了清嗓子："那我们再来核实一遍。"他打开了案情卷宗，里面有顾寒山报警时的笔录。

陶冰冰坐在了桌子这头，随时提供协助。禹天路打开了笔记本电脑。

燕子岭。

一栋小白楼。一间雪白的屋子。

二十平方米左右的空间，灯光明亮，有衣柜、电视、床、小桌和椅子。

房间布置得温馨干净，挺有格调。要不是床头墙上有跟医院里一样的呼叫按钮、吸氧装置、接心电仪器等的一排插座，真看不出这里是个病房。

床在屋子中间，床边有个床头柜。床头柜上摆着一台仪器，仪器上连着许多线，线的终端贴片此刻正贴在一个躺在病床上的年轻瘦削的男人头上。

那男人的脸，是顾寒山看到的凶手的脸。

一旁的小桌上，一台笔记本电脑屏幕上正跑着数据。电脑前面坐着一个穿着白大褂、戴着医用口罩的年轻医生，他的眉毛挺粗，双眼皮很深，还戴着银框眼镜。

"胡磊，"医生问，"你现在觉得怎么样？"

"有点，有点慌。"胡磊咽了咽唾沫，"我的心跳是不是很快？"

"是的。你今天做了什么，发生什么事了吗？"医生站起来，从电脑前走到仪器这边，做了些操作后，弯腰看着胡磊轻声问。他没有靠得太近，语气也很温柔，这让胡磊受到了安抚，他没那么慌了，放松了声音："没有，没什么。"

"那你觉得哪里不舒服？"医生问，"杨总说你不舒服，让我来给你检查。你觉得哪里不好要跟我说。"

胡磊犹豫了一会儿，道："没有，我就是突然觉得心率很快，头晕，有些想吐。跟之前的症状差不多。"

"好的。"医生应了，看了一眼仪器，又回到电脑前继续观察着显像情况。然后他道："我需要给你抽两管血。"他站起来，一旁的护工赶紧把准备好的医疗器械用小车推了过来。

"医生，我没什么事吧？"胡磊紧张地问，"可以手术吗？"

"具体我得拿到检查结果后再跟简教授商量一下。"医生道，"原来的药你继续吃，我再给你多加一种药。你这几天好好休息。不要熬夜，不要受刺激。"

"好的，好的。"胡磊连连应了。他让医生抽了血，又配合着再做了些检查。

医生走了。

护工把仪器收走,再把胡磊的药,还有一杯水放在了床头柜上。

一个三十来岁,梳着三七分西装头的男人从窗边移到了床边的椅子上。胡磊见状试图坐起来,那男人探身扶了他一把。

胡磊坐稳了,有些虚弱地道:"谢谢杨哥。"

杨安志应着:"不谢。把药吃了吧。"

胡磊点点头。杨安志替他拿了药和水,胡磊吃了。

杨安志将药杯和水杯放回床头柜上,对胡磊道:"你好好休息,其他的事我会安排好的。尾款我帮你催着,保证你后续的治疗费用没问题,还能留出一大笔给你好好生活。接下来就是等简教授那边的手术通知。"

胡磊靠在床头,缓了缓精神,再次道:"谢谢杨哥。"

"不谢。"杨安志道,"如果你有哪里不舒服,睡不着,或者做了噩梦,你都说一声。"

"好的。"胡磊有些犹豫,但还是问,"我动手的时候太紧张了,没顾上那人的包,这个怎么办?"

"没事的,都处理好了。事情已经结束了,不用再管它。"

胡磊道:"我怕他们说我任务没做好,不给我钱了。"

"放心吧,我会盯着的。你等着钱救命,我不会允许他们赖账的。"

胡磊的心稍稍安定:"我努力做好了。刚才医生问我发生了什么事,我也没说。"

"嗯,很好。你守口如瓶,治好了病才能安全回家。你爸妈看到你回去会很高兴的。"杨安志道。

胡磊点点头,过了一会儿道:"真希望能快些做手术,真希望病早点好。"

杨安志对他温柔笑笑:"那你就得好好休息,把身体调整到最佳状态,这样手术成功概率才会大些。你今天很累了,睡一会儿吧。"

胡磊确实觉得困倦了。他挪动身体,躺了下来。

"谢谢杨哥。"

"别客气。"

胡磊闭上了眼睛。

杨安志看了他一会儿,见他呼吸绵长,似睡着了,这才站起来,走出了屋子。

屋外是一条长廊,左右两边还有几个房间。每个房间门上都有玻璃窗格,跟医院似的,方便查看屋里的情况。

杨安志一直往前走,走到走廊尽头楼梯处,转身下楼。

一楼是接待大厅,布置得干净整洁,有绿植,有沙发,灯光明亮,但窗户都拉着窗帘，看不到外头。

一楼靠近大门处有两间屋子，一间对着大厅有个窗台，里面有桌椅诊台，还有玻璃柜和放药用的冰柜，像是配药房和诊疗室。此刻有个穿着护工衣服的年轻男人坐在里面刷手机。另一间屋子里头有桌椅沙发和办公桌，是一间办公室。

办公室开着门，刚才那个医生独自坐在里面。

杨安志走进去，把门关上了。

"常鹏。"杨安志唤了一声医生名字。

常鹏抬眼看他，收起了手机，问道："胡磊怎么样？"

"他睡了。"杨安志道，"感觉他情绪还挺稳定。你们什么时候把他弄走？"

"等血检结果出来。"常鹏面露喜色，"看起来这次实验很成功，激素对他影响很大。加上他脑结构的情况，按对开关，他就能做到杀人不眨眼。"

杨安志抿抿嘴："他没有不眨眼，他很慌。"

"他完成得很好。"

"那可真是走运了。"杨安志道，"我是不赞成这么冒险的，现在没出差错最好。赶紧把事情结束了。"

"放心吧，我们也很想尽快进入下一步的研究，看看这次情况对他的最终影响。"常鹏站起身，"那些药要按时给他吃，安抚好他。我们这边做好安排就通知你。"

"行吧。反正是最后一次了。"杨安志不再说什么，他起身，打开门，"你路上小心点。"

武兴分局。

葛飞驰拎着手机风风火火卷过办公区走廊，在问询室门口停下了。

聂昊在等着他。

"怎么回事？"葛飞驰压低了声音。

聂昊拉着他走到一旁的会议室里，这才道："笔录都对过了，没有一句话是漏的。"

"有疑点吗？"葛飞驰挑了挑眉头。任何证人的话都不可能每一句都一样、每一个细节都不漏，除非提前背熟了。

"我们打乱了语序，打乱了时间线反复问的，她都没说错。"聂昊道，"石康顺那边一口咬定自己因为有吸毒史，所以看见警察害怕，因为太紧张才会做出那样的反应。现在还没有找到证据证明他跟这个案子有关联，只能先把他扣着。"

"嗯。"葛飞驰点头。

"我把石康顺的审讯情况挑了些重点跟顾寒山说了，从她的表情看不出什么来，她也不害怕。问她有没有想起什么新的情况，她很肯定说没有。但她问我们查这个案子会不会拖很久。"

葛飞驰皱眉头："她什么意思呢？"

"我问了，她说她帮了我们的忙，希望我们也帮她。"

葛飞驰："……"

果然还是有目的的。

"她说我们如果很久都没破案，显得她没帮上忙似的。"聂昊道。

葛飞驰没好气："然后她就会不好意思提要求吗？"

"不是。"聂昊清清嗓子，"她说既然得拖很久，那么要等我们帮她解决了问题，她再帮我们做嫌疑人的模拟画像。"

葛飞驰："……"

居然还敢提条件要挟警察！

葛飞驰怒不可遏。上一个这么不要脸让他这么生气的，就是向衡了。不过那时向衡官大一级，他忍了。现在一个小证人都敢嚣张了。

难怪他们眉来眼去的，这是一类人！

聂昊又道："顾寒山之前路过办公室，看了里头一眼。刚才她把办公室里的陈设细节讲了一遍，证明她的记忆力超级牛。我觉得她是想表达她真的认得嫌疑人的样子，能做出模拟画像，但我们得先帮她解决诉求。"

可以的！葛飞驰生气。这比向衡还讨人嫌。

葛飞驰问清楚情况，迈着大步很有气势地进了问询室。

问询室里，顾寒山刚喝了一口矿泉水，正拧瓶盖。看见葛飞驰进来，她慢条斯理的动作不变，表情也很淡定。

葛飞驰看了看她，深呼吸，坐下了，和蔼问："姑娘，我同事刚才跟我转达了。你再跟我仔细说，你是什么情况来着？想让我们怎么帮忙？"

顾寒山放下矿泉水瓶，又说了一遍："3月19日，我在朝阳街地铁站遭遇猥亵，被一个男人摸了一下屁股，我当场把他抓住并扭送派出所。但是当时周围没有人看到那个男人的动作，不能帮我做证，也没有监控拍到，那个男人怎么也不肯承认。派出所的民警查了那个男人和我的资料后，偏袒了那个男人，没有对他进行处罚，把他放走了。我希望你们重新调查这件事，还我一个公道。"

"姑娘，没有人证，没有监控，他也不承认做过，那怎么证明那个人真的做过？你让民警怎么办呢？任何处罚都得有理有据、讲规矩讲流程的。"葛飞驰耐心讲道理。

"我告诉民警这个人是惯犯。我曾经见过他犯案，他还摸过别的女生。时间地点我都记得，民警可以再去调监控看一看，有可能他之前的行为被监控拍到了呢。"顾寒山道，"民警说现在所有猥亵报案都是有记录的，在系统里一查就能查到。但是那个男人没有任何不良记录，除了我，没人举报过他猥亵。而且那个男人是会计公司老板，而我无依无靠，有精神病史，所以民警相信了那个男人，把他放走了。"

有精神病史？

葛飞驰顿时警惕。

那会不会影响许塘命案的证词可信度？葛飞驰看了一眼聂昊。聂昊很无辜，他也是现在这一秒才听到，他也很震惊。

葛飞驰转头看回顾寒山。

顾寒山道："我希望你们能帮我调监控查一查，证实我说的是真话。那个男人就是猥亵犯，他必须受到处罚。而且当初那个办案民警对我有歧视，他得跟我当面道歉。"

"哪个派出所？"

"凤凰街派出所。"

葛飞驰精神一振："向衡吗？"

一回神，不对，向衡是4月1日愚人节到凤凰街派出所报到的，这日子传遍整个系统，大家津津乐道，实在太好记了。

可惜，要是向衡就好了。不管三七二十一，押着他给顾寒山磕头都行。

"那民警叫苏波，警号******。"

葛飞驰不认识这个人。这事听着不太靠谱，没证据可查，跟他手上的案子也没关系。而且只凭一面之词就去指责派出所民警办事不力，推翻人家已经了结的案子，他既没有这个权限也没这个立场，他跟凤凰街派出所的所长程清华也不熟。

葛飞驰清了清嗓子："姑娘，民警办案调监控也是需要办手续走流程的。而且我们刑侦大队不负责处理对派出所警员办案的投诉。"

顾寒山冷静地道："刚才这位聂警官也跟我解释了，我知道可以找派出所领导投诉，但我觉得他们领导肯定护着他们——就像你现在一样。"

葛飞驰被噎住，他怎么护着了，他说的确实是事实，他们是刑侦队，不管处理投诉。

没等葛飞驰说话，顾寒山又道："我知道还可以向上级单位提出复议，还可以走诉讼，但是太麻烦了。我不喜欢麻烦。"

葛飞驰："……"这位姑娘你的语气真的让人没办法对你亲切。

"如果必须这么麻烦才能解决，那我也没办法。只是这需要挺长时间的，不知道你们能不能等。"顾寒山道，"我得解决了这事，才能帮你们做凶手的模拟画像。"

葛飞驰真是一口气梗在胸口，他缓了缓，突然灵光一现，道："姑娘，你别着急，我找个人帮你解决。"

"谁能解决？"顾寒山问。

"向衡！"葛飞驰答得理所当然，"他就是凤凰街派出所的民警。"

还在犯罪现场值守的向衡忽然打了个喷嚏。他揉揉鼻子，没觉得冷啊。他看看周围，然后把目光调回手机上。

手机屏幕上显示着搜索结果：超忆症。

第二天，下午4点，武兴分局大会议室，许塘案的第一次犯罪现场分析会召开。

所有参与案件现场勘查的相关队伍主要人员都要参与。葛飞驰打定主意利用这次会面把顾寒山的安抚工作交给向衡。反正也是凤凰街派出所的事，向衡的脸皮也适合。

作为案发地辖区的派出所民警，第一批到达现场、维持秩序、询问证人的警员，钱威、向衡和徐涛都参加了会议，程清华作为派出所领导也出席了。

这个会议的主要目的是在全面开展侦查工作之前对现场勘查情况和人员调查信息做一个汇总，协调确认各部门的工作，分析案情，明确侦查范围和方向。

会议室很快坐满，葛飞驰的队伍准备好了资料和讲义，分发给了众人，电子版投影到了幕布上。

室内的灯光暗了下来，会议室的门却被推开了。

向衡转头一看，看到关阳和罗以晨走进来。这两人也没有张扬，在屋子最后一排座位坐下了。

分局局长艾勇军及其他人见状遥遥点头打了个招呼，关阳抬手应了。

有人偷偷瞄了几眼向衡，向衡装看不见，只一本正经地看着投影幕布。

葛飞驰作为此次案件侦查的负责人首先向大家描述了案件的情况。

"4月15日晚上10点零3分，也就是昨晚10点零3分，110接到了第一个报警电话，来自一名叫顾寒山的姑娘，她说看到一个拿着匕首、身上沾血的男人在狂奔逃跑，她觉得附近发生了恶性暴力事件。"

投影幕布上显示了凶杀现场的照片，许塘陈尸一栋民宅楼宇后的窄巷角落。

葛飞驰继续道:"这位死者叫许塘,死亡时间应该就在晚上10点左右。第二位报警人李明,家里厨房正对着凶案现场。"

葛飞驰把几位报警人和现场收集到的证人证言挑重点说了说,然后道:"法医初步判断致命伤是颈部大动脉割伤,此外在胸腹偏上的这两个位置都有锐器刺创伤口。三处伤口使用的凶器应该是同一把匕首。据目击者证词,凶手应该是在刺了死者两刀后,再扭抱他实施了割颈。"

葛飞驰继续道:"第一位报警人顾寒山对行凶嫌疑人做了非常详细的外貌描述,这是其他证人都没有的。我们对所有提供证词的证人都做了身份核查,尤其是顾寒山。她不是附近住户,昨晚她去从前为她家服务的家政阿姨家,想请对方继续为她工作。之后她叫了车,在出租车经过燕山路时目睹了情况。我们联系了她说的家政阿姨和出租车司机,他们证实顾寒山所述属实。"

一个警察问:"她为什么这么晚去家政阿姨家?"

葛飞驰道:"那位家政说顾寒山就是那种突然想做什么就要去做的人,非常自我。顾寒山自称有精神病史,我们也与这位家政核实了顾寒山自己所说的家庭情况和个人经历,也全都属实。"

向衡听到"精神病史",抬头看了看葛飞驰。

葛飞驰也看了向衡一眼,看得向衡有些莫名其妙。

葛飞驰继续道:"因为顾寒山的证词非常关键,个人情况又比较特殊,所以我们对她做了一些调查。她说她的精神病史与她超强的记忆力有关,信息量过载对她的大脑造成很大负担,她的精神压力比正常人高很多。两年前她父亲去世,她压力过大精神崩溃,她继母将她送医。顾寒山说她现在已经康复,能独立生活,是完全刑事责任能力人。我们联络了她继母贺燕,她证实确实如此。出院手续是她帮顾寒山办的,她说顾寒山精神正常,记忆力也确实非常惊人,是真正的过目不忘。"

桌尾角落,罗以晨小声跟关阳道:"这个就是向衡说的超能力证人。他说应该是超忆症。"

关阳点点头。

就这么巧,许塘说有一个超能力团伙,这个超忆症就出现了,还正好是许塘被杀的目击证人。

艾勇军问:"所以是确认了她的证词没问题吗?我们可是因为她的供述抓捕了一个嫌疑人。"

"是,应该没问题。"葛飞驰道,"她的精神状况良好,逻辑清楚,可以为自己言行负完全责任。她从小就生病,没有朋友,人际关系非常单纯。这两年又一直住院,除了医生就只跟她继母有接触。我们也跟她的主治医生联络确认过了。她的医生大名鼎鼎，脑科学专家、医科大教授简语。他的证词应该是没问题的。"

关阳听到这个名字，抬了抬眼。

向衡转头看了看关阳，两人目光一碰，又很快错开。

葛飞驰继续道："抓回来的那个石康顺，我们到现在为止没有找到他与许塘命案有关联的证据。监控没有拍到他与行凶嫌疑人在一起，也没有拍到他在附近溜达踩点。他的行为举止、车辆行驶路线和行动时间线，监控有拍到的部分都与他的供述一致。"

负责监控搜证的汤荣道："我们把太华路、燕山路那一片的监控都查了，昨天和前天这两天，只找到石康顺昨晚8点后开车瞎转，后来到太华路停车，之后再出现就是燕山路看热闹的画面，其他时间没看到他，也没看到其他可疑人员。"

葛飞驰道："石康顺一口咬定自己因为以前吸毒被捕，所以很怕警察。这次是警察先追他，他情绪失控才有过激行为。他毒检阴性，手机和车子都没看出什么问题。两年前也确实有吸毒被捕记录，在戒毒所待过三个月。除此之外没有其他犯罪记录。"

"手机通话记录、联络人和信息都没可疑的地方？"向衡问。

"没有。他经营了一家礼品定制公司，有个实体店面。业务就是给企业定制笔记本、商业礼品，印宣传册海报之类的。有两个雇员守店兼网上客服，石康顺自己跑销售拉业务。他虽然不坐班，但经常会去店里看看。他的电话非常多，作为销售兼老板，这也正常。我们查了他手机里两天的进出电话和信息，暂时没发现可疑的。"葛飞驰道。

"所以证人顾寒山不可疑，根据证人证词抓回来的嫌疑人石康顺也不可疑？"艾勇军对这种状况有些恼火。

"艾局，这不是才开始调查嘛。说的只是现在知道的情况，后头展开了就不一样了。"有人回了艾勇军一句。

众人皆是一噎。

居然跟领导抬杠！

哦，是向天笑。那就不奇怪了。

大家只看着不说话。

坐在向衡身边的凤凰街派出所的小伙伴们迎着整个会议室的目光，简直如坐针毡。钱威恨不得立马挖个坑把向衡埋进去。

这位小哥哥你看不到自己头顶"派出所小民警"六个大字吗？你屁股坐在哪个人群里不知道吗？在座的都是大佬！是大佬知道吗！

向衡完全不受影响。

艾勇军也没计较，他挥挥手道："接着说。"

葛飞驰就继续说了："下面是我们现场搜证的情况。"

葛飞驰展示照片："死者许塘身上只有钥匙，没有钱包、手机和其他物品。我们怀疑已经被凶手取走，手机上面也许有重要信息。许塘曾与凶手搏斗，是否能在他身上找到凶手的DNA或是其他证据，要等尸检结果。按顾寒山的证词，嫌疑人逃往北区一里后头，但在周边监控里没有发现他的踪迹，他消失了。我们在北区一里楼宇墙角上取到一点血迹，有可能是嫌疑人蹭到的，这个得等检验结果。如果这个血迹是许塘的，那就可以佐证顾寒山的证词。另外，嫌疑人身上沾血，逃到楼里的可能性比较小，那楼后有下水道，不排除他们通过下水道行动以躲过监控。这部分已经开展搜查，今天会继续。"

艾勇军点点头。

其他人对现场搜证细节又做了一些说明。待大家都说完了，葛飞驰继续道："今天早上市局关队那边跟我联络……"

大家看了看关阳。

"许塘曾与市局那边合作过一些案件。他前几天向关队报称自己的一个朋友失踪，觉得自己也有危险。他拒绝了关队的帮助，也不愿说朋友的身份，害怕他那个圈子的人知道自己与警察有关联。他自行躲藏，现在遇害了。目前还不能确定他的死是否与这件失踪案有关。市局方面会跟进我们的进度。暂时就这么多。"

关阳点点头。

"好。"艾勇军看了一圈大家，总结陈词，"昨晚大家都辛苦了，我知道许多人都熬了通宵，一直忙到现在。这是起恶性案件，大家务必打起十二分精神。看看，市局直接坐进来盯着了。务必快速准确破案，要注意流程，注意证据合法性，不要出差错。尸检那边多久出结果？"

"两三天吧。"

"这么久？"

"已经插队了。"

艾勇军转向葛飞驰："必须尽快确认嫌疑人身份。顾寒山号称过目不忘，能做模拟画像吗？"

"这个我们在跟她协调了。"葛飞驰说着，又看了向衡一眼。

向衡疑惑，关他什么事。

"行，那尽快。"艾勇军再环视一圈，"大家还有什么补充的吗？"

众人互视一圈，没有。赶紧散会睡一会儿接着干活。

"我有。"

众人一顿，散会的架势顿时散了。向天笑居然有补充。

向衡道："我想说一下。据顾寒山证词，凶手逃逸的时候手上只握着匕首，他没有拿走许塘身上的财物。"

一警员道："笔录里有，凶手右边前裤袋呈长方形状，像是手机。"

"那是他自己的。"向衡道，"杀人之后如果有时间搜身拿别人的手机放自己兜里，当然也有时间把匕首装好放兜里。但他来不及。因为一旁住户突然打开了厨房灯走过来，这让他慌了。他用最快最粗暴的割喉方式赶紧做完这一切，确保能结束许塘性命，然后逃走。"

向衡顿了顿，继续道："假设石康顺是凶手的同伙，在凶手行凶后负责观察现场情况，他就不能冒险在凶手逃逸后马上过来搜许塘的身。何况他也不方便藏匿那些物品。"

"为什么不方便？"一人问，"他当时不知道自己会被捕，手机和钱包放在身上，或者随便丢在哪儿，多简单。"

"在石康顺身上确实没搜到别人的手机和钱包，现场也没有发现。"聂昊道。

向衡解释："我怀疑许塘有一个背包。"

众人全愣住了。大家互相看了看，发现其他人似乎也没明白向衡的推测。

所有人都看着向衡，连带把他身边的凤凰街派出所的小伙伴也盯上了。

徐涛紧张地把手放桌下，他也没懂向衡的推测。但现在的气氛让他很有与向衡是命运共同体的感觉。向衡长脸，他们凤凰街派出所也长脸，向衡要是丢了人，他们凤凰街派出所也丢人！

徐涛伸出一根手指。

三句断现场，他想帮向衡数一数。

这是第一断。

向衡道："首先，许塘失踪两天，这个地方是他新搬过去的。在道路监控上没有找到石康顺的可疑踪迹，也没有找到行凶嫌疑人的，也就是说，他们并没有在行凶前提前踩点观察。行凶的时候会躲避摄像头，踩点的时候却不容易全躲开。"

"不是还没排查完吗？能确认他住那儿？"葛飞驰问。

那栋楼昨晚开始就挨家挨户敲门排查情况，但有些家庭不在，有些家庭抗拒问话。一个晚上他们只走完了一遍。楼里受访人没人认得许塘，没人对他有印象。那些没开门和没问上话的，警方做了记录，之后还得继续查。全部查清落实情况，还需要时间。

"许塘自认受到威胁，有生命危险，他要么藏起来，要么远走高飞。他不是通缉犯，可以自由买车票机票，但他没有走。他选择藏起来。他选择的地点必定是他觉得安全的地方。我有一个推测，那个地方，是他遇害哥们住的屋子。我们查清他住在那栋楼里的哪一间，就能知道他失踪的哥们是谁。"

众人："……"

大家有些跟不上节奏。

坐在角落的关阳道："他以为最危险的地方就是最安全的地方，但是最危险的地方还是最危险的地方。如果对方真的伤害了他的朋友，也有可能猜到他会躲在这个朋友的旧居所。他们从前为了抓走或者灭口这个朋友，已经研究过他的住处周边环境，所以不需要再次踩点。"

会议室里安静了一会儿。

默契啊！

关阳和向衡。

不知该叹息还是尴尬。

徐涛没受影响，他还记得把第二根手指伸出来。这是第二断。

一个警员打破沉默，问道："那既然许塘小心躲藏，深居简出，楼里邻居都没见过他，凶手怎么会知道他什么时候出门？"

向衡道："我推测的，只是推测，还需要查找物证证实。刚才说了，如果许塘说的是真话，他的朋友真的遭遇不测，那么凶手很可能从前就踩过点，他们了解这个地方，但他们并不方便直接上门行凶，因为许塘很可能不会开门，开了门也不能一击即中，打斗声会引来邻居关注，在楼上很容易被困住，逃跑很不方便。所以他们得引许塘下楼。"

"不是钱就是命。"关阳忽然又冒出一句。

向衡朝关阳的方向白了一眼："我自己会说，谢谢你。"

会议室里非常安静。大家都不好意思往关阳那个角落瞟，只得认真盯向衡。

向衡没事人一样继续道："许塘现在的状况，来路不明的巨款他不敢要，敢要的也不需要他奔下楼。所以最简单的，就是一通神秘电话，对方说：'来不及解释了，你快跑。'然后挂电话。"

大家继续盯着向衡。

钱威没忍住，他看了一眼关阳。关阳双臂抱胸表情淡定，似乎对向衡的推断并不意外。

"许塘如惊弓之鸟，行李都是收拾好的，来不及多问，背上包就走。"向衡道，"凶手只要在楼下等就好。"

葛飞驰摸摸下巴："突袭成功，但遭遇反抗，旁边的厨房又忽然亮了灯。凶手慌了。"

"混乱中有人拿走了许塘的背包和手机等财物。可能是凶手的另一个同伙，也可能是贪便宜的小偷。他们有可能想伪造成打劫行凶的假象，但现在因为顾寒山的证词计划失败了。总之，找到这人就能找到许塘的手机，就能知道许塘用的号码，查出与他最后通电话的是谁。"向衡说着，看了一圈在座的众警，"如果我们走运的话，那就是凶手的号码。"

会议室里一片寂静。

"如果我们走运的话"，向衡那么牛的破案率是靠这种"运气"制造出来的？

徐涛脑子有点蒙，兴奋得。他的手指竖起来三个。做民警这么久，兢兢业业，从来没有这么飘过。向天笑，可是他们凤凰街派出所的人！

钱威努力克制脸上的表情，默默伸手把徐涛的手指握住。淡定！

散会时葛飞驰想截住向衡，但向衡直奔着汤荣去了，两个人嘀嘀咕咕。葛飞驰正想过去凑个热闹，关阳过来了。葛飞驰赶紧认真应对。

葛飞驰面对关阳还是有点紧张。尤其之前关阳跟他说许塘是他的线人的时候，葛飞驰心里着实咯噔了一下，生怕下一句话人家就把案子抢走。

葛飞驰对这案子很珍惜。

原本可能会是一桩没有有效目击证人、没有线索的谜案，但是凭空冒出来一个过目不忘的超能力证人。只要这个证人不作妖，那真是跟中了彩票一样。更走运的是竟然还能有向衡在一旁协助。他葛飞驰能用上级单位的名目支使向衡干活，这待遇以前想都不敢想，简直是本市刑侦工作者获得的VIP服务，不要太爽。

所以葛飞驰对这案子感情很深，完全不想交给别人。

所幸关阳没提这要求，只说他这边会交给罗以晨配合跟进，希望葛飞驰能重视，多多抓紧。

关阳把葛飞驰叫到一旁，也只是让他及时共享所有案情材料，有任何进展，第一时间通知他们。尤其是许塘的手机等物证，如果找到了，应该会帮助很大。

葛飞驰一口答应。

关阳又道："许塘对他朋友失踪的事了解并不多，对方是不是死了他也只是猜测，没理由要对这样一个不知情的人痛下杀手。杀了人，麻烦就大了。原本并不起眼，现在却要被警方牢牢盯着。选择冒这样大的风险，也许许塘藏着什么秘密，杀他成了急迫的必要。看他们选的地点和时间，都没耐心再谋划谋划，弄成像他朋友一样，是死是活都没人知道，那不是更好吗？"

葛飞驰心里一动，确实是这样："关队有他朋友失踪的线索吗？"

"还没有。我不知道是谁，不然我会比凶手更早找到许塘。"关阳道，"如果许塘的死真与他朋友有关,而向衡的推测又对的话,那么凶手必定有踩点的安排,但时间不一样。往前推,你们再找找。还有,许塘换了手机号码,他的新号码,凶手是怎么知道的?许塘认识凶手。"

"是,这个知道。"刚才会上向衡也是这么说。葛飞驰的笔记本上记了一堆要查的事。

"另外,顾寒山和石康顺总有一个是嫌疑人。如果顾寒山是可信的,那石康顺是不是根本就早有准备?他预料到警察会抓捕他。为什么?"

葛飞驰:"……"

"如果石康顺是无辜的,顾寒山呢?这么巧就出现了一个警察梦寐以求的完美记忆目击者。她这么晚去找家政,这么巧就路过,真的没问题吗?"

葛飞驰被问得很紧张。

"所有的巧合,都要刨根问底。"关阳道。他语气平常,但那不怒而威的气势,压得葛飞驰连连点头。

葛飞驰跟关阳表完决心,去找向衡。

向衡却已经跟着凤凰街派出所的同事走了。葛飞驰赶紧快走几步追出去,把向衡拦了下来。

"向衡,向衡,来,跟你说个事。"葛飞驰揽过向衡的肩。

"怎么?"向衡冲徐涛他们挥挥手,让他们等等。

"刚才你们关队……"

"谁们关队?"

葛飞驰一开口就被向衡噎住了。

"看看。"向衡指指钱威和程清华,"现在我的正经老大是钱哥,老大大是程所长。"

还"老大大",葛飞驰真是说不出的嫌弃。

钱威和程清华装没听见。

汤荣领着同事经过,凉凉丢下一句:"不,你真正的老大是如来佛祖。"他还举起一只手比画了翻转五指山的动作。

葛飞驰挥挥手,一副相当维护向衡的模样。

汤荣笑着走了。向衡狐疑地盯着葛飞驰,这家伙今天就一直不太对劲。

葛飞驰拉着向衡走远一点,压低声音道:"关队刚才跟我说了说案情,我觉得很有道理。"

"是不是凡是巧合必须刨根问底?"

葛飞驰:"……"

"顾寒山和石康顺必定有一个是嫌疑人？"

葛飞驰："……你顺风耳超能力？"

"他就那几套，我还不知道吗？"向衡哼哼，"你觉得很有道理，然后呢？"

葛飞驰和蔼地把顾寒山的诉求说了一遍。

"你帮她解决一下。"这是葛飞驰的总结陈词。

向衡有些愣："她主动报警做目击证人是抱着这个目的？因为有人摸了她的屁股没受到该有的惩罚，所以她想在警队里找个靠山，让高一级的警察欠她人情然后帮她讨公道？"

"你怎么这么会总结呢。"葛飞驰更和蔼了，"你懂她，你们特别合拍，所以这事就交给你吧。"

还没等向衡说话，葛飞驰又补充："许塘这案子我们需要辖区派出所的配合，这就是配合工作里的一项。我刚才没在会上当着诸位领导和同僚的面说这个，也是顾及了你们凤凰街派出所的颜面。这事对你来说是复杂了一点，人际关系不是你的强项，但你毕竟是所里的一分子，你私底下去斡旋一下，了解情况，比我把事情摆到台面上要合适。刚才开会你也看到了，案子压力很大，现在线索很少，行凶嫌疑人的正脸都没一张，我们很需要模拟画像。"

"你是顾及我们派出所的颜面还是顾及你的颜面？要是这事情顾寒山不占理，当初我们所里民警处理没有问题，你闹大了，我们所长把结果甩你脸上，你能下得了台？这棘手情况你昨晚就收下了，你刚才还硬扯上什么关队讲的道理，八竿子打得着吗？"

葛飞驰叹息："人际关系确实不是你的强项。"

向衡没搭理他的装模作样，继续耍横："你告诉顾寒山这事我负责了？"

"对！"葛飞驰语气也横起来。就是这么说的，怎么着吧！

"那她怎么没给我打电话？"

葛飞驰："……"

他怎么知道！

向衡冷静地看着他，葛飞驰瞪回去。

向衡想了想："那我打给她？"

"没人逼你。"

向衡掏出手机。葛飞驰忽然把他的手按住："你等等，你想好怎么解决了吗？你得先回所里看看她当初报案的记录，查清楚过程和处置有没有什么不妥当的地方。还有，她要求办案民警当面跟她道歉，这个事你得先协调，你做不了主。"

"我做不了主你找我干吗？"

葛飞驰："……"

向衡不理他，搜到顾寒山的号码拨了过去。

葛飞驰瞪着他。你打！看你能怎么说！

向衡很嚣张地按开了免提。你听着！

拨号音响了几声，顾寒山接了。

"你好。"

向衡冲葛飞驰挑挑眉："顾寒山？我是向衡。"

"你你好，向警官。"

"我到分局来开会，听葛队说了你的事。"

"嗯。"

"这事我们会认真处理的。"向衡道。葛飞驰冷眼看他。

"那等你们处理了，我就帮你们做嫌疑人模拟画像。"这语气，很嚣张啊。向衡不太爽，把葛飞驰当成顾寒山瞪起来。

葛飞驰懒得理他。

向衡道："我回所里马上就办，但在跟所里交涉之前，我还有些问题要问你。"

"你说。"

"你昨晚在行凶现场，有看到一个人拿着背包吗？背包挺大，能装一些衣物的那种。"向衡问。

葛飞驰一下子站直了。

"有的。"顾寒山答。

葛飞驰一把握住向衡的胳膊。

向衡把胳膊抽出来，继续问："我们到场之后，那个人回来了吗？有在旁边围观吗？"

"有的。"

葛飞驰振奋握拳。

"他怎么了？"顾寒山反问。

"在行凶现场拎着背包，我们觉得很可疑，想查一查。"

"你们都没见到，怎么知道他拎着背包？"

"比较复杂，侦查推测的结果，案情需要保密，也不好太详细跟你说。"

"那昨晚为什么没问？"

"今天才想起来。"

顾寒山道："我也是。你们处理好我的诉求，我就能想起来了。拿背包的人，和凶手的样子，我都能想起来。"

无赖吗这是！葛飞驰瞪着手机。

向衡却笑了笑，笑得葛飞驰想打人。

"顾寒山。"向衡唤。

"嗯。"

"我还有一个问题。"

"你问再多的问题我也只有那个回答。你们帮我，我就帮你们。"顾寒山很冷淡。

"放心，不会太多问题，这是第三个，也是最后一个问题。"向衡顿了顿，稳住节奏，道，"你说猥亵你的人是惯犯，你见过他摸别人，那为什么还能让他靠近你，还给他机会对你下手？"

顾寒山沉默。

葛飞驰："！！！"

我靠，对呀！这是什么反转！

顾寒山回过神来，答道："我那时候没注意到他。"

"嗯。"向衡点点头，这回答很合理，但居然需要时间想。

葛飞驰激动地对他挥手，用嘴型喊："撒谎！"

向衡把他的脸推开，继续道："这样好不好，我们真的挺着急的。我现在就回所里处理你这个事，我会把你让我们找的那些地铁监控片段都找出来。我也会把昨晚我们在案发现场拍到的影像、照片都准备好。你帮我们把昨晚拿背包的人指认出来，我就从你说的那些监控片段里把那个猥亵惯犯的违法片段找出来，你看怎么样？"

顾寒山又默了几秒，道："那些监控我也要看，免得你们包庇偏袒他。"

她也要看？向衡挑挑眉。这里面是有什么打算？

"我会跟领导申请。我准备好了给你电话，到时你过来。我们尽快把事情解决掉。"向衡道，"只要在监控里找到那个惯犯的猥亵事实，我们就能传唤他，对他进行相应处罚。然后你就把昨晚那个行凶嫌疑人的模拟画像做了，你看怎么样？"

"可以。"顾寒山答应了。

"就这么定。你等我电话。"向衡把电话挂了。

葛飞驰激动道："她撒谎了，她刚才那反应不对！事情过去这么久了，没注意到这个人靠近，这个理由还需要想吗？难怪没有人证看到，没有监控拍到。她想干什么？"

"不一定。"向衡道，"沉默有可能是撒谎，也有可能是懊恼。也许她真的就没注意，现在突然被提醒她经历的恶心事原来是可以避免的。"

"老刑警了好吗！"葛飞驰不服，指着自己道。

"年轻神探。"向衡指着自己。

"去去。"葛飞驰挥手。

向衡笑："你把她的调查资料都发我一份，我来处理。人际关系不是我的强项，但是跟嫌疑人打交道却是。我会带她来做模拟画像的，你等着。"

顾寒山家里。

顾寒山拿着手机坐在客厅木地板上，她面前是木质茶几。

茶几上摆着几张照片。

正中间那张，父亲顾亮正对她微笑。

向衡跟钱威他们一起坐车回所里。

在车上他把情况跟程清华简单说了说，请程清华授权，让他做内部的调查和协调工作。

程清华沉默了一会儿。

这是让他授权打自己人的脸吗？

向衡好意思提，他都有点不好意思拒绝。

"我们介入这案子会比较深，后期需要配合分局的地方不少。现在分局既然有要求，我们还是尽力配合一下。"向衡道，"我当然会仔细研判情况再做处理，也会考虑到所里的利益。处理办法我都会及时跟所长您请示的。"

话说到这份上，程清华确实不好说什么。刚才葛飞驰把向衡拉一边的态度也很明确了，人家就认向衡。

"行吧，苏波是一队的。钱威你到时帮向衡协调一下。"程清华道。

"好的。"钱威一口答应。

向衡马上给黎荛打电话，让黎荛调取那起猥亵案的资料，以及打报告向地铁管理处调取顾寒山说的那三个时段的监控。"你先准备着，我们一会儿就到了。这个事着急，抓紧办。"

黎荛一早来上班就听说了昨晚的命案，二队三队出动了不少人，现在还有人员在现场值守。黎荛正遗憾自己没机会参与，接到向衡分派的任务非常高兴。

"好咧。"黎荛应得响亮，车里人都能听到透过手机传出的大嗓门。

徐涛生怕自己被落下，赶紧自荐："你们在所里查，我跑一趟地铁那边，沟通取监控的事。这马上到下班时间，直接去人盯着会比较好。咱们分头行事，快一点。"

"你们不休息一会儿吗？"程清华道。他们几个可是熬了通宵的，回所里没躺上两小时，又赶过来开会。

"不累。"徐涛干劲十足。

而钱威已经在打电话跟一队沟通情况了。

程清华无语，当初向衡要调来的时候，他还得给大家做动员，那时候你们可不是这么积极的。

这才过了多久！

武兴分局。

葛飞驰把队员集合起来又开了一个小会。

"现场搜查得继续。要尽快找到许塘的住处。"

"昨晚现场照片和影像也再仔细看看，不能干等着顾寒山。看看能不能找出可疑人员。附近也要继续走访，在命案现场拿走一个背包，也许有别人看到。还有垃圾箱，那小偷如果觉得有些东西没用，可能会丢弃。"

葛飞驰又把聂昊叫到一边单独安排："顾寒山的生活圈子特别小。只有家里和医院。还得继续跟顾寒山的继母沟通，再找找顾寒山住过的医院，除了顾寒山的个人情况，还得打听石康顺。看看顾寒山和石康顺有没有交集，在昨晚之前，他们有没有可能认识。"

"行。"聂昊一口答应。

翡翠居小区。

宁雅敲了两次门，都没人应。于是她掏出顾寒山给她的钥匙打开了房门。

一开门，却对上了顾寒山的视线。

顾寒山就抱着膝坐在客厅地板上，一如从前那样的懒散姿势。

宁雅吓了一跳，忙解释："我刚才敲了门……"

"我听到了，但我不想动。"

宁雅一时不知能怎么接话。这姑娘真是一点没变。

宁雅把她带的东西拿进来，把菜放进厨房。

等她出来，顾寒山已经从地板上起来了，正往房间走。宁雅叫住她，道："今天上午警察来我家找我……"

顾寒山停下脚步，转头看她。

宁雅嗫嚅："呃，他们问了我一些关于你的问题。他们说你昨晚目睹了一起凶杀案，你提供了一些笔录，警方需要核实你的情况。"

顾寒山点点头:"对。"

简洁的一个字,后面就没话了。

宁雅捏捏手指,继续问她:"你还好吗,没事吧?"

"没事。"

"没事就好。我听到吓了一跳。那个,实在是太恐怖了。"宁雅道。

"还行,血有点多。"

宁雅:"……"

顾寒山看着她的表情,想了想,解释道:"因为警察问我为什么会在那里,所以我告诉他们我去找你,经过那条路。警察怕我说谎,说得找你核实一下,我就把你的电话和住址告诉警察了。"

"没关系,你没事就好。"宁雅有些意外顾寒山愿意说这些,她又问,"那你后面会有什么麻烦吗?"

"没有。我把我知道的都告诉警察了。"

"那你情绪……"宁雅停了话头,委婉转了个弯,"要不要通知你阿姨?"

"警察也找她了。他们要求联络我家人,我把贺燕的电话给了他们。他们已经联络过了。你放心,我精神状况稳定,没发病。"

宁雅笑了笑:"我是有点担心,所以推了另一个工作先过来你这边。有点着急,都忘了先跟你说一声。"

"谢谢你。"

"别客气。"宁雅对这样有礼貌的顾寒山还不太适应。

顾寒山看着她。

宁雅局促地笑了笑。

"你还有别的事要问吗?"顾寒山问。

"没有,没有。"宁雅忙摆手,"如果你有什么需要我帮忙的,你就跟我说。"

"好。"顾寒山点点头,突然问道,"我住院期间,你找过我吗?打听过我吗?"

宁雅惊讶地张了张嘴,有些尴尬:"这个……我不太敢联络你阿姨……"

"没有吗?"顾寒山再问。

"没有。"宁雅尴尬地笑,"但我是关心你的病情的,看到你现在这么好,我很高兴。"

顾寒山看着她:"谢谢你。你加我微信,就是我的手机号。你把菜钱的金额发过来,我转钱给你。"

宁雅惊讶："你都用微信了？"

"是的。我现在跟正常人一样的。"

宁雅再度尴尬笑笑："好的，我加你。"

顾寒山没再说话，转身进了房间。

宁雅松了一口气，她拿出手机，找出顾寒山的手机号加了微信。顾寒山都没设置加好友申请验证，直接就加上了。

宁雅盯着顾寒山的微信头像，那是一座山。宁雅从上午被警察问话后，心里就有个疑虑，顾寒山手机不是没电吗，怎么报的警？而且，顾寒山非常自我，跟她没关系的，她看都懒得看一眼。这次居然热心报警，实在是很不像顾寒山会做的事。

但顾寒山站她面前时，她却问不出口。她竟然比顾寒山还心虚。

宁雅把菜钱金额输入对话框发过去，顾寒山很快把钱打过来了，一句附带的话都没有。

这很顾寒山。

宁雅感觉到了压力。她是不是不该回来呢？可是价钱很好，而且她也有些心软。顾寒山是真的很难找到合心意帮她打理家务的人，她自己也很难自理生活。

宁雅了解顾寒山，但现在的顾寒山跟以前有点不一样。

但她不知怎么形容哪里不一样。

宁雅抬头，看到客厅里顾寒山刚才坐着的位置，不禁想起了从前。

两年前，2019年1月的最后一天。同样是这个位置。

宁雅记得很清楚。那年2月4日是除夕，她数着日子过的。

那天，顾亮出门后再没有回来。

顾寒山就坐在客厅地板的那个位置发呆，死死盯着她爸爸的照片。贺燕打电话给120，因为顾寒山的病史，120通知了第四人民医院，那是家精神病专科医院。

医生来了之后，顾寒山开始发狂，她攻击所有试图向她靠近的人。

贺燕报警。

来了四个警察。

宁雅忘不了那一幕。她从来没有见过哪个女生能像顾寒山一样，像一只猛兽。

她踹飞警察，打倒医生，力大无比，四个大男人都差点按不住她。最后她被几个人一起压制在地上，她咆哮怒吼，没有眼泪。医生给她打镇静剂的手都在颤抖，几次都没扎进去。

镇静剂终于打进去，顾寒山却还在挣扎。她还能一脚踢飞按着她的警察，她咬伤了医生，每一个试图控制她的人都受了伤。宁雅那时候躲在玄关装饰柜的后面，她害怕得发抖，却忍不住仔细看。那个时间太漫长，她还以为不会结束，警察咆哮着问医生药究竟打进去没有。终于顾寒山疲软下来，她被绑上了急救床，推走了。

　　宁雅有些后悔自己再回来。她用力眨了眨眼睛，试图抹掉脑海中的画面。再定睛时，却见顾寒山站在她的面前。

　　宁雅猛地一惊，下意识地后退一步，然后她反应过来这是现在。

　　"我要出门了。"顾寒山说。

　　"好……"宁雅有些结巴，她缓了缓，镇定下来，"需要给你做晚饭吗？"

　　顾寒山想了想："不用了。我不一定什么时候回来。你把菜收拾好装袋放冰箱就行。"

　　"好的。"

　　顾寒山点点头，背着她的包走了。

　　宁雅又叫住她："你做什么去？"

　　顾寒山回头看她。

　　宁雅略尴尬："我多嘴了，就是有些担心。"

　　"不必担心，谢谢你。"顾寒山一贯的冷淡表情。

　　顾寒山走了。

　　大门被关上，宁雅吐出一口气。

... 第三章
...... "社交达人"

凤凰街派出所。

苏波一脸不高兴地戳在向衡的面前："那天值班大厅的监控我找出来了，还有会议室问话调解的过程，录像都在，一秒不少，你们自己登录看吧。这是笔录。"他把一份文件放桌上。

当天跟他一起接待顾寒山的女警王晓红道："我全程都在场呢，按程序这种案件受理得有女警，苏波当时马上把我叫过去了。老实说，我们感情上肯定是站在女性弱者这一边的，但是也得讲证据。真的，当时只要有一个人证说看到了，我们都好办，但确实没人看到。有两个阿姨跟着一起来的。那两个阿姨热心肠，在站台那儿离那女生不远，说虽然没看到，但怕女生吃亏，就跟着来看看。站台上的监控也没拍到那男人的动作。我仔仔细细地看了好几遍。"

苏波道："这件事我记得清清楚楚，印象太深了。那天折腾了差不多七个小时。那个女生，顾寒山，全程僵尸脸，没有一点正常受害者的反应。那男的反倒很像个无辜受冤的，急得什么似的。当然我们也不是用这个来判断的，只是我们每天处理这么多报警，见到的人太多了，总会有一些看人的经验。顾寒山还提了很多要求，说那男的是惯犯，手机里说不定有偷拍，让我们检查他手机。那男的为了自证清白也把手机给我们看了。"

"顾寒山呢，看了吗？"向衡问。

"看了呀。不让她看一眼她能罢休吗？"苏波说起还有些气，"就是手机相册。"他把自己手机拿出来调出图库，从下往上划拉着，"这样翻了好几下。虽然只是小图，但也能看出来没有偷拍的那种私密图。她自己看了也没话可说了。"

"她还提了什么要求？"

"就是我调解的时候跟她解释了，现在我们警方特别重视这类猥亵案，但凡抓到一个肯定都会处罚。"王晓红道，"我还告诉她，有报案的都会登记在册的。那男的，叫梁建奇，我们查了他的档案，他没有任何不良记录。她非说不信，要看一眼。梁建奇当时情绪特别不好，他把我的电脑屏幕转过去，敲屏幕喊'你看，你好好看'。"

向衡："……"

苏波对向衡的表情有些敏感，便道："我们也没有违反个人隐私保护规定，你看监控就知道了。而且就这么晃了一下，她实际也看不到什么内容。"

向衡点点头。如果顾寒山那神奇的眼力和记忆力是真的话，在她眼前晃一下应该就足够了。

苏波又道："那梁建奇自己有车，他就是偶尔坐坐地铁。他有家会计公司，有老婆孩子。那天他要去见客户的，被顾寒山拉到派出所，他是急得不行，一直打电话跟公司安排工作，跟客户解释。也跟我们一顿好说，很担心被冤枉了影响到家庭。"

向衡忽然心里一动，他打开梁建奇的档案，看到他名下的那辆车，白色丰田卡罗拉。他脑子里顿时浮现顾寒山那句话："正好以前见过卡罗拉。Corolla。"

"这种事又不是谁闹谁有理，我们也得讲证据。不然梁建奇也闹，拉上老婆孩子一起闹，那又怎么算。左右都能来投诉我们，我们只能凭证据说话。那个顾寒山的精神状态真的不太对，她特别冷静，梁建奇急得一头汗，她就冷冷看着。我一查，她家里两年前报过警，让警方协助将她送精神病院。她把医生、警察全打伤了，凶得很。她是真有精神病，记录在案的，又不是我乱编的。"

王晓红道："在没有证据的情况下，我们倾向于调解。有没有可能是个误会，比如说不小心触碰到，又或者是别的人碰到，而她回头正好只看到梁建奇。我也告诉她了，这次报案登记了，下次再有人报警，梁建奇肯定跑不掉。好说歹说，她却又要求我们去调地铁监控，查梁建奇以前的行为。"

"然后你们拒绝了？"

"那肯定呀。随口说几个时间线，什么六点多七点这样，全是高峰期。地铁里头多少摄像头啊，这多大工作量。有依据就算了，现在是完全没依据，张嘴就来。如果全都这样胡搅蛮缠，把警察耍得团团转，我们还要不要干别的了？"苏波越说越火大。

向衡能理解。

"真的,如果撇掉性别,顾寒山那种,我哪天哪天见过他,他在干什么,日子记得那么清楚,她比梁建奇更像变态。"苏波气得口不择言。

向衡:"……"

朝阳步行街。

顾寒山坐在长椅上。

这长椅就是那天被耿红星搭讪时她坐的椅子,坐在这里,她能看清楚奇创大厦出入的人流。她低头再看了一眼耿红星的朋友圈,他没有再发新消息。他最新的一条是下午的公司同事生日会,耿红星和同事们自拍了生日会照片,祝同事生日快乐。顾寒山认得那照片背景里的地方。

第一现场传媒公司。

那是奇创大厦12层。顾寒山上去过,但她一个人都不认识。交际不是她的强项,她很难跟人套近乎,很难建立友谊。

她没有朋友。

而她需要朋友。那个朋友最好能在"第一现场"任职。

她在第一现场的视频节目里见到了耿红星,正巧是同校学长。她回校时特意绕到传媒学院去找,可惜都没遇到他。她坐在这个长椅上等着,终于有了机会。

但之后耿红星一直没有联络她。

现在,她确认耿红星就在公司里,她来等他下班。

她脑子里存着118种装偶遇搭讪的方法,也许她能试试。

耿红星和侯凯言奔出公司,朝着地铁站方向去。

今天周五,公司同事生日会,晚上联谊聚餐,安排非常丰富,可惜他们居然加班,这个点赶聚会有些迟了,得抓紧时间。

"他们已经到了,我们还回去换衣服吗?"侯凯言一边快走一边刷手机。

耿红星拉了他一把,省得他撞到别人。

"回去。我跟妮妮说好了,她开车捎我们过去。"

"妮妮居然会同意?"侯凯言头也没抬,"你朋友圈那张照片挺好的,显得我有点白。"

"开美颜了当然白。"耿红星再拉一把侯凯言,"好好走路。"

侯凯言把手机收起来,一声叹息:"我一糙老爷们,居然需要美颜。"

"废话。越是你这样的,越需要。"

侯凯言再叹息:"然后一面基就见光死,然后继续美颜,然后再次见光死。对了,你上次说的那个小美女,名字很酷,出院不久那个,跟你联系了吗?"

"没有。"

"她不是说会再找你。"

"没找。"

"你没删她吧?要坚持住啊,我太好奇她究竟怎么认识你的,是不是暗恋你,怎么隐藏了这么久,还会记得这么牢。你一定要等到她联系你。我要追更新的。"

"如果我遭遇什么不测,一定要记得是你的好奇心害死我的。"

"怎么可能,小美女能有什么坏心眼呢,很大可能就是跟妮妮当年一样瞎了眼。不过人家妮妮回头是岸,现在过得多潇洒。"

"你今天自己爬去聚餐吧,妮妮的车你别坐了。那是用我的脸面求来的。"

"别啊,我不在妮妮不可能让你单独上车。"侯凯言摇头晃脑,"我还想跟妮妮聊聊选题的事,你到现在还没什么好点子,我着急。月底就要交了,我想实习期评分能好点。"

"下班了,别谈工作。"耿红星也是烦恼。他跟侯凯言都在"第一现场"实习。这公司很不错,待遇高福利好,但竞争真的激烈。大家拼选题斗流量都到了不要脸的地步,什么低俗采访都敢做,在他看来无聊得要死的家庭琐事两口子扯头发打架居然都能通过主编审核,点击量居然还很高,无法理解。

"第一现场"顾名思义就是在"现场"拍摄到的各种新闻,实时追击。一开始公司创始人是用家庭搞笑录像起家,那时候媒体还没有现在丰富,自媒体也不存在,许多家庭自己拍摄了些爆笑的有趣生活片段,便投稿到电视台,电视台支付相应的费用买下片段的版权进行播放,收视率非常高。

后来互联网发展起来,创始人看中商机,便将这一套搬到网上,付费收购生活里的各类小视频和素人自拍的社会事件等等,并随着法规变化和时代潮流变迁改变规则。

现在自媒体发达,人人有部手机就能拍就能上传。"第一现场"除了自制的王牌新闻视频节目外,还开通了个人视频平台,签约了不少视频博主,还在网上搜集有内容的实时社会新闻短视频,包装成节目上线,制造话题热点。

"社会性、话题性、延续性"缺一不可,还想再有点新意。但在实际操作中,哪有这么多好新闻可以找。那些热点事件的持续追踪跟进报道也都是老编辑在做,像耿红星、侯凯言这样的实习新人,让他们做出亮眼新选题,真的难。

侯凯言想到这些,也是叹息:"对,下班了,别谈工作。我还是跟妮妮一起吐槽你,这样大家都开心。"

耿红星："……"

"我跟妮妮还打了赌，看那个被搭讪的姑娘会不会找你。我说会，她说不会。"

"妮妮赢。"

"你怕什么，认识个新朋友而已，她还能强奸你吗？"侯凯言正胡说八道，身后忽然传来一个冷静的女声："我不会的。"

哦嚯！侯凯言吓得差点跳起来。

转身一看，是个明眸雪肤亭亭玉立的小美女。

侯凯言还没反应过来，身边的耿红星却是真的跳了起来。然后侯凯言就明白了。

这位，就是，顾寒山。

侯凯言的脸一下就涨红了。我的天，刚才自己说了什么狗屁话。

双方都默了两秒。

太尴尬了。侯凯言正要憋出一句"对不起"，顾寒山先开口："你好，猴子，我是顾寒山。"

侯凯言努力挤出微笑："你好。"

"你看起来比以前帅气多了。"顾寒山道。

侯凯言："……"

耿红星："……"

"我捡到一百块，好像是你口袋掉出来的？"顾寒山又道，还亮出手中的一百元钞票。

侯凯言："……"

耿红星："……"

两个人同时摇头。

"不是吗？"顾寒山淡定把一百元放回包包，继续道，"这么巧在这里碰上你们，这是要去哪里呢？"

"不顺路的。"耿红星下意识地道。

侯凯言悄悄踢他一脚。

"我猜也是。"顾寒山道。

耿红星反踢侯凯言一脚。

顾寒山抬手看了看腕间手表，然后对耿红星和侯凯言道："我还有事，下次有机会再见。"她也不待他俩给反应，转身走了。

走出几步，她从包包里掏出手机："喂，向警官。嗯，我已经走到地铁站口了，你是在街口等我吗？没问题。我可以帮你们，放心吧，一定能抓到凶手……"她一边走一边说，渐行渐远。

耿红星和侯凯言愣愣地看着顾寒山消失在人群里的背影。

过了一会儿侯凯言道："她还挺漂亮的，是你会搭讪的类型。"

"是不是有点怪怪的？"耿红星道。

"捡到钱那里？"

"夸你比以前帅那里。"

侯凯言作沉思状。

耿红星总结："好像都有点怪怪的。"

"也没有呀。你太敏感，我觉得她有些那种不谙世事的天真。"侯凯言道，"人家又没说要跟我们一起走，你说什么不顺路，丢人！"

"比你说她不会强奸我更丢人吗！"

侯凯言："……"

两人互视一眼。

侯凯言："我是开玩笑，她懂的。她并没有介意。"

"蠢货。"耿红星吐槽。

"她是有什么特殊本事吗？在帮警察办案子还是什么？"侯凯言又问。

耿红星没说话。

侯凯言看看他："肯定不是装模作样。女生装的话会说爸爸你今天是开劳斯莱斯还是大奔来接我呀。或者说哎呀太多人追好烦的，不去不去，我今晚要把那本天体物理学读完。"

耿红星："……你还挺懂？"

"我听你说得多，性别换一下反转内容就行。"

耿红星猛地伸手作掐脖子状，侯凯言撒腿就跑。

顾寒山溜达着朝街口去，刚才好像不太成功，她不太会判断。

装偶遇、装幽默感、故意忽略他、夸奖、假装捡到东西、找机会装顺路……一分钟内她用了七招，居然没一招管用？

有这么难吗？

顾寒山想了想，拿出手机调出向衡的微信，给他发信息："向警官你好，我想你可能对我有些误会，我非常希望能尽快帮助警方做出模拟画像。我们见面聊聊可以吗？"

凤凰街派出所。

向衡与徐涛通电话。徐涛此刻在地铁管理处沟通调取监控视频资料的事。

"顾寒山要的2月8号、3月5号、3月16号那三个时段的监控，从楼梯到站台到上车，一共有22个摄像头，每个差不多半小时，加起来得33个小时。挺麻烦的，地铁这边坚持要等文件下来。"徐涛道，"我跟葛队联系了，葛队跟这头打了招呼，但他们最快也只能明天把监控交给我们。"

"好的。"向衡看了看时间，已经6点多了。

"还需要我做什么吗？"徐涛问。

"不用了，你下班吧，好好休息。"向衡挂了电话，再看了一遍葛飞驰那边发来的笔录和调查资料。

一旁黎莞耐心等着，等他看完了，问："看出什么了？"她已经拿好了小本，就等着做笔记。

"顾寒山是什么病？"向衡提问。

"超忆症。"黎莞感觉自己在接受考试，赶紧坐端正，"她过目不忘，大脑负荷不了这么多的信息，所以精神压力高于常人，从小就开始接受治疗。"

"与她接触的人是怎么评价她的？"向衡继续问。

黎莞再答："家政说顾寒山是个我行我素的人，不太好打交道。顾寒山的继母说她从小很少出门，没有经历过正常的社会化训练，所以个性比较古怪，她爸爸死后她住了两年医院，现在病情稳定，是完全刑事责任能力人，可以为自己的言行负责。她的医生也证实了这些，说顾寒山病情稳定，一般情况下跟正常人是一样的。"

"所以你觉得像她这样的人是怎样的？"

黎莞想了想："孤僻？胆小？谨慎？不善言辞？"

向衡想起顾寒山嚣张的模样，笑了笑："她还真不是。"

黎莞撇了撇嘴："你见过她，你还让我猜。"

向衡把顾寒山的资料挪向黎莞的方向，点了点上面的日期："她1月30日出院，2月8日就去坐地铁。记忆让她脑子不堪重负，但她却经常在非必要的情况下选择高峰期坐地铁。按她的说法，2月8日、3月5日、3月16日，她都在地铁站里见到了梁建奇，她说她看到梁建奇猥亵女性，就在这三天里的一天。"

"她记得具体日期，可她居然不记得梁建奇是哪一天犯案。"黎莞也看出疑点了。

"她抓梁建奇来报案的时候没有强调自己有超忆症，没有解释自己的病，为什么？"向衡再次提问。

黎莞反应很快："她不想让警察怀疑她。"

向衡点头："她想借警察的手调查梁建奇。上一次隐瞒病情让她没达到目的，所以这一次她抓住机会展现了超能力。"

"敢跟警察讲条件，她挺大胆的。"黎莞觉得确实不能以常理来推断顾寒山这个人。

"顾寒山一定认识梁建奇。我们得弄清楚她的真正诉求，这样才能解决问题。"向衡道，"你再跟苏波、王晓红问问细节，查一查梁建奇的底细，看看他与顾寒山之间有什么交集。"

在一旁一直没说话但是认真听了好半天的钱威忍不住道："我来查梁建奇吧。"

黎莞张嘴欲言，但忍住了。在她看来，队长这是在抢她的机会。

向衡见状便对黎莞道："让钱哥查梁建奇。你跟王晓红他们再聊聊，把分局那边的资料也再看看，说不定还能找出什么来。"

黎莞应了。

钱威问向衡："那你做什么？"

"我跑跑现场。"

向衡去了朝阳步行街。

这里是他第一次发现顾寒山的地方。

当时顾寒山坐在长椅上，盯着某处发呆。

那个时候他觉得这个姑娘有点奇怪。

向衡也坐在了那张长椅上。一抬头，他看到了奇创大厦。这位置的视线，正对着奇创大厦大门。梁建奇的会计公司，在奇创大厦十层1002室。

向衡确定了，顾寒山在跟踪梁建奇。

她究竟想做什么？

向衡正在思考，手机响了一下。他拿出来一看，这么巧，竟然是顾寒山发来的消息。

"向警官你好，我想你可能对我有些误会，我非常希望能尽快帮助警方做出模拟画像。我们见面聊聊可以吗？"

向衡挑了挑眉。

这打的什么主意？

"好呀。"向衡回复她。他站起来，假装现在梁建奇从奇创大厦走了出来，没有开车，准备去坐地铁。向衡假装自己跟在梁建奇的身后，朝着地铁的方向走去。他要试一试，顾寒山能看到什么。

手机那头，顾寒山看到了向衡的回复，自言自语："不难呀。"果然还是要有利益交换才行。单纯讲好感拼感情，她还需要多学学。

顾寒山按手机输入："好的，谢谢向警官。我看什么时间合适，再联络你。"

向衡看着手机，一脸黑线。姑娘你开口约人，人家答应了你又说再看时间？你的诚意不太够呀。

向衡都有点不太想回她了。但这姑娘是重要证人，他对她的目的很好奇，他还迫切需要得到凶手的模拟画像。

向衡琢磨着要不要顺水推舟他来主动定时间，就现在吧。正想着干脆给顾寒山打个电话，眼角余光却看到一个身影。

向衡抬头仔细看，还真的是，顾寒山。

顾寒山正过马路。

向衡不打电话了，他保持着一段距离，跟在了顾寒山身后。

这姑娘又来了朝阳步行街，她肯定有什么计划。

顾寒山过了马路一直走，不急不缓。

向衡见她不坐地铁、不坐公交车，似乎也没打算叫辆出租，不像有什么事的样子。他拿出手机给顾寒山回了句话："好的，我等你消息。"

信息成功发出。

向衡看着顾寒山的背影，她压根就没拿出手机看一眼，仿佛她刚才说的有空再议已经是最后结论，并不太在意向衡回复了什么。

向衡真是被气笑。这态度，很可以。

顾寒山走了一段后，拐进了一家书城。

向衡跟着她进去了。

顾寒山没有到处瞎逛，她对这里似乎很熟悉。她上了楼，径直走向了一个区域，然后她在一个书架前站住了。

向衡走到她斜后方的另一个书架处，假装拿出一本书翻阅，实则在观察着她的举动。

顾寒山也拿出了书翻阅。

她是真的"翻"阅。

唰唰唰，一页接着一页翻，也不知道每页她能看进去几行字。

向衡悄悄看着她。

顾寒山翻完一本，放回书架，再拿一本。一口气翻完了三本书后，她离开了。

向衡走到她刚才翻书的书架前，看到了她刚才翻的书：《魔鬼搭讪术》《如何捕获她的心》《八大法宝让你成为社交达人》。

向衡："……"

她感兴趣的书目还挺让人意外的。

向衡转身继续跟踪顾寒山。

顾寒山下了楼，朝书城门口走去——似乎她进来一趟就是为了看那几本书。

向衡的手机响，是葛飞驰来电。向衡接了起来。

葛飞驰告诉向衡自己在现场，找到了许塘居住的屋子，不是他尸体旁边的那栋楼，是现场斜后方的另一栋。现在他们正在调查屋主情况。

"听说明天才能拿到地铁监控，而且监控时长很长，顾寒山也不知道究竟想做什么，就算满足了她的要求，她可能还会有新的情况。你尽快搞定她，拿走背包的人、杀死许塘的凶手，尽快问出来。"

"已经在处理了，别催。我比你还着急。"向衡一边回一边往前赶，他看到顾寒山已经走出了书城的大门。

向衡挂了葛飞驰的电话。

葛飞驰瞪着电话喃喃："你怎么就这么嚣张呢。"

向衡快步走出书城大门，一拐弯，停住了。

顾寒山正站在路边看着他："你好，向警官。"

向衡很快反应，淡定道："你好。"

顾寒山问："你有什么事吗？"

这话真是太直接了，向衡假装没听懂，他道："这么巧在这里遇到你。"

顾寒山道："我给过你机会跟我打招呼，可你只是跟踪我。"

向衡实在装不下去了，他吐槽道："你刚才的书真是白看了。"跟顾寒山比起来，他简直就是人际关系优等生。

顾寒山道："我是守法公民，你跟踪我也不会找到我的任何把柄，所以我们不要浪费时间。你直接说，你要做什么？"

"我现在就有空。"向衡冒出一句。

顾寒山听懂了："好的，那我们现在约。你吃过饭了吗？"

"还没有。"向衡答，等着顾寒山说下一句。饭点见面约吃饭确实是太正常不过了。不过他打算拒绝。

"我也没吃。不过我没胃口不打算吃。如果你不太饿的话，我们可以先聊一聊，结束后你自己再处理吃饭的问题。"

向衡："……"

顾寒山继续道："如果你很饿，打算吃点东西，我也可以等你。毕竟饥饿会影响判断力，大脑为了节省能量会抑制认知功能。我希望你跟我沟通的时候能保持最佳状态。"

向衡抬头看了看天空，此刻他的大脑认知功能运行良好，但他需要抑制一下他的脾气。

"我谢谢你。"向衡没好气，"你确定你不吃一点吗？毕竟大脑不能挨饿。我也希望你有一个好状态。"

顾寒山好像没听懂嘲讽似的冷静回道："放心，我的大脑不是一般人的大脑。"

这可真是，太能嘚瑟了。

向衡在心里使劲翻白眼。他绕过顾寒山："跟我走吧。我的车子停在前面。"

"要去哪里？"

"去案发现场。"

顾寒山没异议，她跟着向衡走了。

车子在路上跑着。

顾寒山开始提问："我们去案发现场做什么？"

"把你说的那些过程和细节都走一遍，以确认你口供的真实性。"向衡答。

顾寒山继续问："你怎么找到我的？手机定位跟踪？"

"碰巧遇到了。"向衡道，"我之前见过你，你坐在那个长椅上。我过来看看情况。梁建奇就在奇创大厦上班，你坐的位置正好对着奇创大厦。你跟踪梁建奇，对吗？"

顾寒山默了两秒，没承认也没否认，只道："梁建奇就是猥亵犯。地铁的监控会证实我说的是真话。"

"那也不能证明你没有别的目的。"向衡问，"你刚才怎么发现我跟着你的？"

顾寒山又默了默，但最后还是答："有车子经过，后视镜照到你了。我在街角拐弯，店铺玻璃墙面有个角度也映到你的影子。"

向衡："……"这眼神，这脑子反应的速度。

顾寒山顿了顿，道："我已经向分局的警察证明过，我有能力在那样的环境下看清凶手的样子。"

向衡点头："可你证明了你的能力，也就证实了你在说谎。"

前方红灯。向衡停下车，转头看向顾寒山："你跟踪梁建奇，你并没有被他猥亵。你报假案。你的真正目的是什么？顾寒山，在你犯下大错之前，把事情告诉我们，让我们警察来帮助你。"

顾寒山直视着向衡的眼睛，她的眼神里没有一丝一毫的心虚："那只是你的想法，是你的主观臆测。你说我居心不良，有物证证实吗？监控、文件，或者别的能佐证的任何东西也行。但是我指控梁建奇是有物证的，那三段监控，梁建奇的罪证就在里面。"

前面的车流开始移动，顾寒山把目光调回前方："我帮你们抓到猥亵犯，还会帮你们指认盗窃犯，那个盗窃犯也有可能是谋杀同伙，对吗？还有那个杀人凶手、真正动手的那人。我全都可以告诉你们。不用谢，警官。"

向衡启动车子，不再跟她扯皮。他换了个协商办法："你的要求我们已经在认真处理。你报案的事我已经问了同事，所里的监控我也看了。但是地铁那边的监控我们需要走流程才能拿到，而且你要求的监控资料时长太长了，我们全部看完也需要三四天的时间。可杀人凶手逍遥法外，他很可能已经潜逃，也很可能再次犯案。时间紧迫，我们希望你能先把模拟画像做出来，后面的事情我们继续处理。"

"我不相信你们。"顾寒山道，"同样的话葛队已经说过了，我给他的回复也是一样。让我看监控，找出梁建奇猥亵的罪证，对他做出处罚。把这些办好了，我就给你们做出凶手的模拟画像。"

"为什么非要自己看监控？你在找什么？"

"我担心你们包庇梁建奇，或者你们眼神不好找不出来罪证怎么办？"顾寒山道，"我不需要太多时间，22个摄像头，总长33个小时，我可以同时看八个屏，1.5倍速，不到三个小时我就能全看完。我可以帮你们节省时间，不用谢。"

向衡："……"

姑娘，你真的太嚣张了。而且她居然知道有22个摄像头。她观察过地铁里头的情况。

向衡的脾气不太好，但现在他觉得自己很冷静。

自吹自擂这个毛病一定得改，千万不要变成像顾寒山这么讨人嫌的程度。向衡自我检讨着，他还跟葛飞驰吹嘘过自己非常擅长跟嫌疑人打交道，可这么快就被事实迎头痛击。

"姑娘，你经历过什么，对警察这么不信任？"向衡真是没好气。

"不针对警察，只是按我理解的人性去处理事情而已。有利益才会有热情，到目前为止我验证到的结果就是这样。"顾寒山平板板地道，"我很年轻，经历不多，也就是分离、死亡、反复发作的病情、不断的治疗训练和精神病院而已。"

向衡沉默了，跟人家小姑娘的经历比起来，他这平淡的警察生活简直不值一提。

车子里很安静，顾寒山忽然道："第二格停车位上是一辆红色的长安，挡风玻璃上贴着一张蓝色出入证，座位是灰色的，驾驶座上铺着深蓝色的靠垫，用黑色绳带绑在座椅上，靠垫挺旧了。副驾驶座上摆着一个很大的工具箱，蓝色的盖子，黑色的箱子。如果你需要，我可以说出更多细节。"

向衡抿抿嘴："不需要了。"现在他们已经开到了太华路巷口，就是顾寒山号称看到杀人凶手和石康顺一起在车上的位置。

从东往西数第二格停车位。

向衡开过去的时候特意观察了一番，打算考一考顾寒山。但他看到的东西并不如顾寒山这么仔细。

顾寒山突然又继续道："刚才有个中年男人从人行道上迎着我们车子的方向跑过去。挺胖的、谢顶、戴眼镜。宝蓝色衬衣，黑色的西装，西装有些垮，并不合身。灰色的长裤，长裤有些宽有些长，尺码应该是为了适应过胖的腰围买的，偏长的裤脚没去做裁剪。黑色皮带，银色皮带扣。黑色的皮鞋，皮鞋鞋带磨损有些旧。他经济条件不好，对自己外形也不太花心思打理。他奔跑是为了赶我们身后的那辆公交车。29路车，车牌号XXXXXXX。如果你想证实我有没有看清，现在就能拦下那辆车。"

向衡很有些被噎住的感觉："不用了，你已经证明了。"

向衡转了一把方向盘，把顾寒山带到了燕山路——命案发生现场。

向衡一开始并没有停车，而是转了一圈，让顾寒山看了看现场的情况。"有没有见到什么人，与昨晚死者、凶手还有石康顺有接触的？"

"没有。"顾寒山答。

向衡这才把车子停下。他把车子停在了街对面，既能看到对面案发现场的情形，又不引人注意。

顾寒山看了看街对面，然后转头看向向衡："你担心凶手或是同伙回来查看吗？"

"小心一点总是好的。我们警察会对证人的安全负责。"向衡不动声色地展示着自己的专业能力和责任心，但顾寒山仍旧面无表情。

向衡拿出手机，按开了免提，打给徐涛："徐涛，明天我们就能拿到地铁监控对吗？"

"是的。"徐涛在那头应着，声音很有精神，"我办事你放心，我还在这边盯着呢。拜托他们加班嘛，我还请他们吃了晚饭，他们今晚一定弄出来。"

"好的，辛苦了。"向衡把电话挂了，看向顾寒山，"你听到了。我们确实在加班加点积极处理你的要求，但你一直在说谎，有隐瞒。我们不需要争辩证据不证据的。警察断案，很多时候就是先凭推断做事。我觉得你另有目的，我可以不给你看监控。"

顾寒山没表现出惊慌，她道："也许你们能找到别的途径知道凶手身份。我祝你们顺利。"

"对，你没有那么重要，并不是唯一的希望。"向衡冷道，"但既然我们都谈到了这份上，我也不想丢下你不管。我们各退一步。你先把拿走背包的人指认出来。明天我们拿到监控再安排你看。如果你还有别的情况需要警察的帮助，我们也会认真对待。"

顾寒山没说话。

"你不会再有下一次机会了。"向衡说完，下了车。

好像很有气势的样子。顾寒山在脑子里默默过了一遍书上写的那些情感钓鱼和PUA精神控制别人的招数，她觉得向衡就在用这些招。

顾寒山也推门下车，听到向衡在讲电话："对，我把她带来了。她可以先指认那个拿背包的人。好的，你下来吧，我们等你。"

向衡挂了电话。顾寒山道："我没说可以。"

向衡皱眉头看她。

顾寒山又道："但既然我们谈到这份上了，我也想看看你究竟会怎么做。"然后她可以学习学习。

向衡觉得简直又好气又好笑。你还真是，挺会找台阶下的。"麻烦你回车上，把自己藏好。我谢谢你。"

"我拒绝。"顾寒山故意道。

向衡不想搭理她。他自己回到车上。

要诱拐别人做某事，可以自己先做，引发对方的好奇心，也会让对方下意识地跟着做。

看吧，果然是书上教的招。

顾寒山跟着上车。

向衡瞥她一眼，不是拒绝吗？

顾寒山也不说话，就看着他。

向衡真是没脾气。这位姑娘你脑袋瓜里究竟在想些什么？叛逆期是不是晚了点？

不一会儿，葛飞驰从旁边一栋楼里下来了，他身后跟着陶冰冰。

向衡看到他们抬手招了招，对顾寒山道："葛队他们找到了死者许塘的住处，正好在这边勘查现场。"

顾寒山听到这话没什么表情。

向衡观察着，觉得她也许是真的不认识许塘和石康顺。但他也不能放心完全排除可能性，毕竟这姑娘对什么都没表情。

陶冰冰手上拿了一个平板电脑，里面装着昨天晚上现场拍到的所有照片和视频片段。

向衡下了车，让陶冰冰上车给顾寒山看照片认人。

顾寒山接过平板认真看了一遍。向衡在车外头观察着她，这姑娘看东西真的很快，唰唰就过去了。向衡确定顾寒山在派出所看梁建奇手机和档案资料什么的，那么一晃，她就能看清楚。

她到底有什么目的？

葛飞驰悄悄给向衡招手，引他往旁边站了站，然后悄声问："搞定了吗？一会儿能让她去分局做模拟画像吗？"

向衡回道："她非常坚持要看过地铁监控之后才做。"

葛飞驰皱紧眉头："那不是得三五天甚至更久之后再做？她是不是故意拖延我们？"

"不是……"向衡话没说完，陶冰冰忽然推门下车唤："葛队。"

葛飞驰和向衡赶紧过去。

顾寒山也下了车。葛飞驰直接问她："怎么样？"

陶冰冰抢着道："她看完了，但她没指认。"

葛飞驰："……"

没等他瞪眼，顾寒山四平八稳地答："不用在照片上认，那个老头就一直站在那边，看你们警察翻垃圾桶。"

在场的三个警察一起瞪她。

"灰色毛衣、深蓝裤子，脚上是黑色拖鞋。花白头发、发型'地中海'，银框眼镜。长脸、宽嘴、高鼻梁、细眼睛，右边眉毛有两根特别长，一根白的，一根黑的。"

三个警察一起转头朝垃圾桶方向看。那里有两个警察穿着防护服，戴着手套、口罩全副武装正辛苦地翻垃圾，寻找是否有人遗弃与案件相关的物品。他们已经辛苦了大半天，地上铺着塑料布，摆放了许多翻出来的东西。在他们工作的一个范围外，围了一圈警戒线，有好些市民远远站着看。

那些看热闹的人群里，确实有一个穿灰色毛衣、深蓝裤子的老头身影。

老头背对着他们，看不到正脸，验证不了顾寒山说的那些五官特征。

其他的大特征就算了，葛飞驰问："眉毛一根白一根黑怎么看到的？"

"现在这距离当然看不到。"顾寒山答,"我昨晚看到的。证明我不是随便指一个人,是昨晚真的有看到他。"

"小陶。"葛飞驰唤了一声。

陶冰冰会意,她穿过马路,朝人群方向走,并打电话叫了增援。附近全是警察,很快有两人过来跟陶冰冰会合,大家围住了那个老头,客气将他请到一边问话去了。

老头一被警察叫住就面露惊慌,他转头的那一刹那,葛飞驰和向衡都看清了,果然是顾寒山描述的外表。陶冰冰发来信息,眉毛确实有两根特别长的,一根黑一根白。

葛飞驰忍不住又瞪一眼顾寒山,然后瞪向衡。

向衡也快要气炸:"刚才带你兜了一圈让你认人你说没有。"

葛飞驰心里狂吐槽,她不但拖延我们时间,还骗我们的照片视频看。

顾寒山不慌不忙:"你问的是与死者、凶手或者石康顺有接触的人。这个老头是跟遗物接触。"

"还狡辩。"向衡按捺不住亮出了呵斥嫌疑人的语气。

顾寒山仍然镇定:"好吧,其实我是想多听听你说话,跟你多相处一会儿。"

葛飞驰暴躁转身,左左右右走了几圈,又折回来。

莫名被调戏了一番的向衡反而淡定了。可以呀,这姑娘,心理素质超级强,脸皮也超级厚。

顾寒山观察了一番葛飞驰,有些不解。她说假话的时候他们不高兴,说真话他们似乎更不高兴。

顾寒山没提问,她不想惹他们更不高兴,她还想看地铁监控。

葛飞驰转回顾寒山面前,非常努力地假扮和蔼问:"姑娘,你现在既然有空,我们回局里,把凶手的模拟画像做了吧。"

"我的要求没有变,我要看地铁监控。"顾寒山平板板地说。

葛飞驰忍不住嗓门大了起来:"你加班加点看到眼睛也得三天,我们等不了这么久。凶手会逃逸的,他现在就已经逃逸了。他也许还会再杀人,而且拖越久,我们能拿到的证据就越少。"

"怪我吗?"顾寒山冷酷地问,"他杀人他逃逸,怪我吗?"

葛飞驰一噎。

顾寒山道:"我不接受道德绑架。你可以认为我没道德。但我冒着生命危险,忍耐着与人打交道的麻烦,尽我最大可能在配合你们是事实。我不需要感谢,我只需要你们满足我这个并不过分的要求。"

葛飞驰把嘴里的话又咽回去了。不过分吗？他觉得很过分。

顾寒山继续道："我也不需要三天，我只需要三个小时，然后我就给你们做凶手模拟画像，我保证画像相似度在90%以上。"

"等等，什么三个小时？"葛飞驰的重点被带偏了。

向衡替顾寒山回答："她说她可以八个屏，1.5倍速看。"

葛飞驰："……"所以地铁视频里藏着什么，让她就算用上超能力也要看？

向衡拍拍葛飞驰的肩："葛队，你先去忙吧。许塘背包的事你盯一盯，也许能有线索。我明天带顾寒山去分局做画像。"

葛飞驰回过神来："明天？"

"对，徐涛现在就在地铁那边等着，他应该今晚就能拿到，你跟他联系一下。"

葛飞驰会意，好，今晚他们先过一遍视频，看看到底有什么。葛飞驰再看一眼顾寒山："行吧，那我忙去了，明天见。"

葛飞驰说完飞快离开。他过了马路，拿起手机拨电话。

顾寒山也不看他。葛飞驰一走，她就拉开车门上了车，似乎对警方会不会去查那些视频、会看到什么，她并不担心。

向衡观察着她，一时也猜不到她究竟是怎么回事。

向衡也上了车："送你回家？"

"好的。"顾寒山一点不客气。

向衡正要启动车子，手机却响了，是葛飞驰。

向衡一接通，葛飞驰就问向衡这晚要做什么。

"先送顾寒山回去。"向衡答，"后头没事了。"

"行。"葛飞驰道，"那晚点咱们碰一碰。"

向衡应了，挂了电话。然后他看了看顾寒山。

顾寒山并没有客气说"你忙，我自己可以回家"，她也在看着他，似乎在等着看他打算怎么做。

向衡启动车子："我送你回家。"

车子驶离。

对面街围观的市民人群里，有个手上拿着超市袋子的男人转头看了向衡的车子一眼。

楼宇角落，那个被带到一旁的老头经不住盘问，三两下便认了："我是拿了，我不知道是死人的，我看到没人的东西，就放在路边，我就捡了。我真不是偷，如果知道是死人的，我肯定不敢拿……"

葛飞驰走过去，正好听到这一段，便喝道："东西呢？"

那老头吓得赶紧应："放，放在家里。我都没动。"

"没动就最好了。"葛飞驰板着脸，"家在哪儿？"

老头颤着手指指了指后面那栋楼。

葛飞驰给属下警员下指示："跟他回家，把东西搜出来，一件都不要少。带回去问话，查清楚他跟死者、凶手都有些什么关系。"

警员应了，那老头急声喊："我跟他们没关系啊，我什么都不知道。我只是想贪点便宜，我都后悔了，真的，我刚才就想告诉你们的。"

葛飞驰没搭理他，转身走了。

葛飞驰回到了许塘住处。这里仍在进行着现场搜证工作，数名痕检警员正在拍照、取指纹、记录现场物品等等。

葛飞驰在门口看了看。门把上的指纹已经取过了。一旁正收拾的痕检警员对他道："只取到一组指纹，许塘的。"

葛飞驰点了点头，他走到屋里，小沙发、茶几、电视柜等家具都挺旧，但摆放整齐。屋子里空荡荡的，没太多摆设和物品，不像有人长住的。一旁的简易餐桌上有吃了一半的方便面，塑料叉子丢在桌面上，椅子歪到一旁，看来吃面的人确实走得很急。

聂昊走了过来，对葛飞驰道："已经联系上屋主了，姓李，叫李斌。他这屋子一直拿来出租。目前的租客叫段成华，已经租了三年。这段成华从来不拖欠房租，也没什么事，李斌觉得很省心。他没到租屋看过，不知道段成华是干什么的。他只在签租房合同的时候见过段成华一面，平常都是微信上联系。一般也就是交房租，从来不聊。我让李斌带着租房合同、段成华签约时用的身份证复印件过来一趟。"

"行。"葛飞驰点点头，"许塘的东西找着了，被附近一个老头偷走的。"

聂昊眼睛一亮："向衡还真挺灵呀。"他顿了顿，"顾寒山过来就把人认出来了？"

提到这个葛飞驰就来气，他哼了哼："这两个人！"

虽然似乎不关向衡的事，但想起顾寒山怎么就也觉得向衡这么气人呢？

聂昊笑了笑，走到一旁继续忙。

葛飞驰顺着他走的方向看了看，看到了最里面洗手间门口摆着的脚垫。葛飞驰心里一动，转头看厨房旁边的洗手间门口，那里没有脚垫，但久未打扫，地下有灰尘的痕迹，中间有一块长方形的干净地面。

葛飞驰走回屋子大门处，看到了屋门外的脚垫，跟里面洗手间门口是同款。

为什么要把屋子里面的地垫移到外面来？

葛飞驰戴上了手套，把地垫掀开看，看到下面用透明胶带贴了一个十字，十字的中间，赫然是一个小巧的手机存储卡。

葛飞驰大喜，叫来警员把这个手机存储卡收作物证，带回局里分析。

向衡将顾寒山送回了家。

梧桐路112号，翡翠居小区。

小区挺大，是个挺大的开发商开发的项目，在当年属于比较好的小区了。小区有地下停车场，但地面也可以停车。顾寒山将向衡从地面车道引到了5号楼旁边的停车位上，她住在5号楼。

"在这儿住了多长时间？"向衡似不经意地问。

"我十岁那年搬过来的。我爸再婚后。"顾寒山答道。

她没着急下车，坐在副驾驶座那儿看着向衡，等着。

向衡继续问："现在你一个人住吗？"

"是的。"

"你继母呢？"

"她搬走了。"顾寒山答。

向衡再问："房子产权是谁的？"

"我爸的名字，他写了遗嘱留给我。"

"遗嘱？"

"我爸并不觉得他会这么早离开，但他这个人总是习惯性地做好各种准备。"

向衡点点头："你跟你继母的关系好吗？"

"我跟谁的关系都不好。我没礼貌，是个怪人。只有我爸完全适应和包容我。"顾寒山平板板地说着，仍盯着向衡看。

向衡终于被看得不太舒坦了，这姑娘倒是坦白，她确实没什么礼貌。"你为什么一直盯着我？"

"你长得好看，向警官。"

向衡："……"这个真的是，必须要揭穿她，"你的夸奖毫无诚意，显得虚伪了。"

"怎么看出来的？"顾寒山居然问，一点没心虚。

向衡："……"看得出来这句是真心问的。

顾寒山见向衡没答，便双掌合十："请教，怎么看出来的？"

向衡实在没忍住："像这个动作。"他虚点了点顾寒山合起的双掌，"做得好是可爱，做得不好就是出家人。装可爱总是会被看出来的。"

顾寒山看了看自己的手掌，出家人？她调整了一下表情，再试着调整了一下手掌在胸前的位置和角度，然后她撇撇嘴，放弃了，把手掌放了下来。

向衡不动声色，不想告诉她现在这个状态就是真可爱了。

"书上说有些小动作可以增加魅力值。"顾寒山道，"我看我阿姨有求于我爸的时候做这个我爸总答应。应该是不适合我，我再找找别的。"

向衡没说话。

顾寒山道："我不会交际，向警官。这给我的生活增加了难度。如果我像别的受害者一样会哭会软弱，楚楚可怜，我的问题可能早就解决了。"

所以她是真的在学习交朋友？向衡向她公布答案："你夸奖我的时候眼神冷漠。"他没有提醒她他们沟通过她报假案的事，她并不是什么受害者。

顾寒山默了默："我回家照照镜子。"

她说着就准备下车，推开车门后想起来要道谢："谢谢向警官送我回家。"

向衡叫住她："顾寒山，我去你家看看可以吗？"

"你有搜查令吗？"

向衡："……没有。"刚才他们互相套近乎白套了？

"那就不行。"顾寒山冷漠拒绝。

向衡盯着她看，顾寒山坦然回视他。两人大眼瞪小眼了一会儿。

顾寒山等了一会儿向衡也没下一步行动，她看也学不到什么了，便道："再见，向警官。"

"再见。"

顾寒山推开车门走了。

向衡目送她进了楼门后，也推开车门下来。他在楼宇周围转了一圈，看了看周边的环境。小区维护的情况一般，大开发商的楼盘社区也这样。向衡走到5号楼楼门处，看到楼门那儿有电子门禁锁，但刚才顾寒山进去的时候并没有刷卡。向衡伸手一拉，门开了——这锁是坏的。

这时一个大妈从楼里出来，看到向衡站在门口，便多看了他两眼。向衡对大妈礼貌笑笑，不再逗留，转身走了。

武兴分局。

葛飞驰和队员们草草地用了晚饭，向衡到了。

葛飞驰擦擦嘴："吃了没？没吃给你订一份。"

"吃了。"向衡拉过把椅子坐下，"情况怎么样？许塘的包找到了吗？"

"找到了。"葛飞驰拿过手机，点开证物照片给向衡看，"几件换洗衣物，两部手机，身份证，现金，面包，巧克力，矿泉水。"

又划过一张照片："他屋子里，灰尘挺多，看来有段时间没住人。里面有间屋子围墙一圈全是桌子，抽屉里许多旧手机，还有一些电话卡。很多塑料椅子叠在一起。还有诈骗剧本。看起来这屋子以前做过电信诈骗。我们还在大门地垫下面找到一张存储卡。所有的卡都交技术那边做分析了。"

向衡道："许塘有诈骗前科，为这坐过牢。"

葛飞驰点点头，再划一张照片："这是客厅里面。桌上有吃剩下的泡面，都没收拾，估计就像你说的，正吃着收到电话，赶紧走了。这桌上有超市的袋子和小票。他买过一些生活用品和吃的，包里装着干粮和水，像是随时要跑路的样子。"

"有车票、机票吗？"

"没有。"葛飞驰也很有经验，"让人去查了，也把周围停着的车子查一遍，看看他有没有租车。"

"偷包的老头跟杀人案有关系吗？"

"目前看是没有。就是贪小便宜。"葛飞驰道，"他家就住在附近，退休了，脾气差，小气，平常就有占人便宜的小偷小摸行为，邻居对他不太待见。他自己招供，当时现场乱哄哄的，他看到不远楼角阴影处丢着一个包，他就趁乱拿走了。放回家又跑出来看热闹。昨晚回家后就把包翻了个遍，除了现金和钱，没看到别的值钱东西，他就把现金和手机拿了出来。原本打算把包和其他物品丢弃，看到有警察在翻垃圾桶，他就有些慌没敢丢，先在一旁看看情况。"

"东西都全吧？"

"应该全的。他胆子比较小，一吓唬就全招了。"葛飞驰道，"已经把那两部手机交电子物证分析了。我大概看了看，一部手机的号码就是许塘被你抓到派出所那时用的。还有一部手机，9点57分接到了最后一通电话。"

向衡眼睛一亮："号码？"

"许塘的电话，和给他打电话的那个号码，都是登记在一个叫段成华的人名下。"葛飞驰顿了顿，"许塘住的那间屋子，也是段成华租的。已经跟屋主核实过了。同一个人。"

"那这个段成华呢？"

"手机关机了，没找到他。"葛飞驰道，"许塘的这个哥们，并不是受害者。"

"也许不是，也许是。"向衡道，"把自己租的房子给许塘用，用自己的手机号诱骗许塘下楼，紧接着许塘遇害。这有点太明显了。"

"这个确实。但也有可能他们有什么事谈崩了。许塘想投靠警察，段成华稳不住他，只能出此下策。"葛飞驰道，"得查出许塘与关队分手后做了什么，他怎么去的那屋子，又怎么拿到的手机号码。他与段成华是不是见了面，他们是不是有什么约定。"

"嗯。"向衡点点头，"把石康顺和段成华之间的联系也调查调查。"

"这个知道，我已经安排了。"

"石康顺还是什么都没说？"

"没有。一口咬定之前说的那套，自己就是个看热闹的。因为害怕而做了过激行为，还一个劲地道歉忏悔。说得跟真的似的。"葛飞驰道，"先用袭警这事给他办刑拘，后头有线索再继续审他。"

"这就是奇怪的地方。"向衡道。

"什么？"

"他只要闷头跑就好了，就算最后被抓住，除了顾寒山的证词，我们也没别的证据证明他与这案子有关。毕竟他的车子、随身物品都干干净净，没有疑点。更何况他并不知道顾寒山能认出他来。但他偏偏袭警了。"

"如果他不袭警，我们都不好拘留他这么久。"

"是的。"向衡道，"感觉他就是自找麻烦。"

葛飞驰不说话了。

向衡道："他是不是想趁机进来侧面打听了解一下案情。你们审讯的时候有没有什么情况？比如你们的问题，或是他诱导你们对话透露什么？"

"我们审讯一点不该说的都没说，他啥也打听不着。"葛飞驰斩钉截铁说完，想了想喃喃，"回头我把审讯监控再看一遍。"

"还有。"向衡接着说，"需要对顾寒山做更详细的调查……"

葛飞驰打断他："说到这个，我也正想跟你提一提。"

向衡便等他说。

"我们找了顾寒山的主治医生，那个脑科学家简语教授，你知道他吧？"

"知道。他跟市局有合作，办过几次讲座，我还去上过课。他还主持了一个脑科学研究中心，有些司法鉴定就是这个研究中心出的。"

"对，就是这个简教授。"葛飞驰道，"顾寒山十岁开始就在他那儿看病了。我想确认一下让顾寒山做证是不是真的没问题，她的精神病到底是个什么状况，所以就想跟简教授多了解了解顾寒山的病情和个人情况，但是简教授拒绝了。"

"拒绝了？"向衡有些意外。

"是的。他只是说顾寒山的记性特别好，可以做证。他不认识许塘和石康顺，没听说过他们，也没听顾寒山说过认识他们。他认为顾寒山不认识这些人，他说顾寒山的生活圈子特别小，也缺乏交际能力。但他不肯透露更多顾寒山的病情，说他签过保密协议的。"

"保密协议？"向衡更惊讶了。这病情很高大上啊，保密协议都有。

"嗯嗯。还没完呢。"葛飞驰道，"后来顾寒山的律师给我打电话了。"

"她还有律师？"

"准确地说是她爸顾亮生前请的律师，专门负责顾寒山的医疗事项和保密协议的。"葛飞驰道，"顾寒山呀，每一个给她看过病的医生都签了保密协议。律师说他接到顾寒山继母贺燕和简教授的通知，知道我们正在做调查，所以他得来知会我们一声。如果没有搜查令和顾寒山自己签的授权书，我们无权取得顾寒山的医疗资料。他说他也会再次提醒其他医院。"

向衡："……这么牛？"

葛飞驰道："医疗保密、病人隐私保护这些我都懂啊，但是搞这么大阵仗我头一回见。我根本不想要她的医疗资料，我只要确认她的证词有效，而且她没说谎就行。"

向衡沉默。

"反正就是告诉你一声，你心里有个数。"葛飞驰道，"那律师态度倒是挺好的，跟我们解释了一下。说是因为顾寒山病情特殊，她爸为了保护她。她很小的时候她爸就这么做了。她爸在的时候，治疗方案还都得她爸签字同意。现在她爸去世了，就得顾寒山自己签授权。他也明确了顾寒山有完全刑事责任能力。"

向衡脑子里闪过顾寒山的个人资料，她爸爸顾亮是因为救一个跳水自杀的姑娘意外去世的。"嗯，我知道了。"

葛飞驰与向衡又讨论了几句案情，向衡的电话响了。

徐涛打来的，他已经拿到了地铁监控录像。

"拿到分局来吧，做个备份。我正好在分局。"向衡道。

徐涛很高兴，说马上过来。

两小时后，备份好的地铁监控视频挂上了武兴分局电子物证分析室的电脑，准备开始做分析。

技术员把梁建奇的身份证照片、社交媒体上的一些照片导入程序，接着是顾寒山的照片。"就搜索锁定这两个人，对吧？"

"对，先看看。"葛飞驰拖了把椅子坐在技术员旁边。他手下两个警员也坐下了。

向衡和徐涛站在他们身后，一起看向屏幕。

技术员按了回车键，人脸识别搜索程序开始执行指令。"照片不多，很多角度没有，所以不能把所有影像都抓到。"技术员道。

"没关系。先在人群里把他们找出来，然后我们顺着他们的行踪一路看就行。"葛飞驰说着，转向那两个警员，"辛苦你们了，今晚把这些内容扫一遍。"

屏幕上，下班高峰期的地铁里人头攒动，肩挨着肩脚踵着脚，满屏密密麻麻全是人。

人脸识别程序的小方框闪烁着，因为没有搜索到想找的人脸，画面快进中。过了一会儿，锁定了一张脸。

"找到了梁建奇。"徐涛有些兴奋地指着屏幕。

但画面里的梁建奇很快被别人挡住，人脸识别小方框又开始闪烁。人潮往前移动着，过了一会儿小方框再度变红，又一次锁定了梁建奇。

就这样，梁建奇的脸在画面里忽隐忽现，大家专心盯着他看。

"顾寒山呢？她不在吗？"葛飞驰喃喃自语。

梁建奇走出了这个摄像头的范围，再看不到他的身影。技术员刚要问要不要换一个摄像头内容，向衡忽然道："等等。"

他话音刚落，一个小方框变红了，锁定了一张人脸。

"顾寒山。"葛飞驰一拍大腿，"她跟在梁建奇后面。"

"距离是不是有点远，而且这么多人，她怎么能看清梁建奇做了什么。"徐涛道。

"所以她要求看监控。"向衡低语。

大家盯着顾寒山看。顾寒山在人群中显得瘦小，她更常被人挡着，所以大部分时间搜索程序抓不到她的画面。但能看到的内容里，顾寒山没什么异样，她没有表情，正常走路，没有东张西望，也没有停下脚步。

过了一会儿，顾寒山也走出了这个摄像头范围。

"不用盯顾寒山了。她想看的肯定不是自己。"向衡顿了顿，道，"能让我看看八个屏，1.5倍速是什么效果吗？"

"啊？"技术员很惊讶。

葛飞驰白了向衡一眼，对技术员道："让他看。"

技术员把两个大屏幕分成了八块画面，设置了1.5倍速播放。于是大家就看到画面里满屏人影晃啊晃。就算有人脸识别程序帮忙锁定梁建奇，但看得了这块画面，也漏掉了别的画面内容。

葛飞驰忍耐了半分钟，叫道："行了，体验过了，恢复正常吧。你们一人盯两个屏，看看这些内容里有什么情况没有。除了梁建奇之外，还有什么别的不对劲的。也不知道要找什么，反正就看看吧。"

两个警员应了。葛飞驰起身，把位置让了出来，然后拉了向衡出去。

"你有什么想法？"葛飞驰问。

"除非你们发现了什么了不得的东西，不然就让她看。得知道她究竟想干什么。"向衡指的是顾寒山，"我约她明天一早到所里去，不是说三个小时搞定嘛，那上午让她看完，下午过来做模拟画像。你们今晚要是有什么发现就告诉我，我好跟她交涉。"

"行吧。"葛飞驰道，"明天一定要让她做出画像来，可不能再拖了。"

第二天，向衡早早就到了所里做安排。

监控室的同事们按他的嘱咐忙前忙后调试机器。

钱威很惊讶："要八个屏幕？"

"对。"向衡特意找了间屋子给顾寒山看地铁监控。

"哇。"黎荛觉得很有意思，"这个女人，成功引起了我的注意。"

徐涛白黎荛一眼："小说看多了吧，别乱学台词。"

黎荛哈哈大笑，正想跟徐涛拌几句嘴，向衡把黎荛叫住了："一会儿顾寒山来了，你去接待一下。"

黎荛非常高兴，她明白这个接待工作的意义："好的好的，你放心，我特别会做群众工作。我一定好好观察，努力套出话来。"

向衡点头："得知道她的目的。"

"没问题。"黎荛挺直腰杆。

钱威欲言又止，最后道："我昨晚查了一晚上，梁建奇本人没有犯罪记录，只有五次交通违章情况。个人信用良好，没有官司，银行贷款都是按时还的，公司方面也没什么问题，年审合格，也没有劳务纠纷。社交平台上的内容都正常。"

徐涛也赶紧补充："还有分局那边昨晚看了一晚上，没发现什么特别的内容。但确实有发现梁建奇摸了一个小姑娘。"

"嗯嗯。"黎荛点头，大大咧咧道，"所以顾寒山的动机就更是个谜团了，我来搞定她。"

向衡看着黎荛那踌躇满志的样子，微笑鼓励："全靠你了。"

正说着，向衡的手机响了。是楼下值班室的来电。

向衡挂了电话，对黎荛道："她来了。"

黎荛兴奋握手，脚下踩着风火轮精神抖擞地去了。大家看着她的背影，一时无语。最后是徐涛吐出一句："这哪里有个孕妇的样子。"

向衡失笑,他转身出去,先跟葛飞驰通了一个电话,告诉他顾寒山到了,问葛飞驰那边还有什么进展,计划有没有改变。

葛飞驰那边没什么变化,只催着向衡要拿到模拟画像。

向衡挂了电话,到洗手间洗了一把脸,想让自己看上去精神一些。看着镜中的自己,想起顾寒山冷淡的语气:"你长得好看,向警官。"

又想起黎荛那傻乐的劲头:"我来搞定她。"

向衡心里想着你去试试看,谁搞定谁。

向衡整了整衣冠,这才出门右转下楼。迈下楼梯的那一刻,他感受到了内心的一丝兴奋,仿佛迎战。

顾寒山站在派出所大厅等着,很快就看到了飞奔下楼的黎荛。她认得黎荛,那个跟向衡一起去朝阳步行街的女警。

黎荛脸上带笑朝顾寒山走去:"你好,顾寒山。"

顾寒山观察着她:"你好,我是顾寒山。"

"你好呀,我叫黎荛。我是来接你的。"

交际技巧在顾寒山的脑子里转了一圈,顾寒山开始夸了:"你真好看,穿制服特别精神。"

"哈哈哈哈,谢谢。"黎荛挺开心,"我们警服就是帅气。"

"你很喜欢当警察吗?"顾寒山找话题。

"对呀。"黎荛一脸骄傲,"我们全家都是警察。"

"真羡慕你。我也想当警察,不过没机会。"顾寒山继续出招,假装志同道合,示弱博同情。

但顾寒山的语气干巴巴的,完全没有羡慕的情绪。黎荛一时也噎住。

有精神病史,确实不可能当警察了。

沉默两秒。

顾寒山不受干扰,继续下一个话题:"你的名字是哪两个字?"

"黎明的黎,荛就是草字头,下面是传说上古帝王尧舜禹的尧。"

顾寒山点点头:"你的名字很好听。"

黎荛笑起来:"谢谢,谢谢,你的名字也很酷。姑苏城外寒山寺,哈哈哈,大家都会背。"

"其实我爸的意思是那个唐朝隐士诗僧寒山。寒山寺是用他的法号命名的,因为他在那里住过。不过大家一般第一反应都是寒山寺,而不是那个僧人。"

黎荛:"……"她的见识浅薄暴露了吗?

顾寒山没表情，黎莞觉得她应该没有别的意思。

黎莞没忍住，问了："你的名字是你爸起的吗？他为什么用一个僧人的法号？"好好一个闺女起个僧人法号，这爸爸什么思路？

顾寒山耐心讲解："寒山大士生平不详，没人知道他真实的来历和姓名，只是流传了很多关于他的传说。比如说，他这个人有些古怪，没办法融入俗世，世人也没法理解他，他过得非常痛苦，后来干脆就隐居山林去了。他在山林里过得舒心安逸，写下了许多流传百世的诗作。传说中，寒山大士没有正式入庙剃度，但是却有寺庙以他的名号来命名。还有，唐朝的志怪小说里说他是成仙道人，宋朝佛家认为他是文殊菩萨转世，在清朝呢，却说他是管婚姻的神仙等等，各种版本传言都有，总结起来就是：他是神。我爸觉得我像他，用他来鼓励我。"

黎莞："……"

顾寒山看着她。那目光让黎莞觉得自己必须得说点什么。

"呃，懂了。你爸挺浪漫的。"黎莞道。哪个爸爸会鼓励自己女儿：你是个神，是俗世不懂你。

"有趣吗？"顾寒山还看着她。

黎莞："……挺有趣的。"

"好的。"

黎莞："……"是发生了什么事吗？

"我们赶紧上去吧。已经都安排好了。"黎莞找回节奏笑着道，领着顾寒山往里走，"你家离得远吗？昨晚休息得怎么样？"

"不太远。睡眠质量一般。"顾寒山努力寻找黎莞感兴趣的话题。女生会聊什么呢？顾寒山道："我在琢磨一个男生。"

黎莞顿时眼睛一亮："是喜欢的男生？"

顾寒山："对。"

"啊，哈哈哈想当年我恋爱的时候也是心思挺多，总琢磨。"

"没有恋爱，我还没有找到跟他交朋友的方法。"

那就是还没有追求成功？黎莞安慰道："这个不能着急。多些相处机会就好了。"

"嗯。"顾寒山应了声。

"你吃过早饭了吗？"黎莞问。

"吃了。"

"那要不要喝点什么？"警民友谊，从吃吃喝喝开始。

"好的。"顾寒山答，"矿泉水。"

黎荛刚想拿手机挑外卖奶茶的手顿住了，这没法推进呀。"好吧，先上楼吧，我一会儿给你拿瓶矿泉水。"

　　走了几步，上了台阶，顾寒山忽然拉住了黎荛的衣袖。黎荛回头："怎么了？"

　　顾寒山向她伸出手，手上是一张一百元的钞票："我刚才捡到钱，是你掉的吗？"

　　黎荛："……"这是什么状况？

　　顾寒山淡定问："不是吗？"

　　黎荛："呃，不是。"

　　顾寒山冷静地把钞票揉成一团，握在掌心，手腕转了一圈，手掌在黎荛面前再打开："那这个呢？"

　　一颗糖！

　　黎荛愣住了，然后她笑了起来。

　　这也太萌了吧！

　　小仙女会魔术，板着脸给你变了颗糖。

　　黎荛笑着点头："行吧，这个是我的。"这完全无法拒绝呀。

　　黎荛接过糖，看了看顾寒山。顾寒山还是淡淡的表情，但一直看着她。

　　黎荛便笑："这个很有意思。"

　　"谢谢。"顾寒山认真应，她觉得找到窍门了。

　　这一本正经的表情实在是可爱，黎荛忍不住笑出声。

　　向衡下来看到的就是他委以重任的孕妇警花哈哈大笑的场景。顾寒山从容站在一旁，一副已然控场的架势。

　　向衡："……"酝酿好的气场被泄掉一半。孕妇同志实在是不争气，还搞定她——果真是被搞定。

　　向衡和黎荛把顾寒山接到了二楼的一间小会议室。

　　会议室里像模像样地摆着文件夹和笔。黎荛和向衡带着顾寒山坐下了。向衡打开文件夹，拿起笔，装模作样公事公办地道："这是你当初报案时候的接警记录，还有你和梁建奇的笔录、两位陪你来的证人笔录。我们都认真看过了。"

　　顾寒山默了默，这时候她要是说"这段知道了，略过，下一步"是不是不太合适？毕竟刚坐下，怎么都得开场客套寒暄话走一遍。那她的开场白应该是什么？

　　顾寒山看了看向衡又看看黎荛，这两人没继续说话，顾寒山便虚心请教："这种时候我应该说什么？"

她的语气太冷漠，像是挑衅，弄得气氛有些尴尬。

她什么意思？向衡的手指敲了敲桌子，在心里提醒自己要控制一下脾气。

黎荛观察着顾寒山。

顾寒山一脸坦然。

黎荛试图圆场面："是这样的，我们看了你报警的监控片段，也与受理你案件的两位同事沟通了，那天的情况我们已经了解。虽然监控没拍到那男人的动作，但重要的是你报警了，你做得很对，这样他的记录里就有了一笔，下次只要再有人报警……"

"你确定你要花时间把那天他们跟我说的话再重复一遍？"顾寒山打断她，"我自己脑子里过一遍会快一点，保证不会漏掉一个字。"

黎荛："……"刚才那个给她糖的可爱小仙女呢？这么快就没了？

黎荛看了看向衡。

向衡看着顾寒山。

顾寒山观察了他们一圈："我是说真的。"

向衡没好气把笔丢到桌面："那你应该这么说：'多谢警官，既然那天的事已经了解清楚，我很希望能看一看监控，证明我说的话是真的。我非常愿意配合警方的工作。'"

黎荛低下头，控制住表情。这手把手教的什么？

可顾寒山却道："最后一句我要是这么说，会让你们觉得事情还有商量的余地吧？"

黎荛用手撑额头把脸挡住了。得咧，这还教不会。

顾寒山继续道："不给我看监控我就不愿意配合。"

向衡完全不想说话了。他站起身，挥了挥手，转身朝外走。

没有言语的指示，顾寒山却懂了，她跟着起身出去了。这种直接行动的方式她比较喜欢，比坐下来绕弯子说话强。

黎荛绝不能错过好戏，赶紧跟上。

顾寒山坐在了八个屏幕前。

八个屏幕，已经调好影像。

顾寒山喝了水，吃了一颗糖，拉过一把椅子，坐在上面调整了一下姿势，双手交握自然垂放膝上，隔着一段距离坐在屏幕前。

向衡双臂抱胸靠在墙上，盯着她。

其他人站在顾寒山的后方。

"我准备好了。"顾寒山说。

钱威一脸狐疑,但还是帮她按了开始。

屏幕画面飞速闪动,八个屏幕全是人影晃来晃去。顾寒山如入定一般一动不动,直勾勾地盯着屏幕。其他人大气都不敢喘。一开始也跟着顾寒山一起看,看了一会儿放弃了。除了眼睛疼,没有任何收获。

二十分钟后,黎莞挥手示意钱威外头有工作。

四十分钟后,徐涛和钱威又回来看了一眼,再次转出去工作去了。

向衡没动,就守着顾寒山。

中途他的手机亮屏,收到葛飞驰发来的信息:"情况怎么样?"

向衡回复:"她正在看。"

这么看也不知道她能看出什么来。昨晚分局那边的视频分析结果显示,没有通缉犯,没有特殊标记人员,没有动态异常,没有违禁品,但5号摄像头32分03秒时拍下了梁建奇猥亵一个姑娘。

刚才向衡故意没跟顾寒山说这个,他要看看顾寒山能不能找出来,她究竟要干什么。

一小时后,顾寒山喊了一句:"停一下。"

技术员把电脑暂停,顾寒山闭上了眼睛,像是在休息。

向衡看向电脑屏幕,那上面没有什么异常,也没有梁建奇。向衡悄悄把现在屏幕上的画面拍了下来。

五分钟后,顾寒山睁开了眼睛:"我休息好了,继续吧。"

还真是休息?

监控影像继续播放,又过了一小时,顾寒山再次休息了五分钟。向衡对比了现在的画面和他刚才拍下的,没什么问题,顾寒山就真只是休息而已。

她的脸色有些不好,绷得紧紧的,向衡想起她的病,便道:"如果你受不了……"

"我不会发病的,不用担心。"顾寒山的声音冷冷的,"我看完剩下的,就帮你们做模拟画像,我说到做到。"

向衡便不再说话。之后过了将近一小时,三个屏幕内容陆续播完了。又过了五分钟,又有两个屏幕播完了。

向衡走到顾寒山椅子边。

顾寒山又看了一会儿,闭上了眼睛。

向衡没说话,他看了看屏幕,又有两个播完了,剩下的估计没什么好看的,顾寒山不在乎了。

顾寒山足足闭目休息了十多分钟，这才睁开眼睛。

"顾寒山。"向衡蹲在她面前，轻声问，"你到底在看什么？"

顾寒山似乎还没缓过神来，表情有些呆滞。

向衡继续道："你告诉我你想找什么，我可以帮你。我们警方有很多技术手段，通话记录、监控、网络数据、DNA、痕检、手机定位、人脸识别、实时追踪……虽然派出所的条件有限，但市局那边不一样，几十年前的线索都能翻出来。只要你理由正当，一切合理合规，我可以申请的。"

顾寒山看了他好一会儿，然后道："你们技术手段再厉害，还不是要等我指认凶手。"

向衡："……"这位姑娘你的超能力肯定不是记忆，是气人。

"5号摄像头32分03秒梁建奇猥亵一个白衣服的姑娘。我没有说谎，他就是惯犯。"

向衡不说话，内心有些震撼。

他们需要用高科技技术手段辅助找出来的东西，她肉眼就找出来了。

"还有一件事。"

向衡："什么？"

"办案民警欠我的道歉呢？"

向衡："……"

向衡气得不行。

道歉？

什么是得寸进尺，这就是了！

向衡深呼吸，把那股气压下去了，柔声细气道："顾寒山，这个环节我能教你的，是见好就收。"

"意思就是如果我不追究警察对我的恶劣态度，对我们交朋友有帮助？"顾寒山问。

还交朋友，没结仇就不错了。

"是的。"向衡微笑着答。

"那好吧。为了你这个朋友，我不追究了。"

"我谢谢你。"向衡继续微笑。我信你个鬼，还为了我这个朋友。

"你高兴吗？"

"你看我的表情。"向衡快忍不住了。

"看不出来。我不太能感受别人的情绪。"顾寒山认真道。

"当然是客套一下，没什么可高兴的。"向衡配上微笑。

"那就好。"顾寒山道，"不然你也太奇怪了些。"

你才奇怪。向衡没好气，把笑容收起来了。

这时有人敲门，向衡应了声。黎莞探进来，问："结束了吗？"

"看完了，我把梁建奇猥亵的证据找出来了。"顾寒山道。

向衡不说话。可以的，要说她半点不会交际也不是，看这话说得，既转移了重点还邀了功。

黎莞亮出大大的笑容："太厉害了。"她看着顾寒山，"累不累呀，休息一会儿，吃个饭吧。下午是不是要去分局那边做模拟画像？吃饱休息好才好干活呀。"

顾寒山道："我比较挑食。"

黎莞笑眯眯地道："那真是考验我们人民警察服务群众的时候了。来来，姐姐带你挑好吃的去，肯定能有你喜欢的。"

顾寒山没拒绝，她站了起来，却晃了一下。向衡赶紧过来把她扶住了。他看着她那苍白的脸色，觉得这八个屏1.5倍速对她来说也不是那么轻松。

黎莞也几步赶过来，把顾寒山挽住了。

顾寒山没说话，跟着黎莞走。

黎莞边走边问："你也太厉害了，八个屏，放慢速度我也看不过来。你怎么做到的？天生就会吗？"

"没人能天生就会，我是受过训练的。"顾寒山答。

向衡挑了挑眉。

黎莞在身后对向衡比画了一个OK请放心的手势，挽着顾寒山继续往外走："怎么训练的？我能练出来吗？"

"你不能，你只是个普通大脑。"顾寒山答得平稳，就是话太嚣张了些。

向衡跟在她们身后，仔细听着，希望黎莞真能套出什么来。

顾寒山突然转身："监控证据有了，你们什么时候处理梁建奇？"

向衡一愣，没想到顾寒山话题跳转这么突然："就这两天吧。我们把影像证据准备出来，苏波警官他们会跟进调查这事。"

"把梁建奇拘留那天我要在场。"顾寒山又说。

"行。"向衡答应了。

"那我也行了，我一会儿跟你去做模拟画像。"

向衡："……"刚才拘留那天她要在场也算是条件？她真的，一个条件接着一个。黎莞的美食套近乎也不管用，这顾寒山简直就是油盐不进刀枪不入。

第四章
巧合

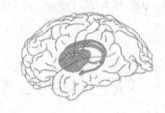

燕子岭。

三层高的小白楼，院子里铺的水泥地，没有绿化和装饰，此时停着一辆车。院门没有招牌，青色的铁板门老旧，有些掉漆了。院子围墙有点高，装有监控。从院门方向看进去，看不到小白楼的正面，看不出这里面是做什么的。

杨安志坐在一楼的办公室里正在接电话，他的声音压得低低的。

"你确定吗？"

"确定。"与他通话的是常鹏，"昨天大熊回现场看看情况，正好看到顾寒山跟警察在一起。顾寒山跟他们说完话，警察就抓了一个老头，后来他听说那老头贪小便宜在命案现场偷东西。"

"许塘的命案现场。"杨安志皱眉头，"顾寒山怎么会在？"

"不清楚。"常鹏道，"但她当时肯定在现场。有人偷了许塘的遗物，她把偷东西的人指认出来了。至于她还看到了什么别的，或者还知道什么，我们现在还不清楚。大熊与雪人盯着她，看到她今天又去了派出所。"

杨安志默了两秒："她看到胡磊了吗？"

"不知道。"常鹏道，"你把胡磊安顿好，我们这边尽快做准备。"

"我就说这事有风险！"杨安志顿时暴怒。他警惕地扫了一眼办公室门口，把声音压得更低："如果警察抓到胡磊，那一切都完了。目击证人如果是顾寒山，那跟被安全监控摄像头拍到差不多！还有，她是不是知道什么，要不她怎么会掺和进来。"

"你不要慌,没事的。顾寒山不一定就看到了胡磊。如果她知道了什么,早就曝出来了,不会等现在。她可能就是碰巧路过。而且这事跟她没有关系。她有病的,她没法跟警察合作,她的证词可靠性会被质疑。"常鹏顿了顿,道,"你只要稳住胡磊就行,我们会尽快准备好。都做到这一步了,他有很大的研究价值,直接灭口太可惜了。"

"你们搞医学研究的脑子也有病。"杨安志很不高兴,"别太贪心,挣钱过好日子就行。别什么都想要。这样迟早完蛋。"

"好了。"常鹏安抚道,"不是都说了这是最后一票了嘛。最后一票就差临门一脚,没完成真的太可惜。再多等两天,没事的。胡磊这么听话,他非常信任你,不会有问题的。"

杨安志哼道:"说得容易。这事可比我们原来想象的危险多了。石头呢,他现在怎样了?"

"应该是进看守所了,一直没放出来,我们再等等通知。"

"他那边也并不完全顺利。我就说整个计划太急进了,不行。"

"都在按计划走呢,你胆子也不要太小。"

杨安志气得没说话。

常鹏又道:"放心吧,现在一切都还没问题。另外,还有件事。"

"怎么?"

"宁雅又回去帮顾寒山做事了。"常鹏道。

"啊,真的?"杨安志还挺惊讶,"她不是怕得要死,我当初给了她一大笔钱她才点头的。现在居然还敢回去。"

"你去找她打听打听顾寒山的情况,这不比大熊跟踪观察强吗。"常鹏道。

杨安志想了想:"行。"

凤凰街派出所。

向衡特意给黎荛和顾寒山独处的空间,好让黎荛跟顾寒山套话。他自己草草吃了点饭,又做了些工作,看看时间,她俩的饭应该吃完了,他这才过去。

结果进去就看到桌上摆着只吃了一小半的盒饭,而顾寒山闭着眼靠在椅子上,脸色有些苍白。

黎荛见得向衡来了,把他拉到外面,小声道:"她吃了一点,然后就吐了。"

向衡愣了愣,这是嘚瑟过头了,把自己给整趴下了?

"要送医院吗?"

黎莞摇头："她从包里拿了点药吃，我不知道是什么。她说不去医院。"她看了看接待室门口，声音压更低，"她说别送她去医院，她不想再进精神病院。那眼神，好可怜的。"

向衡想象了一下顾寒山的表情，觉得孕妇的母爱果然更丰富一些。

"她还说了什么？那些训练怎么回事，她有没有一起训练这些超能力的同学，有没有什么组织之类的？"

"没说得太详细。大概就是她的病，让她的脑子没办法忘记看到听到的东西，不能像正常人大脑一样过滤屏蔽信息进行自我保护。所以她得训练大脑，学会控制。就是她没办法阻止信息涌进来，但她可以将它们收纳分类，类似这种的吧。她做了很多相关的训练。"黎莞道，"我侧面打听了一下，应该是没有跟她一起治疗的相同的病人。她一直是自己一个人。然后她的医生，简教授，有一个团队专门负责她的项目。听起来她家挺有钱的，而且非常注重隐私。其他的没多聊，她不舒服，后来就没说话了。"

"她现在的身体状况能做模拟画像吗？"

黎莞犹豫片刻："我觉得要不先去医院检查一下，毕竟她这病，咱们也不清楚情况。"

"我问问她。"向衡转身进接待室，黎莞赶紧跟上。

屋子里，顾寒山已经睁开了眼睛，她坐直了，对向衡道："可以带我去做模拟画像了吗？"

"做模拟画像时间要很久。你现在不舒服，我担心你撑不住。"证人身体状况不佳会影响判断，模拟画像做出来也不准确。向衡不想拿张无效的画像交差。

"为什么要很久？"顾寒山问。

"因为每一样五官都要仔细辨认挑选，有些证人能做上一整天，快的也得三四个小时。"

"我不需要，你让他们把所有眉毛形状都摆屏幕上……"顾寒山顿了顿，换了个说法，"扶我起来，我还能再看八个屏。"

向衡："……"

顾寒山审视他的表情，认真问："有趣吗？"

向衡面无表情。有趣个屁。

黎莞在一旁忍不住笑了。

顾寒山再看看黎莞："女生真的比男生好哄多了。"

向衡不想搭理她。男人不需要哄。

黎莞却听懂了，她笑起来："你还惦记交朋友的事？"

"对，因为不顺利。还挺需要跟他交个朋友的。"

向衡敏感了一下，跟谁？跟他交朋友吗？

"别着急，别着急。"黎莞安慰顾寒山。

"好了。"向衡打断她们，"说正事。"

"我要去做模拟画像。我说了今天做今天就得做完。"顾寒山很坚持。

"行。"向衡完全不想跟要和他交朋友的女生争辩，"走。"

顾寒山站起来准备走。向衡观察她，站得挺稳，走起来也不晃，看着精神不算太差。于是他领着她往外去。

他听到顾寒山在他身后对黎莞道："我觉得是性别的问题。"

黎莞笑："不是的。"

"教我方法的那本书叫《把妹达人》。"顾寒山道。

向衡无语，就是她看的那些乱七八糟的书，还不止书城那几本呗。这种书怎么能出版呢？他脚步不停，但耳朵竖了起来。

"还有《让女人心动的聊天术》。"顾寒山再道。

黎莞开始狂笑。

向衡忍住没回头看。心里吐槽这些书可别让他妈知道，他不想某天收到快递。

"肯定是性别的问题。"顾寒山在总结。

向衡继续走，却听到顾寒山叫他："向警官。"

向衡终于有了回头的正当理由："做什么？"

顾寒山举着一张百元钞票："你刚掉了钱。"

向衡看着她。

顾寒山和黎莞都看着向衡。

向衡冷静地把钱接下了："谢谢你。"

顾寒山："……"

黎莞大笑。

"然后呢？"向衡问。

顾寒山想了想，手腕一转，手掌再打开，变出一颗糖来："我能用这颗糖，换回我爸留给我的一百块遗产吗？"

向衡表情淡定看着那颗糖："我要是不同意呢？"

顾寒山两只手一搓，再摊开："两颗你看怎么样？"

向衡："……"

黎莞笑到扶墙。

向衡把那一百块塞回顾寒山手里："好了，你用行动证明了，你确实有精力完成模拟画像。"

顾寒山对黎荛道："你看，就是性别的问题。"

黎荛笑着擦擦眼角的泪痕，揽住顾寒山的肩："你一定是吃可爱多长大的。"

"不是。我是吃镇静剂长大的。"顾寒山答。

向衡："……"

这位妹妹，你能泡到任何一个男人那都是奇迹。

向衡开车载顾寒山去武兴分局。

顾寒山一上车就戴上了降噪耳机，闭着眼睛靠座椅睡觉。

向衡也不管她。他把车窗都关上，没有开音乐，再把手机也调成静音。车子里非常安静。

去分局的路程并不长，现在这个点也不堵，二十分钟后，他们到了地方。

向衡停好了车，眼见顾寒山一动不动，他就没叫她。他掏出手机给葛飞驰发消息，说他们到了，等一会儿上楼。葛飞驰很快回复，他在外勤，已经通知了值班警察和技术员，让向衡他们直接上三楼304办公室。

向衡又翻了翻手机上的信息，该回复的都做了回复，然后一转眼，看到顾寒山正看着他。

"你醒了？"

"并没有睡。"

"那走。"向衡也不废话，推开车门下来等她。

顾寒山收好耳机，跟在向衡身后溜溜达达上了三楼。

一个叫李新武的年轻警察早就等在技术室，他跟技术员陈鸣一起接待了向衡和顾寒山。

李新武拿手续表单给向衡和顾寒山签字，技术员陈鸣给他们让座。两个人都对向衡非常客气："久仰大名，总听说你的事。"

顾寒山多看了向衡两眼。

向衡跟他们两人客套两句就催着进入正题。李新武忙别的去了，陈鸣调出模拟画像的软件，他的工作台用的是两个大显示屏，脸型的素材库打开，密密麻麻全是脸。

"瘦子，长脸。"顾寒山道。

陈鸣把瘦长脸的库打开，正要调大图给顾寒山挑，顾寒山已经选好了。"先用这个吧。"她指了指。

陈鸣愣了愣，把这个脸型选上了。这是碰上了一个完全没有选择困难症的证人了吗？

"来眉毛吧。"顾寒山道。

陈鸣道："你印象中最深刻的五官是哪个，最有特征的，我们先选那个，后头其他的就好认了。"

"全都深刻。"顾寒山式语气狂妄。

陈鸣："……"

向衡坐在后面有些想笑。看顾寒山虐别人还是挺爽的。

陈鸣很有耐心："或者从眼睛、鼻子开始。"

"我就想从眉毛开始，从上往下排。"顾寒山式语气霸道。

陈鸣："……"强迫症吗这是。

"眉毛有些平，不算粗，不短不长不乱，前面挺密实，眉尾有些散。"顾寒山式语气坚定。

陈鸣："……行。"你是证人听你的。

陈鸣调出一屏幕眉毛，刚显示出来没两秒，顾寒山便道："没有，换一页。"

陈鸣："……"按键翻了一页，没停两秒，顾寒山手指就指过去："这个像，先这个。"

陈鸣："……"真的看清楚了吗？不是捣乱吗？

陈鸣好心地把那张眉毛点开大图让顾寒山再仔细看看，顾寒山转头看着他。陈鸣被她的目光看得心里有些毛，像是做错了题被老师批评了似的。

陈鸣轻咳一声："那就它了啊。"

"你能快一点吗？"顾寒山平心静气地跟陈鸣沟通，但声音听起来有些冰冷，"我跟向警官保证过能很快完成。"

意思就是他拖她后腿了？陈鸣不禁看一眼向衡。

向衡心里叹气，关他什么事呢。他站起来："顾寒山，我去给你倒杯水。慢慢来，不着急，听陈警官的安排，一定要认准确了。"

向衡走开了。

顾寒山跟陈鸣道："我认得很准确。"

陈鸣尴尬笑笑。

顾寒山问："你有什么安排？"

陈鸣觉得有压力。

顾寒山又道："如果你没什么安排，那就按我的速度走。"

"行，行。"陈鸣赶紧应，正要问下一步看什么，顾寒山却又问了："你们为什么说久仰向警官大名？"

陈鸣一愣，这话题跳的，他小心答："就是，他很有名啊。"

"哪方面的名气？"

陈鸣被盯得，声音小了点："破案，很厉害。"

"哦，那我猜对了。"

陈鸣琢磨着，猜对又怎么了？

顾寒山不说话了。

陈鸣道："那我们开始看眼睛？"

"好，快一点。不要怀疑我，我说是哪个就是哪个。"

陈鸣无语，这位证人你真的有点嚣张。

向衡对武兴分局还算熟，他去倒水，顺便给自己冲了一杯速溶咖啡。看着热水冲进杯子，他想起顾寒山只喝矿泉水。哎呀，那个势利鬼，社交能力真的太差了。

向衡回到办公室，模拟画像的整张脸已经弄出来了，陈鸣正在与顾寒山一起修订细节。

"嘴角这里往下一点。还有眼睛也是往下斜一点的。"顾寒山指挥着。

"就是这个人看上去不高兴、丧气一点是吗？"陈鸣耐心调整。

"不知道丧气是什么样，反正就是往下一点。"

向衡捧着杯子，看着屏幕上那张脸。

高颧骨，单眼皮，高挺的鼻子，微薄下抿的嘴唇，戴着一顶棒球帽。

燕子岭，小白楼。

灯光明亮的卫生间里，与技术员电脑屏幕上几乎一模一样的脸正看着镜中的自己。

胡磊扯过一旁挂着的毛巾，把脸上、头上的水珠擦干。他几近光头，头上只有薄薄一层刚长出来的发根。他把毛巾挂好，转身出去了。

屋子里，杨安志坐在椅子上等着他。

"不好意思啊。"胡磊脸上带着歉意。

"没关系，我明白你的身体状况。但之前一直挺稳定了，怎么这几天总犯恶心？"杨安志问道。

"可能压力有点大。"胡磊道。

"不用担心，你的检查结果一切都好。简教授说可以手术。过两天我带你去他那边做术前会诊，然后就等着排期手术吧。"

胡磊大喜："太好了。"

"钱也没问题，等收款就好。新阳疗养院的床位也帮你预订了。你安心等手术吧。"

胡磊道："那，杀人的事……"

"那个也没问题呀，你有什么顾虑吗？"杨安志和蔼地问。

"警察那边是什么情况，你知道吗？"

"那肯定是要追查凶手的。但是那个死者生前有很多仇家，他就是个该死的人，很多人想要他的命，警方查起来得费一番功夫。嫌疑人不是你，放心吧。你跟死者一点关系都没有。互不认识，没仇没怨的，完全没有交集。再说了，谁会怀疑一个脑癌患者呢。"

胡磊点点头，又问："我可以给爸妈打个电话吗？我只告诉他们我现在平安，我很后悔跟他们吵架。我在治病，治好了就回家。"

杨安志摇摇头："我们之前说好的。不是我信不过你，而是人都比较脆弱，万一你控制不住自己，出了什么差错，那我们不是都有大麻烦吗。之前冒这么大的风险才得到了今天的结果，可不要白费了。再说你跟你爸妈说这些做什么，让他们一惊一乍的，你什么时候能回家还不一定，让他们心里惦记着，身体拖垮了多不好。最重要的是，万一你又跟他们吵起来，身体状况出问题，动不了手术怎么办？这时间都排出来了，错过了就不知道什么时候再有了。而且手术情况还不一定，你让他们白高兴一场，这不是折磨人嘛。还是等治好了病，直接回去，给他们惊喜吧。"

胡磊听罢，久久不语，最后点了点头。

杨安志打开一旁的袋子，拿出一台游戏机和几本书："这是给你的，闷了就打打游戏，看看书。最重要的是情绪要稳定，好好休息。"

"我想看电视，但它坏了，都没信号。"

"我想找人修来着，但你住在这儿，我不想冒这个险让别人发现你。一切以安全为重。你再忍耐几天，很快就换到医院去了。"杨安志把游戏机和书放到床头柜上。

"行吧。"胡磊点点头，"谢谢杨哥。"

"别跟我客气。"杨安志笑了笑。

葛飞驰风风火火赶回了分局。

"模拟画像出来了？"他在走廊上看到李新武，一把抓住。

"是的，葛队。"李新武也非常兴奋，晃了晃手里的资料，"根据画像在库里搜索出了三个人，都长得挺像的。给顾寒山看了证件照片，顾寒山说是这个叫胡磊的。"

"我看看。"

李新武把手里的文件夹递过去。

葛飞驰打开仔细看了看那三人的证件照片,再看了看顾寒山做出来的模拟画像。"我怎么觉得这个程茂明更像一点?"

李新武道:"顾寒山说就是胡磊,因为眉毛和眼角这里的纹一样,还有耳朵形状。她说证件照片是很久之前的,所以圆脸,现在他这么瘦,又是光头,可能是生病了。"

"三个人都查一查,不能有错漏。"葛飞驰带着李新武回到他们队的大办公室,很快给手下刑警们布置好了调查的工作。

一切安排妥当,葛飞驰这才问:"顾寒山走的时候有没有说什么?"

"她跟向衡在小会议室。她说要等你回来。"

葛飞驰:"……"

葛飞驰去了小会议室。他轻轻敲了敲门,门很快开了。

门后站着向衡。

葛飞驰看了看室内的情况,顾寒山闭着眼睛坐在椅子上。

葛飞驰轻声问:"她睡着了?"

向衡刚要说话,顾寒山忽然道:"我没睡。"

葛飞驰吓了一跳,转眼看过去,发现顾寒山已经睁开了眼睛。

向衡用头指了指屋内,示意葛飞驰进来说话。

"我在冥想。"顾寒山从椅子上站了起来。

葛飞驰礼貌笑了笑。听上去挺高级的。

"就是整理一下大脑,让它不要混乱。我练了十多年。"

"嗯嗯。"葛飞驰点点头,这次严肃一些了。练了十多年,听上去是真的辛苦。

"顾寒山,"葛飞驰问道,"你要等我回来,是有什么事吗?"

顾寒山道:"我已经做出模拟画像了,小李警官已经有了嫌疑人目标,你们可以去查了。"

葛飞驰:"是的,我知道。"

"所以……"顾寒山说了一个词之后就在等。

葛飞驰不明所以,这姑娘是有什么新的要求吗?他悄悄看一眼向衡。向衡没什么表情。

"你可以跟我说谢谢。"顾寒山道。

葛飞驰和向衡同时露出恍然大悟的表情。

葛飞驰松了一口气,他想歪了,是他不对。他忙道:"谢谢,你辛苦了。感谢你的协助。"

向衡看着顾寒山,他知道她后面还有话说。

"不客气。这正好是我能力范围之内的事。"顾寒山道。

葛飞驰:"……"这么客套的话被顾寒山说出来一点不谦虚。

向衡努力控制住表情。

"那我们现在是朋友了吗?"顾寒山问。

葛飞驰一噎,"当然"这个词说不出口。他没忘记顾寒山的古怪,可不敢跟她瞎客套。但对方是个小姑娘,刚刚才帮助了他们。而且她之前就一直说要学习交朋友,也许她真的认为,交朋友就是一件简单的事。

向衡插话了:"顾寒山,如果你遇到需要警察出面处理的违法犯罪的事情,我和葛队都很乐意帮助你。"

葛飞驰点头,对,就是这个意思,这个可以。

顾寒山认真看着向衡,再看看葛飞驰,她点点头:"作为回报,如果你们需要超级大脑才能解决的问题,或者一些超出你们认知的知识范畴的事,你们可以来找我。我的学识很渊博,尤其在医学和大脑领域。"

葛飞驰:"……"这狂妄得,让人怎么接话。

"我们谢谢你。"向衡很稳重地应了。

葛飞驰向向衡投去敬佩的一瞥。

"那我走了,今天很累了。"顾寒山看向向衡,"向警官可以送我回家吗?"

"可以。"向衡一口答应。

顾寒山便不再说话,率先走了出去。

葛飞驰拉住向衡,压低声音问:"什么意思?她等我半天就为了让我说谢谢?"

向衡没好气:"多明显,她是为了能跟你说一句'别客气,有事再找我'。"

葛飞驰皱起眉头,这种飘忽不定需要猜来猜去的他不太行。"交给你了,向衡。你盯好她,看看她到底什么意思。可别是她真跟案子有关系,来套我们的。"

向衡问他:"你外勤怎么样,找到什么线索了?"

"还真有。"葛飞驰很兴奋,"凶手确实是从北区一里后头的下水道逃走的。我们在那里面找到了几道血痕,新的。有可能是许塘的,也有可能有凶手的。许塘跟凶手搏斗过,说不定凶手也受伤了。样本已经送到检验科去了。"

向衡在脑子里过了一遍,道:"顾寒山除了做出画像,还把凶手的穿着打扮也全部做出来了。他包成那样,挺难留下自己的血痕的。"

"等化验结果吧。"葛飞驰道,"也许他进了下水道觉得安全就松懈了,不小心留下痕迹也说不定。许塘指甲里没验出凶手的DNA来,可惜了。就看下水道里的结果吧。运气好的话,正好可以跟顾寒山的模拟画像嫌疑人比对一下身份,双保险。"

"有结果告诉我一声。"

"那肯定的。如果下水道里验出了凶手的DNA,一定得告诉顾寒山,真的不是没她不行,我们警察的手段多得很。得杀一杀她的嚣张气焰。"

向衡挥挥手,正待告别。李新武跑了进来:"葛队,向师兄,许塘住处大门地垫下面找到的那个电话存储卡,里面有一段视频,你们来看看。"

葛飞驰和向衡赶紧去了。

视频是用手机拍的,黑夜,一片树林,看不出是哪里。画面里一个男人正往一个坑里填土。

葛飞驰问:"这谁?"

"段成华。"李新武答,"就是租下许塘住的那个屋子的人。"

葛飞驰认出来了,他皱着眉看着。

段成华正往一个坑里填土,镜头移过去,拍到了坑里情形,竟然是一具尸体。

拍摄的人手有些抖,画面太糊,光线又暗,看不清尸体的容貌,泥土很快把那尸体的脸也盖住。段成华铲了一会儿土,发了脾气,把铲子一脚踩到土里,探手过来抢手机:"轮到你干了,妈的老子累死。"

手机镜头剧烈晃动了一下,拿手机的人换了。一个人出现在了镜头里,拿起了铲子继续往坑里面填土。他一边填一边道:"差不多行了,还真要全拍下呀。"

这声音,这脸,是许塘。

葛飞驰和向衡都非常惊讶。

"难怪。"向衡喃喃道,"难怪他要失踪,躲着关队。"

葛飞驰叫道:"他们杀人了吗?杀的谁?"

视频里传来段成华的声音:"反正事情是我们一起干的,谁也跑不掉。"

许塘骂着粗话,连铲几铲泥填到坑里:"行了,行了,差不多了。"

黑屏,视频结束了。

葛飞驰让重新播了一遍,看完了,很是振奋:"看看我们找到了什么!"

向衡提醒他:"记得跟关队说一声。许塘是他线人,他得知道这个。"

"知道。"葛飞驰精神抖擞,有了这个物证,案子破了一半。他对向衡道:"你记得跟顾寒山说啊,不是没她不行。"他们警察破案就是靠细心认真,加上技术手段,可不是靠超能力和运气的。

向衡白他一眼,真是的,一把年纪了,跟个小姑娘斗什么气。

顾寒山等了半天向衡才出来。顾寒山有些奇怪:"做什么去了?"

"就谈了谈案子。"

"哦。"顾寒山有些关心,"有新的进展吗?"

"对。"向衡没透露具体情况。

顾寒山也不再说话,她跟着向衡上了车,拿出了耳机戴上,闭上了眼睛。

这么安静挺好。向衡一边开车一边思索着,许塘这案子线索不少,应该可以很快破案了。反而是顾寒山,她身上的谜团比这个杀人案还多。

向衡将顾寒山送回了家。

这次仍是送到了5号楼楼下。

顾寒山没有提出邀请,所以向衡也就没再问能不能去她家的事。路上他想跟顾寒山聊一聊的,但顾寒山闭着眼戴上了耳机,向衡只好保持安静。

现在到了她家楼下,向衡终于找着了说话的机会。

"顾寒山,你从前没有交过朋友吗?"

"我从前不需要朋友。"顾寒山答。

"现在呢?"

"我爸爸死了,我只有一个人,我需要朋友。"顾寒山的语调冷淡,但向衡听了心里一动。

这么冷酷的语气说着这么悲惨的生活,她真的给人一种奇特的感觉——跟可怜不沾边,只会觉得她勇敢。

"你有参加什么社交活动吗?"向衡问。

"我会用微信了。"顾寒山道,"我以前不用的。"

向衡马上想到她乱加好友的事,提醒道:"通信工具可以让你跟朋友沟通方便,但不能乱加好友,要注意安全。"

顾寒山看着他,没搭理这话,直接进入下一个话题:"我还想复学,但不太容易,还需要跟学校沟通。"

向衡便顺势问了:"你读哪个学校?"

"A大。"

"专业呢?"

"历史。"

向衡有些意外:"你喜欢历史?"

"不喜欢。"

"那选这个专业是因为……"

"不需要付出感情。"

向衡:"……"跟她聊天真是刺激,总是猜不到下文。

顾寒山安静看着他。

向衡问:"没了?"

顾寒山想了想:"我还看书学习。"

向衡摆摆手:"这个就算了吧,拖后腿的。"

顾寒山觉得还是有点用的,但她不反驳。不反驳也是技巧之一。

顾寒山继续看着向衡。

贬低对方,告诉对方他不行,游说对方还是要听自己的,等对方被洗脑认同之后,约对方出去。

"我觉得你得参加一些接地气的社交活动。"向衡道。

看,来了。她要学起来。

顾寒山便问:"比如说呢?"

"明天周日,我们派出所在小红花社区有个反诈宣传活动,就是向社区群众宣传一些反诈知识,做做游戏,发发奖品。你愿意来参加吗?"

"不用花钱吧?"顾寒山问。

向衡:"……不用。"看不出来这姑娘还是个抠门。

"可是你确定吗?我很不擅长参加社交活动。"

"确定呀,就是因为不擅长才要多练习。"

"那行。"顾寒山爽快答应。

"好。明天黎茏也在,我跟她说一声,让她给安排一下。"

深夜。武兴分局。

葛飞驰给向衡打电话:"我们过了一遍石康顺的审讯记录,确认没有说什么不该说的话,石康顺也没打听案子的事。表现正常。许塘、段成华的那个埋尸视频,已经分析完了,不是伪造的。"

向衡应了。

葛飞驰挂了电话,把手机丢在桌子上,累得瘫在椅子上,喃喃自语:"我年纪大了吗?精力不太够呀,才熬两个大夜就不行了?"

聂昊领着两个警员从外头进来。

葛飞驰眼睛一亮,坐直了:"回来了。"

聂昊喘口气,到座位拿了杯子喝水:"渴死我了。找到段成华的家人了,他爸他妈离婚了，都不在本市住，他跟他舅有些往来。我们去找了他舅舅，然后按他舅舅给的线索又找了他一些朋友。"

"嗯嗯。"葛飞驰脚蹬地，把椅子滑到聂昊身边，"什么情况？"

聂昊道："段成华确实失踪了，没人知道他在哪儿。他之前因为诈骗和敲诈勒索坐过牢。出来后打过几年工，但工作不稳定。他舅舅说段成华心气高，觉得那些工作辛苦不赚钱，没社会地位，总受别人的气之类的。他这两年到处折腾，想挣点大钱，但他具体做什么，他舅舅就不知道了。他舅舅说段成华总想走捷径发大财。他胆大，为了赚钱是敢动歪脑筋的，他舅舅担心他重走以前的老路，为这个没少说他。段成华不爱听，跟他疏远了。他舅舅当着我们的面给段成华打了电话，结果手机关机。他拨的那号码就是许塘接的最后一通电话的号码。"

葛飞驰问："这么说确实是段成华给许塘打的电话了？"

"对，就是他。那个号码是他一直在用的。"聂昊道，"我们后来又找到了段成华的两个朋友，都是他带过去他舅舅家住过两天的，关系比较近。那两人也都认识许塘，他们说许塘前两天也来找过段成华，但他们有一段日子没段成华的消息了。当时许塘看上去挺正常的，没具体说找段成华有什么事，还跟那两个朋友聊了聊闲话。"

葛飞驰又问："那许塘跟段成华还有什么大佬的事，这些人知道吗？段成华有没有跟他们透露过什么埋尸杀人之类的事情？"

"他们没听说段成华认识什么大人物，也没听说段成华干过什么不得了的大事。他们说段成华这一年在跑货运什么的，说他胆大心细有眼色，特别会看人。什么人能欺负，什么人不好惹，他看得挺准。还说段成华这人说话夸张，会奉承，是个人在他嘴里都是大佬。他们还说起了许塘，说许塘就是个无赖，一直抱着段成华大腿，还跟段成华借钱什么的。段成华挺烦他，跟他们抱怨过许塘，说许塘胆小贪心但机灵，也算有义气，能用得上。他们跟许塘没深交，对许塘的了解大多数来自段成华的评价。"

"嗯。"葛飞驰沉思着。听起来许塘跟段成华的关系与他说的不太一样啊。视频里，段成华跟许塘可是能一起杀人埋尸的同伙。

这时李新武进来报告："葛队，许塘手机里的信息分析完了。里头有些被删除的内容已经恢复，你看看。"

葛飞驰坐直了，接过李新武手里的文件："有什么特别的吗？"

"他旧号码的那部手机在过去两周多次拨打段成华的号码，但都没有接通。他在微信上留了言，让段成华找他，段成华没回复。他的新号码，也就是注册在段成华名下的那个号码，与段成华的号码通过两次电话，一次是在4月13日晚上……"

李新武看了看自己手上的笔记，"7点32分，通话二十多分钟。是许塘这边拨出去的。通完话之后他还给段成华发了一条短信，说让段成华好好考虑考虑他的话，说十万块不多，如果三天之内不见钱，他就要去找警察了。"

葛飞驰翻开文件仔细看，重点的部分已经被标注出来，他一眼就看到了，果然与李新武说的一致。

许塘在4月13号的下午4点离开了凤凰街派出所，之后上了关阳的车，再然后就关机隐匿行踪。当天晚上，他拿到了段成华的号码和手机，还有可能住进了段成华的租屋，他对段成华进行了威胁……

"嗯。"葛飞驰自言自语道，"没有进行踩点也有可能是凶手对这一段太熟悉了，他以前自己就住这儿。"

葛飞驰把资料看完，交给了聂昊。聂昊也看了起来，李新武凑过来跟聂昊一起研究。

葛飞驰划着椅子回到了自己座位，他再给向衡打电话。

向衡很快接起，葛飞驰把许塘手机内容的事跟他仔细说了一遍。"我就说嘛，许塘的这个哥们可不是什么受害者。"

向衡道："我也没说一定是呀，但现在还不能排除这种可能性。"

葛飞驰哼哼："我说这位年轻人啊，你怎么就这么嘴硬呢。"

"你的胜负欲不要太强。"向衡说话也不客气，"还是继续查吧，看看这两个号码的行踪情况。许塘如果对段成华有什么歹念，为什么要对关队说他哥们失踪了。他俩刚刚通完电话，肯定已经把话说清楚了，还要意犹未尽发个短信吗？不是说绝对不可能，但我就是觉得，太明显。一，许塘什么时候住进的屋子，什么时候拿到了手机。他为什么要删掉通话记录和短信？二，许塘之前一直打段成华手机打不通，为什么从派出所出去后就打通了？三，许塘要等段成华给他钱，段成华假装给钱直接上门杀人就行，为什么要等许塘跑出来？我开会时候的推断还是有效的。除非找到段成华，或者找到凶手，找到凶手是受段成华指使的证据，不然仍然不能排除段成华是受害者的可能性。"

哇，向天笑同志你真的是，铁证面前你还嘴硬。葛飞驰很有干劲："行，你等着。"

"我俩打赌了吗？"向衡没好气。

"没，但我就是胜负欲强。"葛飞驰精神抖擞，"挂了，有什么想法随时沟通。"

向衡看着被挂的电话，叹一句葛队属牛的果然名不虚传，又固执又勤恳。

向衡现在正从太华路往燕山路走。按顾寒山的证词，凶手与石康顺在太华路的一个巷口，一起坐在车上。石康顺的车子一直停在这里没动，他们都是步行去的燕山路。凶手在燕山路杀死了许塘。而监控并没有拍到凶手移动过程。凶手怎么过去的，躲在哪里？

现在这时间跟凶手行凶时间差得不远。向衡一路走，一路观察着路上的安全监控情况。

第二天上午，向衡到翡翠居接顾寒山去社区参加反诈活动。

顾寒山精神挺好，还挺有礼貌地跟向衡说谢谢。向衡不禁多看她几眼。

车子驶向小红花社区，顾寒山没说话，在刷手机。向衡发现她在看朋友圈。

这还真是，像个普通女孩了。

"你平常都做什么？"向衡找话题。

"吃饭、吃药、睡觉、看书、学习适应社会。"顾寒山答得流利。

向衡心里动了一下，把吃药理所当然当成日常的女孩。

"你呢？"顾寒山反问。

"吃饭、睡觉、上班。"向衡答。

"你喜欢当警察吗？"顾寒山问。

"喜欢。"

"喜欢哪部分？"

"将罪犯绳之以法。"

"那你的职场是不是不太顺利？"

"怎么？"

"分局的警察都说你很有名气，但你还在派出所，并没有得到提拔。在派出所工作，满足不了你的志向吧？在那里能抓几个罪犯？"

向衡笑了笑："你别看不起派出所，派出所的工作很重要。无论在哪工作，警察都是维护社会安宁的。每天都有不同的事发生，犯的罪或大或小，罪犯是抓不完的，能抓一个是一个。我们派出所的工作做好了，犯罪率还能低一点。"他顿了顿，道，"每个人的志向都会超过自己拥有的现实，不然就不叫志向了。"

顾寒山不说话了，过了一会儿又问："来接我去参加活动，不是你的工作范围吧，领导会批评你吗？"

"今天我休息，为了帮助你完成社交练习才领你去的。"

顾寒山再度看看他："你是说，你为了我牺牲了假日？"

"不要说得这么暧昧。"向衡真的很想吐槽顾寒山妹妹的中译中水平。

"没关系,我不会有人情负担的。"

"看得出来。"向衡简直无力吐槽。就这样说话还社交练习呢,在他这儿就得打负分。"我还记得你说读历史是因为不必付出感情。"

顾寒山道:"我的医生说我有医学天赋,而且自己就是个病人,有亲身经验的加持,他鼓励我学医,往神经科学脑科学发展。但学医需要跟人打交道,我不喜欢。我爸也觉得我不适合,他觉得我能把病人气死。但他非常希望我能正常上学,拿到学位,这算融入社会的证明。最重要的是像个普通人一样参与校园生活,这是我治疗的一个重要阶段。"

"所以你还想再回去继续念书?"

"是的。但我休学超过两年了,学校那边说按学籍规定是不能保留学籍了。"顾寒山道,"我在努力争取。我看到之前有别的学生因为特殊原因休学三年还能复学,我希望我也可以。"

"这个复学例子是什么特殊原因?"

"见义勇为致残,康复了三年重回校园,学校就接收了。"

"这样的确实可以破例吧。"

"我是世上有医疗记录的最特殊的超忆症患者,我能活到现在就是个奇迹,我也很励志,非常特殊了。"

向衡一时没法接话,这听上去可太厉害了。过了一会儿他问:"你的医生,简教授,说签有保密协议,不能透露你的具体病情,还有律师,也来通知我们警方,除非我们出示搜查令,不然不能调阅你的病历。"

"是的。因为我的病情太特殊,我爸很怕我的病情曝光后被骚扰,各种采访、医疗研究什么的,我的病情不允许我经历这些。他一直很努力地保护我,希望我能过上普通人的生活。"

"但你现在告诉了我。"

"我不透露一些我的过人之处,你们会不重视我的。"

向衡:"……好吧。你现在看上去确实跟普通人差不多,看来治疗效果不错。"

"我是被迫的。我爸在世的时候,我做不到现在这样。他不在了,没人保护我,我被迫变成这样的。"

向衡不说话了。他觉得他似乎抓到了什么重点。但他没来得及多想,顾寒山却问:"向警官,你对我挺好的,有什么目的吗?"

"你非要抓住梁建奇又有什么目的呢?"向衡反问。

"就像你喜欢做警察的那部分原因一样。"顾寒山道,"把罪犯抓到牢里去,能抓一个是一个。"

向衡失笑，学人口舌，还说假话，也不脸红。

"你是重要证人。"向衡答，"你的证词关系到案子的侦查结果。所以我得了解清楚你的情况。你需要帮助，我是警察，帮助群众也是应该的。"

"好的，我接受。我也会帮助你们的。"顾寒山道。

"那倒也不必，你理解我们的工作，愿意配合我们就好。"

顾寒山摇头："我爸说人际关系里，感情都是脆弱的，只有利益才能牢固。还是有交换会比较好。"

"所以不关你的事，你也要主动报警，当个目击证人。想让警察觉得你有价值，这样好交换？"

"是的。"

"那如果没这么巧看到这个凶手呢？"向衡问。

"能报警的事很多。随便走走就能遇到。"

"随便走走就能遇到？"向衡被她的语气逗笑。

"比如去医院逛逛，厕所门板上都贴着代孕广告。我一打电话就能找着骗我卖卵代孕的。"

向衡笑不出来了："别去碰这些行吗？"万一真被骗了还了得，这姑娘也没个家长盯着。

"没打呢。我觉得太麻烦，还得跟骗子交际，哄他们，让他们觉得我真会上当。我讨厌跟人打交道。"

向衡松口气："你怎么会看到这些广告？"

"为什么看不到？"

"代孕卖卵怎么会贴到精神科去。"

"我是女生啊，会痛经去看妇科的。神探。"

向衡："……"这位妹妹真的是，嘲讽技能满级。必须给她打负分。

"旁边就是产科。当然你肯定没机会去。"顾寒山还要继续。

"我怎么没机会。我虽然是男的不能生，但我老婆是女的。"

"你有吗，老婆？"

向衡："……没有。"

"那就是啰。"顾寒山尾音上扬。

还啰。向衡憋气。

"其实我觉得能接到诈骗电话最好，那个省事。可是一直没收到过。"顾寒山道。

这还遗憾上了？向衡道："今天的活动，你真的适合参加。"

小红花社区到了。

今天凤凰街派出所在这里办反诈骗宣传活动。

顾寒山跟在向衡身后，看着各种横幅在小区围栏上挂着："天上不会掉馅饼，不起贪念不上当""骗了感情再骗钱，遇到网恋要警惕""遇到骗子别慌张，警察就在你身边"。

顾寒山远远看到活动场地那边汹涌的人群，停下了脚步。

"怎么了？人太多脑子会难受吗？"

"现在还不会。"顾寒山拿出手机给环境拍个照，"我要发个朋友圈。"

向衡："……"这果然学得很快。

顾寒山低头摆弄手机，向衡看到了一个同事，忙叫住他，问黎荛在哪儿。那同事说黎荛说向衡要带志愿者来，让他去拿志愿者的袖套。他正好刚去找社区大妈拿来。

向衡把志愿者袖套给顾寒山递过去。

顾寒山很爽快往胳膊一套，别上了。还特意调整了一番，把"志愿者"几个字露出来。

"走。"向衡非常有兴致，带着顾寒山往人群那边走。

"需要发传单吗？"

"不发传单，我们现在都发鸡蛋了。"

"就是跟传销卖货让老头老太太去听课一个套路。"

这话说得。向衡教导她："聊天要挑好话说。"

顾寒山没答应，她觉得她没法保证。"发鸡蛋的规则是什么？"

"不知道，我也是第一次。"向衡道，"感觉还挺好玩的。"

话音刚落，他站住了。

他看到一位非常眼熟的中年妇女也戴着志愿者的袖套，正站在黎荛身边，亲热地拉着黎荛说话。

他的母亲大人，丁莹女士。

我的天！这哪是发鸡蛋，这是送人头。

向衡瞬间判断了眼前形势。

逃是来不及了。

厌也不是他的风格。

只有最后一招——随机应变。

向衡刚摆出潇洒淡定姿态，黎荛已经看到他了。

"向衡来了。"黎荛非常高兴。

丁莹转头，见得儿子笑得特别慈祥："哎呀，向衡来了。"

向衡笑得很稳重："没想到吧？"母亲大人不就是以为他不在，所以来探探他的好同事嘛。

所以说公众号发什么广告，把活动现场拍得这么清楚，民警照片都摆出来，让别有用心的人有了可乘之机。

"刚跟小黎聊起来我儿子也是派出所民警，哎呀这么巧，你们居然还一个办公室。"丁莹此地无银三百两地解释一下。

"哈哈哈哈哈哈哈。"黎荛爽朗大笑，"怪不得阿姨说着说着我觉得这么熟悉呀，原来她儿子叫向衡。"

向衡笑着，丁莹也笑，母子俩的笑容有五分相像。

都特别稳。

互相不清楚对方知道了多少。

戴着志愿者袖章的社区大妈把发完鸡蛋的空板子拿了一箱过来，黎荛赶紧凑上去，很顺手地招呼顾寒山："山山，来。"

顾寒山站过去："为什么叫山山？"

"昵称啊，可不可爱？"

"没感觉。"

"我有感觉，可爱。听我的。"黎荛帮她做主了。

顾寒山没反对，融入社会，跟警察做朋友，多个昵称而已，没问题。

丁莹这边完全没注意顾寒山的存在，她正心虚，在跟向衡打哈哈："本来是出来逛街的，路过一看派出所进行反诈骗宣传，这个一定要支持的。你记不记得之前我就接过诈骗电话，说是市公安局的，查出我的银行账户被用来洗钱……"

"记得。"向衡点头。他妈非常天才地装作惊慌失措的样子，把他的电话号码给了诈骗犯，说账户都是老伴在管，密码只有老伴知道，让骗子赶紧联络她老伴，指导他怎么操作。

骗子很认真地把诈骗电话打到了市局刑侦队重案组组长向衡手机上。

"我当初是躲过一劫，可别人不一定啊。我要帮助他们。"丁莹说得头头是道，"我一看这里确实忙不过来，需要人手，我就报名志愿者了。我可没有干扰大家的工作，跟小黎也刚认识呢，没说你坏话，放心吧。"

向衡偷偷瞄一眼黎荛，这位孕妇的肚子确实一点也看不出来。

丁莹顺着儿子的视线看，凑到向衡耳边小小声道："小黎真不错啊，长得好看,性格也好。还是个警察。"

向衡赶紧道:"你别动歪脑筋,乱说话,到时弄得同事间不好相处,多尴尬。"

"不会不会。"丁莹赶紧保证,"妈有分寸的,妈办事你放心。"

丁莹看着向衡脸色,转移了话题,这时才注意到顾寒山:"咦,这个小姑娘是你们实习生吗?好乖啊。"看着黎尧教顾寒山怎么收拾、怎么给大家宣传反诈,那模样又干练又大方,她又忍不住小小声道:"小黎真能干。"

向衡听笑了。顾寒山乖?顾寒山乖吗?哈哈哈,笑话。

丁莹见得儿子看着黎尧笑,心里又安定几分。"那,我先去帮忙了啊。"

"你回去吧,爸还等你做饭呢。"

"他残废吗,自己不会做?"丁莹摆出不高兴,但很快脸色一转,"你没穿制服,是特意过来看看?是不是今天休息呀,回去吃饭吗?"

"不回了,我还有事。"向衡道。他还得盯着顾寒山呢。那姑娘说不定出什么状况。

"哦,哦。"丁莹看向衡视线时不时瞄向黎尧的方向,觉得自己懂了,"那我也再待一会儿,说好了做志愿者帮忙的。刚让大家知道我是你妈,结果你一来我就走了,人家会以为我跟儿子不和,对你形象不好。"

向衡:"……"他完全不介意形象。

丁莹喜滋滋:"我去帮忙。"

向衡拉着她:"别想歪了哈。"

"我不会。"丁莹笑着。

"那你重复一遍,我嘱咐你什么?"

"别想歪了。"

"好。"向衡放开丁莹。

丁莹朝着黎尧那边去,走着走着觉得哪里不对。但看到黎尧揽着那个乖巧小姑娘的肩大笑的样子,又觉得没事。想歪又怎么了!儿子先歪的!

宁雅在家附近的菜市场买菜,付款拿了菜放购物袋里,一转头,看到一个熟悉的身影在旁边的水果摊挑水果。

宁雅稍一定神,过去打招呼:"小刘。"

杨安志一转头,面露惊讶:"哎呀,这么巧,好久不见,宁姐。"他看看她手上的购物袋,"来买菜呀。"

"对。"宁雅问道,"你怎么在这,也住在附近吗?"

"不是,我要去医院看个朋友。两手空空的,路过这儿看有个市场,过来买点水果。"杨安志笑着应。

"哦。"宁雅没话找话,"你朋友没事吧?"

"没什么大事,肠胃炎,也快出院了。"杨安志把水果放在水果摊主的秤上称了称,问清多少钱,付了款。

宁雅站在旁边没走,杨安志便问她:"你最近怎么样?"

"我还是做家政。"宁雅终于问,"你换手机号了吗?"

"是呀,你怎么知道的?你找过我?"杨安志把宁雅往旁边没人的地方带,"有什么事吗?"

宁雅道:"就是前几天,顾寒山来找我,请我回去继续照顾她。我想给你打电话说一声来着。"

杨安志的脸沉下来:"你没答应吧?咱们当时不是说好了,不要再跟他们家接触了吗?到时惹上了什么麻烦,可就不好了。"

宁雅紧张地咬了咬唇,道:"我一开始是不答应的,但后来她一直求我,我就心软了。她现在一个人住,没人照顾不行。她太可怜了,我也想帮帮她。"她顿了顿,又道,"而且她给的薪水很好,我有些困难,还是挺需要钱的。"

杨安志假装没听懂她的暗示,问道:"那顾寒山现在怎么样呀?当年她爸去世,她就发疯了,她回头来找你有说什么吗?"

"没说什么,就是让我回去照顾一下她的生活。"

"那她看上去正常吗?现在也没人管她了,她会不会闯祸惹麻烦什么的。"

宁雅犹豫了一下,道:"也没什么麻烦,但她前几天目睹了一起凶杀案,成了证人。警方来调查来着。"

"调查什么?"

"调查她说的话是不是真的。因为那天晚上她来找过我,所以警方找我核实一下。问我跟她什么关系,她为什么这么晚来找我。"

"她很晚来找你吗?"

"晚上10点左右。"

"她这么晚出门,是不是不正常呀?"

"也不是,我猜是因为我以前工作很晚回家,她想挑我在家的时候过来吧。"宁雅道,"因为当初你嘱咐过别再跟他们接触嘛,所以她打了几次电话我都没接,没想到她就直接找上门来了。"

"哦,原来这样。警察还问了什么?"

"就问了问她的病,可能担心她的证词有问题。"

"她都看到什么了,证词很重要吗?警方这么认真。"

"我也不清楚,他们也没告诉我细节。"宁雅顿了顿,"不过他们应该也会去找简教授问的。"

"是吗?那我就不知道了。我已经离职了,不帮简教授干了。"

"这样啊。"宁雅面露犹豫。

"怎么呢?"杨安志很会察言观色。

宁雅道:"我就是想问问简教授,还需不需要对顾寒山做家庭医学观察了。"

"她家里出那样的事,你还敢啊?"杨安志问。

"反正我又回去帮她做事了嘛,都是顺带手的。而且有什么情况你们提前跟我说,要是警察再来问,什么该说什么不该说的,或者对顾寒山要进行什么安排,我都好心里有个数。"

杨安志想了想:"那这样吧,我找简教授问一下。如果他还需要的话,我告诉你。让他再安排新的联络人给你。"

"行,谢谢你,小刘。"宁雅客气着。

"但是吧。"杨安志话锋一转,"顾寒山家里的事邪乎得很,她自己又是个神经病,发起疯来是真的吓人。我以前在简教授那可是见识过的。现在她身边没个人管着,你可得当心。还有啊,神经病都很多疑,你小心别在她面前说错话,到时候惹祸上身就不好了。这种祸都不是小麻烦,能要命的。"

宁雅连连点头:"我懂我懂,你放心吧。我什么都不会说的。跟谁都不说。"

"那就好。我就是从个人角度劝你一下。咱们都是小人物,赚钱过好日子就行。"

"是,是,你说得对。"宁雅道,"你现在手机号码多少?我们加一下好吗?"

"不加了。"杨安志摆摆手,"我都辞职了,真不想跟以前的麻烦事情还有牵连。你要是还想联络简教授帮着他做事,我可以帮你牵个线,但我自己不想牵扯进来了,你明白我的意思吗?"

"我知道。"宁雅道,"那就麻烦你帮我问一声。"

"好吧。"杨安志道,"我问到了就给你电话。"杨安志背出一串号码,"你手机是这个对吧?"

"是的。你记性真好。"

"我们跑腿的,记性可不得好嘛。"杨安志道,"那我先走了,有消息就联络你。"

"行,好的,谢谢。"

杨安志微笑转身离开。走出了一段,脸色沉了下来。这个宁雅,有点麻烦呀。

武兴分局。

刑侦队的会议室里，投影屏上是胡磊的证件照，旁边是他的个人档案情况。一旁的白板上贴着许塘命案的案情照片，记录着各项资料。

葛飞驰和他的队员们坐成一圈，罗以晨领着另一名市局重案组队员方中也列席。白板前，聂昊正在讲解目前的进展。

"根据顾寒山做出的模拟画像，我们锁定了三个嫌疑人。经过调查，排除了另外两人。那两人都有不在场证明，且现在的外形与顾寒山的画像有些出入，他们头发是长的，人也胖些。而这个胡磊，外形相符，他有重大作案嫌疑。"聂昊指着投影屏上的照片道，"胡磊28岁，原本在电信公司上班，负责宽带安装和维护。他五个月前确诊脑癌，因为生病的关系，人瘦了许多，还剃了头发。外形与模拟画像一致。他目前是失踪状态，他家人4月12日报的警，到现在还没能找到他。我们已经与他家人取得他的DNA样本，会与案发现场的取样做对比。"

"4月12日？"罗以晨看看手里笔记，"那天晚上许塘当着警察的面斗殴，向衡把许塘抓回派出所。向衡怀疑许塘是故意的，但我们调查现场监控没有异常情况。"

"这个时间点还真碰巧了。"葛飞驰揉揉下巴。聂昊在案情白板上把这个时间重点圈上，画了个问号。

其他侦查员也在自己的笔记本上做好笔记。

聂昊继续往下说："胡磊的脑癌是在第一医院确诊的，恶性，得开刀，手术成功率不到50%，而且花费巨大，很多检查、特效药等等都超出医保范围，这些钱不是他个人和家庭所能负担的。"

一个警员补充："术后还有许多并发症、后遗症风险，就算预后良好也会有很长一段时间无法工作。对他们家里来说，看护和后续治疗也是个天文数字。"

"胡磊留下遗书离家出走。他说不想拖累家里，他请家人就当他已经病逝了，这样起码在家人的脑海里，对他最后的印象还是他健康时候的样子。"

"这是胡磊的遗书。"聂昊在投影上刷了张照片出来，上面字句都看得清楚，确如刚才所说的内容。

"他家人猜测他已经自尽去世了，只是还没找到尸体。他失踪之前因为病情的缘故，情绪非常不稳定。他容易兴奋、暴力，还与家人发生过激烈争吵，但有时候又突然非常消沉，多次说过不如一了百了。后来一次他与他父母激烈争吵，说了非常难听过激的话，他爸动手打了他，他还手，把他爸打伤了。"聂昊再亮出另一张照片。

"他爸病倒住了五天院，他妈去看护，这五天都没见到他。等他们回到家里，发现了胡磊留下的遗书，人已经找不到了。"

负责调查胡磊家庭情况的警员道："胡磊走的时候带了几件衣物，带走了病历、医保卡、就诊卡、手机、身份证等等。还把家里收拾得干干净净，丢了许多垃圾，电脑里的社交APP、浏览器历史记录，还有一些硬盘内容都删了。他家人报案后，派出所查了，胡磊没有购买过车票、机票，没有住酒店，没有住院，也没有个人账户的消费记录，手机关机，没有联络过任何人。他消失了。他的家人也找过他的同事和朋友，但没人见过他。"

"最后见到他的人就是顾寒山，4月15日晚，他行凶杀人。"葛飞驰道。

聂昊继续说："许塘与段成华是朋友，但他俩与石康顺、胡磊之间的联系我们还没有找到。目前来看他们之间工作、生活和亲戚朋友什么的都没有交集。还需要时间进一步调查。"

"所以能将他们联系起来的只有顾寒山？"罗以晨问。

"对，要不是顾寒山看了他们一眼……"葛飞驰伸伸腿，"就这么巧了。而且要说胡磊破罐破摔，在生命最后阶段想收钱杀人狠捞一笔，可我们也还没查到钱在哪儿。他家人也没听他说接触过什么奇怪的人或组织，只说他脾气暴躁，对自己的病情非常焦虑。"

"如果最后找到了他的尸体，就印证了遗书内容。"罗以晨皱着眉头。

"是的。"葛飞驰道，"遗书笔迹确认过，确实是胡磊写的。我们在北区一里的下水道里面发现了一些痕迹，相信胡磊就是从那里逃跑的。但没有找到他从哪个出口出来。"

这时会议室门口有人敲门，一位警员拿着报告进来："葛队，许塘的验尸报告出来了，还有现场的DNA分析。内网系统已经更新。"

葛飞驰接过报告看，其他人赶紧也登录内网搜索查看。

验尸报告结果没有超出他们之前初步判断的范围，致命伤确实是颈部那一刀。许塘胃里有食物残留，吃的就是方便面。另外毒检、药检都没问题。

出租屋内没有查到其他人的指纹，只有段成华和许塘的。另外，生物检材化验结果也有了。命案现场的血迹，除了死者许塘，竟然还有段成华的。北区一里拐角墙面的血痕是段成华的，下水道里取到的血痕样本DNA一个是许塘的，还有一个也是段成华的。

葛飞驰愣了愣："段成华在现场？"

罗以晨也很惊讶："他怎么会受伤的？"

葛飞驰皱着眉："凶手不止一个人。难道胡磊太慌了，下手没成功，段成华补了最后一刀？"

"目击证人只看到了胡磊。"聂昊道。

"不是。"葛飞驰道,"记不记得有证人报警的时候称看到凶手挺高挺壮,但后来又改口他没有看清。他的证词比较反复,对自己说的没什么信心。也许他真的看到了,但他不能确定。"

聂昊把段成华的照片和个人资料调了出来:"段成华一米七八,82公斤。"

"那就是了。"葛飞驰握拳敲敲桌面,"他们两人是分头跑的,所以顾寒山只看到了胡磊。"

"可段成华出面,为什么不进到屋里悄悄动手?在外头杀人风险太大。"方中道。

葛飞驰看看方中,这小伙子说话调调怎么这么像向衡呢?

葛飞驰道:"那就得看他们俩最后那通电话里都说了什么了。可能中间还有什么别的事。许塘知道段成华要来赶紧跑,但没想到最后还是被堵上了。总之,证据说话。那些为什么这样为什么不那样,总会查清楚的。"

方中不说话了。过了一会儿他道:"我要跟老大说一声。"他说着就拿出手机拨电话。

葛飞驰道:"等查出个眉目来再跟关队汇报吧,现在还只是线索梳理中。"

方中没理,还举着电话等接通。

罗以晨道:"他是打给向衡。"

葛飞驰:"……"原来这位是向衡迷弟。

方中的电话接通了,对方果然是向衡。方中把这边开会谈到的问题、得到的新线索都说了一遍。向衡在那头似乎说了些什么,方中一直"嗯""好的"。

葛飞驰狂皱眉,小伙子,你的手机是没有免提功能吗?

过了一会儿,方中挂了电话,道:"老大说他稍晚一些再去现场看看。"

"看什么?"葛飞驰瞪着他。向衡带出来的人,脾气个性是不是都随他呀?

"看血迹。老大说需要再确认一次血迹的具体位置情况。胡磊是个新手,下手不够利索,顾寒山的证词里确认他身上沾了血迹,他都没留下生物痕迹证据,有犯罪前科一直混江湖的段成华却留下了。"方中说话确实挺有向衡的气势,"老大还说,在胡磊失踪的这段时间,有人接应隐藏了他。段成华自己也是失踪状态。他们如果在一起,总得有一个藏身处。石康顺开车送胡磊到的现场,这藏身处石康顺是不是知道?是不是跟他有关系?"

"这个我们当然也想到了,会继续调查。"葛飞驰不太高兴,他可不需要一个向衡的复读机在这指导他。

"还有第三点。"方中道。

葛飞驰往后靠在椅背上,摆出一副"你继续说"的样子来。知道你家老大"三句断现场"强迫症，可不是还得有第三点嘛。

"胡磊身患绝症，4月12号留下遗书，4月15号去杀人，三天的时间，这心思转换得太突然。杀人是一件非常严重的事，超出一般人的良知所能接受的范围。就算是一个身患绝症等死的人也很难在这么短的时间内接受劝说并果断执行。老大说很可能留下遗书是行动的一部分，掩人耳目。有人知道胡磊的癌症，并利用了他求生的迫切心理，对他进行了诱骗。他们必定接触联络了一段时间，要把这个人找出来。医院，或者别的地方，总之，知道胡磊有癌症的人，在这个范围内可查。"

"嗯。"这点倒是可以补充记一记，葛飞驰记了下来，道："还有胡磊的电脑，他家里的用品，他的朋友、同事等等，我们一个一个来。聂昊，最早说看到凶手挺高挺壮的那个证人，就是家里厨房对着行凶现场那证人，叫什么来着？"

聂昊翻了翻笔记本："叫魏夏。"

"你再找他问问，让他仔细回忆一下。"

"好的。"聂昊应了。

葛飞驰一边在笔记本上记着思路一边再问："向衡在干吗呢？"与其听个复读机重复，还不如跟向衡直接讨论。

"他们派出所今天在社区有个反诈宣传活动，他去活动现场了。"罗以晨回答。

葛飞驰："……"

向天笑，三句断现场的那位，到社区负责给大爷大妈们发传单吗？这画面他都不敢想。

小红花社区反诈骗宣传现场。

大家排队领鸡蛋和小礼品。

领鸡蛋规则很简单，只要说出两句反诈口诀，就能领走四个鸡蛋。一人限领一次。

小礼品游戏是抽扑克牌比大小。扑克牌上也印着反诈宣传语，红桃、黑桃印的是诈骗手法，方块、梅花印的是真相和应对办法。抽牌比一次大小，接受两种反诈骗方式教育。赢的可以领一份小礼品，输的得到民警小哥哥、小姐姐甜甜的笑。一人限领一次。

还有套圈圈。红色圆锥雪糕筒上印着反诈宣传语，套中一个得一把印有宣传语的小扇子。

社区群众很积极。

年轻点的喜欢玩牌比大小，不领奖品也要拿牌拼个反诈顺子乐一乐。套圈圈也好玩。

大爷大妈们更喜欢领鸡蛋，这个完全没难度。

活动现场不但有宣传横幅，宣传用的X型展架、小扇子、礼品包装以及圆滚滚的鸡蛋上都印着各种反诈口诀，照着念就不可能说错。

顾寒山被分到了发鸡蛋队伍这边协助黎莞。黎莞考完大爷大妈，顾寒山就发四个蛋，领完鸡蛋的就到旁边社区人员处进行登记。

一开始向衡还担心这人流有些多，环境太吵，顾寒山会不耐烦，结果她很听话地乖乖发鸡蛋。向衡注意到她每次都挑大爷大妈没念到的宣传语鸡蛋，还挺有宣传责任感。

向衡正暗暗发笑，顾寒山却突然一把握住一位刚考完宣传语大妈的手，阻止她拿鸡蛋。

"一人一次，你不能拿了。"顾寒山严肃的表情和严厉的语气像是抓到了犯罪分子，一旁的人全愣了。

那大妈涨红了脸："你说什么？我没拿过。你看登记表名字。"

"我不用看。"顾寒山道，"你已经拿过了，我见过你。"

"你记错了！"大妈声音很大。

"不可能。"顾寒山很坚决。

"山山。"黎莞小声劝解，"把鸡蛋给她。"

"不行。规则说一人一次。"

"只是鸡蛋而已。"黎莞声音更小。

顾寒山冷着脸："要是可以不遵守规则，干吗不把一箱全给她？"

黎莞："……"

看到黎莞被噎，丁莹有些不乐意了，她跟顾寒山道："只是个活动小游戏，没关系的。"

顾寒山回道："我说的就是游戏规则，又没评价她的人品道德。"

丁莹："……"

社区大妈试图打圆场："……她是第一次登记的，给她吧。"

"你登记表第7页第4行，跟现在第9页她刚写的对比笔迹看看。"顾寒山不容反驳，"你的登记表没有我的脑子准。"

众人："……"这是砸场子吗？

这位志愿者哪来的！

向衡一脸无奈。他就知道！他怎么就能知道顾寒山会出状况呢！

向衡赶紧过去："顾寒山，你来，有些重要的事需要你帮忙。"

黎荛打配合:"啊,对,山山,我都差点忘了,向警官有重要的事需要你帮忙。"

顾寒山顿了一顿,看向向衡。所有人都看着她。

向衡对顾寒山笑笑。

你想清楚,小妹妹。要是当众让我下不来台,我可是很记仇的。

顾寒山问他:"很着急吗?"

"挺急的。"向衡淡定答。

顾寒山忽然指了指人群里头:"那个人在拍我。"

几个警察的目光唰地一下都朝那边去,一个年轻男孩吓得把手机放下来:"没有,没有,我就是拍拍活动。"

"会发到网上吗?"顾寒山问。

"啊?不⋯⋯"但活动视频难道自己留着珍藏?那男生又改口道:"发发朋友圈,跟大家说我们小区周末搞活动。"

那个想多占几颗鸡蛋便宜的大妈黑着脸:"乱拍什么!不知道有肖像权吗?"

顾寒山转向向衡:"给我两分钟。"没等向衡应,她又转向那个拍视频的男生,"到这边来拍可以吗?"

她说着,转到旁边扑克牌的摊位。

"啊,行。"那男生又惊又喜,可不是他偷拍,人家主动要求拍的,这么多警察可以做证。

向衡一脸狐疑,其他人也摸不着顾寒山的路数,这思维这么跳跃的吗?这边阻止拿鸡蛋的事就结束了?

黎荛趁机把事情了结,她把鸡蛋递给大妈,示意下一个上来。

但大妈拿了鸡蛋不走,下一个来领蛋的站在台前也没念反诈口诀,只盯着顾寒山看。丁莹也好奇,往扑克牌台子那边挪了挪。

拍视频的男生站在了顾寒山的面前。顾寒山跟扑克牌摊位借了地方,站在了反诈骗标语立牌旁边,她又看了看身后,正好是一条反诈骗宣传横幅。她对那个拍摄的男生说:"要把这些全拍进去哦。"

"行,行。"男生拿起手机对着她。旁边站了一圈人,把顾寒山围得严严实实的。

向衡心里吐槽,真是谢谢你了,耍个帅也不忘把我们反诈骗宣传带上。

那边领鸡蛋的队伍已经全乱了,大家都在往这边看。黎荛乐得光明正大凑热闹。

顾寒山对大家点点头,也不在意镜头和目光,她随手抓起厚厚一沓牌,很随意地洗了洗。

唰地一下，那牌轮起一个圈。再两只手一起分别单手翻折几下，很有赌神的架势。

顾寒山洗牌的动作太潇洒，周围好几个年轻人欢呼起来。有更多的人拿出手机要拍。

向衡看得有些迷惑，这跳跃幅度是不是有些大？刚跟人死杠完就转头秀自己牌技？

顾寒山只洗了两遍便停了。她把牌面朝上，手指一捏，牌被摊开呈扇形。顾寒山眼睛扫了一遍牌面，啪一下又把牌全合上了。

然后她把那沓牌背面朝上放在桌上，一张接着一张打开："黑桃K、红桃10、方片3、黑桃4、红桃6、方片6、方片1、梅花9……"

念一个花色翻一张牌。

牌面与她说的花色一模一样！

她的动作、语速都很快，姿态却特别轻松，纸牌很听她的话，每一张都对。

向衡："……"他就知道！他怎么就能知道！

顾寒山把一沓牌飞速背完，抬头对镜头说："我的记忆力很好，没有对手。"

周围一圈人："……"

领鸡蛋大妈："……"

社区大妈："……"

黎尧："……"

丁莹："……"

所以这位姑娘摆了半天威风，目的还是要最后拐回来再狠狠噎一下大家吗！

向衡当机立断："好了，走。"

他错了。不怪人家顾寒山，人家提前警告过他的，那么诚恳地问他"你确定吗"，他没当一回事。他太轻敌了。

那些总说他小气记仇脾气大的，都来看看这位！

"走，快。很重要的事需要你帮忙，着急。"向衡再次说。领着顾寒山就要走。

"再玩一会儿吧。"有社区群众大声叫道。

顾寒山声音清脆地回应："请关注凤凰街派出所，下次宣传活动再见。"

接着她坦然跟着向衡走了，似乎自己就是个称职的志愿者宣传员，完全没干砸人家场子的事。

向衡迈着大步，听着身后有人问："警官，你们什么时候再搞活动啊？"

有位同事答："还没定呢，关注我们派出所的公众号吧。来来，这边扫个码。"

呵呵，有活动也没顾寒山什么事了。向衡想。

向衡带着顾寒山上了他的车子。顾寒山把志愿者袖套摘了下来，仔仔细细叠好，放进包里。

向衡忍了忍，没忍住："顾寒山，你不必非要争个输赢的。"

"我没有啊，我无所谓的。"顾寒山很淡定。

向衡："……"把一堆人挤对成筛子了你还没有，还无所谓？好吧，他又错了。顾寒山妹妹要的不是输赢，大概只是自己爽就好。

向衡不说话了，顾寒山却有问题："向警官，我想请教一下。"

向衡警惕："你说。"

"你和你妈妈，是有什么情况吗？"

向衡："……为什么会这么认为？"

"就是之前我们刚到的时候，你妈妈看到你……"顾寒山顿了顿，在琢磨措辞。

"嗯？"

"她就好像'看不见的大猩猩'实验里面的受试者，我就是那头大猩猩。"

向衡："……"这位妹妹你跟一般人还真的聊不起来，幸好我不是一般人。

"通常在他们有特别关注的目标的时候，会忽略掉旁边的明显内容。"顾寒山道，"你妈妈看到你的时候，那关注度是不是过分集中了？"

向衡："……"

顾寒山，你有进步啊。

那是因为我妈心虚，不过我不想告诉你。

"说到父母对孩子的关注，据我所知你爸委托了律师盯紧了你的医疗隐私保密情况，你现在到处秀你的记忆力，没问题吗？"向衡转移话题。

"我爸不是已经不在了吗？"顾寒山一句话把向衡噎住了。

"我得靠自己。"顾寒山说，"没人愿意跟我交朋友。如果我是一个怪胎，就得是一个有本事让人佩服的怪胎，这样才行。"

"也不一定。交朋友这事得靠人格魅力。"

"我没有那东西。"

向衡："……"这内容配上这么自信从容的口吻也是没谁了。

"不经一事不长一智。"顾寒山认真道，"经过上次报警我就发现了，如果我能像一般的受害者那样大哭，有朋友陪着，有人帮腔，楚楚可怜，悲愤交加，事情就不一样了。那些猥亵犯很心虚的。我看网络新闻，有些垃圾根本不需要监控拍到，直接就承认了，当场跪下道歉，只求不被送到派出所。但因为我太奇怪，我的反应不对，梁建奇抓住了机会，他表现得比我更像受害者。"

向衡："……你最后还是赢了。"

"那是因为我展现了我的记忆力，我让你们信服，再加上你们需要我帮助，才愿意特殊处理我的要求。"

这是事实。向衡承认。

"你报案那天怎么没把你的记忆能力展现一下，把苏警官和王警官镇住，就像对我那样。"

"我错过了最佳时机。那次是我第一次报案，第一次进派出所，第一次这样跟人打交道。我虽然做了一些心理准备，但还是很有压力。我知道自己很怪，我没有把握，而且在那之前，我受到的告诫都是要把自己的能力藏好。所以，那次我没有处理好。"

向衡认真听，然后道："难道不是如果你一上来就镇住了他们，你就没机会看到梁建奇的手机内容和他的档案资料了？"

顾寒山顿住，缓缓转过头看着向衡。

向衡坦然回视她。没错，区区在下神探向警官能看出你的破绽。

顾寒山冷静地虚心请教："能具体说说吗？"

"为什么不一开始就说你见过他犯案，你记得时间段和地点，要求警察盘查监控证据，为什么这一点要放到最后说？报案是很烦琐的，各种登记填表问话，笔录一个字一个字地核对，错字都得圈起来重写。警察问一大堆的问题，非常消耗时间和精力。"向衡道，"而你忍受了这么长的时间，把你记得他从前犯过案的事放到了最后才说。如果你一开始就说，调查的情况应该就会不一样了。"

顾寒山沉默。向衡知道她在思考。

"你还记得你对付我的时候是怎样的吗？你直接叭叭地把重点说了，告诉我不要质疑你，要认真对待你的证词。"向衡解释道，"所以我听葛警官说了你的要求和你的报案经历后，就觉得这里面有问题。"

顾寒山点点头。

"那时候你为了向葛警官解释你进精神病院的事，说了记忆力让你的压力很大，信息太多给你的脑子造成负担。但这样的情况下，你还要去坐地铁。你不用上班上学，时间自由，但你偏偏挑高峰期出行，选择了地铁，还这么巧总能碰上梁建奇。"

"我懂了。"顾寒山道，"然后你突然试探一下，我心虚没做好准备，就露馅了。"

向衡看着她道："我跟你说这些的目的跟你一样。"

"什么？"

"向你展示我的能力，希望得到你的重视。"

"我很重视你，我还主动问你要电话。"

这语气。向衡笑了。

顾寒山见得他笑，也微笑了一下。

向衡笑意更深，对她道："不要勉强。"

顾寒山的嘴角放了下来："笑得假吗？"

"是的。"

顾寒山道："我练了很久，有时候能骗过一些人。你的直觉比较敏锐，还有我爸，我从来都骗不过他。不过也有可能是我的潜意识并不想欺骗他，所以我的表情并不配合我。"

"我们警察看人是很准的。"向衡自己夸自己，"我尤其准，特别优秀。"

顾寒山表情冷淡："你这是又展现了你的能力？"

"也不是故意的，自然而然，掩盖不住。"向衡忍不住学她。

顾寒山道："那我也得表现一下。"

向衡哈哈大笑："请。"

顾寒山道："你知道你是怎么看出来假笑的吗？"

向衡一愣，就这么看呀，一眼就能看出来。只可意会，不可言传。他想了想："眼睛。眼睛里没有情绪。"

顾寒山道："微笑需要使用到的肌肉有两种不同的神经通道。例如颧主肌，这个是我们可以控制的，将嘴角向上拉向颧骨。但真正的微笑还需要眼轮匝肌的收缩，这块肌肉会将眼睛周围的皮肤拉向眼球。而眼轮匝肌不受意识控制。"

向衡懂了："所以不是眼睛里。"

"是眼周。"顾寒山道，"只是眼周皮肤收缩有时细微得几乎看不见，所以有些人是看不出来的。"

"微表情。"向衡点点头，"好吧，同样的东西被你用科学术语包装一下就显得高大上了。我得承认这一轮显摆大赛你赢。"

顾寒山没有一点不好意思："那胜利者是不是该有奖励？"

"比如？"

"你能告诉我你妈妈那样的反应表现是什么情况吗？"

"啊。"向衡忍不住揉了揉脸，怎么又绕回去了。跟一个有旺盛学习欲、记性又特别好的人聊天真的心脏要强壮。

"你现在的反应是心虚吧？"顾寒山还请教。

"我妈的反应才是心虚。"向衡道，"因为家长去孩子工作的场合是一种打扰，但是家长又对孩子关心，我妈那情况就是既想了解我的工作生活又担心我怪她打扰我。所以看到我来就心虚了一下。"

"哦。"顾寒山信了，"我没经历过这个，不知道。我爸没有这样过。他工作的时候也不介意我在。"

"你爸爸是做什么的？"

"公关。"顾寒山道，"危机处理。"她顿了顿，补了一句，"专家。"

向衡脑子里浮现一个英俊的中年男子形象。有顾寒山这样的女儿，这个男人一定是非常优秀的。可惜，英年早逝。

向衡抓住这个话题："你爸爸工作的时候会带上你？"

"我小时候他不怎么工作，因为我的病很麻烦，需要有人全天候看护，我又不能出门。但他之前工作很出色，所以赚了不少钱，积蓄还够用。后来我大了，病情也稳定。我爸又重新出山，不过不再自己经营公司，只做顾问接项目。他出去开会什么的不带我，一来我不喜欢，二来我跟正常人不一样，一接触还是能看出来的。我爸不愿意别人议论我，还有他不想太多人知道我的情况。"

搭配上专门请律师来处理治疗保密协议，向衡很能理解这位父亲的想法和做派。

顾寒山继续道："我爸常在家里工作，我就跟他待在一起，他会告诉我他在做什么，为什么要这么做。虽然他的工作签有保密协议，但他还是会把工作文件给我看，因为我能帮他提高效率。尤其是那种纸质的，还要整理到电脑里，还有图片、视频这些，给我看会比较快。他只要告诉我他想找什么，我就能给他找出来。这也是我医疗训练的一部分。我每天都要训练。"

"医疗训练？医生要求的？"

"不全是医生要求，有些方法是我爸琢磨出来的。为了我的病，他学习了很多，做过很多尝试，有些训练对控制我的病情还是有效的。你知道世界脑力锦标赛吗？"

"听说过。"

"看的综艺节目？"

"对。"

"那你应该知道那些世界记忆大师都是普通人，他们的记忆能力都是通过训练得来的，而且都是专项训练。比如记数字，记特定物品，记路线，记扑克牌……每一项都要进行针对性的训练。"

"嗯，我知道。工作关系我也练过记忆，倒不是这类系统训练，只是工作内容不断强化就会记得越来越好。我对人脸也比较敏感，我从小认人就很准。只要见过一次，再见到我会记得。"

"识别人脸的能力由大脑的这个位置负责。"顾寒山指了指耳朵上方，"叫纺锤状面部区域，比较接近大脑表层。你参加过剑桥脸部记忆测试吗？"

向衡："……没有。"

"这个测试可以鉴定你是不是一个超级面部识别者。2004年由布莱德和肯两位神经科学家发布的。"顾寒山看着向衡，显露出兴趣。

向衡："……就是普通聊个天而已，要讨论这么艰深的内容吗？

"不测。"向衡看顾寒山一直在等，只得挤出这一句。

"我也没有办法给你测。"顾寒山道，"如果以后你有兴趣，我可以帮你问问。"

"没兴趣。"

"反正因为我的病，我爸研究过好多脑科学和记忆的东西。他突然有个想法，如果普通人能够通过训练来加强记忆，训练大脑记住什么，那我这样的情况，是不是可以反过来，通过训练来分散记忆压力，把大脑信息做有组织的处理。"顾寒山道，"他看了很多文献，做研究，还参加了记忆训练班，学习方法和原理。然后利用那些再帮我设计训练方案。我们试了很多种办法，一遍又一遍……"

顾寒山沉默了一会儿，接着道："后来我们取得很大的进步，再加上医生的指导和药物配合，我终于能够出门，能够接触人群，能够去教室上课……"

向衡注意到她用的是"我们"。他相信在这个过程里，无论是顾寒山还是她父亲顾亮，都付出了常人难以想象的心血精力。

向衡等了等，顾寒山没再说话。

"顾寒山，你愿意告诉我，你到底在找什么吗？"

"不愿意。"顾寒山拒绝得非常果断。刚才良好的聊天气氛顿时烟消云散。

向衡："……好吧，我继续努力。"看来他还没能得到她的足够信任。

顾寒山看着他："跟许塘的案子没有关系，你们放心吧。我的证词绝对没问题。如果需要我继续帮忙，我还会帮的。"

"我先谢谢你了。"向衡道，"现在案子确实有些新线索，我需要你再仔细回忆回忆有什么遗漏。"

"比如说呢？"顾寒山问。

向衡默了默，在琢磨。

顾寒山道："你的提问越具体，我大脑里能搜索出来的东西才会越有效。"

向衡道："凶手可能不止一人，你是否见过其他可疑人物。一米八，八十公斤左右，男性。"

"体型数据挺具体，你有照片？"

"你就想想有没有见到这样体型的人。"向衡并不想给顾寒山透露太多细节。

顾寒山也不介意，她在脑子里过了一遍，道："没有。我没有见到这样体型的人。那位陶冰冰女警官给我看的现场照片和视频里也没有。"她反问，"你们怎么确定有两个凶手？"

"有证人说看到行凶者是个挺高挺壮的人。"向衡道，"但他又改口说没看清，不记得了。"

"他说看到两个人了吗？"

"没有。"

"你们不会凭这么一句证人自己否定掉的证词就认定有两个凶手的，还有别的吗？"顾寒山问。

还真是，挺聪明的。向衡道："案件还在侦查，那些细节属于机密，暂时还不方便告诉你。"

顾寒山想了想："肯定不是照片或者影像，不然你们不会不确定。那应该是DNA或者指纹，对吗？"

向衡没说话。

顾寒山看着他："你还觉得不确定，所以才来问我有没有看到，是吗？"

"需要多一些的佐证。"

"真可惜，我没有看到。"顾寒山道，"我只确定一定有胡磊。"

向衡点点头，他正想说先送顾寒山回家，却听到顾寒山道："你还有别的事吗？方便带我再去一趟许塘命案现场吗？"

向衡有些意外："怎么？"

"有时候我需要一些记忆触发点。"顾寒山道，"我再去现场看看，万一有收获呢。"

向衡也打算去现场，便也不推辞。他启动车子，带着顾寒山去了。

车子开起来，向衡忍不住念叨一句："你这么热心帮忙……"

顾寒山明白意思，她接话道："希望梁建奇得到应有的惩罚，惩罚他的时候我能在现场。"

向衡："……"他就知道，"我们同事真在处理了，没敷衍你。我答应过你的事，就一定做到。"

"谢谢。"

凤凰街派出所。

苏波和王晓红正在看梁建奇猥亵小姑娘的监控证据，两个人脸色都比较严肃，这是他们原来没有处理的，现在用这样的方式被翻出来摆在他们面前，心里确实挺不好受。

但苏波和王晓红很快处理好情绪，开始着手做调查。监控画面有了，他们需要找到这个受害者。

"我来查这个姑娘的个人身份资料。你去协调网监那边，看看这条地铁线上有没有别的案例。如果梁建奇是惯犯，也许还有别的受害者，那些姑娘没报警。"

"好，你查到了身份告诉我，我来打电话。"王晓红道。

"行。"

燕山路。

顾寒山让向衡按她当天晚上经过的路线和速度行驶，到了她下车地点后，她带着向衡走了一遍她走过的路。

"凶手往北区一里后面跑的，我就走过去看了看。"

向衡一脸不赞同："你跟在凶手后面？"她到底有没有安全意识。

"他跑得很快，我走过去的时候已经看不到人影了。"顾寒山站在北区一里楼后，现在这个地方拉着警戒线和封条。顾寒山指着警戒线后头："我就在这里停下了。这里很荒，没有路，还挺脏。"

顾寒山看到了不远处的下水道井口："他最后是从下水道跑掉的吗？"

向衡不说话，但顾寒山已经知道了。

向衡转回头，顾寒山跟在他身后。向衡走到拐角处，看到了楼体墙面上的一道隐隐的血痕。段成华的血。

顾寒山也看着那血痕："胡磊逃跑的时候蹭上去的？"

向衡这次答了："不是。"

他并没有详细解释的意思，顾寒山也不介意，她继续道："接着我就回到了燕山路，去找凶手跑出来的地方。那时候已经挺多人围观了。"

向衡跟着她一路走着，走到许塘陈尸之处，两个人停下了。

他们看到了聂昊和李新武。

聂昊和李新武正在证人魏夏家里，此时就在厨房问话。厨房开着窗，正对着许塘陈尸处。

那窗户离陈尸处还有一段隔离，外头没有路灯，如果厨房开了灯，外头的东西就看不清了，但人的身形应该还是清楚的。

聂昊看到向衡，对他招了招手。

向衡点了点头，指了指外头，示意自己会等他。

向衡与顾寒山又转了一圈，到许塘住的段成华租房那楼里也看了一下，然后下来了。他们刚到路口不久，聂昊和李新武出了来。两个人的表情都挺振奋，似乎问话有了好的进展。

"向衡。"聂昊打着招呼。

李新武也唤了声："师兄。"他跟向衡一个学校毕业的。向衡现在的位置有点尴尬，叫师兄最稳妥。

"我跟顾寒山说了可能有两个行凶者，带她过来看看能不能想起什么。"向衡指了指顾寒山道。

聂昊便问顾寒山："你有看到吗，第二个凶手？"

"没有。"顾寒山道。

向衡道："我刚才跟她过了一遍她目睹情况的线路和顺序。"

"我认为没有第二个凶手。"顾寒山道，"胡磊跑得很快。另一人不可能超过他太多。跑在他前面或者后面我都能看到。除非他跑的是另一个方向。"

聂昊没回应，只看了看向衡。向衡便与他站远了些去小声说。

顾寒山也不介意，她转头看了看李新武。

李新武客气笑笑。顾寒山观察着他的笑容，把他盯得心里直发毛，然后她尝试着也微笑了一下。这笑得，李新武心里更毛了，他只好再客气笑了笑。

顾寒山冷漠地虚心求证："你刚才第一次是真的笑，第二次是假笑，对吧？"

李新武："……"昊哥、师兄，救命啊。

这边聂昊正跟向衡道："那个魏夏想起来了，确实是两个凶手，其中一个很壮实。他当时太害怕了，脑子又乱，所以报警的时候一开始脱口而出是一个高大壮汉，但接线警员让他描述具体外貌，他就卡住了，然后他就自我怀疑，就说没看清。这两天左邻右舍都在讨论这事，有人也说看到凶手很高很壮，他就觉得当时自己应该确实是看到了。然后我们刚才一问，他就想起来了，应该就是两个人，一个瘦点一个壮点，他一眼扫过，当时太恐惧，就混乱了。我们拿了四个壮汉照片让他辨认，他说他记不清了，只能试试看，但他凭直觉指出了段成华。"

向衡道："可是段成华就是从胡磊的逃跑路线跑的，还在拐角蹭下了血印。他跟胡磊不可能间隔太长时间分头跑。顾寒山说得对，如果有两个人，她应该都能看到。而且两个人逃跑，一个留下痕迹，另一个完全没留下，这也太巧了。"

聂昊道:"葛队会去法医办公室,让他们再进一步检测一下尸体伤口状况,分析凶器,找找两个人共同行凶的更多证据。我和小李也再走访几户证人。"

向衡点点头,他想了想:"跟顾寒山聊一聊吧。"

聂昊给葛飞驰打电话。葛飞驰说可以,顾寒山也是证人,得交叉对比,看她能想起什么来。

聂昊与向衡便走了回去。向衡告诉顾寒山有证人确认看到了两个凶手。顾寒山听罢,仍坚持:"只有一个凶手。"

李新武忍不住问:"为什么你这么肯定?"

"因为我没看到。"顾寒山那斩钉截铁自信从容的酷劲让李新武完全不打算辩论了。他往聂昊身边站了站。

聂昊道:"那个证人没有说谎,我看得出来。"

"他没有说谎,那他很大可能被植入了虚假记忆。"顾寒山道。

聂昊一愣:"谁植入的?"

"很多方面。其中有你们警察。"

聂昊又一愣。

向衡唤道:"顾寒山。"

顾寒山看了看他。

向衡道:"解释一下。"

顾寒山微微点头,她先提出了问题:"刚才那个证人喜欢看英雄电影?喜欢健身?推崇力量美?"

聂昊皱了皱眉。

顾寒山道:"他的厨房直通客厅,从厨房的窗户能看到客厅墙上贴着李小龙海报,餐桌上的笔记本电脑画面定格在一部美国动作电影的镜头上,你们到他家的时候,他正在看电影。"

李新武忍不住应道:"对,他在看《速度与激情》。"

顾寒山道:"他那天确实看到了凶手行凶,他看到了割喉的动作,这让他非常恐惧,极度的压力刺激让他的记忆被遮蔽,他明明看到了,但他没有记忆。他脑子里许多经验影像向他传递了错误信息,所以他说凶手是个高大健壮的男人,但他的潜意识告诉他并不是,于是他改口。接着在这几天里,他身处的环境有人在讨论这事,大家的信息交换给他制造了虚假记忆,这是共同目击者效应。接着,当警察回去找他,告诉他因为有了新的线索,希望他再回忆回忆凶手体貌特征,他马上接收到了信息暗示,他的记忆是对的,是警察证实过的。"

聂昊的眉头皱更紧:"可他真的认出了段成华,难道也是碰巧?"

"也许是碰巧，也许还是受到了你们的暗示。"

聂昊很不高兴，他板起了脸："我们没暗示。"这个太过分了，这是在指控他们警察诱导证人做假证。

顾寒山并不慌，她冷静地继续说："1904年，《纽约时报》报道了德国一匹神奇的马。那马名叫汉斯，主人是一个高中数学老师。主人对汉斯进行了四年家庭教育，汉斯能用敲击蹄子的方式来回答问题，比如辨别黄金白银，识别不同颜色，说出时间，进行算数。"

聂昊愣住了，现在是在聊什么？

李新武也一脸惊奇，这话题跳到哪里去了？

向衡认真听着。

没人打断顾寒山，大家的表情也没能让顾寒山受影响，她继续道："许多人都亲自验证了汉斯这匹马的聪明才智，甚至有委员会来鉴定这里头有没有骗人的把戏，但并没有找到。于是，汉斯和它的主人受到了媒体的追捧，大家都惊叹汉斯的神奇能力。后来有一位名叫奥斯卡·芬格斯特的心理学家进行了调查。他发现如果在向马提问时，在场的人谁也不知道答案，汉斯就会陷入混乱，什么都不会了。"

聂昊："……"

李新武："……"

向衡："……"

"汉斯其实并不会人们以为它会的那些东西，但它有一样神奇的本领——非常敏锐的洞察力。"顾寒山道，"向它提问的人，潜意识里会不自觉地关注答案。他们的肢体、眼神或者其他细微的动作都在向汉斯提示答案。汉斯跺它的蹄子，当跺到正确答案的数量时，提问的人不自觉地给予反应，汉斯就停了下来。于是，答案正确。"

大家一阵沉默。

顾寒山道："你们拿着四张照片，但你们会不自觉地关注证人对段成华照片的反应。证人接收到了这样的微妙信息，他的直觉让他选择了这张照片。这个过程，你们双方都毫无所觉。所以，有可能就是碰巧了，也有可能，是他受到了你们的暗示。"

向衡道："那这两种可能性怎么分辨？"

顾寒山道："你们可以向其他与这位证人讨论过凶手样貌的人询问，看看他们的描述是不是一致。如果一致，那就是他们已经互相受到了影响。因为当时他们并没有看清什么，不然你们当场问话时就会说出来。现在他们新想到的所谓记忆，已经不可靠了，再互相讨论沟通，就再组织出一版他们共同认同的记忆。你们还可以向刚才这位证人继续求证，你们提问越多描述越多，他能记起的虚假细节就越多，并且他真的相信这些就是他看到的。你们还可以设定一个你们希望他指认的东西让他认认看。当然，也还可以借助别的技术办法。"

聂昊表情严肃。

顾寒山继续道："总之，只要用对技术手段，就可以知道对方向你们提供的是不是虚假记忆。他不是故意造假，你们的诱导暗示也不是有心，只是你们无法完全控制大脑。这世上没有完美记忆，如果有接近完美的，那就是我的记忆。这是科学。"

向衡忍不住白了顾寒山一眼。

前面说得都挺好的，如果没有那句"那就是我的记忆"的自夸，后头还跟上一句"这是科学"，简直，狂妄到没有对手。

聂昊和李新武也没说话，不知道这话能怎么接。

顾寒山继续道："更重要的是，你们需要查验其他的物证情况结合证人证词来判断真伪，如果有冲突，那肯定某一方有问题。"

向衡很想说现在别的证人证词与物证相互印证，反而是你的证词与物证有矛盾。但如果他这么说，就是又给了顾寒山一次狂妄的机会。她肯定会说"好好查查你们的物证"。

向衡什么都没说，不能透露太多细节，而且他对这些线索确实还有疑虑。

顾寒山还有话说："我爸从前在做危机处理时，就利用社交媒体手段影响受众记忆，以扭转情感导向和舆论。他总是成功。他说大脑非常狡猾，它利用记忆使出诡计，而你根本察觉不到，就像'完美犯罪'。希望他的话能对你们侦查思路有帮助。总之，我没有看到第二个凶手。我目前认为没有第二个凶手。除非你们能排出他合理的逃跑时间和路线，既留下那些痕迹又能让我看不见，那这个人存在的可能性才是合理的。"

葛飞驰在法医办公室，正与这里的主任郭义对着许塘的尸体进行讨论时，接到了聂昊的汇报。

聂昊说的内容有些精彩，葛飞驰的表情一会儿变这样一会儿变那样，郭义就盯着他看，非常好奇。

葛飞驰听完了，对顾寒山还真是服气。这姑娘可以的，有学识就是不一样哈，一套一套的，真是让人既不喜欢又喜欢。

"就按我们原计划继续侦查，用证据说话。"葛飞驰交代，"但既然有她说的这种可能性，你们工作的时候就注意点，要更加仔细。"

聂昊应了。葛飞驰挂了电话，与郭义面面相觑。

"说的谁呀？"郭义忍不住问。

"一个证人，那个顾寒山。很有两把刷子，但就是……有点那啥。"葛飞驰一时也想不起合适的形容词。

郭义道："我以为你说的是向衡。"

"啊，对。"葛飞驰反应过来，"就向衡那劲。女版的。"他顿了顿又补充，"比向衡还夸张点，加强版的。"

"这案子向衡怎么弄？"郭义问，"关队不管吗？"

"关队没说这个，应该是不介意吧。"葛飞驰挠头，"反正大家都想破案。现在案子在我手上，我负责一天就好好用向衡一天。你想啊，我居然能使唤向天笑，这种本市刑警界VIP的待遇，我肯定得好好珍惜。"

郭义哈哈笑。

"所以我压力很大呀，郭主任。"葛飞驰装出一脸惨样。

郭义摇头："这不已经又给你看了一次，从伤口痕迹推断，应该就是同一把刀，或者，同一款刀。握刀方向一致，凶手用的右手，据伤口的高低左右位置并不能下结论是一个人还是两个人动的手。许塘与凶手确实有过搏斗，身上有自卫伤，但他指甲里没有留下任何皮屑组织，也就是说，他并没有抓到凶手皮肤，也没有留下衣物上的纤维或其他什么成分。"

"行吧。"葛飞驰有些遗憾地盯着尸体看一眼，"我再看看别的。"

"祝你好运。"

葛飞驰回到分局，手下警员看到他便道："葛队，胡磊、段成华的案件协查通报弄完了，你看看。"

葛飞驰坐到椅子上开电脑，调出通报仔细看。

通报的文本都有规范，写了具体时间和作案区域，然后点名某某有重大犯罪嫌疑，放上了照片和个人信息，体貌特征描述等等，希望各单位和广大市民积极提供线索。下面是接收线索的警官电话号码。

葛飞驰很快看完，他接过警员递来的文件签了字，交回给警员："赶紧找艾局，签好字就分发出去。"

警员应了，小跑步离开。

葛飞驰坐着发了一会儿呆，琢磨着这案子里的细节以及顾寒山的情况，她说的那些，听上去是有些道理，但是太玄乎了些。她是真的帮忙，还是在扰乱警方视线呢？

葛飞驰一直在等胡磊家的电脑数据内容调查分析结果，可结果还没出来，向衡

… 139

来了。

葛飞驰一见向衡便道："暂时还没有找到胡磊和段成华之间的联系。已经派人去第一医院做调查了。石康顺那边的提审申请交上去了，估计明天才能安排上。"

向衡道："顾寒山今天说了一段植入虚假记忆的理论，你听聂昊说了吧？"

"对。"葛飞驰道，"可是理论只是理论，我们得找出实证。"

向衡道："经她这么一提醒，我觉得有一点巧合值得注意。"

"哪一点？"

"许塘从楼上下来，到动手杀害他的那个窗口，有一小段路程，或者再等一等，等他再走出一段，那里也是阴影角落。可凶手偏偏选了这么一个有证人的窗户前动手。"

葛飞驰皱眉头："目前没查到这个证人跟案子有什么关系，你怀疑是串通的？"

"不需要串通。"向衡道，"现在这个效果就很好，很真实，还毫无破绽。"他顿了顿，继续道，"杀许塘一共用了三刀。前两刀刺在胸口，最后一刀抹脖子。为什么不一开始就抹脖子？"

葛飞驰："……"

因为前两刀能让许塘惨叫发出声响，引来证人。

葛飞驰思索了好一会儿："可顾寒山这么巧就路过，这么巧就看到，这么巧就拥有超强记忆力……"

"顾寒山的碰巧，站在前面所有碰巧的对立面。"向衡道。

许塘住在段成华的租屋里，与段成华通话，威胁段成华，段成华的血迹遗留在现场和逃跑的中途里，还有证人指认，凶手很可能是个高壮男人……

一切证据都指向段成华，只有顾寒山一口咬定凶手是胡磊。

这时候有个警员跑了进来："葛队。"

葛飞驰精神一振："电脑分析结果出来了？"

"还没全部分析完。但是有重要线索，先拿来给你看看。"

葛飞驰和向衡都凑过来。

那警员展示手上的打印件："从胡磊电脑里恢复的网页浏览记录，他搜索了大量的脑癌和换肾的信息，还有，新阳精神疗养院、简语教授。"

葛飞驰与向衡迅速对视了一眼。

顾寒山住院的地方、顾寒山的医生。

这还真是，太巧了。

第五章 交手

燕子岭，小白楼。

常鹏提前电话联络。杨安志给他开好院门，他把车子开进了院子里。

杨安志站在楼门口等他。常鹏下了车左右看看，跟杨安志一起走进了楼里。

"胡磊呢？"常鹏小声问。

杨安志用下巴比画了一下二楼方向，将常鹏领进了办公室："睡着呢，刘辰在楼上看着，没事。"

常鹏往楼上去，杨安志跟在他身后。

常鹏上到二楼，在楼道第一间房的护工刘辰听到脚步声出来看了一眼。杨安志挥了挥手，刘辰又退回房间去了。

常鹏走到胡磊的房间，在门板上的玻璃小窗那儿看了看。胡磊果然躺床上睡着了。常鹏也不说话，又转到楼下去了。

杨安志又跟他下去。两个人进了屋，常鹏把门关好，在桌前的椅子上坐下了。

杨安志看他那架势，不禁担心起来："是出了什么问题吗？"

常鹏反问："你说今天跟宁雅碰面了，具体问到了什么？"

"就我电话里跟你说的，她还想要钱，问简教授还需不需要监视观察顾寒山。"

"她回到顾寒山家做事是为了这个吗？还是被顾寒山说动了什么别的？"

"她说因为顾寒山挺可怜的，然后自己也需要钱。这女人，又胆小又贪心。"

杨安志撇撇嘴,有些不屑,"她那畏畏缩缩愁眉苦脸的样子,看了就讨厌。"

"那顾寒山跟警方合作的事,她怎么说的?"

"就是顾寒山从她那儿离开的时候,目睹了一起杀人案。具体看到了什么她不清楚,但警方很重视,来找她核实顾寒山的说辞对不对。"杨安志道,"我跟你说,我觉得宁雅这个人很危险。都交代过她拿了钱这事就了啦,别再接触顾寒山。可她不但回去,居然还想找简教授。这可说不好是两头赚还是两头骗。她想要我的联络方式,我给拒了。我说回头找她。"

常鹏皱了皱眉。

杨安志看着他:"说吧,出了什么事?"

"警方今天在网上发了协查通告。"

杨安志马上问:"通缉段成华?"

"对。"

"那不是成了吗?"杨安志道,"虽然我觉得麻烦死了,但怎么也算是顺利了一个。"

"一起被通缉的,还有胡磊。"

杨安志的表情僵在脸上,他愣了好一会儿,吐出一个名字:"顾寒山。"

常鹏点头:"顾寒山应该是看到了胡磊。"

"妈的!"杨安志差点跳起来,"就说不要搞得这么复杂,'完美犯罪'个屁。干净利索点收拾掉就完了。"

常鹏皱眉看着他:"你不要这个态度。马后炮有什么用。"

"我是马后炮吗?"杨安志非常不满,这回是真跳起来,"我事前就反对了,你们不听我的呀。你们真当我是跑腿的了?最后不还什么事都得我擦屁股吗?我搞定胡磊多费劲,这么辛苦费这么多口舌才把他哄住,结果你们计划一变再变,越来越贪心。"

"好了。"常鹏打断他,"不要说这些,大家一条船上的,谁都辛苦,全都冒着大风险。大家都有赚,没亏过谁,对吧?这次你是出力多,但你抱怨也多,这样弄得大家不开心也不好。"

杨安志深吸一口气,不说话了。他复又坐下。

常鹏道:"哪一次都有问题,但哪一次都解决了的。你不用慌,这次肯定也一样,没问题的,都能处理好。"

杨安志默了一会儿,问:"什么计划?"

"一步一步来。"常鹏道,"这个地方以后就不用了,你带着刘辰把这里收拾好。我们后天来这里处理胡磊。"

"在这里吗?"

"对。"常鹏道,"他被通缉,运走风险太大了,在这里处理解决。这两天你给他换换药,让他一直睡。"

常鹏说着,拿出一个药盒递给杨安志。

杨安志接过了。

"把三楼的设备也准备一下,解剖完我们就运走。接着你和刘辰把这里彻底清理干净,这事就了结了。再坚持两天,钱打你账上,你想出国就出国,想怎么花就怎么花。"

杨安志想了想:"行。"

"没问题的,放心吧。"

"你说了也不能全算。"杨安志吐槽常鹏一句。

常鹏笑笑:"你这人。"

杨安志道:"还有哪些后患要处理你们也要想周全了,别等我出国玩一趟,回来警察等在我家门口。"

"那肯定不会的。"

周一,清早。

看守所。

审讯室里,关阳安静坐着,他在等待狱警提人过来。两个警察在关阳的左右坐着,面前放着一个文件夹,被关阳的表情影响,那两个警察也没敢说话。

铁窗阴森,长廊肃冷。

过了好一会儿,外头传来金属磕碰、脚镣划过地面的擦响,以及由远而近的脚步声。

关阳坐直了,摆好脸色,看着门口。

狱警开门,一个年纪看着三十出头的男子出现在门口,他五官端正,身形挺拔,姿态从容。他身上很有一股潇洒随意的劲头,囚衣都没能掩盖掉他身上的艺术家气质。

范志远,32岁,一名职业画家,在小众圈子里算是有些名气,抽象派,用色大胆,风格强烈。他家境不错,父母都是生意人,都在国外,离婚,又各自再婚,都有了别的孩子。范志远独自住在国内,朋友多,不愁钱,旅游画画吃喝玩乐,一副纨绔子弟做派。

两年前,范志远因为涉嫌谋杀被逮捕。

抓捕他的人,正是关阳。

"你好呀,关阳队长。好久不见。今天带了新小弟?"范志远坐下了,狱警将他的手铐铐在桌上。范志远看着关阳笑:"哎呀,我说错了,也没有太久。上次见面还是在法庭上,我被判无罪。关队记得吧?"

关阳记得。范志远案的每一个细节,他都记得。

那起案件的死者是一名年轻女性,名叫秦思蕾,职业是服装设计师。她有自己的网店,有自己的原创品牌。30岁如花年纪,聪明、高挑、漂亮、事业小有成就。秦思蕾的家人和朋友都夸她开朗大方,为人仗义又可爱。

秦思蕾单身,但也不乏追求者,她热爱生活、热爱工作,对家人和朋友都很好。

2019年5月31日,周五晚上,秦思蕾跟朋友林雯去酒吧玩,她早早离开,说是虽然周末,但是要早睡,因为跟家人约好了明天一起过六一节。林雯对她好一通嘲笑,觉得这是她的借口,哪有一家中老年人要去庆祝儿童节的。

那天之后,秦思蕾再没有出现。

关阳的脑子里浮现秦思蕾尸体照片的惨状,他眼前是范志远的笑脸。

关阳不说话,他盯着范志远的表情看。

范志远放松又坦然的模样:"我一直在等你找我。等啊等,就觉得久了。"

"等我?"

"我在等关队来恭喜我沉冤得雪,被判无罪。"

关阳冷漠地道:"检察官已经抗诉了。你等着二审。"

"二审也一样,我还是会被判无罪,因为我就是无罪的。你们伪造证据诬陷我,真是太丢脸了。你不羞愧吗?费尽心机,但最后结果只能是我被判无罪。那话怎么说来着,正义之光永远闪亮,是吧?关队,二审你也一定要来,听听宣判,看着我当庭释放。如果你不来,我会很难过的。"范志远微笑着,"我已经在想之后的国家赔偿我该怎么用了。要不捐出去吧,捐给秦思蕾的父母你觉得怎么样?毕竟他们没了女儿,没人养老了。"

关阳冷着脸:"别太过分,范志远。"

范志远笑着柔声道:"就是想跟你说说心里话,怎么就过分了。你真是小气。"

关阳默默地看着范志远得意的样子。

范志远看着关阳的脸色,道:"关队看上去气色不太好,听说最近过得不太顺利。"

"是吗?从哪里听说的?"

范志远不理会这问题,道:"听说关队长跟得力干将闹翻了,真的有意思。不止局里领导对关队很不满意,下面那些办事的干警,也对关队很有意见。"范志远欣赏着关阳的黑脸,又看了看旁边那两个警察,故意道:"你人品怎么这么差呢,怎么能让属下来顶锅。"

"检察院把你的案子发回我们补充侦查。"关阳不理他的冷嘲热讽,把话题转回来。

"补充?"范志远大笑,"你们前面侦查出来的所有证据都被推翻了,这次还能补充出来什么?再弄个假证据,自己抹一道血上去吗?"

"我有些问题要问你。"

范志远看了看桌上的文件夹:"问再多的问题也一样。我什么都没干过,我是个艺术家,是个好市民,你们为了破案省事,诬陷我、恐吓我,让我犯病,诱导我做出不实口供……"

关阳打断他的话:"我有些照片需要你辨认一下。"

一旁的警察把文件夹打开,拿出一摞照片递给关阳。

范志远往后靠了靠,眼睛盯着他们的动作。

关阳道:"你看看,这里面有没有你认识或者见过的。"

范志远不吭声,没拒绝。

关阳把照片反着放在桌上,举起一张在范志远眼前翻开,让他看一眼,然后再换下一张。

关阳一边翻一边观察范志远的表情。

一共十二张照片。

八张男的,四张女的。

许塘的脸、梁建奇的脸、石康顺的脸、胡磊的脸、段成华的脸、顾寒山的脸……

照片全都亮出来了。

关阳问:"这里面,有你认识的人吗?"

范志远的视线从桌上转到关阳的脸上,他摇头:"全都不认识。"

关阳把照片顺序打乱:"你再看一遍。"

范志远不愿看了,他把照片推开,冷笑:"闪卡游戏吗?看一百遍也没用,我不认识。别浪费我的时间。"

关阳也不纠缠,他把照片推给旁边的警察,那警察把东西都收好。

范志远笑问:"这些人怎么了?失踪了?被杀了?"

关阳淡淡地道:"跟你有些关系,但我不想告诉你。"

范志远的笑容敛了起来:"怎么什么人的什么事都要往我头上栽吗?你们警察

还真是随便。"

"等着瞧吧，范志远。"关阳站了起来。

那两个警察也站了起来。

警察们气势压人，范志远仰视着他们，却没有任何紧张。

"死亡与毁灭在等着你，关阳。"范志远神明一般的口吻。

关阳没搭理他，没回头看他。门开了，关阳率先走了出去。

范志远看着几位警官出去，看着再度紧闭的铁门，默了一会儿，然后再转头看着身边的狱警，神经病一般地微笑起来。那微笑阴森病态。狱警抿紧嘴，维持住镇定的样子。

关阳走到外头的长廊，快步前进，雪白的墙和灰色的铁栏在他视角里往后退。他回忆着刚才范志远看照片时的表情眼神。

一审胜诉，让范志远有些得意忘形。这也让他有些疏于控制和伪装。

刚才看到顾寒山的照片时，范志远的眼神闪动。

十二个人里，只有顾寒山。

向衡一早到了派出所，屁股还没坐稳就收到了顾寒山发来的信息。

"警官早上好，今天天气不错，祝你今天顺利愉快。"

向衡："……"哇，这姑娘，这是从社交冷漠症迅速向"社牛"症迈进了吗？

他下意识地去翻了翻顾寒山的朋友圈，发现她昨晚发了动态内容。是昨天白天在社区反诈活动时戴着志愿者袖章跟其他志愿者和派出所警察在反诈标语前面的合影。这合影向衡知道，还是他拍的。

顾寒山戴了袖套融入人群后啥正事没干先找人合影，还让向衡帮着拍了几张照片。朋友圈动态里，这张照片的配词是："我是反诈宣传员。虽然累但开心。大家一起反诈，不要受骗哦。"

向衡看着这条朋友圈真是无语。这位同学在反诈活动现场前前后后加起来都不到半小时就被"拎走了"，是怎么好意思说自己累的。不知道的，还以为她在这活动里做了多少工作呢。

再往前翻翻，看到顾寒山昨晚竟然还有一条朋友圈，是一条短视频。她用反诈扑克牌秀记忆力的那一段。那个拍视频的年轻人发到网上，被她搜到了？

这条朋友圈配词是："是真的。不服来战。"后来跟了一个吐舌头的可爱表情图。

向衡："……"

他脑子里只有顾寒山白净漂亮的冷漠脸，跟这朋友圈的内容气质完全配不上，太分裂了，这个两面派。

"你究竟想做什么呢？"向衡在心里默默念叨。他下意识地觉得，顾寒山发朋友圈的时候并不快乐。她刻意地、虚伪地、像完成作业一样地做着这些。

"师父。"黎荛小声地亲热唤着向衡，鬼鬼祟祟地潜过来。

"怎么？"向衡下意识地左右看看，大家都很正常，黎荛这是在搞什么气氛？

"昨天你把山山带走发生什么事了吗？"黎荛问。

这问题让向衡警惕了："比如？"

"骂她呀训她呀之类的。"

"那没有。"向衡道，"我们进行了友好交谈，她还秀了一把她的学识和超强记忆技术。"

"没起冲突吧？"

"没有。怎么这么问？"

黎荛拿出手机亮出微信信息："你看。她向我问好呢，我觉得不太对劲，以为她受了什么委屈想巴结我找找靠山，免得梁建奇的案子没人处理。"

看看，是个正常人都觉得顾寒山对人殷勤不太对劲。

"没事的，她大概在练习社交吧。"向衡也亮出自己手机上收到的信息，一模一样的内容。

黎荛："……这是群发吗？"

"可能。"向衡同情地看着孕妇明显感情受伤的脸。

"太过分了，她怎么能这么欺骗我们的感情。"

向衡忍着笑。

"她看的什么垃圾书，居然教她泡妞可以群发吗？"黎荛气得继续嚷嚷。

真是善良。向衡想着，这孕妇居然怪那本素未谋面的书，而不是怪顾寒山渣。

"有机会我一定要跟她聊聊读书就得读好书的问题。"黎荛板着脸道。

"嗯嗯。"向衡点头。

"师父。"黎荛紧接着又唤。

向衡再度警惕："怎么？"顾寒山渣真的跟他没关系。

"那个许塘的案子还有什么要帮忙的吗？"黎荛压低声音问。没等向衡开口，她又道："你小点声说，不然又被别人抢走了。"

向衡失笑，压低了声音道："有的。我想继续查查许塘被我和徐涛抓回来之前的事。那几段监控，我还没看出问题来。但那天晚上许塘肯定有什么状况，需要再往前追查他的行踪行动。"

向衡把许塘之前的事，跟段成华的关系等等告诉了黎荛。刚说了个七八成，办公室里就有系统提示音:"有新的警情请查收。"另一边有同事喊:"向衡,超市盗窃。"

向衡应了一声,对黎莞道:"先这样,我出外勤。"

黎莞比画了一个手势:"放心,交给我吧。我有空,我来查。"

向衡笑了笑,拍拍黎莞的肩,带上出警装备跟同事一起走了。

出警路上,向衡收到了葛飞驰发来的信息,先是一个截图,接着葛飞驰道:"一大早顾寒山给我发了这个。"

向衡忍不住笑了。顾寒山,你群发了多少呀?这傻子。

五分钟后,葛飞驰再发来一条信息:"破案了,她居然群发。她给小李他们都发了。"

向衡笑出声。这笨蛋真的以为这样可以交到朋友吗?

"第一现场"传媒公司。

热点资讯部正在开晨会。

耿红星和侯凯言认真听着,做着笔记。

部门里的各组一个接一个报告着最新的资讯动向和自己小组的选题计划。耿红星他们这些实习生虽然没有出场讲解的机会,但其实也背着任务。最难的不是怎么把选题推进营销起来,而是找到一个爆款新选题。

公司副总裁陈博业分管内容资讯部门,每天的晨会由他主持。他来判断哪些选题做,哪些选题不做,而重点选题他会亲自负责。陈博业在晨会上听完每组的报告就会下指示,根据他的指示,大家提交上来的表单里直接就会被点上进度推进还是终止。

与会众人精神都有些紧张,大家高度集中,一边听一边按照讲解搜索着网上资讯,在陈博业提问的时候好跟上进度。

选题能被保留继续推进的,或是新报选题能选上的,组员都松了一口气。若是手上选题被毙,又被陈博业批评几句,那一组的气氛明显低迷许多。

耿红星他们组的运气不好,一个社会事件热点的选题因为在后台系统上提交的时间比别组晚了20分钟,被挡掉了,提交不成功。另外两个备选选题他们小组内部讨论时就没太大信心,但提交成功占住了坑位,只是这次会上被陈博业无情批评毙掉了。

耿红星所在的二组组长许高锐表情严肃,耿红星这些组员的压力也非常大。

等报上的选题都走了一遍,陈博业开始讲他自己的提议:"昨天有家派出所在社区做反诈骗活动,其中一个志愿者小姑娘现场玩纸牌宣传反诈骗,那个挺有热度潜质的,可以挖掘一下……"

侯凯言悄悄踢了耿红星一下,那视频昨天晚上他们就看到了,就在耿红星的朋友圈里,还是当事人主角姑娘自己发的。耿红星精神一振,他当然知道侯凯言踢这一脚的意思。

陈博业对三组道:"小李,你们组负责这事吧,找找看能不能联络上那个姑娘……"

"陈总。"耿红星赶紧唤了一声,想为自己小组争取机会。

会议室里众人安静,都看着他。陈博业也停下话头,等着耿红星继续说。

耿红星看了看自家组长,道:"陈总,我认识这个姑娘,交给我们组吧。我跟侯凯言可以负责这事。我们原本就想报这个选题的,但昨晚才出来,我们还没来得及写案子。"

"你们认识?"陈博业有些惊讶,他看了看许高锐。

许高锐示意耿红星继续说。

"她叫顾寒山,是我们同校学妹。"耿红星道。

侯凯言也道:"我们有她微信的。这视频昨晚她自己还转了,我们就是在朋友圈看到的。"

"那好。"陈博业一听挺高兴,"那你们联系一下吧,写个策划上来。小姑娘挺有梗的,长得也漂亮,能火。"

"好的。"耿红星应了,在桌子底下与侯凯言碰了碰拳头。

"这事要快。别的平台肯定也盯上了,我们抢速度。你们有什么进度和想法随时跟我说。策划案直接抄送我。"

"好的,好的。"耿红星喜出望外。老大自己想做的选题待遇就是不一样。

向衡处理完盗窃案,回到所里时,苏波找来了。

"我们找到了那个地铁猥亵案的受害者女生,她过来了,指认了梁建奇。我们把梁建奇传唤过来了,这次人证物证都全,加上顾寒山之前的报警记录也在案的,我们要对梁建奇实施行政拘留,你通知顾寒山吧。"

向衡精神一振。

这可真是太好了。

顾寒山来得飞快。依旧是干净素雅的装扮,像个朴素的学生。乌黑的直发,冷漠的脸,但向衡觉得她很高兴,因为他也挺高兴的。完成了她的托付,他竟然有一种很有面子的虚荣感。

"你好，向警官。"

"你好，顾寒山。"向衡亲切微笑，"看来今天的确是顺利愉快的一天。"

"是的。"顾寒山应着，表情没什么变化。

"我早上看到你的微信了，不过太忙了，没来得及回。"向衡道。

"没关系。"

"有几个人回你的微信了？"向衡不动声色揶揄了顾寒山一把。

黎荛正好过来，听到这话白了向衡一眼。

顾寒山没什么反应，只答："四个。"

向衡："……"居然还有四个。

"黎荛姐就回我了。她也祝我今天顺利愉快。"顾寒山道。

轮到向衡白黎荛一眼，这个叛徒。谁今天气得哇哇叫，结果转头当好人。

"社交达人"顾寒山完全不觉得这是个事儿，回她不回她对她的情绪没什么影响，她只关心梁建奇。

梁建奇还在里头做笔录，那个受害者女生和陪她一起来的朋友，在接待大厅里头一直等着。

这受害女生当天被猥亵后不敢吱声，含着泪回到家，之后就一直后悔羞愧，终于没忍住在社交平台上发布了事情经过诉说自己的遭遇。当警察找到她时，她还以为是诈骗或者恶作剧，没想到却是抓到了猥亵她的人。

王晓红告诉那个受害女生，是顾寒山报了警，可顾寒山的案子没有监控证据，也没有人证。他们只能将梁建奇做登记处理。但顾寒山想起从前见过梁建奇犯案，坚持重新查监控，所以他们这次能把梁建奇抓住。

受害女生哭得稀里哗啦，上前抱住了顾寒山："谢谢你，太谢谢你了。我太胆小了，我没用。我好后悔当时没报警抓他，我太害怕了。谢谢你。"

顾寒山整个人僵住。

向衡见状赶紧过来把她拉开。

后面的事就是各方在走流程办手续，向衡带着顾寒山坐在大厅角落。

顾寒山道："她没有怪我当时看到不说。"

向衡问她："你内疚吗？"

"不会。又不关我的事，她自己都没声张。她如果怪我，我会这么告诉她。"顾寒山道，"而且她没征得我同意就抱我，我不喜欢。"

"这动作让你紧张吗？"

"只是意外。"顾寒山抚抚胳膊，"我不喜欢拥抱。通常有人抱着我，就是为了控制我,给我打针,让我安静。"

向衡沉默了。

顾寒山看他的表情,问他:"你同情我吗?"

"你需要吗?"

"需要的。"顾寒山严肃。

向衡笑了。

"我就知道。没人会同情我的,我表现得不够可怜。"顾寒山的语气并没有自怨自艾,就是冷静地述说事实。她看着受害人姑娘,那姑娘已经不哭了,但仍有些激动,眼睛红红的。

顾寒山道:"我知道受害人应该是这样的反应,但我永远都学不会。我没有这样的表情。"

向衡忍不住道:"你用不着学别人,顾寒山。你非常特别。那姑娘都羡慕你的勇敢,你该自豪的。用不着学她。"

顾寒山转头看向衡。

向衡道:"可怜太被动了,就算引起别人的恻隐之心也只是一时的。恻隐之心不值钱,顾寒山,勇敢却很珍贵。把希望寄托在别人身上大多只会得到失望,但自己独立自强却不一样,也许会失败,但总是会有收获。勇敢是自己的,是能伴随你一生的品质,还是勇敢比较好。"

顾寒山没说话,只默默看着他。这让向衡有些尴尬,不禁有点后悔说这些。

幸好这时苏波过来了,他虽然有些别扭,但仍对顾寒山道:"对不起,你是对的。那天我本可以更耐心一些,处理得更好。对不起。"

顾寒山并不在意他的道歉,只问:"梁建奇什么时候会被押走?"

"一会儿就走,拘留通知书已经下了。一会儿正好有车送拘留所。"

"我想跟他说几句话。"

苏波皱了皱眉:"你确定吗?他情绪有些激动,骂骂咧咧的。"

"没关系,我不害怕。"顾寒山道。

苏波看了看向衡,向衡点点头。

过了好一会儿,苏波跟另外两个同事押着梁建奇出来,往大门方向去——那里有车子在等了。苏波在门口时停了一停,顾寒山过去了。

梁建奇看到顾寒山非常生气,破口大骂:"你这个疯婆子,神经病,我根本没碰过你。你到底要干什么?"他激动地朝顾寒山迈近两步。几个警察同时喝止他。

"我想单独跟他说几句。"顾寒山提要求。

向衡跟几个同事打了招呼,大家后退了一段距离,站远了。

顾寒山站到梁建奇面前，看着他的眼睛："你不记得我了？怎么可能，别装了。"

她的表情太镇定，带着些冷酷。梁建奇不禁往后退。顾寒山再往前，离得他很近。

向衡皱了皱眉，看着，没动。

"两个多月前，2月3号，我找你问过问题。你呵斥我，让我滚蛋。这种情况叫恼羞成怒，因为心虚。我当时就告诉过你，我不会放过你。你以为上次在派出所逃过去了就没事了？"顾寒山声音很轻，她盯着梁建奇，"我现在再问你一次，2019年1月31日，你在平江桥上拍到一个男人跳水救人的视频，还投稿到第一现场，是谁让你去拍的？怎么拍到的？"

梁建奇愣了愣，而后大声叫了起来："你疯了吗？你是不是有病？这种偶然事件，看到就随手拍了，这有什么？又不是我一个人看到。你问几次我都是这个答案。"

梁建奇声音挺大，向衡听到了，但没明白是什么事。

顾寒山声音更轻："我告诉过你，你不回答、不说真话，我会让你付出代价。我是疯子，我会一直盯着你。你看，我做到了。这次在拘留所十天，你有时间慢慢回忆。我手上还有你别的把柄，你出来那天我去接你，如果你还答不上来，就等着下一次。"

梁建奇瞪着顾寒山。

顾寒山审视着他的表情，可她不能确定他表情的含义。

向衡看着这两人，没说话。

梁建奇又惊又怒又疑，他努力维持镇定，不再理会顾寒山，跟着警察上了车。

梁建奇坐下后没一会儿，忽地转过头来，透过车窗朝顾寒山看。

顾寒山一直盯着他，没移开过目光。

两个人视线一碰。

梁建奇把头撇向另一边，向下滑，缩在了座位上。

顾寒山一直盯到车子消失，然后她转过身后，冷不防看到身后站着向衡。

顾寒山愣了一愣，没说话。

向衡问她："你刚才跟他说什么？"

顾寒山沉默以对，就在向衡准备再问时，她突然道："你猜。"

那平板板的语调，仿佛下令猜题，不猜不行。

向衡："……突然想到社交指南了是吗？"

顾寒山略迟疑："语调不太对是吧？"

向衡无语，还行，你自己还知道。

顾寒山严肃："我想想办法。"

向衡不打算指点她一二，他把话题扳回来，再问："你跟他说了什么？他反应挺大。"

"他表情是害怕吧？"顾寒山不答反问。

向衡道："我们可以交换。你告诉我你问了什么，我就告诉你他的反应是什么意思。"

顾寒山："不用换，他就是害怕。"

向衡："……那你告诉我你问了什么，我来教你一些正常的社交常识。"

"不用了。我能看出来你人际关系也不太行。"

向衡："……"这位同学，你是杠精吗？

"好吧。"向衡道，"这一回合结束。"

"确实结束了。"顾寒山居然附和，"说好了我帮你们做出模拟画像抓到凶手，你们处理梁建奇。这回合结束。"

向衡的心微微扬起，感到期待："那请问，下一个回合什么时候开始？"

"还不一定。"顾寒山问，"你们还有什么需要我帮忙的吗？"

向衡心念一动："还真有。"

"你说。"

"你对新阳精神疗养院和简语教授很熟吧？"

"当然。熟得不能再熟。"顾寒山说这话时，眼里的光让向衡很感兴趣。

"需要我帮的忙，跟新阳和简教授有关？"顾寒山问。

向衡确定，这个话题顾寒山非常非常感兴趣。

向衡便道："我再了解一下情况，看看是不是需要你帮忙。这事也不是我负责，所以我先沟通沟通。你呢？"向衡问，"如果需要你帮忙，要交换什么？"

顾寒山道："我遭遇了电话诈骗。"

向衡："……"真的假的？当然是假的。向衡被这事吸引了。他的直觉告诉他，这肯定是另一个"梁建奇"。

"你要报案吗？"向衡问。

"我再打过去就是空号了，我想查一查这个骗子是谁。能查到吧？"

"可以。"向衡道，"我接受你的报案，我们进去做个笔录，你告诉我号码和受骗的情况，我来处理。"向衡转身要把顾寒山往所里引，但顾寒山站着不动。

"怎么了？"向衡问。

... 153

"我并没有上当,所以没有任何损失,而且这都是很久之前的事了,在我住院以前。现在这个号都空号了,这肯定不能立案吧。"

向衡道:"不一定,我得知道具体情况。也许你说的这个号码已经在我们库里有案底,一查就能查出来。"

顾寒山仍站着不动:"我希望你能先确定新阳和简教授的事需不需要我帮忙,如果我能帮上忙,然后再来处理我这事。"

向衡愣了愣。

"谢谢你,向警官。我等你的消息。"顾寒山很潇洒地走了。

向衡立在原地思忖一会儿,忽地绕过弯来了。顾寒山的那些书啊,也不是白读的。她对新阳和简语感兴趣,便用个什么编排出来的诈骗号码钓鱼。她看出来了,他对她的这个诈骗号码筹码感兴趣。

还真是,无缝衔接,这第二回合就开始了。

向衡转身进所里安排了一下,又联络了葛飞驰,然后驱车赶往拘留所。

市里的拘留所就在看守所的旁边。两片建筑群连在一起,甚至大门都肩并着肩。

向衡到了拘留所等了一会儿,葛飞驰也来了。

两人办了手续,提审梁建奇。

梁建奇刚刚才进拘留所,还有手续要办,向衡与葛飞驰就一直等着。

葛飞驰便问了:"怎么回事?你电话里没说清楚。"

"顾寒山威胁梁建奇时,梁建奇一脸惊恐、恼羞成怒的样子,所以不是猥亵的问题,还有别的情况。"向衡道,"顾寒山有所隐瞒,我们试试看能不能从梁建奇这边下手问出来。"

葛飞驰心里念叨着怎么在派出所的时候不问,非这么麻烦跑到拘留所来。但向衡办这事还知道惦记着他,把他叫上,这也让他有些高兴。

"胡磊的电脑里还查出了别的东西吗?"向衡问。

葛飞驰摇头:"暂时没查出有用的。我们还在查他的社交账号和手机通话记录这些东西。另外,胡磊不是搜索浏览了大量的脑癌和换肾的内容嘛,这个事情我今天一早去了第一医院问。胡磊的主治医生说胡磊只有脑癌,肾没问题。他也知道简教授,毕竟那是行业里的偶像级人物。他说胡磊大概查过很多资料,也问过他如果手术由简教授来做,会不会成功率高一些,还想了解费用要多少。"

"胡磊想找简语帮他做手术?"

葛飞驰道:"是的。我问医生,胡磊找他聊过几次简教授。医生说问了两次,一次就是刚才说的那个，问手术让简教授做的事，医生说他们没有这样的合作，而且这个手术他们医院能做，没必要去请外院专家，胡磊就不再说了。第二次是问医生知不知道通过什么渠道能找简教授看病，医生说据他知道的，简教授在新阳脑科学研究中心做研究，不接普通门诊和手术。那是一月份的事情了，胡磊三月份开始就没再去第一医院看诊。"

向衡在心里盘算了一下，道："你们什么时候去找简教授？"

"原本打算回去研究一下情况定好方案再去找人。"葛飞驰道，"上次问了他顾寒山的病情，这次又要去问他胡磊，这有点怪怪的。证人、嫌疑人，怎么都跟他扯上点关系。他这人不太好打交道吧？你知道他有多少头衔吗？"

"多到能印一本小册子吧。国际和国家打头的能印两页。"

葛飞驰："……"

向衡道："我在市局的时候听过他的一个犯罪心理学讲座，当时他们脑科学研究中心印的讲义，简教授的个人介绍真的差不多就是一本小册子了。"

"我没听过他讲课，怎么样？"

"讲得非常好。"向衡真心道，"学识渊博，但说得通俗易懂，毫不卖弄，而且语言幽默，旁征博引，案例丰富，把枯燥的东西讲得非常有趣。他也不看讲义，成竹在胸，很有自信。他也很喜欢笑，长得端正，慈眉善目的，肢体动作也很有感染力，是个很擅长讲课的教授。他很会交谈，让人如沐春风。"

"评价很高呀。"葛飞驰琢磨着，"你想跟我们一起去找他问话吗？"

"对。"

"你跟他熟吗？"

"认识，但不熟。"向衡道，"关队跟他很熟，他俩关系不错，认识四五年了。关队第一次见到简教授也是听他的课。简教授跟市里省里合作一些犯罪研究和培训项目，每年都有专题讲座，针对当年遇到的犯罪案件和类型做分析。关队说当初听说要去上课还挺不高兴，以为是那种枯燥的浪费时间的理论报告，结果听完了就成了简教授的迷弟。他俩还一个属相，正好年纪差一轮。总之这两人特别有缘分，就这么好上了。"

"哇，你这语气，怎么这么酸呢。"葛飞驰对这些事略有耳闻，"毕竟你们市局当初靠着简语的指点破了几个大案，简语说的东西，人家关队能接住，大家各有本事，互相欣赏也是正常的。我听说，简语跟上面的那些头头们也挺熟的，之前弄的几个犯罪研究项目也都有找简语帮忙。"

向衡笑了笑。

"你这态度，我让你参与简语问话是不是有风险呀。"葛飞驰故意道，"我跟你说，我做事情可是非常谨慎的，跟你风格不一样。"

"行了，别装了。我加入你就偷着乐吧。"向衡吐槽他。

"觉得假你也别直接说破呀。你这交际能力真的不行。"葛飞驰叹气，"但我还真挺想让你参与的，你先说说你是有什么想法。"

"我跟顾寒山提了一嘴新阳和简教授，她很有兴趣的样子。"

"她有什么兴趣？"葛飞驰一下子也警觉了。

"还不清楚，我没跟她多说，想先了解清楚了。暂时还不知道能跟她透露多少，所以我想先跟你们去调查新阳和简教授，探探顾寒山的底。"向衡道，"我觉得她手里还有东西。"

"哪方面的东西？"

"她想从梁建奇这里找的东西，应该还有别的。她跟我说她被诈骗了，想让我查一个电话号码。"

"嘿，又是监控又是号码的。"葛飞驰正色道，"这个问题严重了，向衡，这一定得弄清楚。她是关键证人，所有的证据和线索，还有别的证人证词，都跟她的证词是冲突的。现在是她一个人对抗全世界呀，你懂我的意思吧。如果她是对的，那么其他的线索证据都是别有居心的安排，如果她才是想蒙蔽我们的，那就是另外一回事了。"

"我懂，所以我才让你一起来审梁建奇。"

梁建奇终于来了。

他对于自己为什么刚进来就又要被审讯感到非常不安，走进审讯室的步子都很不自然。

"警官，我摸那姑娘真不是故意的，都判了行政拘留了，你们还要干什么？"

向衡道："顾寒山跟我说了一些事，我们需要跟你核实一下，希望你能主动交代清楚。"

向衡诈他。

梁建奇的脸色变了变。

葛飞驰观察着，故意低头翻翻手上那几页跟梁建奇完全无关的文件，配合向衡搞气氛。

但梁建奇仍嘴硬："我不知道你在说什么，警官。"

"你拍的东西。"向衡之前只听到梁建奇激动时大声嚷嚷的只言片语，但他那语气仿佛他已经掌握了全部证据，"当然不能只听顾寒山的说法，我们现在给你一个解释的机会。"

梁建奇张了张嘴，又闭上。

向衡和葛飞驰同时盯着他看。梁建奇在这巨大的压力下，终于道："我就是随手拍的，看到有人跳河，又听到快救人什么的，我手上正好拿着手机，就拍了拍，想着发个朋友圈凑凑热闹。然后又想到投稿网络可以挣点小钱，当个零花呗。我就投给了第一现场。"

向衡脑子里似乎有一道光闪过，他觉得他明白了。

"就这么巧？！"葛飞驰喝着，他自觉他的年纪、长相和气质，比向衡扮黑脸管用多了。虽然不知道具体是什么事，但吓一吓准没错。

梁建奇果然被喝住了："真的就是这么巧，警官，我没撒谎，就是正好在那儿，看到有人跳水救人，就随手拍了一下视频，发个朋友圈。然后总看到第一现场的付费征稿广告，我就打电话问了问，把稿子投过去了，拿了五百块。这事当初警察也问过我的，那死者的老婆也在。如果我有什么问题，当时就抓我了对吧。我根本就不认识那人，就是倒霉路过拍到了。那顾寒山是神经病，你们别听她的。事情都过去这么久了，我要是知道会惹上神经病，真的就不手贱瞎拍了。"

"你拍救人视频的时候，周围有别的人在吗？"向衡问。

"有呀。"梁建奇火速点头，"好多路人的，大家都看到了，当时警察都问清楚了。可不是我一个人瞎说。"

见向衡盯着他看。梁建奇赶紧又道："我当时都不知道那人死了。那时候周围还有好多人喊叫，现场挺乱的。我拍了他跳下去，再拍河里，没拍到什么，我就又拍了拍周围，想显得比较刺激热闹一点。后来河里一直没动静，人越来越多，我等了一会儿，然后就走了。再后来警察找我调查，说我拍的视频里面跳水救人的那男的死了，找我问问情况。我这才知道竟然是这个结果。"

向衡继续问："视频在哪儿？"

"我手上的早删了。"梁建奇道，"这么晦气，留着干吗呀。"

"死者的身份和名字你知道吗？"

"当时警察有说，但时间太久了，我忘了。就是一个中年男人，他老婆挺年轻挺漂亮的。"

"哪里的警察？"向衡再问。

"平江桥派出所。"

向衡和葛飞驰出了拘留所。

葛飞驰问："怎么回事？"

向衡反问："还记得顾寒山的爸爸是怎么去世的吗？"

葛飞驰一愣："我去。"

顾寒山的爸爸，就是见义勇为跳水救人去世的。

他懂了。

向衡道："顾寒山在调查她爸爸的死。"

"所以她说要交朋友，还很热心帮我们警察破案？"葛飞驰有些不解，"她为什么不直接说？直接报警呀。"

"报过了。"向衡停下脚步，看了看身后的拘留所，"报过警的。"

没有用。

所以梁建奇全身而退。

"那也用不着隐瞒呀。"葛飞驰道，"你问她她也不说，我们还得来问梁建奇。"

向衡道："她没有隐瞒，要不然也不会当着我们警察的面去跟梁建奇对峙。而且，她总是提起她爸爸，像是有意识地让我加强对她爸爸的印象和好感。我觉得……"向衡顿了顿，"这也许是一场考核，她想看看我是不是比原来处理这案子的警察更优秀。"

葛飞驰斜睨他："你是不是少用了一个'们'字？"

"没有。"向衡很干脆地应。

葛飞驰真不乐意跟他聊天："那你继续接受考核，帮我确定一下顾寒山在许塘案里到底说没说谎。我继续去查我的胡磊。"

"你们什么时候去找简教授？"

"我还没最后答应带上你。"葛飞驰摆了摆架子。

"葛队，你发现这些事情里的联系了吗？"

"什么？"

"胡磊是脑子生病了对吧？"

"对。"葛飞驰反应过来了，"顾寒山也是。"

"他们的医生都是简语。"

"不对。"葛飞驰反驳，"胡磊只是搜索了新阳和简语，并不是简语的病人。没有就诊卡，没有病历……"

"全都跟他一起失踪了。"向衡打断他。

"那他父母也应该知道呀。"葛飞驰道，"他父母说了，他只在第一医院看过病。"

"不奇怪吗？绝症，要命的病，只在一家医院看过。"

葛飞驰一愣。

"他这么惜命的人，在网上疯狂搜索治病的内容，搜索名医，最后只看过一家医院。"向衡顿了顿，道，"他肯定找过简语，并且简语给他看诊，给了他承诺，所以他才会放弃其他选项。"

葛飞驰想了想："行，我让聂昊先去找新阳查一查有没有这个病人，看看他们的回应。然后我们商量下一步。"

向衡点头，又道："你知道还有另一个脑子有问题的人，跟简语也有关系吗？"

"谁？"

"范志远。"

城西一处，连着繁华街道的一条宽巷，里头有座中式院落，朴素中透着些气派，有着闹中取静的独特风景。

这里与医科大一街之隔，院落大门顶上挂着一个木质招牌，上书"简在"二字，门口两个石狮把门，大门两旁装了安防监控摄像。

这里是简语的工作室。

关阳看了一眼大门斜上方的监控摄像头，按响了门铃。

很快有人来开门，那是简语的司机兼私人助理，宋朋。

"你好，关队。"

"你好。"

"简教授在里面。"宋朋做了一个请的手势，在关阳进门后，把大门关上了。

关阳信步往里走。"简在"院中的大树枝繁叶茂，树下花圃开着散着清香的花朵，满满当当，见花不见叶，很有活力。树上鸟窝里有小鸟鸣唱，和着院门巷外汽车和行人的声响，像是一道城中小林的自然乐章。

这里的环境幽雅舒适，显现出主人的品位及经济实力。

一片大大的落地玻璃前，简语站在那儿与关阳迎面而视，他对关阳点头微笑，指了指屋门方向。简语今年58岁，正好比关阳大一轮。他跟关阳眉眼犀利的外貌完全不同，是一个端正平和、一身学者气质的长者。

关阳继续走，还没走到门口，门便开了。简语站在门后等他。

关阳加快脚步过去："不好意思，打扰了。"

"这么客气。"简语把关阳迎进屋，对跟在后头的宋朋道，"倒壶新茶来。"

宋朋应声去了。

关阳与简语一起走到堂厅。

堂厅里有面到顶的书柜，柜前是一张沙发，旁边摆着落地阅读灯。再过来是一张巨大的书桌，此时桌上摆着笔记本电脑和一些书籍文件，一旁案几上点着檀香，轻烟袅袅，静静地飘散在宽阔的空间里。

"我今天休息，在这边写些东西，没去中心。"简语一边说一边把关阳往落地窗前那一片会客沙发引，"正好你要来，就不用跑这么远了。"

关阳坐下了，一脸疲倦，舒了一口气。

简语体贴地不说话，让他缓口气。

宋朋捧着茶盘安静过来，轻轻放下后又退了出去。

简语给关阳倒了一杯茶，放在他面前。

关阳抬眼看了简语一眼，微笑了一下，道声谢。

"最近过得怎么样？"既然关阳没说什么，简语也不急着问他来意，先关心了他的近况。

"感觉好些了。"

"有做冥想吗？"

关阳张了张嘴，但似乎不好意思说谎，又闭上了，然后道："真的很难静心。"

简语笑了笑："目标定小一点。十分钟做不到就五分钟，五分钟还不行就两分钟，要是再不行，那就二十秒。小目标比较容易实现，那样你就能坚持了。"

关阳有被揭穿后的不好意思，笑了笑。

简语也笑："让你接受自己不能静心的状态，不是让你拿它做借口，而是正视它，观察它。你不排斥它，也就不在意它了。当你能不在意它的时候，心就静了。"

关阳道："我听你说的时候总觉得很容易。"

简语哈哈大笑："其实并不难，只要你愿意接受。"

"我是真的想开了。"关阳道，"我知道自己没处理好，但回不了头了，我知道，所以我会向前看的。"

简语道："那就好。跟自己和解，才能真正跟别人和解。"

"和解不了。"关阳摇头，"我昨天想见儿子，被拒绝了。他妈妈说如果还跟离婚前那样很久才见一次，何必让儿子失望。她还说我看上去状态很不好，让孩子看到，影响心情。现在孩子已经适应新生活，等我也真的适应了再说。"

简语不做任何评价，只静静听着。

"我老婆……"关阳苦笑了一下，"前妻，比我强多了。她是一个好妈妈，好妻子，我却不合格。"

"你是一个好警察。"简语轻声道。

关阳摇头："不可兼得，是吗？"他顿了顿，"我这警察也没做得多好。我让生活影响了工作，我把队伍管得一团乱，我都管不好自己。"

"你会调整过来的，这需要一个过程。你也看到了自己的进步，会恢复正轨的。"

关阳道："那也不会再回到从前了。我周五去了一趟派出所，向衡在那里。我原想找个理由跟他聊一聊，但他没给我机会。我听到他那样的语气，看到他的表情，就知道什么也不用谈了。他原来那帮兄弟，还有我队里那些人，对我也不太服气。向衡的影响力很大。"

简语把给关阳的茶往关阳的方向推了推。关阳拿起抿了一口，发现不烫，便一口饮了。

"别往后看，往前看。不需要回到从前，每个人，需要的都是将来。"简语安慰关阳，"你和向衡都有自己的问题，这件事对你对他都是一次历练，你们都能从中吸取教训和经验。你在慢慢恢复，他当然也会。你能想明白，他当然也可以。"

关阳苦笑："如果不是你开导我，我大概也不能这么快走出来。"

"你担心向衡没人帮他？"简语笑笑，"放心吧，他肯定没问题。他年轻、单身，压力和烦恼没有你多，你们警察，抗压能力都很强，他还有很多朋友同事的支持，他恢复得肯定比你快。"

"也是。"关阳道，"我那天看他的状态就很不错。"

简语给关阳又倒了一杯茶。

关阳道："我现在最希望做的事，就是把范志远案好好了结，成功将他定罪。这也算是我对向衡的一个弥补。"

"我也希望。"简语语气非常坚定，"我仍是那句话，关队，范志远是个魔鬼，他出来一定会再杀人的。如果我还能帮上任何忙，请一定告诉我。"

关阳点头，道："我早上去见了范志远。"

简语坐直了些，表示关切："有什么情况吗？"

"我从前有位线人，曾经打听到一些似乎与范志远有关联的内容，我让他继续追查。但他前几天被谋杀了。"

简语的眉头皱了起来："与范志远有关？"

"不一定。"关阳道，"我让他追查的事还没能跟范志远联系起来，他就死了。"

简语等着他继续说。

关阳道："而且这事有些蹊跷，如果跟范志远有关系，而范志远在牢里，就表示范志远在外头还有同伙。"

"而你们当初的调查结果,范志远是独自作案。"

"是的。而且当初你分析过范志远,他这样的反社会人格和病症情况,很难与人合作。还有他画作构图色彩所反映出来的精神状态,也是炫耀张扬,有自恋、暴力倾向,他应该是匹独狼。这与我们的调查结果一致。"

"那现在你找到他有组织的证据了吗?"简语问。

关队摇头:"没有。我当初收到的线报,也只是说可能存在一个有超能力的犯罪团伙。"

简语很感兴趣:"什么样的超能力?"

"说得非常夸张,什么都有。力大无比,不知疼痛,刀枪不入,预知未来,过目不忘,没有恐惧感等等。"

"没有恐惧感?"

"是的,所以当时我想到了范志远。但我让线人去确认情况,是否真有这么一个组织,他却被谋杀了。凶手居然是一位脑癌患者。"

简语的表情动了动:"脑癌患者?"

关阳笑了笑:"就知道你对脑部疾病情况会比较感兴趣。如果只是脑癌患者就算了,这么巧,这案子的目击证人之一有你的病人,叫顾寒山。"

简语恍然:"前两天有武兴分局的警察来问我顾寒山的事,原来是这个案子。"

"是的。"

简语道:"那应该就是巧合了。顾寒山从小到大,整个世界只有医院和家,偶尔去去学校,跟历险差不多。她的家长跟她形影不离,她不可能跟什么犯罪组织有关联。两年前,她家里出了一些变故,她父亲去世了,她住了两年医院。这两年她几乎与世隔绝,今年一月底才出的院。她有按时复诊,我了解她的情况,她正在适应社会生活,她没有能力参与什么组织。"

"所以她应该跟范志远一点关系都没有,对吧?"

"那肯定的。"

关阳道:"我为了确认范志远是否与这件谋杀案有关,拿了所有相关联人员的照片给他看,当然中间掺了一些无关的。一共十二张照片,他只对顾寒山的照片有反应。"

简语愣住:"你说什么?"

"他认识顾寒山。"

拘留所,停车场。

葛飞驰坐进了向衡的车里，迫不及待："你说说，范志远跟简语有什么关系？"

向衡问他："范志远案你知道多少？"

"大体案情差不多都知道，那可是大案。"葛飞驰道，"就是两年前，一个服装设计师姑娘，被人谋杀了。"

向衡插话："她叫秦思蕾。"

葛飞驰点头："秦思蕾，尸体是裸着被丢弃在山林里，十指被剪断，生前与死后都遭到了凌辱虐待，凶手手段十分残忍。你们最后找到了嫌疑人范志远，但因为发现尸体时离弃尸已经有十天，许多证据早已被破坏，范志远更是滴水不漏，还有一个非常厉害的律师。"

范志远案一审败诉的结果，人人都知道了。葛飞驰隐隐也猜到，向衡被贬到派出所去，多少也跟这个案子有关系。当初抓捕范志远时，是向衡带队去的。范志远手提汽油进屋，拒绝执行向衡的指令，向衡大声喝阻范志远的行动，并动用了武力，将范志远抓捕回来。

之后范志远律师投诉了向衡，说范志远手上的油是买来作画用的，他一是没弄明白，二是受到了惊吓，而向衡执法手续不全，粗暴下令，执法过程中过度使用暴力，对范志远造成了严重的伤害。

哦，对了。葛飞驰想起来了："范志远律师说他有精神病，被你吓得犯病了。"

向衡点头："范志远也不是滴水不漏，他刚被抓回来时，特别嚣张，对我们各种挑衅，口供里是有许多漏洞的。后来他律师来了，对他一番教导，他就收敛了许多。口供都改了，能辩解的辩解，辩解不了圆不过去的，他律师就推给了他的精神病。"

"他真有病吗？"

"真有。"向衡道，"他还拿出了病历，十多年前的。"

葛飞驰："……十多年前。"

"对。十多年前的病历病史只能证明他有幻觉、狂躁，但并没有做精神病诊断。范志远说自己这些年病情有发展，幻觉妄想严重，只是害怕医院才没有继续就诊。于是他的律师便提出了精神鉴定申请。"

"哦，那我知道了。"葛飞驰道。

精神鉴定，简语的脑科学研究中心下属有一个司法鉴定所就是司法鉴定委员会会员单位之一。

向衡继续道："第一次抽中的鉴定机构是省精神司法鉴定中心，他们的鉴定结果是范志远有短暂精神病性障碍。他的律师说我们在抓捕过程中行为失当，让范志远受到了很大的打击和惊吓，所以犯病了。依照鉴定结果，范志远被拘捕后，并不完全清楚自己做过什么，也就是说，他在参与警方调查程序的过程中无法正确理解指控并做出适当的自我辩解。所以他那些前后矛盾、有逻辑问题的供词，不该成为判罪证据。我们这边当然不能同意，就向鉴定委员会提交了复核申请。"

"然后复核鉴定就抽中了简语的鉴定所？"

"是的。新阳的脑科学鉴定所的鉴定结果是轻微精神病综合征。就是说，他表现出某些精神分裂症状，有幻觉和妄想，但他能够察觉到这种体验是不正常的，是健康人不会有的，他的现实感相对完好。虽然以后有较大概率会发展出其他精神分裂症谱系障碍中的症状，但现阶段并不影响他对现实情况的判断和参与。这个结果说明范志远完全明白自己在做什么说什么，具备对自己的行为负完全刑事责任的能力。"

葛飞驰不说话了，这一段里头的名词这么绕，向衡居然都背下来了，可见这个案子对他的影响有多大。

向衡顿了顿："简语在范志远案子上是帮了大忙的。你知道范志远没有恐惧情绪，测谎仪对他没反应吗？"

葛飞驰惊讶："这么厉害？"

"他脑子里的杏仁核异常，跟我们正常人不一样，所以他的抗压能力超级强。"向衡道，"简语针对他的情况做了许多分析，帮我们专案组拟定了对付他的审讯策略、侦查搜证方案等等。"

"有用吗？"

"有一些用的。对付范志远很不容易。简语说，范志远是典型的变态犯罪人格，如果他被放出来，一定会继续作案。我们也判断范志远肯定不是第一次犯案了，可惜我们查了半天也没能找出他以前犯的案子。"

葛飞驰默了一会儿，心里很不好受。他特别理解那种呕心沥血查案，明知道凶手是谁，最后正义都没能得到伸张的感觉。范志远的二审，很难找出新线索了吧？

葛飞驰突然一拍大腿："那简语一直这么帮忙，这次许塘案，他也可以帮上忙吧？让他先把顾寒山搞定。"

向衡："……拭目以待吧。"

"简在"。

简语工作室。

简语对关阳的话非常吃惊："那不可能。范志远不可能认识顾寒山，他们之间完全没有交集。"

"他不但认识顾寒山，还对她非常有兴趣。"关阳看着简语，"他看到顾寒山照片的时候，眼睛一亮。但他否认他认识照片里的任何人。也就是说，他明明认得顾寒山，但他不承认。我觉得这里头很值得深究。"

简语沉默许久，然后道："我不在现场，没看到范志远的表情。虽然我对你的专业能力很有信心，但你也知道我跟你们上课的时候说过，人的潜意识渴望会影响到人对客观情况的判断。范志远的大脑异常，顾寒山也是，也许你潜意识里觉得他们两个是有关联的，毕竟之前有你的线人跟你报告的超能力团伙的信息暗示，你很希望能抓到范志远的把柄，希望能有突破。"

关阳也沉默了，过了一会儿他道："可惜了，审讯室的监控角度拍不到眼神这么微妙的东西，不然我可以调出来给你看看。我在女性照片里，特意选了两张范志远喜欢的那种美艳熟女类型，其中一张跟秦思蕾还有几分像。范志远对她们都没反应，很冷漠地扫过去了。只有顾寒山的照片，他的眼睛亮了一下。我为了看清他的表情，特意一张一张举着照片给他看的。"

简语微皱着眉垂眸不说话。

关阳道："简教授，你能想到他们之间任何的联系吗？"

简语摇头："顾寒山的生活圈子真的特别特别简单，她爸爸将她保护得很好。"他顿了顿，道，"这样吧，我跟顾寒山聊聊。她这人脾气比较古怪，也没有社交能力，我来跟她沟通会比较好。"

"行。"关阳道，"希望能从她那儿得到一些线索。二审如果没有强有力的新证据，是没办法推翻一审判决的。"

"我明白。但你也要有心理准备。我觉得顾寒山什么都不知道。"

关阳点头："其他方面我当然也会继续查。"

"好。如果需要我帮任何忙你就说。"

"放心，我跟你不会客气。"关阳又道，"另外，顾寒山指认的行凶嫌疑人，叫胡磊。他是个脑癌病人。你对这个名字有印象吗？古月胡，三石磊。"

简语敛眉想了想："怎么？"

"分局那边应该会找你问话的。他们在这个胡磊的电脑里查到他搜索浏览过新阳和你的信息。"

"胡磊？"

"是的。"

简语点头："我想起来了，他应该是来找过我的，我得查一查。谢了。"

"没事。"关阳站起来，"我走了。有什么情况你打给我。"

"好。"简语也站起,把关阳送到门口。"关队,顾寒山是我非常重要的一个病人。如果你们警方掌握了她的什么情况……"

关阳停下脚步,转身看他。

"请及时通知我。"简语道。

关阳问:"有什么需要我特别注意的吗?"

简语顿了顿,道:"她的大脑是人类的宝藏,关队。她值得我们好好去保护。"

葛飞驰与向衡在拘留所停车场分开前,葛飞驰问向衡:"你一会儿忙什么?"

"把所里的工作做完,再调查一下顾寒山爸爸顾亮的事。想确认顾寒山可不可靠,就得弄清楚她的动机和计划。你赶紧查胡磊和段成华的行踪,得尽快找到他们。"

"是,得尽快找到他们。这案子总透着些古怪。"葛飞驰推门准备下车。腿迈出去又回头跟向衡道:"你得跟顾寒山聊一聊,就说我们知道她想查她爸的事,让她相信我们,别自己轻举妄动。"

向衡没好气:"你觉得顾寒山是个好聊的人吗?"

葛飞驰一噎:"你多努力。"

葛飞驰回到自己车上,很快开车走了。

向衡看着葛飞驰的车子消失,不由琢磨起顾寒山,这家伙现在在做什么呢?

第六章
迷雾

翡翠居。顾寒山家里。

顾寒山回到家没多久,她躺在客厅茶几前的地板上看着天花板发呆,听到手机响。她捞过一看,坐了起来。很好,她等的终于来了。

微信上是耿红星发来的消息。

"你好呀,顾寒山,我是耿红星。"

顾寒山特意过了五分钟才回消息:"你好。"

一直在等的耿红星和侯凯言精神一振。

哎呀,有戏。

耿红星拿起手机,侯凯言赶紧道:"先套套近乎,上次我们表现得不是太热情,有些怠慢了,不知道她心里会不会介意呢。先看看她什么态度。"

耿红星道:"不用你教。"

"对,对,这些你比我懂。你赶紧聊。"

耿红星输入:"我看到你做志愿者的视频了,就是反诈骗宣传活动里玩扑克牌那个,你的记忆力确实是很好的,这个我可以做证人哈哈。"后面附一个大笑的表情。

顾寒山琢磨了一会儿,学着他的语气回复:"哈哈可不就是,你就是证人。你要给我做证……"读了一遍,后面又补上一个"呀"字。

这句发过去,很快收到耿红星回复。

"可以。"大笑表情后面再跟一句:"如果有需要,随时帮你证明。"

很好。顾寒山觉得这个进展很不错。果然要勤发照片臭显摆,那些书也不是完全骗人的。

再加上爸爸教导的那些策略——了解对方在利益上的需求,给他创造主动来找的契机和渠道,主动权就掌握在自己手里了。

第一现场的实习生,有什么职场利益上的需求?当然是选题和人脉。

顾寒山继续输入,先发一个捂嘴笑的表情,然后道:"我在视频里是不是显得有点吹牛了?"

耿红星回了一个笑哭表情包:"确实过于自信,但我知道你没吹牛。"

顾寒山回道:"确实自信,确实没有对手。"

耿红星发了一个叉腰大笑的表情包。

顾寒山把这个表情包又给他发回去了。

耿红星:"……"

侯凯言:"……"

"看来她就是这种夺人眼球的风格。不走寻常路,让你疑惑让你惊奇,非常有记忆点。"侯凯言评价,"或者你可以学一学,毕竟你以前那些勾搭的招数都比较老套。"

耿红星白他一眼:"那你遇到喜欢的女生的时候不要告诉我不要请教我。"

"行。"侯凯言道,"经验和事实告诉我,我是脸的问题,不是招数的问题,所以请教你也不管用。我早就领悟了。"

耿红星不理他,继续给顾寒山回复:"你下次还去做志愿者吗?"

"有机会当然要去呀,很有意思的。他们下次活动时间还没有定呢,等确定了会叫我的。"顾寒山说起谎来毫不愧疚,完了她还要问一句:"你有兴趣吗?一起去呀。"

耿红星挺高兴,他用胳膊肘撞了撞侯凯言:"成了,成了。"

侯凯言道:"我看她是真的喜欢你。说不定以前就暗恋过,要不把你记得这么清楚呢,缘分啊。"

这个不是重点,耿红星不管。现在没什么比弄出选题更重要的了。他赶紧回复顾寒山:"好呀,这个要报名吗?有什么手续?"

"我也不知道,我是不用的,上次是派出所的警察朋友带我去,我就是帮他们的忙。要是你们也想去,我得问问。"

耿红星回道:"好呀,你帮我问问。我和猴子两个。我们以前也常参加公益活动,愿意帮忙。"

"好的。"顾寒山一口答应。

这边侯凯言对耿红星道:"告诉她如果需要的话,我们可以用第一现场的媒体平台帮着派出所一起宣传,增加一些筹码。后面跟她谈合作视频的事也有铺垫了。"

"嗯。"耿红星也正有此意。他把这些跟顾寒山说了。说如果派出所愿意,他们也可以帮着多做些宣传,看情况,到时可以跟公司谈谈。

"你让他们看看我们的公众号,或者各大平台,都有我们的节目。"耿红星道,"还有自己拍的小视频也可以投稿,合适的我们也会帮着播出的。"

耿红星最后一句话瞬间触发了顾寒山脑子里的画面。

爸爸的音容笑貌……

他跳水救人的视频内容……

医生和警察拼命按住她给她打针……

贺燕对着她大吼:"你爸爸没了!顾寒山。你爸爸没了!你懂事一点行吗!"

她四肢被绑在病床上看着天花板时心里下定的决心……

画面破碎,碎片在她脑中飞舞,划出一道道血痕。

顾寒山身体僵硬动弹不得,手紧紧捏着手机。

向衡回到所里又出了两次外勤,一次是小孩在街上走失,一次是情侣分手打架,等都处理完,已经近下午下班时间。向衡赶紧联络平江桥派出所,以调查案情的名义向平江桥调取当年案卷,并仔细询问了当初顾亮之死的详细情况。

平江桥那边当年处理这事的警察卢江正好在,他调出当时的档案,各方笔录以及事件详情,转给了向衡。向衡很快看完,与卢江再次通了电话。

卢江也正好复习了一遍那些档案,对当年的许多事还有记忆:"顾亮开车经过平江桥时,看到有个姑娘跳河轻生,他就跳下去想救人,但落水后头部撞到桥墩或者是石块,昏迷溺亡。他的妻子提出过质疑,我们就调取监控,包括顾亮自己车子上的车载监控,还收集了路人拍的视频和照片,询问走访了十七位现场证人、顾亮生前友人和合作方等等,排除了他杀和其他问题,顾亮的死就是跳水救人出了意外,是个意外事故。"

向衡问:"他妻子质疑什么?"

"就是觉得自己老公不会做这么危险的事。"卢江道,"也能理解,死者家属太悲伤一开始总是很难接受现实。她还要求做尸检、药检、毒检、尸体解剖、死因鉴定、查监控、调取通话记录,所有能做的事都做了。包括我前面说的那些走访调查,我们确实做了大量的工作,都没有发现这件事里头有什么问题。所有的物证、人证都能证明,这是起意外事故。"

经过了胡磊和段成华的案子,向衡对"所有物证、人证都能证明",唯独顾寒山不认同这种情况有些敏感。他道:"这事情里有个证人,叫梁建奇。"

"是的。"卢江正看着当时的案件档案,"我记得他。他拍下了完整的顾亮跳河的视频。这段视频就能证明,顾亮跳水是为了救人,不存在什么别的原因。顾亮是自己跳下去的,旁边也没人推他或是怂恿鼓动什么的,他是自愿主动地跳下去的。"

向衡沉默了,有这铁证在,确实没什么可异议的。药检、毒检都没事,如果视频里人的精神状态和行动都无异常……

向衡问:"你那儿有那视频吗?"他真的很需要看一看。

"没有,我这儿没留。这事并没有立案。"卢江道,"但你可以在网上看。那视频当时是第一现场编辑报道了,网上一搜就是。"

"行吧。"向衡再问,"你对梁建奇印象怎么样?"

"嗯,我记得他看着挺有素质的,说话条理清楚,很配合调查,挺有耐心。当时顾亮的老婆情绪不太好,有些咄咄逼人,梁建奇也没责怪她,能解释的都解释了,还安慰她来着。还帮着她跟我们说,让我们多理解理解,多包容。挺好的一个人。"卢江道,"当时我们询问的证人都挺配合的,毕竟这事挺惨,一个家庭就这么毁了。而且这个顾亮好像有些社会地位吧,就是在他那行业他好像挺有名气的,我们问他的同事、同行和客户,他们对顾亮全都挺欣赏,对他的死都很遗憾。他的葬礼,很多人都去吊唁了。所以我对这事印象很深。"

"你见过他女儿吗?"向衡问。

"没有。"卢江道,"我知道他有一个女儿,听说病了,一直没出现。我们原本也是想找他女儿了解一下情况,因为顾亮手机上最后一通电话是她女儿打的。但顾亮老婆说他女儿受刺激入院了,没有办法接受我们的询问。我跟收治他女儿的第四医院联络确认了一下确实是这样,我就没再找那个女儿。当时所有的事都是顾亮老婆出面处理的。他老婆特别厉害,非常强硬,条理清楚,事情这么多也都办得井井有条,是个女强人。"

向衡再问:"只有梁建奇拍到了顾亮跳水经过是吗?"

"对,只有他拍到。其他人有些拍了照片,有些拍了一点事后的其他画面。梁建奇的最完整。"

"我没有看到那个跳水轻生姑娘的笔录。记录里完全没有她。"向衡道。

"就没找到这姑娘。"卢江道,"现场的人说,有人把她救起来了,她可能是羞愧或是有些情绪上的问题,什么也没说,捂着脸哭,很快走了,也没人有机会跟她沟通过。当时大家还在关注跳水的顾亮,因为一直没见到他浮上来。"

"那姑娘也没问问跳水救她的人的情况,直接就走了吗?"

卢江道:"具体细节我就不知道了。我们是要调查顾亮死因,那姑娘是不是没礼貌不厚道,也不是我们要追究的。我们就是确认事情经过,了解真相。"

向衡弄明白后,跟卢江道了谢。

向衡再研究了一遍那些档案资料,然后他在内网系统和网上搜索调查顾亮。

顾亮名牌大学毕业,年轻时就职于业界知名的公关公司,客户多是百强企业。从品牌、营销企划到危机处理,都有丰富经验,积累了不少口碑案例。之后顾亮组建了自己的公关公司,获得资本注入。公司规模挺大,发展迅速。

1999年11月顾寒山出生。2003年3月顾亮与妻子许思彤离婚,之后顾亮卖掉大部分的公司股份,退出公司运营,只做个拿分红的小股东,从此全职照顾女儿。

2009年顾亮找到了简语做顾寒山的医生。2010年顾亮再婚,娶了贺燕。2019年1月31日顾亮去世。

向衡还查到顾亮几次带顾寒山出国的出入境记录,还在网上找到了顾亮生前的一些演讲视频。视频里顾亮侃侃而谈,自信潇洒,非常有魅力。向衡找到不少顾亮的内容,但就是没有他舍命救人那段视频。

向衡登入了"第一现场"APP,还有他们的官网平台再次进行了搜索,还是没有找到。也不过才过去两年而已,网上的痕迹怎么会消失得这么干净?

向衡看了看时间,6点多了,虽然已经过了下班时间,但这种互联网公司应该没那么准时。向衡拨电话给"第一现场",表明自己是凤凰街派出所的警察,正在调查两年前一起落水救人的见义勇为事件。这个事情被人拍下视频,并在第一现场播放过,但现在他在第一现场的网站上找不到了,他想了解一下情况。

"2019年1月31日,一个中年男子跳水救一个跳河自尽的姑娘,这个内容。"

"第一现场"那边接电话的说他们需要查一查,让向衡留下联系方式,他们的相关负责人已经下班了,明天才能回复。

向衡留了联络方式。

第一现场办公室。

耿红星等了好一会儿,没等到顾寒山的回复。

他与侯凯言面面相觑:"是不是太着急了,一下子就说什么媒体啥啥的,让她觉得我们想利用她?"

耿红星赶紧又发一条消息:"对了,你复学的事怎么样了?"

又等了好一会儿,终于等来了顾寒山的回复。

"复学的事挺麻烦的,学校说我休学时间太长了,已经超过时限。我跟他们看了医生证明,他们说还是要开会再讨论一下。"

耿红星松口气,看来刚才是有事离开了一会儿。他答:"没关系,你情况特殊,应该可以通融的吧。或者你好好复习,让他们同意你参加个复学考试,看看成绩。你哪个系的呀?"

"历史。"

顾寒山满身冷汗地坐在地板上,她脸色苍白,抿紧了嘴,用力按着手机。她缓过来了,她要继续聊,她要交朋友,能用得上的那种朋友。

这专业当初是爸爸帮她挑的。对她来说很容易,把古代的人与事记住就行,不必交流感情。

但她现在得交流感情。她可以做到,她可以像个正常人一样。"你们可以播视频,我昨天那个小视频行不行呀,玩牌秀记忆力那个。"

耿红星按消息的手顿时停住了,他与侯凯言迅速交流了一下惊喜的眼神,把"你来学校可以联络我"这句套近乎的话删掉,重新写:"当然可以,你这段视频热度可以的,很有趣。我们还可以拓展出来拍个一系列的超强记忆力视频。哈哈,说不定真有人要找你挑战了。"

"那个不用怕,比记忆力,我是真的没对手。"

耿红星深吸一口气,兴奋地继续按:"哎呀你这么一说,真的可以做个专题。我也好想有你这样厉害的记忆力。"

"那你死心吧,不可能的。"

耿红星发过去一个哈哈大笑的表情包。

侯凯言在一旁道:"可以约出来聊聊吗?我看气氛可以。"

"那可以采访你一下吗?"耿红星发了个鬼脸装可爱的表情,然后再发消息,"你方便的话,我们约个时间见面聊聊怎么样?"

顾寒山平静的脸看上去有些冷漠:"可以的。上次加了微信后还一直没机会好好聊过。"她在后面也加了一个鬼脸装可爱表情包。

"那你什么时候方便?"耿红星问。

"今晚就可以。"

耿红星大喜,他与侯凯言碰了碰拳头,露出胜利庆祝的笑容。

"今晚行的,我跟猴子一起去可以吗?你看什么时间,在哪里方便?"

"好呀,我请你们吃饭吧。"顾寒山报了一个离她家不远的一家咖啡馆,里面有西餐简餐,环境不错,适合聊天。

耿红星这边忙回复:"哪能让女生请吃饭,我们请客哈。"

"没关系的，那晚上见吧。地点我选了，你们定时间。"

哎呀，这种爽快好说话的姑娘真的太好相处了。耿红星和侯凯言很高兴，他们跟顾寒山定好了时间，赶紧跟组长许高锐和老总陈博业报告了一声。他俩经过三组组长办公室时，听到那里面正说话："2019年1月31日中年男子跳水救一个自尽的姑娘？有这个报道吗？那警察有没有说为了什么事情要查这个？"

耿红星和侯凯言没在意，欢快地走过去了。

凤凰街派出所。

向衡放了电话琢磨着这事。

顾亮见义勇为出了意外，去世了。他的妻子不相信会出这样的事。两年后，他的女儿似乎也正在调查。她们都不相信顾亮会做这样的事？还是两年过去了，仍无法接受亲人的死亡？

向衡给顾寒山的继母贺燕打了个电话。他表明身份，想约贺燕见个面了解了解有关顾寒山的情况。

贺燕听说他是警察，问清楚了姓名、单位和警号，语气很不好："顾寒山又怎么了吗？出了什么新状况？"

"没有，但因为之前……"

贺燕打断他："既然没什么新情况，就不用联系了，该说的我都已经说过了。要了解更多的，你们去找顾寒山本人问，不行还有她律师。不然反反复复没完没了的，太影响我的生活了。"

贺燕说完很干脆地就挂了。

向衡这时候理解卢江说的顾亮老婆很厉害的意思了，于是他更想见一见贺燕。

向衡再打电话，贺燕直接不接。

向衡正想换部电话再打，黎荛眉飞色舞地飘过来了。

"师父，师父。"

向衡瞅了她一眼："何事喧哗？"

黎荛笑道："我们小仙女火了。"

"谁？"向衡觉得自己不认识仙女。

"山山呀。"

"哦。"向衡应得很敷衍，"她怎么火了？"看黎荛这么开心，肯定不是被犯罪分子盯上的那种火。

"昨天反诈活动现场她不是玩了一手牌嘛，被人拍了放到网上。今天火了。"黎荛掏出手机给向衡看。向衡扫了一眼，就是顾寒山发到自己朋友圈的那个视频。

黎芫一脸期待地看着向衡，向衡只好配合着问了："这怎么了，火了然后呢？"

"咱们派出所官博流量史上新高，有网友来问下次活动什么时候什么地点，这位小仙女还参加吗？"黎芫笑眯眯，"我们派出所也火了。我们的活动办得好，我的集体荣誉感被点亮了，自豪。"

向衡："……"

"对了。"黎芫忽又道，"咱们官博冷清太久，小赵肯定还没有意识到要热情对待网友留言，得好好宣传一下这次的反诈成果。我去跟他说说。总结一下好的经验。"

黎芫说着就跑了，向衡也有了新想法。他换了一部手机再打给贺燕，这回贺燕接了。

向衡再次表明身份，他这次说顾寒山参加他们警方的社区活动，被拍了视频，在网上有一定的热度。她把她的超强记忆力展现出来了，他们警方因为收到了律师的提醒，所以对这个情况比较重视，他需要跟顾寒山的家属聊一聊，确认顾寒山是否会因为这个视频招来什么麻烦，他们警方需要排查清楚状况，以便采取措施。

贺燕那边安静了一会儿，向衡听到敲键盘的声音，然后贺燕回话："我看到了。我要先问问她怎么回事，然后再回复你。"

向衡把自己的手机号码和名字报上了，说他会等贺燕的电话。

贺燕挂了。

向衡对贺燕是否会回电持怀疑态度。

果然好半天之后，贺燕一直没有来电。向衡忙别的事也不在意。到了能下班时，向衡给顾寒山打电话，顾寒山接得比贺燕快。

"顾寒山，黎芫说你的视频火了。"向衡找开场话题。

"我知道。"顾寒山回得很干脆。

真是一点不谦虚。向衡便又道："我今天还去了拘留所找梁建奇问话。"

顾寒山没说话。

向衡继续说："我知道怎么回事了，顾寒山。我能看看那个视频吗？"

顾寒山仍不说话。

向衡等了等，再道："或者我们今晚见个面好吧，我想跟你聊一聊。"

"我今晚没空。"顾寒山终于回答。

"你要忙什么没空？"向衡警惕起来。

"我约了人谈事。"

向衡更警惕了："你约了什么人？"

顾寒山又不说话了。

向衡道："你是关键证人，顾寒山。所有的证据都跟你的证词有冲突。这种节骨眼上别跟陌生人打交道，太危险。"

"你要来吗？"顾寒山突然问。

"什么？"

"我都约好了，我肯定要去的。如果你担心，可以一起来。但你不能跟我坐一桌，不要打扰我们谈话。"

向衡："……"他堂堂一个人民警察，干吗弄得跟偷窥跟踪狂似的。

"我约了第一现场的人。"

向衡："！！！"那必须跟着去。

向衡收拾东西正准备走，接到了葛飞驰的电话。

"向衡，我们跟新阳那边联络了，他们的系统里还真有胡磊的预约门诊记录。接诊医生是简语。"

向衡一愣，简语接诊胡磊在他意料之中，但是直接排进系统记录里吗？"简语开放门诊的吗？"

"不开放，但偶尔会有一些特需门诊，都是简语自己排的。"葛飞驰道，"我联络了简语，他让今晚去新阳他的工作室聊。七点半，你一起来吧。"

"我今晚不行。"

"嘿。"葛飞驰哼哼。

没等葛飞驰抱怨，向衡道："顾寒山约了第一现场的人见面，她同意我旁听。"

"第一现场？"那不就是梁建奇拍了视频投稿的那个媒体平台。葛飞驰赶紧道："那你别来了，盯紧顾寒山哈。咱俩分头行动。"

"葛队。"向衡道，"你带上罗以晨。他认识许塘，也听过简语的课。"

"行。"葛飞驰摩拳擦掌，"你等着我今晚把胡磊查得清清楚楚。"

燕子岭，小白楼。

白色病房里，胡磊坐在床边，在护工刘辰的注视下，喝了一口水，把药片咽了下去。

刘辰把空了的药盒还有餐盒都放到托盘上，然后扶着胡磊，帮他躺下了。

胡磊道了声"谢谢"，闭上了眼睛。刘辰拿起托盘转身走了。

胡磊复又睁眼，看了看被关上的门，发了一会儿呆。药片微苦，他觉得似乎跟以前的味道不太一样。他昨天开始疲倦昏沉，他有些慌，怕是病情恶化了。胡磊禁

... 175

不住胡思乱想，他什么时候才能动手术，可千万别在手术前出问题了。

胡磊焦虑地翻了个身，侧躺着，试图找个更舒服的姿势，要好好休息好好睡觉，一定要保证好手术前的状态。

可刚翻过去，他就看到了墙角有一颗药。胡磊顿时一惊，是不是那个护工太马虎了，少给他一颗药？这是哪一顿的药漏的？掉了一颗药都不知道吗？是昨天吗？

胡磊每顿要吃的药不少，他太信任这护工了，都没仔细数，每次都是从药盒里倒出来就直接吃了。

他觉得这问题很严重，这可不是什么感冒药，这是救他命的药。怎么能这样疏忽！

胡磊爬了起来，下地弯腰捡起了那颗药。头有些晕，但他忍住了。他连鞋都顾不上穿就走了出去，他要骂一骂那护工，太不像话。

走廊里没有人，胡磊朝楼梯走去。刚到楼梯口就听到下面有人说话，是杨安志的声音："他睡了吗？"

"吃了，这会睡了。这药挺猛的，他看上去昏昏沉沉不太清醒的样子。"

胡磊正抬步下楼的脚顿时收回了。

"那行。"杨安志道，"三楼都收拾好了吗？"

"还没呢。不是明天晚上才用吗？我把解剖床摆好了，晚上再去架灯吧。"刘辰的声音道。

胡磊的心乱狂，什么意思？什么解剖床？

"明天晚上几点啊？"刘辰问。

"还没定呢，只说可能会晚一点到。"杨安志答道，"你就盯着他把药吃好就行。"

"行。"

杨安志道："我上去看一看。"

胡磊又惊又怒，他晕得有些站不住脚，但听到这里也赶紧往回跑。走得太着急差点摔一跤，最后幸好稳住了，他赶在杨安志上楼之前回到了房间。

胡磊关上门，跳上了床，背朝房门躺下，闭上了双眼。他的心跳得快，快得双耳都有些耳鸣。他似乎听到了有人打开了他的房间门，那情景似乎有些遥远。

药效起来了，胡磊想保持清醒，但是他做不到，他不能确定到底有没有人进来，也不知道那人什么时候走的。

胡磊睡着了。

向衡到达咖啡厅的时候，顾寒山已经在那儿了，她对面坐着两个年轻男生，看着像是刚毕业的大学生。

向衡认得其中一个，那个长得帅的，就是那天在朝阳步行街长椅上搭讪顾寒山的那个人。

向衡突然又明白了。

明白了顾寒山为什么这么容易被勾搭，随便什么陌生人她都愿意加微信。

原来并不是随便什么人都可以。

但顾寒山似乎对黎荛说过对这位小帅哥有好感？

顾寒山看到了向衡，那冷漠脸就像是不认识一样。向衡也不搭理她，他挑了他们旁边的一个座位坐下了，点了一份咖喱牛柳饭，一份薯条配酸奶沙拉酱，不要饮料，喝桌上的柠檬水就行。

向衡点完餐，顾寒山转头看了他一眼。向衡回了她一眼，没明白她看什么。

顾寒山只看了一眼便转头回去继续聊天，向衡喝着柠檬水，偷听着他们的谈话。

听起来这三人是校友，同在A大念书。那两个男生一个叫"猩猩"一个叫"猴子"。向衡一脸黑线，这都是什么昵称。

"猩猩"和"猴子"都在第一现场实习，一个采编策划兼出镜记者，一个编导兼摄像，分工也不是太细，各种杂事跑腿的事都得做。

很快餐点送了上来，向衡还以为是他的，结果服务员把那份餐送到了顾寒山的面前。

居然点了一模一样的餐。向衡看了看顾寒山，难怪她刚才回头看他。

耿红星他们的餐也来了，大家一边吃一边聊。

耿红星他们关心着顾寒山的学业情况，聊着顾寒山的复学大计，给她出主意，还说了许多A大里头的事。那些顾寒山全都不知道，她实际只读了一个学期就休学了，平常跟学校里的人也没往来。

耿红星便问了问为什么休学，她的病什么情况等等。

向衡的饭已经吃完了，他觉得这几个年轻人要进入正题了。他招来服务生，点了一杯美式咖啡。

顾寒山又转头看他一眼。向衡回她一眼，难道你也要来一杯。顾寒山没表情，把脸又转过去了。

服务生收走了向衡的空碗盘，还有顾寒山他们这一桌的。

顾寒山他们果然聊到了各自关心的部分。顾寒山说起了她从小生病，爸爸辛苦照顾，可惜她才念大一，爸爸就意外去世，她为此发病住了两年院。

"我跟第一现场也有些缘分。"顾寒山说着。

向衡竖着耳朵听。

"我爸去世的视频新闻，当初就是第一现场报道的。"

耿红星和侯凯言均是一愣："是吗？"

"对，不过后来我继母去你们公司闹，要求他们把视频删了。我现在想找也找不到了。"

向衡觉得顾寒山简直是在说他。

"删了吗？"耿红星有些惊讶。

"是呀，现在搜不到了。"顾寒山道。

"你跟我们具体说说是什么内容，我们回公司帮你找找。"侯凯言很会抓重点。

"2019年1月31日，一个中年男子在平江桥，跳水救一个自尽的姑娘。"顾寒山答。

向衡注意到顾寒山说这话时手放在腿上，用力握紧了拳头。

她的语速很慢，脸色也很不好。耿红星和侯凯言也注意到了。

"你还好吗？"耿红星问。

顾寒山道："我没事，我吃了镇静剂才来的。"

耿红星："……"

侯凯言："……"

向衡用手撑着额头无语，姑娘你这样真的泡不到任何小哥哥。

过了好一会儿，顾寒山缓过来了，她道："好了，不说那些伤心事了。聊聊你们吧，你们的工作怎么样，今天不是说对那个玩扑克的小视频感兴趣，那对你们工作有用吗？"

"有用，有用。"耿红星忙道，"我们这个行业，还有公司内部的竞争都很大，新闻就这么点，话题炒来炒去就那么多，真挺难的。我们实习生在公司里是新人，很难拿到公司资源，如果没什么拿得出手的业绩，就很难留下来。这次你这个视频正好我们陈总看中了，我们就说认得你。"

侯凯言补充道："陈总就让我们联络看看，如果合适的话，这个选题能通过，我们实习就能加分。"前头跟顾寒山讲了他们多么辛苦和努力，就是为了给现在做铺垫。

顾寒山问："就是想拍我，对吧？"

耿红星和侯凯言点头。

顾寒山道："可以呀。"

向衡皱眉头。这位姑娘麻烦你回忆一下，你爸给你定的医疗保密协议最终目的是什么？是保护你的隐私和安全呀。拍什么拍，这么轻易就让人家拍。看了几本社交指南就觉得自己是"社牛"了吗？被炒成网红会是什么结果你根本不明白。

可这事对耿红星和侯凯言来说是好事，他们对视一眼，掩不住欢喜。

向衡重重咳了一声，可那桌根本没人理他。

顾寒山道："要拍我，就不只是选题通不通过的问题，而是你们公司要拿多少资源出来的问题。这项目很大，你们要有所准备。"

这狂妄哟，简直八字还没一撇就要吹起来了。向衡再度撑住了额角，他觉得耿红星和侯凯言的笑容僵在了颧主肌上。如果是顾寒山来表述，她肯定会这样说。可是也不知道这傻子到底看没看懂人家表情。

"你们有什么计划想法吗？"顾寒山问。

向衡觉得她肯定没看懂表情。

耿红星赶紧道："我们暂时是这么考虑的，你不是在帮派出所做反诈宣传志愿者嘛，我们觉得可以拍些节目，你的记忆力表演很有吸引力，做成小视频效果会很好。用这样的节目来宣传反诈肯定很棒。我们可以出全套的策划，还有营销方案，如果派出所有什么要求，我们可以配合。当然，记忆力游戏这部分，也要看你的准备，或者我们可以一起想些点子，参考些综艺节目。你的外形很好，记忆力也很有卖点……"

顾寒山没有表情，耿红星的热情洋溢有点演不下去。

侯凯言赶紧救场，道："或者你有什么想法吗？"

顾寒山道："我不想做这样的小节目。"

耿红星和侯凯言顿时有些尴尬。刚才不是你自己说可以拍你的吗？不做这样的节目，那你想怎么拍？

向衡喝了一口咖啡，心里也在说：那你想怎么样呢，顾寒山？

顾寒山看了看耿红星和侯凯言的表情，道："我是超忆症患者。"

耿红星和侯凯言点头。是，是，听起来超级厉害，这个做节目真的一级棒。

"我的脑结构非常特殊，称得上是全球医学界罕见的脑异常病例。"

耿红星："……"

侯凯言："……"

这个听起来是比"超级厉害"更霸气一点的样子。

向衡正要把杯子放下，听到这个也惊讶得忘了动作。

顾寒山继续平板板地道："我兼具自传式超忆者及自闭症特才者的症状，比目前全球有登记的超忆症都更为特殊。我在视频里说我的记忆力很好，没有对手，不是在吹牛，不是在做效果，不是搞营销。我在陈述事实。"

耿红星："……"

侯凯言："……"

比超级厉害和霸气还要更酷炫一点？

向衡把杯子放下了。

顾寒山平静地问："我这样的情况，你们想用来拍记忆力小游戏？参考综艺节目？"

耿红星差点觉得自己得给她跪下高喊"我错了"。侯凯言有些出冷汗。我们是年少无知了，但是学妹你讲话能不能温和一点？

顾寒山等半天，这两人都没说话，顾寒山只得自己接下去说："我们商量一个合作方式。"

侯凯言赶紧道："好呀好呀，你说。"

顾寒山道："我可以授权你们公司取得我的病历诊疗记录，这是在我小时候就被保密协议保护起来的资料。我爸怕有些科学怪人会拿我来做实验，也担心大家来验证我的病情到底是个什么情况，担心媒体骚扰我们，打扰我的生活。"

正在打扰顾寒山生活的媒体实习生不敢接话。

正在偷听谈话的警官先生皱起眉头。

顾寒山继续道："我可以给你们授权，让你们能拿到这些诊疗记录，证明我确实是这世上独一无二的特殊超忆症患者。我还能授权你们对我进行独家追踪采访。我还会指定你们两个做我的导演、编导、责编……随便什么职位，你们公司自己看着办，反正就是你们两个是我的负责人，我会确保你们在公司里的位置。"

耿红星心都捏紧了，侯凯言差点倒吸一口凉气。两人对视了一眼，最后的这一点，简直是戳中他们的要害。

顾寒山继续说："我可以展现我的记忆能力，你们可以出策划，想怎么展现都可以。我们可以到一间间大学的记忆社去踢馆，到综艺节目踢馆，在街头接受挑战，随便什么方式，都可以。你们想要的节目效果和流量、炒作的热度都会有。你们公司因为我，会将同类型平台竞争对手甩到身后，你们的股价能大涨，你们还有机会拍出全球独家的最有深度的超忆症纪录片。"

耿红星和侯凯言已经听傻眼。他们就是想捡个小西瓜，但天上掉下来一个大金矿。

"你们知道因为我一个人，能吸引到多少觉得自己记忆力超级强的人吗？"

不知道。但耿红星和侯凯言还是点头。

"你们知道因为我一个人，能拓展出多少相关内容热点，以及做出多少系列节目吗？"

不敢想。但耿红星和侯凯言还是点头。

"但是……"顾寒山说。

耿红星和侯凯言真差点给她跪，说话别说半截。

"我有一个条件。"顾寒山道。

"什么条件？"耿红星问。

"2019年1月31日，我爸爸为了救一个姑娘落水后意外身亡。这个现场视频新闻就是在你们第一现场播出的。你们公司接收到投稿，你们公司做的后期，你们公司放到网上发布，但我没有看到你们公司做后续的追踪报道。"

耿红星和侯凯言面面相觑。

耿红星小心翼翼地问："你是说，你想把那个视频找出来？"

"不。"顾寒山冷道，"我现在的要求是，你们公司把两年前没有做完的事做完。你们去追踪报道那个当初轻生要自尽的女生，找到她，采访她，确认她现在过得怎么样。"

耿红星："……"

侯凯言："……"

现在是什么情况？

两年了，一条搜索不到的视频报道，要接着做后续，探访当事人？

侯凯言谨慎地道："这个，我们目前还不了解情况，还不能保证。"

"你们当然不能。"顾寒山道，"但你们老板能。你们公司里这么多资深挖八卦挖秘密的人，只要老板一声令下，总会有人有办法的。"

耿红星和侯凯言对视一眼。

顾寒山一字一句道："找到那个姑娘，我就跟你们公司合作，带你们飞。"

向衡靠在椅背上，盯着桌上的咖啡杯看。

果然，她也注意到了那个在事件里消失的毫无踪影的跳河的姑娘。

向衡在心里长叹一口气，顾寒山呀，你真的打算用你爸爸倾尽一生去保护的你的个人隐私去交换吗？

新阳精神疗养院，简语办公室。

葛飞驰、聂昊和罗以晨在与简语交谈。

"我确实见过胡磊，他是一个脑癌患者。我查了我们医院的系统预约时间，是3月4号，就在这个诊室里见的。"简语拿出一摞资料，"这是胡磊拿过来的病历和检查的片子，我提前看了，然后跟他见面，给他提供了一些医疗上的建议。"

"他的病情怎么样？"葛飞驰道。

"挺危险的，需要尽快手术。但手术风险大，预后情况目前说不好。开颅之后看到的真实情况可能会与片子拍出来的有一些出入，所以具体结果还需要真正手术开刀的时候再看。"简语道，"不管怎么样，他开刀之后也需要很长时间的治疗和康复训练，有可能会有一些后遗症状终身伴随他。"

葛飞驰再问："简教授，以你的专业判断，他目前的病情、身体状况，还有能力杀人吗？"

"他并没有丧失行动力，当然有可能做出任何事。"简语道，"在某些情形下，孩童都能杀人。"

葛飞驰道："我说的情形，是突袭某位健康的成年男性，先当胸给了两刀，遭到激烈反抗后再割喉给了致命一刀的这种杀法。"

简语皱起眉头。

"而且是他独自一人完成。"葛飞驰再补充，问道，"这可能吗？"

简语沉默片刻，似在思索。

一旁的罗以晨继续补充："他杀了人之后还一口气飞奔近三百米，跑到了另一栋楼后头逃匿。体能相当不错。"

简语道："依他目前的病情状况，按常理说，体力方面不太可能支撑他做到这个程度。"

葛飞驰看着他，觉得他后面还有"但是"。

"但是，要看案件的具体情况和他当时的杀人情形。"简语道。

"那什么情况下他能做到呢？"

"如果他受到了很大刺激，精神状态很兴奋，那他就可能做到你们说的这些事。激烈的争吵，言语及肢体上的挑衅，高度紧张下的应激反应，某些人和事造成强烈的情感冲击等等。大脑应激后会让人做出一些超出常理能力的事，胡磊的大脑情况是比一般人更容易受到刺激的。"

葛飞驰、聂昊和罗以晨互相对视了一眼。

简语敏锐地察觉到了他们的情绪，便问："怎么？这些条件都不具备吗？"

葛飞驰想了想，大胆提问："简教授，可以使用药物或者毒品促成这种情况吗？"

简语明白了葛飞驰的意思，他摇头："理论上可以，药物或者毒品可以造成他的精神兴奋失控，体能超出正常范围，但用这种方法操作谋杀有很大难度。谁也不能保证药物效果，不好掌握多少药剂量能达到刚刚好的程度。可能人没杀成，自己先倒下了。又或者行为太失控，当街发疯，引人恐慌，这种状况进行针对某个目标的谋杀，我觉得可能性非常小。"

葛飞驰微皱眉头:"也就是说,理论上可行,但实际上不太可能?"

简语点头:"可能性非常非常低,比胡磊拖着病体不借助任何外力独自完成这项行动的可能性还低。"

聂昊问:"是不是抓到胡磊,给他做药检,就能知道他有没有借助药物刺激以达到杀人目的?"

"案子是什么时候发生的?"简语问。

"4月15号。"

简语道:"我恐怕那些药物的半衰期没有那么长。今天已经19号了,你们还没有抓到他。如果他15号之后就没有继续使用那些药,就算你们现在马上抓到他,应该也验不出来了。"

葛飞驰沉默了一会儿:"如果检验不出来,也没有其他证据证明,就只能按常理推断,那就是胡磊无法凭一己之力杀人,甚至无法杀人?"

"是的。"简语道,"恕我直言,胡磊是一个脑癌绝症患者,就算成功走到起诉那一步,到了法庭上,他的身体状况也会成为辩护律师强有力的辩护依据。除非你们有铁证来证明他就是凶手。就算那样,他的病情也会影响法庭的量刑考虑。"

罗以晨皱了眉头,这就是那个团伙选择胡磊杀人的原因吗?

葛飞驰继续问:"简教授,你那天看到胡磊,觉得他有什么异常吗?"

"要说精神状态异常到有暴力犯罪倾向这种的,那肯定是没有,他就是情绪比较悲观。他似乎觉得第一医院的医生给他的诊断是判了他的死刑,他觉得自己活不了了。我就安慰了他,医生肯定会把最坏最好的情况都说明白,但凡手术都是有风险的。"

"他的病例特殊吗?"

简语默了默,问道:"这个问题是什么意思?我不太明白。"

葛飞驰暗忖简语心思的缜密,便解释:"我是听说简教授您不接普通门诊,除非是非常特殊的病例,你才会花时间去看。"

"是的。"简语答道,"我确实没有时间接普通门诊,我的精力只花在特殊病人身上。一般是别的医院或医生收治的病人,特别棘手或是有特殊情况的推荐到我这里,我研究过情况后才决定要不要接诊。这个胡磊的情况是,他预约了新阳精神疗养院的床位,为他脑部手术之后的后续治疗和康复训练做准备,他还是一位肾脏捐献者,需要在脑部手术之前做捐肾手术。这个情况非常特殊,两条命绑在了一起。还有就是,他的大脑有些异常,也算是特殊病例,所以新阳的医生把他转给我,希望我能会诊一下。"

终于提到肾脏手术了。葛飞驰忙问:"那个肾移植手术能做吗?"

"初步来看也不是不行，但是增加了病人的风险，因为手术感染的话，会影响后续脑部手术。总之能不能做，怎么做，还需要进一步的会诊和检查。这里面涉及许多细节，也需要制定详细周全的手术方案。这些我也跟他说了。"

"他有没有说为什么要做肾移植？"

"没有。我也没问。也许他有亲人需要救助。"

"他有跟你透露他经济上的困难吗？"

"没有。"简语摇头，过了一会儿他反应过来："卖肾筹钱吗？不可能的。他如果在黑市卖肾，健康没办法保证，风险太大了，那就没办法做脑癌手术了。而且他问话里表露的，都是流程规范、大医院操作的感觉。"

聂昊问："第一医院的神经外科刘荣副主任你认识吗？"

"认识，我跟他们科的主任也很熟。"简语道，"胡磊的脑癌就是在第一医院，由刘主任确诊的。胡磊把情况都跟我说了。我看了检查结果和片子，第一医院对胡磊的诊断没什么问题，开的药在我看来还可以再调整一下。"

"胡磊跟刘主任没有提过肾移植，但跟你提了这事。"聂昊道。

简语一愣："那我就不清楚了，我这段时间没跟刘主任联系过，对胡磊的基本情况的了解也是新阳这边的医生跟我说的。我只是花了点时间看了胡磊的检查报告和片子，给他做了病情咨询。后来我再没见过他。"

葛飞驰补充道："刘主任也没有说胡磊有别的脑部异常。"

这话里是透着怀疑了，可简语也没生气，他耐心道："我们新阳是做脑部研究的，跟刘主任他们医疗方向关注的点有些不一样。我举个例子，胡磊的脑子里长了一个恶性肿瘤，他生病了，如果不手术摘除，他会有生命危险。这是刘主任他们的医疗工作。而胡磊的大脑前额叶、杏仁核、海马体等部位有些异常情况，可他并没有生病，只是我们人类的大脑影响着人格、性格、情绪控制等等各个方面，这是我们研究的方向。"

葛飞驰消化了一下："所以胡磊如果只是脑癌，对你来说就是个普通病人，如果他大脑还有一些别的问题，你就觉得可以看一看？"

"是的。如果他没得脑癌，只是大脑生理情况的那些小异常，那也只是个易怒多疑的普通人而已。可两样他都有，我就想了解一下脑部恶性肿瘤对他的人格、性格的影响，得病前后有没有什么变化。如果他继续治疗下去，我也有兴趣跟踪他的情况。"简语道。

"有影响吗？"

"我觉得可能有一些，但只短短的半小时沟通还无法得出准确结论。这些监测数据是需要长期记录的。"

"你有这样告诉他吗？"

简语摇头："没有。他很消极焦虑，作为医生，我当然不能增加他的压力。最重要的是，他要对治疗有信心，配合医生采取的措施和治疗方案，那样才有可能战胜病魔。"

"你同意为他动手术吗？"葛飞驰问。

"如果他确实需要，我可以安排。这个我跟他说了。但他的状况比较复杂，我建议他先处理好其他事宜，比如捐肾的事，是否已经决定。我听他的意思好像只是咨询一下，并不是确定的事。另外我有建议他再做一些检查。"简语顿了顿，"他说他回去再商量商量。但之后他就一直没有再来。"

葛飞驰想了想，问："胡磊当天来看诊有人陪同吗？"

"他自己来的。"简语道，"起码进诊室时只有他一个人。"

"他有提过别的什么人吗？"

"没有，他一直在说他自己。"

葛飞驰调出段成华的照片："简教授，你见过这个人吗？"

简语看了一眼："没有。"

"或者听过他的名字吗？他叫段成华。"

简语摇头："没有印象。他也是病人吗？"

"不是。他有可能跟胡磊认识。"

"也是凶手？"

"还不能确定。"葛飞驰道，"简教授，你说是新阳的医生把胡磊转到你这边。请问是哪个医生？"

"常鹏医生，胡磊来的那天他也在。这个病人如果后续继续来看病，就由他负责。"简语道，"我已经通知他到医院来等，你们可以找他问话。"

葛飞驰愣了愣，这还真是，准备得很充分，非常配合了。

"好的，我们确实需要跟常鹏医生了解一下情况。"葛飞驰道，"简教授，我还有最后一个问题，关于顾寒山的。"

简语的表情严肃起来："你说。"

"现在情况是这样，我们掌握的物证，还有其他证人的证词，包括你刚才说的，与顾寒山的证词是有些冲突的。"葛飞驰道，"你是她的医生，我们想确认一下，她的观察力和记忆力是否真的这么可靠？"

简语有些惊讶："怎么冲突？"然后他反应过来了，"顾寒山指认的是胡磊？"

"顾寒山当时坐在行驶的出租车上，夜间，只有路灯和月光。她说胡磊拿着沾血的匕首狂奔而过。只有这么一瞬间的交汇时间。"聂昊道，"顾寒山说出了胡磊

... 185

的服饰细节，还做出了模拟画像。"

"这可能吗？她能做到吗？"葛飞驰问。

"她能。这对她来说就像呼吸一样容易。"简语双手在桌上交握，一脸严肃，"鉴于顾寒山的证词，我稍微调整一下我刚才的陈述。虽然胡磊不太具备那样行凶的体能，虽然使用药物风险很大，但既然顾寒山看到他行凶逃逸，那就是他了。胡磊做到了不太可能做到的事。"

葛飞驰："……"

聂昊："……"

罗以晨："……"

改得要不要这么利索。

简语看着他们的表情，道："我理解你们的惊讶，你们上次来问我，只是问了她的精神病史，她能不能为自己的证词负责。那个时候，你们对她的能力还没有质疑。现在这种情况，看来是真有证据跟她的证词冲突了。"

"是的。"

"那就去查查证据的问题吧。"简语道。

葛飞驰："……"这位教授是顾寒山的铁杆粉丝？

葛飞驰想了想，问："简教授，你不能谈论顾寒山的病情细节，对吧？"

"是的，我们整个医疗小组都签了保密协议的。"

"医疗小组？"罗以晨惊讶。

"一共十二个人。"

"这么多？全部都来治疗顾寒山吗？"葛飞驰也惊讶，这是什么顶级VIP病人待遇。

"顾寒山的情况不是单纯的治疗，涉及很多项目内容。具体的我不能透露。"简语道。

葛飞驰琢磨了一会儿，再问："简教授，顾寒山的父亲去世对她的影响大吗？"

"非常大，差点要了她的命。但她熬过来了，涅槃重生。她现在的状况好得远超我们当初的预期，她非常了不起。"

果然是个铁杆粉丝。

葛飞驰道："简教授一直追踪顾寒山病情的发展情况，以及对她人格、性格影响之类的，对吧？"

"是的，我都追踪监测十二年了。"

"那么你觉得她有没有可能虽然身体状况恢复得不错，但是对社会对人生有新的想法，容易误入歧途什么的？"

"葛队。"简语的耐心没有刚才好了，语气有些强硬，"请不要用电视剧的剧情推测编派病人。顾寒山的人生遭遇重大变故，但她的转变是一直向好的，朝着她爸爸希望她变好的那个积极的方向发展。你是不是想问她虽然有能力看清并完整记下来，但有没有可能说谎误导你们？"

"我们需要排除各种可能性。"

"顾寒山住院两年，与世隔绝，没有亲人，没有朋友。她想误入歧途都找不到门路。"

葛飞驰被噎到，但他仍道："我希望见一见顾寒山医疗小组的全部医生，确认顾寒山的情况。顾寒山的证词真实性太重要了。"

"我理解。"简语道，"我把他们全部叫回来，你们问吧。"

"谢谢。"

"但我希望你也同意，现在这个阶段，没有必要查验顾寒山医疗病历，你们就不要申请搜查令了。顾寒山的病历公开，会毁了她的生活。他爸爸在世的时候，想尽一切办法保护她的隐私，让她能够不受打扰地好好治疗，安静生活。现在她爸爸不在了，我希望我能继续做好这件事。"

"好的。"葛飞驰同意，现在确实没必要去追究顾寒山治病的细节。只要能证实她证词的真实性就行。"麻烦简教授把她的医疗小组都叫来。为免互相影响证词，我们想今晚与这些医生都单独聊一聊。"

"可以的。"简语打电话给医疗小组的护士，让她通知小组成员，已经在新阳的不要离开，不在新阳的马上过来。

"谢谢简教授，非常感谢。"葛飞驰真心的。

"不客气，我们应该做的。"简语道，"常鹏医生也是顾寒山医疗小组成员。他现在就在办公室等着，你们可以先问他。"

"好的。"葛飞驰再问，"不好意思，简教授，我这个是真的最后一个问题。你觉得顾寒山是个什么样的人？"

"是个天才，很坚强，很有毅力，也很自我。生活圈子非常单纯，人也很单纯，没有社交能力，很难与别人共情，一板一眼的，也不绕圈子。只要理解了她的行为模式，她是个挺好相处的人。"

"好的，谢谢。"葛飞驰盖上了他的笔记本，没打算告诉简语他心里那个很单纯的病人是怎么跟他们警察谈条件搞合作的，人家现在还去搞媒体了。没有社交能力改成没有社交礼貌大概更准确一些。还挺好相处？好相处的标准都这么低了。

咖啡厅里，顾寒山和耿红星、侯凯言的谈话还在继续。

耿红星有些紧张，这是个天大的好机会，但他并不觉得自己能把握住。他现在脑子空空，一时没了想法，不知道该怎么去跟老总陈博业说这事。这么大的牛皮，他真是不敢吹。

"说真的，我，我特别想跟你合作，这个选题真的太棒了。但是吧，就是我需要先跟老板沟通沟通。"耿红星找回自己的声音，有些结巴。

侯凯言帮腔道："你说的那个你爸爸跳水视频的事，我们先回去问问。毕竟不是我们经手的。我们公司的部门很多，环节也挺多的，如果视频被删了，我们得去了解是什么情况。所以现在还不能跟你说这事可以。"

耿红星镇定下来了："是的，如果要重新启动这个报道的后续情况追踪，公司这边也得评估。毕竟事情过去两年了，那些人能不能找到还不好说。我们先回去问清楚这事，如果可以，我们就告诉你。"

顾寒山道："我明白。这涉及公司动用人力物力资源的事，公司要看到有利可图才有可能做。"

耿红星和侯凯言赶紧点头。确实如此！

"所以我才说用我的个人资源来交换。这算是合作条件。"顾寒山道。

耿红星忙道："这个我们肯定也会跟老板谈的，我们肯定希望能促成这个合作。"

"老板肯定会问你们这个姑娘到底有没有说的这么牛，小视频也可能是做出的效果，事先准备好的。这样的小网红一抓一大把。而且你们老板也会质疑我要求重启这个视频报道的动机，是不是针对那个姑娘，有没有什么不良企图。还得找相关专家来评估确认超忆症的事，毕竟网上自吹自擂的人一堆，我也有可能是个骗子。"

耿红星和侯凯言有些不好意思，但这确实很有可能。所以要怎么跟老板说，他们得好好商量。老板也会问很多问题，他们也得提前准备。

"我来给你们一些证明。"顾寒山从包里拿出一张纸，开始在上面写字。"你们需要找脑科专家咨询超忆症的问题，还有鉴定我的大脑情况是否如我所说的那样。我给你们介绍一个最权威的脑科专家，简语教授。你们可以上网去查他，如果能找到比他更厉害的，就告诉我。我看遍了国内名医，有更好的我不介意继续看看。"

她写下了简语的名字、头衔还有他的电话号码。"这是他的电话，你们联络的时候直接说我名字，我怕他太忙没耐心跟媒体说废话。提我名字他就会理你们了。我是他最重要的病人，他可以证明我是不是世界上最特殊的超忆症患者。"

耿红星和侯凯言有些尴尬。

顾寒山继续写："这是我律师的联络方式，我五岁开始我爸找他做的保密协议。他可以为我证明我说的是否属实。没有我的授权，谁也不能看我的病历和诊疗记录。你们占了大便宜。还有，如果你们未经我同意就擅自发布我的相关内容，这位律师也会找你们的。"

耿红星和侯凯言不只尴尬这么简单了。

顾寒山继续写："这是警察的电话，这位向衡警官是凤凰街派出所的民警，他在负责与我的合作。"

一旁偷听的向衡差点一口咖啡吐出来。

关他什么事，居然泄露他的电话。而且还吹牛，什么叫与她的合作，明明是在调查她是不是可疑。

回头这事必须要跟她好好谈谈。

"他现在就坐在我们旁边。因为我是警方的重要证人，我说要出来见媒体，他担心我的安全，所以就跟来了。"顾寒山面不改色地继续吹。向衡举着杯子也不是，放下也不是——因为耿红星和侯凯言已经迅速看了过来。

坐在旁边桌的，只有一个男人。

向衡转脸与他们目光对视，微微点头。两个年轻男生尴尬地笑了笑，对向衡点头招呼。理应更尴尬的向衡非常稳重地喝下杯里的最后一口咖啡，忍住了没用杯子敲顾寒山的脑袋。愿意让他跟来旁听，根本就是有预谋地要利用他。

顾寒山不管他们三个人的反应，她低头继续写："这是武兴分局刑侦大队队长葛飞驰警官的电话，他可以替我证明我一直利用我的超能力在帮警方破案。"

"顾寒山。"向衡喝止她。既然她把他暴露了，那他也没必要躲躲藏藏了，正好光明正大教训她。

"那好吧。"顾寒山淡定地把葛飞驰那写了一半的号码划掉，"向衡警官也能证明我在用我的超能力帮警方办案。向衡警官也知道我爸爸救人落水的视频，他今天刚刚跟拍摄视频的那个男人谈过话。"

向衡一屁股坐到顾寒山身边，盯着她。你说，你继续说。

顾寒山继续说："所以我的行为受警方监督，如果有什么不好的意图他们早就阻止我了。我堂堂正正地当着警察的面跟你们谈这些，就是要证明我没有任何不良企图。我只是想知道，当年我爸用命救下的姑娘，现在过得好不好，我很想见见她。"

向衡想了一下，竟然想不到什么反驳的话。这姑娘每一句都踩在吹牛忽悠的拍子上，但每一句竟然都是真话。

耿红星和侯凯言又看了看向衡，向衡没表情。

顾寒山对他俩道:"有这些,你们觉得可以跟老板谈了吗?"

耿红星忙道:"可以了,可以了。我们明天就找我们组长还有老总说这事。"

"好的,那我给你们一周的时间。下周一中午12点前可以商量出结果吗?"

"我们会尽快的。"侯凯言道,"但这里头需要协调的事情挺多的,估计老板还需要跟各部门开会,还需要做一些专业性的调查和采访什么的,有一个评估过程……"

顾寒山把那张纸翻到背面,继续写字。

侯凯言见状赶紧闭了嘴。

这次顾寒山没说话,她一口气写完,然后她把纸推到了耿红星和侯凯言的面前。

耿红星和侯凯言低头一看,竟然全是他们公司竞争对手的名字、联络电话、官网地址、APP名字以及办公地址。

"下周一中午12点之前你们要给我答复,合作还是不合作。如果想合作,就告诉我你们有什么办法找人。时间一到,你们没回复,或者你们并没有找人的好办法,我就去联络你们的竞争对手,跟他们合作。我相信这里面总有一家愿意为了世界第一的超忆症患者,集全公司之力找到那个姑娘。"

耿红星和侯凯言完全说不出话来。

不是单纯可爱的小学妹吗?

不是从小一直生病住院跟社会没接触的天真小姑娘吗?

这是从哪里冒出来的谈判高手。他们自觉与同龄人相比已经多出很多社会锤打的经验了,可在顾寒山小学妹面前不堪一击。

向衡对这两个年轻人有些同情。你们知道她爸是干什么的吗?他现在真是体会到了家庭教育的重要性。

新阳精神疗养院。

顾寒山医疗小组的医生成员们陆陆续续报到。

葛飞驰给手下警察分了三组,他、聂昊、罗以晨一人带个警员,分头问话。其实问题都挺简单,就是了解了解顾寒山,确认她的人际关系和交友情况,有没有透露过什么信息。

葛飞驰带人先去见了常鹏医生。

常鹏早在办公室里等着。他煞有介事地听葛飞驰说明完情况,然后打开他的电脑开始查记录。

"胡磊这人我记得,打过我们院电话两次。科室护士没扛住,转到我这里来了。那胡磊一开口就说想见简教授，让简教授给他看病。我当然就代简教授拒绝了，我告诉他简教授在我们这儿只做巡诊，就是我们院收治的病人，他会过来给我们做一些治疗咨询和后续情况跟进的工作。他不接门诊。这胡磊就挺激动的，我就安抚他，问了问他的情况。他大概说了说，在第一医院确认脑癌，需要手术。那这个我们就没办法了，我们院不做手术，我们只接药物干预或是行为干预治疗，以及需要长期疗养的病人。那次谈话就这样，然后他挂了。"

葛飞驰一边听一边记，还翻着手上笔记本看了看他摘抄下来的胡磊手机与新阳号码的通话记录，两次他往新阳打，一次新阳打给他。

常鹏继续道："第二次他又打来，他说他打听了一下，我们院的检查设备，硬件条件是国内数一数二的，虽然不能手术，但是做检查和诊断一流，而且他手术之后也需要住院疗养。所以他想了解一下怎么操作，能不能先来我们这儿做检查，与第一医院的诊断对比一下，最重要的是想让简教授帮他看一看，他想听听简教授对他治疗的看法，有没有可能不手术之类的。如果一定要手术，那他也想预约一个我们的床位，后期疗养到我们这儿来。我听他这么说，就让他过来一趟，把病历和片子带过来。他说他病着出趟门很辛苦，能不能先发邮件，如果简教授愿意帮他做诊断咨询，他再过来。"

常鹏把他的笔记本电脑转过来，让葛飞驰他们看屏幕："就是这个，他发的邮件。"

葛飞驰凑上去，看了看内容，再把邮件地址记了下来："这个请转给我们一份。"

"没问题。"常鹏一口答应，他继续道，"我收到病历看了看，又看了他的片子，发现他不止有癌症，大脑情况还有些特别，就觉得这个病例还挺有意思的，简教授可能会有兴趣，就转给简教授了。我也把病人的需求跟简教授说了。你看，这是我发给简教授的邮件。"

葛飞驰看了，确实有这样一封邮件。

常鹏道："简教授看了之后，说愿意跟这个病人聊聊。然后我就给胡磊打了个电话。胡磊很高兴，我们约了……嗯，约了3月4日这天，简教授只在周四过来，有时候没空还不来，都是需要提前确认的。"

常鹏把他的行事历记录给葛飞驰看，葛飞驰拍了个照片。

"你见过胡磊吗？"

"见过。3月4日那天我也在的。简教授与胡磊的咨询谈话我有旁听做记录。"

"当时胡磊是什么表现？"葛飞驰问。

常鹏把具体情况说了一遍，说法与简语说的基本一致，没什么矛盾的地方。

葛飞驰又问:"后来胡磊的治疗是什么情况?"

常鹏摇头:"他没再来,我不清楚他后来怎样了。"

"他不来了,你没联系吗?"

"没有,当时该跟他沟通的都说清楚了,他走的时候说了,他考虑考虑,如果他选择我们这里,自然就会联络预约的。既然没有,那就是另有安排。我们每天的工作都排得很紧,他自己不约,我们当然不会上杆子去找他。他的病涉及手术,我们这里不能手术,一般都是简教授与外院合作,在外院做手术的。所以很麻烦。我猜有可能他选了其他地方吧。"

"那简教授没有问过你这个病人情况吗?"葛飞驰问。

"3月中问过一次吧,我说那病人没联络我,后来他就没再问了。"

葛飞驰观察着常鹏。他表情自然,眼神也没有闪避。

葛飞驰便再问:"简教授没再问,你觉得奇怪吗?"

"不奇怪。"常鹏笑了笑,"你知道简教授有多忙。这个胡磊又不是什么太罕见的病例,他要是来,简教授欢迎,不来也没事啊,而且简教授很尊重病人的。每个病人都有自己的想法,我们医生也没办法。"

葛飞驰问:"顾寒山算吗,罕见病例?"

常鹏又笑了:"当然,世界级的。顾寒山是简教授会亲自打电话问为什么不来复诊的那种。胡磊不是。"

"关于顾寒山,我有些问题要问。"

常鹏道:"我签过保密协议,有关顾寒山病情的细节我不能透露,其他的可以问。"

其他办公室。

医生林玲正接受聂昊的问话。

"你要问顾寒山的什么呢?她的病情和诊疗过程是保密的,我们全组签过保密协议。所以如果是这部分的内容我不能回答。"

葛飞驰问:"顾寒山现在算是正常人吗?"

常鹏有些犹豫:"这属于病情细节吗?"

葛飞驰没好气:"当然不是。这关系到她的证词有效性。"

"哦,那不是这么问的。她是完全刑事责任能力人,这个是肯定的。她的证词当然有效。"常鹏忽然道,"等一下,那顾寒山是不是得出庭呀?这部分你们跟简教授沟通过吗?他肯定不希望顾寒山出庭,那样就得当庭解释顾寒山的病以证明她的证词是可靠的,那岂不是就公开了?"

葛飞驰:"……"这位常医生,跟简教授倒是一条心,都很重视顾寒山。

这边林玲医生答:"顾寒山可以独立生活,她的病情相当稳定了,所以才能出院。她爸去世之后,她的亲人就只有一个继母,关系似乎不太好。她住院期间,她继母很少来看她。"

"她们有争吵吗?"

"顾寒山不跟人吵架,她只冷战。冷冷不说话。她可以几天不说话。"

另一间办公室,罗以晨正在问一个男医生:"顾寒山有朋友吗?"

"没有。"

"同学呢?"

"我听说的情况,她就没有正常上过学。"那男医生道,"没人来看过她,除了她的继母。而且她的继母也很少来,我就见过一次。"

聂昊问林玲:"你们医生、护士,或者其他病人,跟顾寒山朝夕相处的人里,有跟她聊得来、称得上朋友的人吗?"

"没有,顾寒山没有朋友。她出院前几个月与人相处的情况已经好转很多,能够跟我们聊一聊,但不交心,大多数时间她只是在听我们说。"林玲顿了顿,"也许我们太了解她了,所以就很难交心吧。"

"了解她,但不交心。是说她这人讨人厌吗?"

"不是。"林玲道,"她不讨厌,其实她是非常配合的病人了,也不闹也不找事,只要是事先沟通好的内容,她就会全部做完。怎么说呢,她就像一本病历,什么都清清楚楚,但是没有感情。"

顾寒山与耿红星他们的谈判结束了。

耿红星和侯凯言带着满满的"收获"回去,保证第二天跟老板汇报完就跟顾寒山反馈。

向衡再度送顾寒山回家。

这里离顾寒山家不远,她想走路回去,向衡便没开车,陪着顾寒山一起走。

"你真的考虑好了吗,顾寒山?"向衡打开话题,"你不需要公开病情,那个跳河的姑娘,我可以帮你找。"

"你找不到的。"顾寒山道,"你甚至连梁建奇拍的视频都找不到。"

"我今天联络了第一现场,他们明天会给我答复。"

顾寒山停下脚步转头看他:"明天他们不会主动联系你,等你再打电话过去催,甚至亲自去他们公司,站在他们面前,他们都会说找不到了,删掉了。想找当初负责这个视频的人?我们这里部门有很多人,这两年不少人离职,没人记得这件事了。不好意思,我们帮不了你,警官。"

向衡沉默了一会儿:"你跟他们打过交道?"

"不需要打交道就知道。没有,不知道,不清楚,不记得,这几种标准答案,人人都爱用。"

向衡道:"那或许你可以帮我,我想看看那个视频。"

"我没有视频,但我记得每一帧画面。"顾寒山继续往前走,"你看了也没用,你找不到任何问题。看完了你只会觉得,哦,这就是个意外。"

"我问了当年办案的民警,他说视频里你爸爸是主动自愿跳下去的。"他说完想起这个可能会刺激到顾寒山,赶紧看她几眼,见她似乎没事,这才放下心来。

顾寒山很久没有说话,只是往前走着。

然后她忽然道:"我三岁多的时候我妈走了。她跟我爸离婚。她抑郁症,她说她会死的,我爸就让她走了。他对我妈说他只有一个要求:别回头,别打扰我。"顾寒山表情平静地叙述着,向衡看着她,心有些抽痛。

顾寒山啊,每一个细节都能记得的人,当她说起这些往事,得有多少伤痛将她席卷。

"我四岁多的时候会说话了。说的第一句话是:妈妈走了。我爸回复我:爸爸在。他那会儿才知道原来我什么都知道,发生的事我都记得。我不自闭,也不智障,我就是没办法处理太多信息,我的脑子要爆炸。我爸那年把我名字改掉了,改成顾寒山。"

"不是那座寺庙的名字,是那个僧人的号?"

"你知道寒山大士?"

"查你的时候才知道。"

"没关系,很多人都不知道。"

"有关系的。谢谢你让我知道,顾寒山。有关系的。"

寺庙和人,物灵之差。

意外还是蓄谋,天壤之别。

拥有一个没有生活自理能力的女儿,倾尽全力养育照顾希望她能过上正常人的生活,周全到请律师盯着医疗隐私的保护,细致到治疗方案需要他签字确认。如果没有他,女儿会发病,会被送到精神病院,过去二十年一切努力前功尽弃……

这样的爸爸，为了救一个落水姑娘去世了？

"我可以帮助你，顾寒山。但你得信任我。"

顾寒山没说话，她看着向衡，看了一会儿，道："这家咖啡厅是我爸喜欢的。他说家附近没有合适的聊天谈事的地方，有时约人就得开车出去。这家咖啡厅开业的时候他很高兴，他说走着就能到，散散步还挺好的。"

怎么转了这个话题？向衡便接话："味道确实也不错，咖啡也好喝。"

"咖喱牛柳饭，薯条配酸奶沙拉酱，我爸几乎每次都点这个。"

向衡听了一愣。

"免费的柠檬水先喝着，吃完饭再点一杯美式黑咖啡。这样送上来的就是现煮好的咖啡，烫烫的正好。"

向衡："……"

"还挺巧的。"顾寒山道。

"是挺巧的。"向衡道。

顾寒山再度停下看着他："向警官，4月16日你给我打电话，拐着弯指控我在梁建奇一事上有可能是报假案时，你还没看到地铁视频，那时候怎么就能做判断？"

这是考核吧？

向衡答道："就是按你的个人情况和常理来做推断，也没有下结论，给你打电话就是推断过程里的一部分。"

"那么你就不必在意我爸跳水的那个视频。那视频只能证明我爸是主动地、自愿地跳下去的，是为了证明这是起意外事故安排的证据。"

"即使有这样的证据存在，你也相信你爸是被谋杀的？"

"是的。"顾寒山道，"我是根据我爸的个人情况和常理来推断的。"顾寒山把刚才向衡的话还给他。

"向警官，信任是不能破案的，只有拥有足够的实力，且具备充分的驱动力才行。有些人有能力但不想做，于是事情做不成。有些人想做但是没能力，于是事情也做不成。"顾寒山看着向衡，"我在找一个有足够能力的人，然后想办法给他充分的驱动力。"

虽然顾寒山说得非常严肃，但向衡忍不住笑了。

"你觉得我实力怎么样？"向衡问。

"还在观察。"

向衡笑意更深："如果实力够了，要给什么样的驱动力？"

"看你想要什么了？"

"你觉得我想要什么？"

顾寒山想了想，道："我爸说过，命、钱和尊严，是每个人都会追求的目标，但不是每个人都能得到，或者全部得到。"

向衡看着她。

顾寒山回视他的目光："向警官，你的工作很危险，又累又辛苦，钱也算不上多，有时候自尊心还会受伤害。但你说你喜欢当警察。我觉得，你是一个理想主义的人。你受到上级单位的人的尊敬崇拜，明显身居派出所是受了委屈，但你没有自暴自弃，也没有随波逐流混日子，你仍然很积极地工作，没事也要找事干……"

"没事找事干这形容就不对了。"向衡忍不住插话。

顾寒山不理他，继续道："理想主义者，有使命感，追求荣誉。"

顾寒山顿了顿，问："你是吗，向警官？"

向衡道："不算理想主义，我很明白理想与现实的差距，我很能接受现实。"

顾寒山点点头："那我会帮助你的。"

向衡失笑："帮我接受现实？"

"帮你得到荣誉。"

两人四目相对，向衡喃喃道："感觉这个回合我要是猜不到你的，我就输了。"

"自尊心确实挺强的。"顾寒山转头继续朝家的方向走。

向衡跟在她身边，一直没说话。两个人一起走进翡翠居小区，肩并着肩，向衡忽然道："顾寒山，我跟你说，我是神探。"

顾寒山转头看了看他。

向衡道："你刚才说，你觉得你爸被谋杀，是根据他的个人情况和常理来推断的，你没有说感情。"

"感情是没用的，感情找不出真相。"顾寒山道。

"我懂你意思，就跟信任一样。你说信任破不了案，但是你漏掉了，信任可能增加实力。"向衡道，"如果你信任我，我们就能团结，这样我就能更好地追查出真相。现在我想先证明一下我的实力。"

这时他们已经走到了五号楼的楼下。

顾寒山停下了脚步。

向衡道："当年办案的那个民警说，你继母也不相信你爸爸是意外身亡，她提出了许多侦查要求。民警说他能理解，死者家属总是伤心过度，不能接受现实。"

顾寒山看着他。

向衡继续道："不是伤心过度。是因为你继母也了解你爸爸的个人情况，也知道按常理推断。"

向衡顿了顿:"你爸的个人情况是,他有一个需要用保密协议来保护的女儿,有一个需要他辞去工作全职照顾的女儿,有一个需要他自学医疗知识、研究大脑训练方法来帮助她的女儿。你大学住校吗,顾寒山?"

"没住过校。"顾寒山道,"从来没有。"

"你有完整地坐在教室里上过一个学期的课吗?"

"没有。最长全勤记录一个月,我爸高兴坏了,给我发了一张月全勤奖状。收到奖状第二天我就倒下请假了。"顾寒山看着向衡的眼睛,"你现在看到的我像个正常人,但你想象不到我过去是个什么样子。"

向衡:"……好吧。他有一个生活无法自理的女儿,而且女儿还没有亲妈在身边。"

顾寒山点点头。

向衡继续道:"你说过一些你爸的事,比如你爸利用媒体煽动公众情绪为客户解决危机,比如你的处世解决问题之道应该是受你爸教导影响,我感觉,你爸是个聪明又有手段的人,很现实,计较利益,追求效率。"

顾寒山接话:"不是传统意义上的老好人。我爸说过,想做好人就别干公关。"

"这样的人,是不会丢下自己心爱的女儿去救别人家的女儿。"向衡道,"这是你爸的个人情况。"

"嗯。"

"还有常理的部分。"向衡继续说,"既然他是这样一个人,那么能让他主动往下跳想去救的那个人,只能是他女儿。"

向衡看着顾寒山:"这么巧,那个落水姑娘竟然无影无踪。梁建奇能完整拍下你爸的落水过程,却没拍下那个落水姑娘的半点身影。民警调查现场情况,能找到别的目击者,却没有找到这位姑娘。"

顾寒山久久不语。

向衡问她:"我说的这些,跟你想的一样吗?"

顾寒山不答反问:"向警官,你想去我家喝杯水吗?"

"想去。"

顾寒山领着向衡上楼,进了电梯,向衡忍不住唠叨:"上次跟你提过女孩子要注意的安全问题。不要随便加陌生人的微信。现在再补一个,不要随便带人回家。"

"那你还来吗?"顾寒山问。

向衡:"……来。"

五楼到了，电梯门打开。

顾寒山淡淡道："你怎么不告诫一下你自己，不要随便跟陌生人回家。"

向衡迈出去的脚很稳重地落在了地上："我是警察。"

顾寒山道："警察又怎么了，像这样盲目自信的人最容易遇害，因为一点防范心都没有。万一我是个变态女恶魔，专挑制服男下手。先装可怜博同情，引起你的好感和好奇心，邀你回家，请你喝杯水，水里放了药。"

向衡："……"

顾寒山一边打开家门一边道："我家最不缺的就是药了。"

向衡心里叹气："你是在跟我讲笑话？"

顾寒山认真答："是啊。"她还问，"有进步吗？"

向衡实在是夸不出来，他看了看那道门，配合着她的冷笑话："……感觉迈进去，就是进了鬼门关。"

"我爸说这是人生新旅程。"

向衡："……"好吧，这个有点好笑，他笑了。

顾寒山看他的表情，很严肃："这句是认真说的。"

向衡更想笑了，这次笑得露了牙。

顾寒山道："因为我不愿意出门，每次出门都是考验，那些人脸、画面、场景、声音，会塞爆我的脑子。但是必须出门。我爸就说，就当这道门是个站点，迈出去了就是人生新旅程。"

"然后呢？"向衡好奇。

顾寒山示范了一下："我迈出去又转头回来，跟他说我回来了。然后我就进房间了。"

向衡："……"

"我爸很生气，一天没搭理我。"顾寒山换上了拖鞋，把鞋子放进鞋柜。

向衡关了大门，也跟着进来，但他发现这家里只有一双女式拖鞋，就在顾寒山脚上，她似乎也没打算为他解决这个问题。室内地板擦得锃亮，可见屋主的爱干净。向衡把鞋脱了，也放进鞋柜，踩着袜子进来了。

顾寒山走到茶几前，低头看着上面的照片。向衡也跟着她的目光看。

茶几正中间是一张单人照，一个英俊的中年男子在微笑。男子相貌与顾寒山有五分像，那应该是她爸爸顾亮。后面还摆着三张照片，一张是父女合影，合影里的顾寒山还是个婴儿，正在哇哇大哭，顾亮抱着她，一脸慈爱。

还有两张是顾寒山的单人照。其中一张是她六七岁时的样子，她站在公园里，表情严肃，身后是儿童游乐园。另一张是她站在大学门口，仍旧表情严肃，身后是大学招牌。

这些照片还真是，人生的不同阶段。

顾寒山继续道："第二天我爸找我说话，他说是他不对，没找对方法，那样的形容不好。因为我出门只有痛苦，如果每一趟人生旅程都是痛苦，那也太惨了，不怪我不愿出去。他说等他想到别的好形容再来鼓励我。"

"后来新的形容是什么？"

"直到他去世也没有想出来合适的。因为再美好的修饰，都无法改变现实。必须要接受现实。"顾寒山弯腰拿起爸爸的照片，"我现在每天都积极出门，不用人催。因为我爸爸死了。"

顾寒山转身面对向衡。她把照片亮给向衡看："给你介绍一下，这位是我爸爸，顾亮先生。"

向衡看着照片。照片里的男人英俊儒雅，居家打扮，很有气质，他的笑容温暖，给人安稳可靠的感觉。这不是档案资料里的证件照片和网上那些商业宣传照能带来的感觉。

"你好，我是向衡。"向衡对着照片打招呼。

"他是向警官，爸爸。是我目前接触到的警察里最聪明的一个。"

"是的。"向衡对着顾亮的照片应。在顾寒山面前完全可以不要谦虚。

顾寒山把照片放下了。她再转向向衡："你上次想来，要看什么？"

"我已经看到了。"向衡道。

独居、干净、简单、冷冰冰的感觉，跟她的人一样。只有茶几上的几张照片显出些生活气息。他想了解的，在刚才的推断考试里已经知道了。顾寒山这么积极地帮助警察，这么针对梁建奇的原因，他现在知道了。

"今天谢谢你，向警官。"顾寒山做了个可爱的双掌合十的动作，"你看我有进步吗？还像出家人吗？"

"很大进步。"向衡心里有些许悸动，她真的，对着镜子一遍一遍练习吗？这么枯燥无聊的小动作，她当成功课一样认真对待。顾寒山，是那种认定目标就一定要达成的固执姑娘吧。

"明天见，向警官。"

向衡愣了愣："明天你要做什么？"

"我去派出所找你，我们第二回合还没有见分晓呢。简教授的调查和我想举报的诈骗号码，还记得吗？"

"记得。"向衡道，"你可以把号码给我了，我来查。"

"可你还没有让我参与对简教授的调查。"

向衡道："葛队他们去向简教授询问胡磊的事了。胡磊得了脑癌，他搜索名医，找名医治病，都是正常的。我们警方只是需要了解清楚情况，并不代表简教授有什么嫌疑，还不存在你说的需要调查简教授的情况。当然如果在这个过程里发现了什么疑点，那又是另外一回事了。我暂时还没有收到葛队的通知。"

"那等有情况了再说吧。"顾寒山一副不着急的样子。

向衡看看她，问："你觉得他有什么问题吗？"

"我觉得我身边的每个人都有问题。"

向衡想了想："简教授对你的治疗，是否有超出你爸许可的治疗方式或是研究企图？"

"没有。我爸死后的这两年他也一直对我很好，很尊重我。治疗成果不错，毕竟我现在能站在这里，像个正常人一样沟通说话。"

那么她为什么对调查简语有兴趣？

"你还有什么情况是要跟我说明的吗？"向衡再问。

"暂时没有了。"

向衡不再问那个号码，他越表现出想拿到，顾寒山就越会把它当筹码。他不该这么被动。于是向衡点点头："那我们明天见。"

他转身要走，忽又回头："今天你继母找你了吗？"

"找我了。说警察告诉她扑克牌视频的事。"

向衡："……"怎么警察在这位继母嘴里成了告状的了？

"我跟她联络的，我想了解一些你的情况和你父亲去世的事。但她不太配合，一开始没让我把话说完就挂电话，后来我用视频引话题，她说要跟你沟通后再联络我，但也一直没给我回电话。"

"嗯，她确实来跟我沟通了，她问我为什么要秀记忆力，是不是找麻烦。"顾寒山无所谓地道，"我告诉她我在泡小哥哥。"

向衡顿时无语。要批评她什么好。"你就不能换个好借口？"

"有比泡小哥哥更合理更自然的借口吗？你说来听听。"顾寒山认真问。

向衡："……算了，你说都说了。"

他反应过来这招顾寒山已经在黎莞面前用过了。黎莞也信了。

但真的，是好烂的招。

"如果以后你想到更好的可以告诉我，我在学习。"顾寒山道。

向衡不说话，完全不想教她这种招。

"你想见贺燕吗？"顾寒山又问。

"是的。既然我们都聊到了这一步，我想我更有必要与你继母见个面谈谈。"

"好的，我可以安排。"顾寒山道。

"那就谢谢你了。"向衡很礼貌。

"不客气。另外还有一件事。"

"你说。"

"向警官，你以后还会来我家的对吗？"顾寒山问。

向衡警惕："怎么？"

"如果确定要来，你能自己备一双拖鞋吗？"

向衡："……"

"我家没有客人。为了不确定的来客准备拖鞋，以后又用不着，我觉得不划算。你自己准备，回头拿回自己家还能用。"

向衡没好气，可怎么就是这么有道理："顾寒山，你可真是个抠门。"

... 第七章
107个车牌号

这晚近11点时,向衡终于接到了葛飞驰的电话,他们一队人结束了对新阳的调查,回到局里了。

葛飞驰把简语和其他所有医生的说辞挑了重点跟向衡说。最后道:"目前在他们的笔录里没发现什么问题,就是胡磊看了简语之后就没后续了有点奇怪。他既不告诉父母他见了名医,也没有跟其他任何人说过什么换肾的事。"

"他背后一定有人。"向衡道,"胡磊问过第一医院的医生怎么才能让简语看病,那医生说不行。但如果有别人说行,这就正好抓住了胡磊求生的极度渴望。只要话术掌握得好,又真能带胡磊见到了简语,让胡磊得到简语的承诺,那胡磊肯定对这人言听计从。"

"应该就是段成华了。"葛飞驰看了看自己记的笔记,"胡磊2月3号第一次打电话去新阳,2月23号第二次打去,25号邮件传了病历和检查结果资料,接着常鹏医生研究了他的脑癌情况,转给了简语,3月2日简语回复可以见一见这个病人,常鹏当天给胡磊打电话,跟他约了3月4日上午10点。去见简语的人确实是胡磊,这个简语和常鹏都确认了照片。但他们没有看到有别人陪同胡磊。我想调取监控查一查吧,他们只保存1个月的视频记录,所以也没办法证明段成华和胡磊之间的联系。"

"那封邮件是胡磊发的吗?"

"确实是他的账号,是他发的。技术分析这边今晚刚拿到他的社交账号和邮箱的内容。这个邮件我一回来就核对了，是他发的。其他暂时没发现什么问题。微信上没什么可疑好友，没有段成华和石康顺。"葛飞驰顿了顿，问向衡，"顾寒山怎么样呀，她见媒体的事。"

向衡把事情经过还有顾寒山的想法说了。

葛飞驰道："顾寒山认为她爸爸死于谋杀，但人证物证都证明是意外。她现在想通过结交警察，帮助警察破案来争取侦查资源，给她爸翻案。"

"是的。"

"那就是说，她也没什么不良动机。简教授，包括新阳的医生也都说顾寒山有这个能力一瞬间看清凶手并做出准确描述。"葛飞驰想起来了，"对了，顾寒山那八个屏1.5倍速想找什么你问清了吗？"

"没问。"向衡道，"她说的那个诈骗号码都没告诉我。我感觉我还在考察期。"

"嘿，又不是相亲找老公，考察这么久呢。反正她爸的案子，她自己不着急，藏着掖着，那我们也没办法。那也是另一件事了，跟现在许塘案又没关系。"葛飞驰吐槽着，又说，"不过新阳那些医生也都说顾寒山这人想法跟正常人不一样，但只要跟她说好的事，她同意了就都会配合，不矫情不作妖。现在搞清楚她是什么情况我就放心了，总之她的证词可靠，我们就心里有谱，没被她拐着往反方向跑就行。"

"胡磊和段成华的行踪有线索了吗？"向衡又问。

葛飞驰道："还没。接到了不少举报电话，都是无用信息。派了两组人走访这两人的居住地和亲友家，按他们失踪的时间点调区域监控，一点点排查。明天再继续吧，明天我再去趟看守所找石康顺问话去，今天手续都递过去了。"

"行。那明天联系。"

向衡挂了电话，继续躺回床上。

窗帘拉得密密实实，屋子里漆黑一片。夜很深，周围也很安静。向衡不禁想，这种什么干扰信息都没有的环境，对顾寒山来说才是最舒服的吧。

"你现在看到的我像个正常人，你想象不到我过去是个什么样子。"

顾寒山的声音在向衡的脑子里回响。

"顾寒山这人想法跟正常人不一样。"

"她自己不着急，藏着掖着，那我们也没办法。"

向衡觉得葛飞驰的话应该也是自己的想法才对，但他总觉得少了一点什么。

"我在找一个有足够能力的人，然后想办法给他充分的驱动力。"

那就是我啊，顾寒山。那就是我。

能力有，驱动力也很够。

你还不信任我什么呢？

向衡想着想着，睡着了。

第二天向衡起了大早，精神抖擞去上班。

脚刚踏进派出所大门就收到了信息："警官早上好，今天天气不错，祝你今天顺利愉快。"

向衡一脸黑线，顾寒山你真的是，又群发！

向衡进了办公室，跟同事们互相打招呼，完了处理一些小杂务，泡了一杯咖啡，还没走到座位，手机响了。他坐下拿出手机一看，是葛飞驰。

我知道，我知道，她又群发了。

向衡心里念叨着，接起了葛飞驰电话。

"向衡啊。"葛飞驰那拖长的语音饱含深意。

"嗯，早上好，警官。"向衡道。

葛飞驰默了两秒，再开口语气就不好了："幽默吗？学什么不好学顾寒山。"

"你忽略她的信息不就行了，这么暴躁做什么呢？"向衡安慰他。

"不是，我怎么忽略啊，她在我这儿啊。"

向衡："……"顾寒山昨晚说的是来所里找他吧？这还能走错地方？

"你昨天跟她说什么了？"葛飞驰质问。

"她现在说什么了？"向衡反问。他也没懂怎么回事。

"她说来了解一下我在新阳的调查情况。"

"哦。"向衡揉揉额角，这个顾寒山真是离大谱，警察办案轮得到她来了解吗？她是谁领导呢。"她挺想参与对简教授和新阳的调查，我告诉她目前他们没什么嫌疑，而且是葛队你们去问话的。我没想到她会去找你。"

葛飞驰默了一会儿："她在考核几个人啊，是不是觉得我比你靠谱？"

向衡："……"

"毕竟你只是个派出所小民警，职权范围有限。"

向衡："……"

"好了，我说完了。我去跟顾寒山聊几句，打发她走。"葛飞驰挂了。

向衡盯着手机有些不爽，这通电话其实不是抱怨顾寒山不懂事，是来酸我一下的呗。中年男人的小心眼啊。

葛飞驰转回小会议室。顾寒山还在那儿坐着，陶冰冰在一旁也坐着，显然是聊不起来了，于是大家一起安静。

葛飞驰进来对顾寒山道："不好意思啊，刚去处理一点事。小陶都跟你说了吧，昨晚我们去新阳只是例行公事的问话，主要是调查胡磊的情况。因为你的证词重要，我们就顺便跟你的医疗小组的医生了解你的病情，是不是能够做证。"

顾寒山道："这些没关系，你们随便问。我想我的医生们应该已经证实了，我确实有这个能力，不是吹牛的，对吧？"

"是啊。"葛飞驰笑笑，在寻思着下一句话怎么说，能客气一点把顾寒山请走。

顾寒山继续道："那么你们在新阳的调查还有什么需要帮助的吗？我对那里非常熟悉，对那里的医生、病人也很熟。"

葛飞驰心里嘀咕，你在那里出了名的冷漠不说话，跟谁都不是朋友，你是怎么跟别人熟的。

顾寒山像是偷听到了葛飞驰的心里话，她道："虽然我不跟他们说话，但我观察、倾听。我记得他们每个人的脸，记得他们的名字，记得他们互相交谈的情况，记得他们写下的画下的内容，只要我看到了听到了，我都能记住。但我不知道你们要找什么，需要你们自己用关键词把东西从我脑子里提取出来。"

葛飞驰一愣，把"暂时没需要"这句话咽回去了，他想了想："你在新阳，见到过许塘、胡磊、石康顺或者段成华这几个人吗？"

"没有。"

"见过他们照片，听过他们的名字之类的呢？"

"没有。"

葛飞驰："……"那不行呀。

葛飞驰忽然想到了，他掏出了他的小笔记本，又让陶冰冰拿来几张纸，还有许塘案文件夹里的一些物证照片。他把这几个人的手机号、车牌号、邮箱号写给顾寒山，没写名字，只有数字和字母串："这些，你见过吗？"

"没有。"

葛飞驰把他们的地址街名、一些亲友的名字写下来："这些名字，你在新阳听人说起过吗？"

"没有。"

葛飞驰从案件文件夹里，挑出一些物品的照片："这些是他们一些私人物品，你看看有没有想起什么？"

陶冰冰在一旁不说话。

顾寒山再答："没有。"她看着葛飞驰的目光有些微妙了，"葛警官，你的目标能明确一些吗？"

葛飞驰："……"怎么明确？想找点不存在的东西，当然就显得傻了点。"这样吧，我今天工作安排很多，我先忙完，然后再想想有什么是你能够帮上忙的，如果有我就联系你。"

"好的。"顾寒山站了起来，"你们先忙。"

顾寒山推门出去了。陶冰冰赶紧起身要送她，送到楼梯口，顾寒山道："再见，陶警官。"

陶冰冰这才停下脚步："再见，顾寒山。"

顾寒山走到楼下，想了想，掏出手机拨号。

对方很快接了。

"向警官，我有问题要问你。"

向衡应道："你说。"

顾寒山把她跟葛飞驰互相说的话都说了一遍，包括葛飞驰给她看的东西也一一说了，然后她问："我帮不上忙吗？"

向衡沉默了一会儿，觉得顾寒山真的，该怎么说呢。明明说好要来找自己，结果跑去了分局勾搭葛队，完了没巴结成又来自己这求支招，居然还理直气壮。

"向警官。"

向衡叹气："葛队在找胡磊背后的人。那个人要么能支使动简语，要么非常了解简语，而且还具备一定的医学知识，能看懂胡磊的脑部扫描图，知道他的病情能引起简语的兴趣。总之，那人用简语作为筹码来控制胡磊。"

"那只能是简教授自己了。"顾寒山道。

"葛队已经查过了，还没有发现相关证据或是疑点。"

顾寒山沉默。

向衡居然在这沉默里感觉到了顾寒山的不高兴。

"别催。我在思考。"

"我都没说话。"顾寒山的声音确实透着不高兴。

"嗯，让我想想。"向衡道。

陶冰冰送完顾寒山，上楼转回小会议室，动手收拾桌上的东西。

葛飞驰还坐在那儿沉思，喃喃自语："我的目标很明确啊，就是找到胡磊、段成华相关联的证据，找到背后操纵胡磊的那个人。"

"可事情是发生在顾寒山出院之后，顾寒山没见过他们也很正常。"陶冰冰插话。

葛飞驰道:"可不。而且新阳这么大,顾寒山又不是安全监控能看到24小时的所有角落。"

陶冰冰不说话了,她收拾好东西站在一旁,等着看葛飞驰有什么吩咐。

葛飞驰还在思索,问她:"你有什么想法没有?"

陶冰冰摇头,刚要说话,小会议室的门忽然被推开了,顾寒山去而复返。

葛飞驰和陶冰冰吃了一惊。

顾寒山也不等他们反应,又回到刚才自己坐的位置坐下了,道:"3月4日上午9点是我回新阳复诊的时间,胡磊约的是10点。"

葛飞驰惊讶:"你怎么知道?你想起来你见到胡磊了?"

"没见到。我刚才给向警官打电话了。"顾寒山对陶冰冰道,"给我纸笔。"

陶冰冰不明就里,拿了纸笔递给顾寒山。

顾寒山闷头就开始写。

葛飞驰扬脖看了一眼,顾寒山唰唰地在写车牌号。

"这是什么?"葛飞驰问她。

顾寒山一边写一边道:"我上午九点半左右结束复诊和检查,然后我在新阳到处逛了逛,离开的时间是10点20。这期间我逛了逛停车场。"

葛飞驰:"……所以?"

"我记得当时停车场里所有车子的车牌号。向警官让我写给你。"

葛飞驰:"……"什么意思呢?

葛飞驰的手机响了,向衡打来了电话。

葛飞驰接了:"向衡。"

向衡道:"新阳位置偏僻,交通不便利,从车站走到新阳门口有挺长一段路。操纵胡磊的人要讨好他获取他的信任,不会丢他一个病弱没体力的人自己去的。所以停车场里,有可能就停着那人的车子。把所有车主查一查,比对胡磊的通话记录,如果有重合的,那就是他了。"

葛飞驰:"……"

"就当碰运气吧。顾寒山不可能24小时看到每个角落,所以得缩小范围,在她和胡磊有可能有交集的那个范围找。有就有,没有就没有了。"

"行。"葛飞驰应了。他想说他刚才已经让顾寒山看了石康顺和段成华的车牌号,但谁说只能是这两个人。查就查吧,万一呢。要是这样都能找出点什么来,他就要开始相信玄学了。

葛飞驰挂了电话,和蔼地问顾寒山:"顾寒山啊,车牌号多吗?"

"107个。"

葛飞驰："……"

顾寒山头也不抬："你们去忙你们的，我自己会写。"

"好的。"葛飞驰点头，他就是这个意思，"辛苦你了顾寒山。有什么事你就找小陶，我一会儿就出外勤去。"

"再见。"

向衡坐在派出所的办公位上，心飘到了武兴分局。

要是这样都能找出点什么来，真不知道该夸自己神探还是该夸顾寒山神仙。

黎莞溜达着就过来了："师父。"

"怎么？"

"我刚才是不是听到了你叫山山？你跟山山通电话呢？"

"是啊。"

"你知道山山火了吗？"

"你昨天说过了。"

"不是，她今天更火了一点。网上好多转发评论，咱们派出所昨天的史上浏览量新高，到了今天都不算啥。小赵昨天转发了那个视频，宣传了一下咱们所的反诈活动，今天留言有五百多条了。"黎莞神秘兮兮又有些得意，"给你看。"她把手机亮了出来。

"现在反诈骗的宣传这么给力了吗，找了个美女小姐姐搞挑战呢，她说没有对手。"

"是和综艺《了不起的大脑》合作了吗？"

下面有网友回复："应该不是，他们只是一个小小派出所。"

也有人道："他们好像还不知道发生了什么，视频转发得都不够热情，宣传语都没组织组织。"

"对网友留言都回复得很死板，毫无营业意识。"

"有了有了，今天有了。今天积极回复了。"

"哈哈哈哈估计派出所小编今天刚觉醒。"

更多的人在问："我还想看那个嚣张的小姐姐玩牌。你们下次还有社区活动吗？还会让她来吗？"

还有人说："想在现场摆个桌子玩斗地主，让小姐姐帮我们洗牌。"

"我差点以为自己看错了，居然是派出所开展的社区活动。还以为是营销号做营销。"

下面跟帖子："说到点子上了，现在警察为了反诈骗使出了浑身解数。用警犬卖萌的，用小哥哥卖脸的，现在这招是小姐姐卖艺。"

"真的越来越会玩，反诈骗活动请个女版赌神来。"

"有没有反赌博宣传活动呀？我想看小仙女教育赌徒，让他们当场输掉底裤。"

黎荛一边看一边笑。向衡头疼，完蛋了，第一现场看到这种热度还不得抱紧顾寒山大腿，毕竟"世界第一超忆症"身份还没亮出来就已经自带流量了。

向衡并不希望顾寒山被媒体黏上。

但黎荛很高兴："他们喜欢山山。小赵他们说下次活动定在青橘小区，社区那边今天也问能不能让这个小姑娘也来，想跟咱们一起策划新游戏。刚才小赵找我聊了聊，问了问我的意见。我觉得挺好，我跟山山联络联络。"

向衡看了黎荛一眼，为什么找顾寒山参加活动要问黎荛的意见，黎荛什么时候成顾寒山代表了？

黎荛笑眯眯地道："我现在去给山山打电话。"说罢转身走了。

向衡无语，他上网查了查，顾寒山的这个视频确实是火了，好几个营销号在发，带动了一大片。

没过几分钟，黎荛又来了，这次笑得更开心了："师父。"

"顾寒山答应了？"向衡心里吐槽着顾寒山巴结葛队不够用心，写车牌号就写车牌号呗，聊什么电话呢。

"山山当然答应了，她还问能不能带朋友去。"

"什么朋友？"

"她同校学长，应该就是她上次来看监控视频时说的喜欢的那个男生吧，她正追求中的那个。"

向衡："……"耿红星吗？顾寒山你这个大忽悠。

第一现场，陈博业办公室。

耿红星、侯凯言跟副总陈博业、组长许高锐报告了昨晚与顾寒山的洽谈情况以及顾寒山的要求。

耿红星把顾寒山写的那张纸交给了陈博业。

许高锐有些愣："她说她是世界罕见的特殊超忆症患者，同意授权我们做独家节目？"

耿红星点头："但她有条件，她要求我们把两年前她爸爸落水身亡事件里的那个跳水姑娘找出来。"耿红星把顾寒山说的具体情况又说了一遍，包括她行为的正当性什么的。

"她说她就是想知道当年那个姑娘现在过得好不好。"侯凯言道。

"她说如果下周一中午我们没有跟她确定合作的意思,没有找人的具体方案,她就找别的公司合作。"

陈博业把顾寒山写的那张纸正反面都看了看,道:"别听她吓唬你们,她想要的合作,哪有这么容易。她一个小姑娘,书都没读几年,而且一直在精神病院待着,没什么社会经验,没有人脉,她还能想要什么就要什么?她就是经历得少,才会这么夸夸其谈。"

许高锐的反应积极很多,他掏出手机:"我要看看那个视频,哪一天的来着?"

"2019年1月31日,平江桥,一个姑娘要跳水轻生。"耿红星道。

许高锐打电话让小组的人查公司内容管理库。

侯凯言小声道:"顾寒山那个反诈活动的视频,今天热度又高了许多。已经有营销号入场,就算她不主动找别的公司,恐怕别的公司也已经注意到她。"

"嗯,确实有营销号入场。"陈博业刷了刷电脑看数据,"不是营销号蹭热度,是她买营销了。"

"啊?"耿红星和侯凯言有些惊讶地对视一眼。

"这个顾寒山,耍了点小心眼。"陈博业道,"她想把自己炒火了,拿来当筹码。"

耿红星和侯凯言不敢说话,觉得陈博业似乎不太开心。

许高锐道:"那也不是坏事,现在小网红,哪个不是这样,都精着呢。只要她真的像她说的那样,是超忆症患者,都不需要什么世界罕见的特殊类型,只要是真的超忆症患者,同意授权给我们,跟我们签约,后面怎么做节目那就是我们说了算。到现在为止,还没有哪个平台做她这种类型的,我觉得挺好,就是先核实她说的那些内容。"

耿红星和侯凯言得到了组长的支持,又觉得有希望。耿红星提醒:"可她要求我们找到那个跳水姑娘才行。"

"先别管她要求什么,先确认她值不值。"许高锐道,"其他的都可以协商。谈判要讲技巧,你们还太嫩,这事到最后还得看谁更急切。我们这么大一个平台,什么内容没有?不缺她一个,没她一样能做超忆症的节目,《了不起的大脑》跟我们就有营销合作。她就不一样,她是个人,拿小视频炒作也炒不了几天。她去跟别的平台谈,别的平台也未必能满足她的要求。"

陈博业终于也开口:"我们先核实一下情况。小耿你先稳着顾寒山,告诉她我们公司已经开始操作,让她等等我们消息。"

"好的好的。"耿红星赶紧应。

许高锐的手机响了,他接起来,听了一会儿,挂了。然后他对陈博业道:"那条跳水视频在库里没有了,说是应家属要求已经删除。责编是柳静雨,三组的。"

耿红星和侯凯言不认识柳静雨,但耿红星想起昨晚经过三组听到三组组长吕明接电话好像说的就是这个视频的事。

陈博业道:"柳静雨已经离职了。这视频我一点印象都没有,肯定当年也没什么水花。"

"我了解一下吧。"许高锐道。

"行。"陈博业的手机响,他看了看,道,"那先这样,你们先去忙,这事我考虑一下。"

大家散会了。

耿红星、侯凯言跟着许高锐走出了陈博业的办公室。

许高锐道:"小耿,你跟顾寒山联络着,像陈总说的,稳住她。但稳住就行,别太热情,别让她觉得胜券在握了,这样她的期望值太高,回头我们提出别的条件她心理落差大反而不好谈。让她有个心理准备。"

"好的。"耿红星应了。

许高锐又道:"回头我了解清楚了,我跟她见一见。我来谈。"

耿红星稍愣了愣,最后也应了:"好的。"

许高锐转身走了,朝三组办公区去。

侯凯言和耿红星看他走得远了,这才小声道:"顾寒山说让我们做项目联络人的。"

"那你跟许哥说去,说不让他跟顾寒山谈,得我们自己谈。"耿红星吐槽他。

侯凯言叹气。他不敢,他也只是个实习生。

"别的管不了这么多,先把这项目谈成了再说吧。"耿红星道。

"说得也是。"

凤凰街派出所。

黎茺自觉圆满完成赌神小仙女的活动安排任务,喜滋滋地继续忙去了。

向衡想到耿红星,想起昨天他给第一现场打的电话。顾寒山说,第一现场不会主动给他回电话的,而且那边肯定会说不清楚,不记得了。普通人只要说"不记得了",就没事了。

向衡能理解顾寒山的想法。别人可以轻易说出"不记得了",而她不能。作为一个什么都记得的人,她最在乎的事,却被别人用"不记得了"来搪塞推诿,她确实应该感到愤怒。

向衡决定等一天，他就看看，第一现场究竟会怎么反应。

可也没等多久，第一现场居然来电话了。

没打向衡昨天留的手机，而是打到了凤凰街派出所，询问确认是不是有向衡这个人，然后电话才转到了向衡手上。

向衡有些失笑，也不知是社会反诈宣传效果不错，还是昨晚顾寒山那张纸条递出去的结果，第一现场也想探个虚实。

向衡询问了来电人员的身份和名字。

那人自称是"第一现场"资讯部第二分部经理许高锐。他说这个视频以及顾寒山的事由他来负责。他向向衡询问了顾寒山的情况，向衡以自己是公职人员不得泄露公民个人隐私为由拒绝与许高锐谈论顾寒山。

许高锐有些悻悻然，再问向衡昨天致电公司想查第一现场两年前的一个视频是什么用意。向衡再次用办案中不便透露相关情况为由拒绝回答了许高锐的问题，他说希望第一现场提供那个视频内容以及采编经过信息协助警方，许高锐也学向衡，说涉及公司和相关人员隐私，恐怕需要警方出具办案手续文件才能配合。如果向衡能说明情况，这样他也方便向上级报告。

向衡气笑了："行，那请等等，我们拿搜查令到贵公司拜访。"

向衡挂了电话，琢磨着第一现场究竟是什么心思。

第一现场。

陈博业办公室。

许高锐挂了电话，看着对面的陈博业道："陈总，那警察什么也不说，我们太强硬也不合适。"

陈博业一脸没好气："我让你尽量问清楚情况，没让你跟警察硬碰硬。这破视频都没点击量，删都删了，犯不着惹得警察上门。"

许高锐也不好说什么，他这也是想套那个向衡的话，结果这警察半点口风都不露，直接挂电话了。

陈博业道："你过五分钟再给他打。"

许高锐刚要应，陈博业又改主意了："算了，我来打吧。"

"好的。"许高锐道，"那我继续去调查一下顾寒山的情况。"

陈博业点头，许高锐退出去了。

许高锐回到了二组办公区。

大家正在讨论顾寒山这个项目。

资深责编宋欣一看到许高锐回来便道："我联络了新阳精神疗养院，他们拒绝回答顾寒山的问题。我就问顾寒山是不是在这里住过院，他们说他们不能透露病人情况，所以拒绝去查证是否有这个病人。"

许高锐道："那那位简语呢？"

"还没打电话。"宋欣道，"我们在网上查了，这个简语非常厉害，国内顶级脑科学专家。感觉会比新阳的总台接线员难对付，所以我们想先讨论清楚对策，要跟这个简教授说什么，别几句话说不清楚，最后关系搞僵了。这个简语如果能搭上线，撇开顾寒山不说，以后做节目做选题也是很好的人选。如果能请得动的话。"

许高锐点头，转向耿红星道："跟顾寒山说了吗？"

"说了。我说我们公司在开会讨论这个项目，有消息我就联络她。"耿红星道，"她就应了声，也没说别的。"

"行。"许高锐看了看宋欣，刚要说话。耿红星却唤他："许哥。"

许高锐转过来，耿红星道："我们找到了顾寒山在A大的同班同学，跟他们打听了一下。"

许高锐有了兴趣："怎么样？"

耿红星道："顾寒山在他们班上只上了一学期，但是是他们班上的名人。她是他们班高考成绩第一名进去的，第二名跟她差了几十分。她上课永远挑离人群远的地方坐，从不主动回答老师的问题，不参加班级活动，不住校，不搭理同学，上课从来不记笔记，永远板着脸。老师和同学都不喜欢她。"

侯凯言补充道："但她考试第一名。有老师很不高兴她的上课态度，抓她起来回答问题，她把这老师关于这个问题的所有叙述都背了一遍，还指出老师哪天跟哪天的叙述有口误，自相矛盾。后来那老师再没点她回答问题。"

耿红星又道："他们说顾寒山也是唯一一个上大学了爸爸还会来学校接送的人，说她爸爸很高很帅很有气质。有同学造谣说那个是顾寒山的干爹，说顾寒山做不体面的事什么的，顾寒山听到了都不带搭理，也不生气也不反驳吵架，直接从那些人身边走过去，当他们是空气。还有人认识了顾寒山的高中同学，对方说在高中的时候曾经有人想对顾寒山搞学校霸凌，顾寒山也不怕，她说她有精神病，杀人都没事，让他们考虑好了再来欺负她。后来那些人就真不敢了。也有说是因为顾寒山的爸爸出面，她爸管得很严，对顾寒山的每一个老师和同学都会了解得很清楚。"

侯凯言从手机调出一张照片给许高锐看："这是顾寒山，这是她爸爸。这照片是学校有个活动，顾寒山爸爸给他们赞助了器材，带着顾寒山来参加活动，还请大家吃东西，最后一起合了几张影。"

许高锐一看，顾亮确实又高又帅，很有中年成功人士社会精英的气质，站在一群青涩的大一学生中间格外醒目。他的笑容大方自信，旁边顾寒山冷着一张脸，跟她爸爸形成了鲜明对比。

耿红星道："顾寒山的同学说，顾寒山确实过目不忘，但她从来不显摆，很低调，没说过她的病。学校有超强大脑社团，搞记忆力比赛，有同学想让顾寒山去参加，她说没兴趣。她记性好我也可以证明，我们前一段重遇的时候，她就认出我，指出我两年前的哪天在哪里跟谁一起说了什么话，我当时非常惊讶。所以她那个反诈现场活动视频，肯定不是摆拍的。"

许高锐再看一眼那照片，把手机还给侯凯言："行，知道了。"

耿红星和侯凯言有些期待地看着许高锐。许高锐道："这个选题还是很有意思的，我们要争取拿下来。陈总也是很感兴趣，但认为这里面存在的风险比较大，我们前期工作要做完善了，把资料收集完整了，再做整体评估。"

耿红星和侯凯言闻言松了一口气。耿红星道："那顾寒山说的她爸爸那个跳水视频？"

"那个确实是删了，没办法的。要找那个落水姑娘，没戏。"许高锐道，"这个后面再说，到时真要做，跟顾寒山重新谈。"

耿红星想说顾寒山的态度非常坚决，但想了想还是把话咽回去了。

凤凰街派出所。

向衡挂了许高锐电话没多久，又接到了一个电话。

这次是一个叫陈博业的人来电。他自称是第一现场的副总裁，耿红星、许高锐的部门由他分管。他收到了他们的报告，对于警方需要第一现场的配合，他们公司是很重视的，所以他亲自回电。

向衡便又将自己的问题说了一遍。

陈博业道："确实是有这样一条视频内容，我们内容管理系统上显示已经删除，原因是：应死者家属要求。"

向衡问："哪位家属？"

"死者的妻子。她说这视频是对她家庭的伤害。"

向衡默了默："你们删视频的标准和流程是什么？"

"责编申请，组长审核签字，我最后签字。通常是一些有社会负面影响或者违反公序良俗，违反法律法规的视频。"

向衡抓住重点："这视频没这些问题吧？"

"我对这视频完全没印象。只能按表单记录来回答你的问题了。"陈博业道，

"我刚看了一下表单上的流量记录,非常低。我当时应该是基于这个考虑吧。大概是因为没流量,加上家属有要求,就同意了。省得惹麻烦?应该是这样,我确实记不清了。"

向衡再问:"那这视频的责编是谁?我可以跟她谈谈吗?"付费买的视频版权,最后没流量?

"柳静雨。她已经离职了。"陈博业道,"她现在已经不是我们公司员工,这涉及公民个人隐私,我不是很确定人事部那边能不能这样就提供她的个人信息给你。如果确实需要,那还是请你走法务流程申请吧。我不想公司卷入什么纠纷当中。"

"那负责的组长呢,刚才不是说组长也要签字?"

"柳静雨当时就是三组组长。"

向衡想了想:"请问她什么时候离职的?"

"表单上只有她的名字,显示状态已离职。要查具体细节还是去找人事部吧。"

"行。"向衡又问,"视频什么时候删的?"

"2019年8月5日。"

那就是顾亮死后半年。向衡查了查,这天是周一。

"视频全删了吗?如果我想看一看,能到什么地方找?"

"抱歉,表单记录全删了,服务器里没有留存。也不是什么重要内容,点击数据也不好,我们留着没用。"陈博业语带歉意地道。

向衡谢过,挂了电话。

陈博业的最后一句话让向衡心里头颇不是滋味。对顾寒山来说人生里最痛的事,对别人来说却不是什么重要内容。

看守所,审讯室。

葛飞驰提审石康顺。

石康顺还是那个样子,端端正正坐着,一问三不知,后悔自己激动打了警察。

"你不要装。"葛飞驰板着脸,"我们已经查清楚了,你和那个凶手坐在一辆车上,你把他带到行凶现场。"

"警官,我真的不知道你在说什么。你们不能这么冤枉我。我早就不吸了,真的,我戒毒很久了。你们不能因为我有前科就歧视我,栽赃我。我肯定是不认的,我没做过的事,打死我都不会认的。"

"别嘴硬,不要说这些狠话,显得很蠢。现在事情已经很清楚了,就看你们谁先交代得清楚。最早说明白的那个人,我们会酌情从宽的。"

石康顺只是摇头:"警官,我没什么可说的。我没做过的事,不存在的事,你让我怎么说?我从前确实做过错事,我吸毒,弄得家破人亡,父母也不要我了,女朋友也走了。但我已经重新开始了。真的,我没骗你。"

石康顺抬头直视着各位警官:"我没骗你们,警官,真的。"

葛飞驰看着石康顺的眼睛,看不到心虚和闪躲。他皱了皱眉,换了个方法重新又问了一遍。但无论葛飞驰怎么问,换了什么话术,石康顺就是硬骨头一块,怎么都不松口,什么有效的回应都没给。来来去去就那几句话,葛飞驰相当恼火。

看守所。另一间审讯室。

范志远与他的律师童元龙正在谈话。

与律师的会面不受监听监控,范志远的状态与石康顺相比,显然放松很多。

"现在早晚温差有些大,我给你带了些衣物,他们检查好走完手续了会交给你。你爸也打了电话给我,问我你的情况。我觉得二审基本没什么问题,你爸也很高兴。他说你喜欢画画,等这官司结束了,你可以去法国,他会给你安排好的。"

范志远冷笑:"我只有画画这个爱好吗?我还喜欢别的呢。"

"志远。"童元龙警告地唤了他一声。

范志远道:"我未成年的时候他一走了之,都没管我,我现在多大了,还轮得到他管吗?"

童元龙道:"反正,你总是要出国的,选一个自己喜欢的地方。法国不也挺好,你之前总去。你不喜欢他安排,我就跟他说一声。"

范志远笑:"你跟他说,我要去美国,住他家里。"

童元龙道:"你何必斗这个气。"

"好吧,不斗气,我这人很好说话的。我也不想看到他,恶心。"范志远靠在椅背上。

童元龙松了一口气。

范志远问他:"目前二审有什么新情况吗?"

童元龙道:"没有,你放心吧。一审这么艰难我们都赢了,后头不会有什么大问题的。二审不会轻易推翻一审,除非有颠覆性的铁证出现。这东西不可能有。"

"那为什么关阳会拿一堆照片给我认?"范志远问。

童元龙愣了愣:"什么照片?"

"这个我就得问你了,外头发生了什么事吗?警察居然联想到我身上。那里头还有顾寒山。"范志远盯着童元龙。

童元龙摇头:"我没有收到通报,没有新证据提交。"

"你太无能了,要等着他们找到什么你才处理吗?"范志远道,"他们居然知道顾寒山。"

"这关顾寒山什么事?"

"你问我吗?"范志远冷笑。

童元龙抿了抿嘴:"我会去查一查情况。"

范志远盯着他:"你能查到吗?"

童元龙有些不悦:"当然,别忘了是我帮你打赢了官司。"

范志远沉默了一会儿:"行吧。我也只能靠你了。"他顿了顿又道,"帮我跟老王传句话。"

"什么话?"

"我快出去了,得有个舒服的地方住住,让他帮我找个带花园的小别墅。"

童元龙瞪眼:"找什么屋子,不是说好了出去后就出国?"

"从看守所直接跑机场吗?那怎么不都得先住一段,缓一缓精神气。"

童元龙不说话了。

范志远道:"让老王帮我找个地方,要装修好的,我出去就能住。他知道我喜欢什么样的装修风格。还有花园里的花,不要带刺的,尤其是玫瑰,务必给我清理干净。我去了可别让我看到,晦气。我这人迷信,玫瑰对我不利。"

童元龙沉默着。

范志远盯着他:"你不记一下吗?找个房子,不要玫瑰。"

"好的。"童元龙在自己笔记本上把这事写了下来,又问:"还有别的要交代吗?"

"没了。"范志远道,"你好好干,确保我平安无事无罪释放,我不会亏待你的。最后关头了,可别松懈。"

童元龙有些没好气:"你放心吧,我这边都没问题。最重要的是你自己要沉得住气,听我的安排,不要任性,克制一下,不要自作主张,那么一切都会顺利的。"

范志远盯着他:"我等你的消息。"

葛飞驰带着李新武出了看守所监区,刚签完字看到监区出来一个西装笔挺的男人,这人一看就是个律师。

童元龙与葛飞驰互视了一眼,不相识,但他仍礼貌地微点了点头,转身也签字去了。

葛飞驰心事重重,对这个律师没在意。他带着李新武迅速离开,到了停车场,对李新武道:"你来开车。"

李新武应了,绕到驾驶座这头上车。葛飞驰接了个电话,待他上车时,童元龙的车子已经启动起来,正好开在他们前面。

两辆车子一前一后离开。在看守所正门要拐上大街时,童元龙的车子避让路上车辆,葛飞驰他们的车也就在后头等了等。葛飞驰看到隔壁拘留所大门打开,让一辆囚车开进去了。

葛飞驰不禁想起了梁建奇,自言自语道:"顾寒山到底查到了什么,我应该问问她。她不愿意告诉向衡的,也许愿意告诉我。"

拘留所。

警员在给新收进来的被行拘人员办理手续。

一个戴着眼镜看上去斯斯文文的年轻男人被叫到登记处。

"叫什么名字?"登记的警员问。

"鲁东。"

另一个警员看着电脑里鲁东的信息:"又是猥亵。"他瞥了鲁东一眼,目光里带着鄙夷,"好好做个人不行?"

鲁东听到这话,涨红了脸,忍不住辩解道:"我真不是故意的,就是不小心碰到了。"

"别解释,没用。"登记警员道,"你们这种人我们见多了。给你们放一块,你们互相切磋去。"

鲁东低下头,不说话了。

监区内,梁建奇面容憔悴消沉,跟别的被囚人员排着队,被监管警察送回囚室。

燕子岭,小白楼。

一楼的办公室里,房门紧闭。

杨安志正与常鹏通电话。

"顾寒山把梁建奇送去拘留了?什么理由?猥亵?梁建奇摸女人屁股?我……"杨安志气到噎住,"梁建奇真是祸害,又要面子又有毛病,他除了会处理钱,其他真是一塌糊涂。他被盯上,那我们不就是等死……"

常鹏道:"大熊已经处理了,梁建奇这边不会有问题的。倒是你那边,是什么情况?你说警察调查你们?"

"我昨晚问了公司的小刘,警察给公司手机打电话了。当初我用那部手机联络的胡磊,几个月之前的事,警察都在查。估计是按通话顺序和联络频率一个一个打呢。"

常鹏皱眉头:"然后呢?"

"没什么然后。我这边保健品医疗器械,全都是正正规规的。胡磊就是知道自己得了脑癌,病急乱投医,想看看保健品或者康复仪之类的,想治病呗。这些都用不着跟警察解释,他们自己都能推理出来。那手机是销售手机,在产品宣传单上有。小刘说警察就是简单问了几句。小刘也不了解情况,来电咨询的顾客这么多,她哪知道谁是谁,就是这么回警察的。"杨安志道,"我这边没事,没有嫌疑。跟你说一声就是让你们提高点警惕。警察查得很细。"

"我知道。"常鹏道,"我们这边警察也查过了。"

"所以梁建奇你们到底怎么处理?收款的事怎么办?"杨安志有些急躁,一连串的问题。

"都是大熊办。"常鹏道,"都已经安排好了,大熊亲自去收款。你放心,钱一定少不了你的。"

"那今晚计划不变吧?"

"不变的。"

"我现在总提心吊胆的,得速战速决,可不能再拖了。"

"好了,你不要着急。"常鹏打断了杨安志的唠叨,"这次跟以前一样,什么首尾都不会留下,会处理干净的。你稳着点,今晚把胡磊这事儿做完就完了。"

杨安志道:"这次不一样。这次有顾寒山,她才是最大的隐患。她把宁雅找回去,还能说她习惯了宁雅帮她做事,那把梁建奇弄了一把总不是这么碰巧吧?她弄完梁建奇下一个打算弄谁?她到底知道多少?她认不认识许塘,她到底在帮警方做什么?她看到了胡磊,这简直是大灾难。这会与你们现场安排的证据有冲突的。"

"没关系。人的证词对抗不了物证。"常鹏道,"她究竟是什么情况,我们会弄明白的。"

"那也得有方法。可别再找宁雅,她贪得无厌,情况也不稳定,会坏事的。"

"这个知道。"常鹏很耐心地应。

"那你们有计划了吗?"

"简教授让顾寒山回来做检查,要跟她确认最近她接触到的人和事,以及这些事情对她的影响。我们今天在忙这个。"常鹏道。

杨安志这才松口气:"挺好,这样就能弄清楚顾寒山到底知道些什么。简教授安排的,她愿意来吧?"

"来。说是下午晚一点。简教授今天就在新阳等着。"

"那行,那你们可机灵点,把事情都弄明白。必要的时候,该做处置就做处置。顾寒山是有病的,你们在医院要弄她好弄。要不想弄死她,把她搞回医院关起来也行。"

常鹏道:"我们知道的。你现在不要想那么多,先把手上的事处理好。胡磊很重要,你一定要看好他。"

"我办事什么时候出过差错。今晚你们过来就行,我都准备好了。"

常鹏应了一声,连说没问题。事情讨论完,他挂了电话。他此时正坐在家中客厅里,这是离新阳不远的一个老小区,在郊外,环境很一般,但对常鹏来说安全,要做什么事都比较方便。

常鹏看了看手表,正待起身,身后卧室的门被打开了,一个姑娘穿着睡衣走了出来。

那姑娘白净的脸,清秀的五官,乌黑的长发,耳垂上一点碎钻,看上去二十多岁不到三十,气质文静儒雅。

常鹏忙起身:"钟敏,你醒了?"

"你怎么在家,不上班吗?"钟敏声音有一点点的沙哑鼻音,带着刚睡醒的慵懒,又似乎是感冒了。

常鹏招手让钟敏到沙发上坐下,自己转身去给她倒了一杯水。他把杯子拿过来,看着钟敏喝下了,再接过杯子,放到茶几上,这才在钟敏身边坐下:"简教授听说你生病了,怕你睡过头起来没吃的,让我给你带点饭回来。"

钟敏笑了笑:"我没事啊,有点小感冒而已。他可真是会装慈祥。"

常鹏也笑了笑,也没反驳。

钟敏柔弱温顺地靠在常鹏肩头:"他让你摸鱼,你就趁机在家里多待一会儿,晚点再去。"

常鹏又笑了笑:"那不行,事情还多着呢。得赶紧做完了。"

钟敏问:"还有什么情况吗?"

"暂时没什么事。"常鹏道,"你放心吧,先好好休息。"

"嘿,我就是想偷个懒,不想上班,不想听教授唠叨。我不喜欢做事着急忙慌的,这才装个病请假养养精神。你还真当我病了似的。"

常鹏笑。

"行了,你回去上班吧,有什么事随时给我打电话。"

"好。"常鹏抱着她在她脸蛋上亲了亲,站了起来,"打包回来的饭我放冰箱了,你自己热一热。"

"好的。"

常鹏温柔笑笑，起身出去了。

走到卧室门口，常鹏忽然转身唤："钟敏。"

钟敏正摸索着找自己的手机，闻言抬头看他。

常鹏想想又摇头："算了，回头再说。"

燕子岭，小白楼。

一楼办公室里，杨安志挂了电话后想了想，上网给自己买了明天一早最早的航班，又买了一张火车票，两个的目的地城市不一样。接着他打开了保险柜，从里头拿了一摞现金、护照、文件以及一些金饰，再打开办公桌旁边的柜子，取出自己的背包，把这些东西都放了进去。

杨安志检查了一番背包里的东西，现金、手表、日常用品、简单衣物、金饰、备用手机、充电宝、笔记本电脑等，都没问题。他把背包拉锁拉上，放回柜子，再把保险柜锁好。一切妥当，他给护工刘辰打电话，让他到办公室来。

不一会，刘辰来了。

杨安志跟刘辰交代："今晚事情办完后，你到外地住一段时间，避避风头。你有什么想去的地方吗？我给你买票。"

刘辰有些惊讶："去外地？一段时间是多久？"

"几个月半年吧。"

"不去不行吗？"刘辰皱着眉头。

"不行的。"

刘辰不太高兴："我没有想去的地方，而且这么久，那不是又跟流浪一样？我不想再流浪了。"

杨安志安抚地笑笑："傻子，跟我干活怎么会让你流浪。我会给你足够的钱，你就是出去旅游一趟，去外地找个舒服的住处，每天做点自己喜欢做的事，吃点好吃的，打打游戏，看看电影，找找姑娘，想干什么干什么，只要不犯法不惹警察，怎么都行。"

刘辰摇头："我不喜欢旅游，哪儿都不想去，我就喜欢在这里安静待着。你有事情让我做我就做，没事做我就打打游戏上上网。我不喜欢去新的地方，我谁也不认识，我也不爱花钱，不想出门。"

杨安志道："那可没办法了，我也得走。等过了一段时间，我们再回来。"

刘辰仍皱眉头："那以前干完活怎么没让我们走啊？"

"以前没这次麻烦。以前事情都是清清爽爽干干净净的，这次有些变化。我之前不知道，我以为还跟从前一样来了人就处理了，结果他们又想这样又想那样。拖了这么久，这里出点小问题那里出点小问题，迟早有大麻烦。"杨安志道，"最后一次了，干完这票咱们休息一阵，回头再做别的。"

刘辰道："那你打算去哪，我还是跟着你吧。"

杨安志想了想："这样吧，明早我开车送你到B市去，我在那儿有认识的朋友，开农家乐的，他有房子，也有饭吃，你就在他那儿先住下。等我安顿好了，我再叫你过去。"

"那行。"刘辰一听不用他动脑子安排生活，一口答应。

"身份上就还是那些，跟人聊天的时候别说错了。"杨安志交代。

"知道。我读卫校护理的，在杨哥你的医疗器械和保健品公司做库管和售后维修。"刘辰道，"那些我早背熟了，不会忘。我也真的是库管和售后，没瞎编。"

"行。"杨安志觉得这个傻小子可比那些精明的医学精英可靠多了，又听话又踏实，"你看好胡磊，今晚过去，就没事了。"

小白楼二楼，病房。

胡磊醒了。

迷迷糊糊的时候，他突然想起了一切。他顿时浑身紧张起来，彻底清醒了。

胡磊紧了紧手掌，发现之前握在掌心的小药片已经没了。他仔细回想，想不起是在楼梯口听到杨安志他们谈话后慌忙中把药片丢了，还是握着药片爬回床上睡的。

胡磊有些紧张，生怕他们发现药片，察觉自己乱跑怀疑自己。但他一转念，大不了鱼死网破，他杀人都敢，难道还怕他们。哦，对了，他们也不想让他活，所以药片有什么关系，大不了大家一起死。

这么一想，胡磊顿时就觉得舒服了。杀人挺好，能解决好多烦恼。但别人可以死，他不想死。

胡磊的头有些昏沉，他坐了起来，环视这个房间。

他不想死。

胡磊离开家之后，就住进来了。

杨安志说这是他们公司为客户准备的生活中转处。他们大多数客户都没有足够好的生活条件，所以他们会安排客户住到这里，有医生和护工照料，等稳定了再转出去。

胡磊是在医院遇到杨安志的。

那时候胡磊很绝望。

针对他的医疗方案说来说去就是两个结果：动手术，有机会活，但他没钱，所以会死；不动手术，肯定会死。

都是死，时间早晚问题。

但杨安志给了他别的选择。

杨安志说他是一个医疗器械公司的人，他们公司专为那些生活条件有限，无法取得正常医疗服务的危重病人解决问题，为他们打通生命之路。

但因为他们的服务是灰色地带，就像代孕一样，摆到台面上会遇上很大的麻烦。所以如果胡磊能接受，再告诉他具体内容，再进行协商。

胡磊想活，他觉得什么条件都能接受。

胡磊也想过究竟是要付出什么代价，因为杨安志夸下海口，说他们合作对接的医生是简语教授。

胡磊上网查了，也去第一医院问过，简教授是脑科学神经科学和心理学应用方面的专家，做过许多突破性的研究，在国际上都享有盛名。他治好过一些看似已经没有康复希望的脑病患者，他发表过许多重磅论文。

但这样的医生，基本不出门诊了，别说一号难求，是根本没号。更何况还可以为他主刀，这种好事胡磊想都不敢想。

但杨安志说没问题，他说他们跟简教授是特殊的合作关系，有共同的研究项目，他们公司还是简教授项目研究基金会的大股东，所以不但可以让简教授主刀，还可以插队，排在优先级别。而且动完手术之后，胡磊还能住在新阳精神疗养院进行后续治疗，那里环境好，医疗服务一流，也都是有关系有钱的人家才能安排住进去的。

而得到这些，只要胡磊能答应一个条件。

他们希望胡磊能捐出一个肾。

他们说胡磊的配型正好适合一个急需换肾救命的病人，那病人是他们的VIP客户。如果走正规的移植申请，排队等肾，时间太长，那客户的病情等不了，所以才会找上他们公司。

杨安志说他们已经请简语和其他科的名医研究过胡磊的病情，胡磊目前的情况不差，因为发现得早，身体状况很不错，还可以做移植，脑部手术的成功率也可以保证。他们公司会牵头，协调最好的医生来主刀，会保证整个移植过程的安全，并会为胡磊提供脑部手术及术后医疗的全套服务，这些不但全免费，还会再额外支付胡磊一大笔"营养费"，不扣税，给现金，非常安全。

言谈之下，胡磊觉得杨安志的那个客户是个非常重要的人物，有头有脸，身份尊贵，所以需要保密。

胡磊犹豫，毕竟是一个肾。

杨安志交给了胡磊一个新手机和号码，说这是应那个病人的要求，做的保密措施之一。如果胡磊想清楚了，决定接受条件，就用这个电话联络他。他劝胡磊，如果命没了，留着肾有什么用？

胡磊回去后左思右想，确实如此。他就要因为脑癌死了，却在介意一个肾。

最后让他下定决心的，是杨安志安排他见到了简语教授。在新阳精神疗养院，面对面。

杨安志说简教授特别忙，是因为他们的关系才会抽时间来给胡磊讲解说明一下他的病情。

整个会面足有二十多分钟，比第一医院可仔细太多。简语教授一如他在网页上的照片那样，慈眉善目，风度翩翩，一派学者风范。说起话来也是暖如春风，让人觉得踏实可靠。

胡磊仔细询问了自己的病情，简语解释了一番，比之前第一医院的医生说得详细明白，而且对手术的成功率更有把握。包括术后康复用药以及可能发生的各种并发症后遗症情况，简语都说得很清楚，也有相应的对策和用药经验。

胡磊还问了他的情况是否可以捐肾，移植手术与脑部手术是否冲突等等。简语也做了些解释，结论是从目前的状况来说可以。但需要做更多检查及进行术前的会诊，那时才能确定更多细节，包括手术和预后情况等。具体需要做什么检查，有可能发生什么样的情况，简语也解释得清楚明白。

胡磊见完了简语，感觉整个人有了念想，有了活下去的盼头。他从诊室出来，脸上挂上了笑容，在院子里等着他的杨安志鼓励了他一番，又带他到处走了走，参观了整个新阳疗养院，向他介绍了简语教授治疗的几个重症案例，都是世界级的难题，随便拿一个都能去国际脑科学医疗论坛做演讲的。

杨安志说，胡磊的脑癌在简语教授这儿就是个普通的病，他见得太多了，肯定没问题。

胡磊也觉得如此，简语的风范与他之前看的医生，那真是高了不止一点半点。

"肾移植你就更不用担心，现在医疗技术特别成熟，这类手术做得很多了。等肾的那个VIP比你更紧张，他找的也是顶级医生。"杨安志这样说。

胡磊对捐肾始终还是介意，但命更重要。他终于下定决心，与杨安志签了协议。协议厚厚的有十多页，医疗条款，捐赠条款，赔偿条款，保密条款，等等。

胡磊这辈子没签过什么协议，就觉得这公司特别正规，很讲究。

签了协议之后杨安志又为胡磊做了许多安排，让简语指派了对接的医生来专门为胡磊服务，又带胡磊做了各式各样的检查，检查报告都交到了简语那里，简语亲自给胡磊配了药。简语指派的医生仔细周到地跟踪了胡磊的用药效果，积极为胡磊的手术做准备。

胡磊的情况有好转，整个人都精神起来，心情也相当不错。但杨安志突然告诉胡磊，需要肾的那个病人突然去世了，他们不再需要胡磊的那颗肾。所以，他们也不能为胡磊安排脑癌手术。

胡磊惊呆了，简直就是从天上掉到了地上，人生的希望被摔个粉碎。前面经过这么多的心理起伏，他好不容易才定下心来，不再介意会失去那颗肾。他想做脑癌手术，非常需要。现在告诉他，不可能了？！

杨安志拿合同出来说事，上面确实是把捐肾和脑部手术捆绑在一起的，而胡磊无论在合同里还是现实里都是弱势的一方，他很被动，他没有任何办法。

胡磊受到了严重打击，他非常暴躁，他要崩溃了。

胡磊现在回想这一切，觉得这似乎很像一场高级诈骗，但他已经没办法后悔。

那时胡磊情绪狂躁之际，与父亲起了一场冲突，他也不知怎么的，脾气越来越差，脑癌真的要害死他，他活着也变成了另一个人。

父母去住院了，胡磊非常激动地联络了杨安志，他大哭，求杨安志救救他，求简语教授救救他。然后他又痛骂杨安志，骂他们不遵守约定，那个病人会死不关他的事，为什么不为他手术。

杨安志马上与他见了面，表达了对他的同情，也很愿意帮助他。然后杨安志告诉胡磊，那个肾病病人死了，他被人谋害过，死前都念念不忘。那家人现在想帮他了却心愿，为他报仇，并为此在找人帮忙。如果胡磊愿意，那脑癌的手术资源和费用，那家人还是愿意承担。一切就跟原来约定的一样，而且还不需要捐肾了。

这一下子又把胡磊打蒙了。峰回路转，居然不用捐肾就可以实现愿望了？

杨安志又说，那家人背景很深，计划会很周详，安排也妥当，不会有什么差错。他们当然也有别的人选，之前没考虑过胡磊。但杨安志帮胡磊争取到了这个机会，毕竟胡磊是个有硬需求的人，等着救命，这一点是别人没法比得上的。

胡磊很心动。没错，他等着救命呢。用别人的命换自己的命，他觉得可以。何况那个人还是个犯罪分子，谋害别人。不像他，他是好人，他只是命不好。他还有父母要孝顺，他还想结婚生子，他想活下去。

胡磊完全不知道自己是怎么想的，他很亢奋，很激动。杨安志与他说了一番后面的安排，治好病，获得巨款，得到一份体面的工作。他们公司会照顾他，会确保他手术后的生活质量。

胡磊非常振奋，他听杨安志的安排，留下了遗书，以防万一。如果手术有什么差错，或者事情出了意外，他的父母也不必太伤心。起码不会超出他们的意料，他们就当他病死就好。

他要做的事，没必要让父母知道。等他治好了病，再回来！

现在，人已经杀了。杨安志遵守了约定，他给胡磊安排后路，为他安排手术……

全都是假的。

他们没有遵守约定，没有后路，他们准备杀了他。

难怪不让他对外联络，连电视都不让看。

胡磊忽然想起来了，为什么连电视都不让看？难道，说警察查不到他，也是假的？但动手的时候他仔细检查过了，他包得很严实，不可能留下什么证据。他根本不认识那个人，警察当然也查不到他。

胡磊越想越觉得不对，他下了床，走到门口看了看外头，长廊里没人。时间还早，离送午餐还有一段时间，那护工应该来得也没这么早。胡磊便关上了门，趴到房间电视后面看了看线路情况，插头插着，线也没断。电视后头支架上有松掉的螺丝和铁夹片，胡磊把它们取下来了。

他用铁夹片把电视机位置下面墙上的线盒撬开，发现里面的线被扯了。胡磊把线重新接好，再把线盒扣上。

接着他再到门口打开条门缝看了看，确认没人，他回到房间，用遥控器把电视打开。这回有信号了。他把电视声音关掉，用电视搜索网络频道，找到节目重播，他看了看新闻播报，看了一会儿，看到了自己。

通缉？

他被通缉了！

怎么可能。胡磊的脑子乱糟糟的。他一切都是按安排做的，不但他们安排周详，他自己也非常小心。穿着打扮跟他平常完全两样，戴着帽子和口罩，他觉得他爸妈都未必能认出他。指定的地点，指定的路线，指定的方法，他离开得非常顺利。

警察怎么知道他长什么样！

那他父母呢？现在已经知道他是个杀人犯了？他不是啊！他只是想治病而已。别的像他一样这么年轻的人，都健健康康好好的，凭什么他得脑癌，凭什么他要死了。

这世界不公平！

胡磊狂躁又愤怒。他被骗了！他们肯定动了手脚，他们栽赃他，他们让警察查到他，然后他们再把他灭口。

胡磊的手有些抖，他还是觉得头昏，他们给他的药也有问题，他不能再吃了。

胡磊想父母，也想活命。

他把电视关上了，爬回了床上。他试图平复自己狂乱的心跳，他要好好想一想。

他不能回家，警察现在一定在他家门口等着。如果他跑了，杨安志他们肯定也会去他家找他的。他不能连累父母。

他的合同呢，他签的合同能证明杨安志他们是诈骗集团。

别人诈骗钱，他们诈骗人卖命杀人。

胡磊想起来，他住进来之后，要去杀那个人，合同和随身的东西都交给杨安志了。他手上什么都没有。

他真是笨，太蠢了。他不明白当时自己是怎么想的。

向衡忙了一上午，终于又接到了顾寒山的电话。

"你那107个车牌号写得有点久啊。"向衡调侃她。这家伙昨天跟他说今天过来，上午打电话又说写完那107个车牌号就过来，可到现在也还没见踪影。他倒不是盼着她来，她来了还添麻烦，但就是她自己说过的话她自己不遵守时间，居然放他鸽子，这就让人有点不爽了。

"我今天不过去了。"顾寒山道。

"我谢谢你的及时通知。"向衡道。幸好他也没等她吃午饭。

"我要回学校一趟。"顾寒山道。

"怎么了吗？你们学校有意向让你复学？"向衡竟有些替她高兴。

"不是，是我们学校的超强大脑社团邀请我去做一场非正式切磋。"

向衡："……"看看，她在视频里说"没有对手"，不服气的这么快就找来了？

"这种交际没什么必要吧？"向衡劝她。其实他是想说你怎么好意思去跟人家普通人切磋的？

"我约了耿红星他们一起回去。"顾寒山道。

向衡没话说了，行吧，那他知道顾寒山打的主意了。

"他们今天肯定跟学校里的同学打听我了。"顾寒山道，"所以学校社团才会这么快找到我。耿红星他们想调查确认我的情况，我正好跟他们熟悉熟悉。我一说这事，他们就答应陪我回去，公司马上批准了他们外勤。"

"注意点安全，顾寒山。"

顾寒山问他："你来吗？"

向衡犹豫，他想去，但身份不合适。

"我是公职人员。"向衡道。总不能真像她的私人保镖似的跟着她到处走。

… 227

"那好吧。"顾寒山道,"简教授还约我去做检查,要跟我聊聊。说是因为警察几次找他确认我的情况,他担心我卷入案子后精神状况受到影响。我答应他下午稍晚一些过去。"

向衡皱眉头:"去新阳吗?"

"是的。"

"这个我可以陪你去。"

"不需要。"顾寒山拒绝得非常爽快。

向衡:"……"报复来得这么快?

"那好吧。"向衡学她的语气。他明白,其实就是在耿红星这些第一现场的人面前,警察可以为她做保证人,加强她谈判的效果,但是在新阳和简语面前却没用。

这位姑娘,你也真是,太现实太势利了些。哪怕你客气一点掩饰掩饰呢。

"如果你们需要我帮忙就告诉我。"顾寒山道。

向衡无语,他就知道:"暂时还不用,谢谢你。"

"不客气。"顾寒山学他的语气,挂了电话。

听上去有点虚伪,不太适合她。向衡笑了笑,还真是,挺想跟她一起去的。

胡磊躺在床上思绪翻腾,最后得出了一个结论。

是简语害了他。

所有人里,只有简语最有权势,大家都听他的。那个需要换肾的,肯定也是简语的病人。啊,说不定没有病人,是简语在卖肾。新闻上都有说,有人偷肾去卖,电影里也有演过,医生利用自己的工作便利,偷病人的肾。还有,简语是研究人的脑子的,他得了脑癌,他的脑子对简语来说是很珍贵的,所以他们为了掩饰,才总跟他说他的这个脑癌对简语来说只是个普通病。缺什么才嚷嚷什么,肯定是这样。

他们在楼上布置了什么?今天晚上要对他动手,打算做什么?

胡磊脑子里飘过各种恐怖画面,心里越想越气。

是不是用他的手来除掉仇家,然后把他解剖了,器官都拆出来卖一卖,然后脑子留下?

"咔嚓"一声,门被推开了。

沉浸在幻想里的胡磊差点吓得跳起来。

刘辰的声音飘了过来,他正靠近床边。

"胡磊,你醒了吗?可不能再睡了,起来吃点饭,把药吃了吧。"刘辰在床边站定了,手上的托盘放在床头柜上,发出了轻轻的磕碰声响。接着刘辰轻拍了拍胡磊的胳膊:"醒醒,醒醒,起来吃饭了。"

胡磊缓了好一阵,这才装模作样地翻过身来:"早上了吗?"

"中午了。"刘辰道,"早晨你喝了一点粥,不记得了吗?"

胡磊确实不记得了。他更愤怒了,他们对他做了什么,他竟然完全不知道自己一天做过什么。

"吃点东西吧,该吃药了。"刘辰把托盘里餐盒的盖子打开。

胡磊看了一眼,还是粥。"我没有胃口。"他故意说。他确实没胃口,但为了健康活下去,他可以强迫自己拼命多吃,可他现在要装成虚弱的样子。

"没胃口也吃一点,不然身体扛不住。还得吃药呢,这药是餐后吃的。"刘辰劝他。

胡磊勉强吃了几口,道:"真吃不下,嘴里发苦,你能帮我倒杯糖水吗?"

"行吧。"刘辰往外走,道,"尽量多吃点。"

等刘辰出去了,胡磊迅速抄起药盒,进了卫生间。他把药倒在马桶里,按了冲水按钮,一把冲掉了。然后他回到床边,把药盒放下,迅速再吃了半碗粥,接着靠在床边等着。

刘辰很快回来了,他看了看胡磊的样子还有托盘里剩的粥,道:"还有半碗,再吃点。"

胡磊摇头:"吃不动了,我把药吃了就行了。"

刘辰道:"再吃一点吧,吃太少了不行。"

"那好吧。"胡磊装得很为难的样子,坐起来慢吞吞地继续把粥一口口喝下去。

刘辰把糖水杯子放到白开水杯子边:"你要的糖水,喝吧。"

胡磊扫了一眼,吓得一身冷汗。他说他把药吃了,但他的水都没动。

胡磊赶紧拿起糖水杯子喝了一口:"谢谢。"

刘辰完全没注意到有什么不对,他往后站了两步,看着胡磊。

"我一定吃完,你一会儿再来收吧。"

"没事,我等你。"刘辰跟以往一样,守着胡磊吃饭吃药。胡磊不禁想这粥里是不是也加了药,这么一怀疑,粥的味道也变苦了。

胡磊把粥吃完,把糖水和水全喝了。刘辰没再说话,把托盘取走了。

胡磊不敢再躺回床上,他怕再睡着了。他坐着,思索着下一步该怎么办。

顾寒山与耿红星他们约在了学校东门碰面。

顾寒山不认得"超强大脑社团"的人。社团团长许杭是通过耿红星加上了顾寒山。顾寒山爽快答应"切磋"。

耿红星与侯凯言是有些兴奋的,他们征得了双方的同意,带上了器材,打算把这场"非正式切磋"拍下来。

顾寒山来得有些晚了,耿红星和侯凯言在等她,超脑社社长许杭也到了东门一起等。

"时间太紧张了。"许杭道,"还以为不好约,结果一约就说能来,但只能今天下午。我赶紧通知社团的人,在群里喊人来应战。"

耿红星和侯凯言哈哈笑:"我们时间也很紧张,简直是飞奔报告领导,飞奔拿器材。"

"她说她这段时间很忙,其实给我们多一点时间准备充分些更好。"许杭道。

"今天就初步互相了解一下,等以后她不忙了,你们也准备好了,再搞个大活动。"侯凯言道。

"对,那肯定。"许杭道,"我记得以前就有同学推荐顾寒山,但她不肯来。当时我进社半年了,还想着这有什么,我们社里全是高手。那时我听名字以为是个男生。"

耿红星道:"今天第一次正式听说世外高人顾寒山。"

"要是真跟你们介绍的那么神,就太牛了。"许杭越说越兴奋,"我们社,已经有三个人拿到国际记忆大师称号了。上上一期《了不起的大脑》,我们拿了冠军的,但上一期被C大社团的人拿了冠军。今年的总冠军竞争肯定特别激烈。"

耿红星道:"我们如果做这个选题,就想能多一些高手一起联动。到时还请多帮忙。"

正说着,侯凯言眼尖看到了顾寒山,他扬手喊:"顾寒山,这里。"

顾寒山缓缓走过去,面无表情。

太容易就约到了顾寒山的许杭原以为顾寒山跟社里的小伙伴一样热情可爱,可顾寒山毫无笑意的脸让他一愣。

耿红星赶紧道:"她脾气有些怪,说话很直的。一会儿你们别介意。"

"好的,好的。"许杭想起来了,群里有人听过一两句顾寒山传言,提过顾寒山的脾气。

不一会儿顾寒山到了他们跟前:"你们好。"

耿红星给大家做了介绍,顾寒山跟许杭打了招呼,后头也没什么话说。许杭有了心理准备,倒也不介意,便把社团的情况和一会儿会过来跟顾寒山交流的小伙伴介绍了一下。说大家也都看了顾寒山在反诈活动现场那个扑克牌的视频。这次没什么准备,就是互相认识一下,让顾寒山了解了解他们社团训练情况和成果。

"数字和扑克牌都是基础训练，我们现在有社员在做情景记忆训练，就是一个环境里的各种细节，动态环境变化之后的前后对比，还有听音辨音记忆，随机播放的音效和人声的所有顺序，还有颜色碎片，还有文字墙，这两样差不多，就是满墙打乱的颜色碎片或是文字，然后调整了顺序之后找出变化。"

耿红星和侯凯言忍不住"哇"地赞叹一声，顾寒山看看他们，也跟着"哇"了一声。

那三人默了默，都看了过来。

顾寒山回视过去，那三人便又移开目光。

侯凯言来为顾寒山解围，他拉着许杭细问社里的活动，走到了前面。

顾寒山和耿红星自然而然地落下了几步。

顾寒山想了想，问耿红星："刚才我做错了什么吗？"

耿红星忙摇头："没有没有。"

顾寒山看了看他："你可以说实话，我在学习。"

耿红星摆手："真没有。"

顾寒山琢磨了一会儿，掏出手机打电话。

对方接了。

"向警官，我有个问题想请教一下。"

耿红星闻言竖起了耳朵，悄悄看了看顾寒山。

顾寒山没管耿红星的反应，她跟向衡讲述了刚才的情况，问："我哇完了之后他们三个表情有点奇怪，这是有什么问题吗？"

耿红星："……"其中一个表情奇怪的就站在你旁边，你这样直接问让他听到真的合适吗？

那边向衡也无语，他叹气："顾寒山，人家哇的那声是真心赞叹。"

"我也赞叹不行吗？"顾寒山反问。

向衡无奈："你上回说脸上有个什么肌肉，真心微笑的时候会调动那块肌肉，那肌肉不受意识控制，所以如果不是真心的，那肌肉就不动……"

"眼轮匝肌。"顾寒山插话。

"对，就它。你的赞叹没调动眼轮匝肌，就这个效果。"

顾寒山："虽然发声不需要调动眼轮匝肌，但我听懂你的比喻了。"

"我谢谢你。"向衡有些想笑。

"可我反应虽然慢了点，但也确实是真心赞叹的，这些普通人能够训练到这个程度，那一定是付出了巨大努力。"顾寒山平板板的语调让她这话添加了一股傲慢的味道。

向衡的笑容僵在脸上，他真是，该怎么说呢："行了，你别解释了，越解释越糟。"

顾寒山默了默："哇也不行，解释也不对，这么难哦。"

向衡："……"

"那我挂了。"顾寒山把电话挂了。

向衡回味了一番顾寒山最后这句话，心里不禁有些内疚。可不，哇了也错，解释更糟，怎么这么难，换了他也觉得不高兴。普通人也常说错话表错情或者有些让人误会的小事，那也没什么呀，怎么能对顾寒山这么苛刻呢。

向衡觉得自己错了，下回如果顾寒山再来问他，他就告诉她，你管人家什么反应怎么想呢，反正你也改……改得太辛苦没效率，不如让别人适应你吧，这样快一点。

向衡对自己最后的总结满意了。他忍了几分钟，有些忍不住，担心顾寒山刚才在他这里遭受了挫折打击，这姑娘不容易，他就别给人家制造难过。向衡给顾寒山发信息："刚才时间紧脑子没转过弯，表达得不完整。其实我是想说，人各有强项，你的强项不在交际上，就不用勉强，其他人从小受过的社会化训练比你多，他们更能包容理解。不能理解你的，你也不用跟他们交朋友。"

过了一会儿，顾寒山回复了。

"对的，我刚才就是这么想的。太难了不学了。"

向衡："……"别呀，该学还是得学。算了，他还是别说话了吧，都鼓励成什么样了。

结果没过一会儿，顾寒山又发来消息："我觉得我还是再坚持一下吧。"

"怎么了？"向衡问。这么快又有新事故？

顾寒山答："我爸还等我讨公道。"

向衡看着对话界面默了默，半晌回："加油。"

这边顾寒山已经没看手机，他们已经走到超级大脑社团的活动中心，那里已经有几个人在等。

顾寒山小声问耿红星："你觉得，我需要收敛一点吗？"

耿红星有些受宠若惊，居然问他的意见吗？他有点想反问是收敛个性还是才能，但觉得不太好意思。

顾寒山见他没回答，便又说："你们想要什么样的节目效果，哪个更好些？是血洗超脑社，还是势均力敌且待下回分晓好一点？"

耿红星："……"

"你们领导对什么样的感兴趣?你们今天过来的目标是什么?"

这个问题比较明确,耿红星会答了:"主要就是证明你的能力,还有准备一些花絮,看看镜头反应什么的。"

顾寒山点点头,又问:"项目联络人是你和侯凯言,这个你们跟公司说好了吗?"

耿红星有些尴尬:"现在这项目成不成还没定,就,还没有落实到这么细的分工。我们也没好这么早说这个。"

顾寒山道:"要早点说清楚,这是项目能确定的条件之一。不然你们只是实习生,容易被公司老人欺负。是你们把资源带回去的,但最后项目成了,你们也被踢走了,这可不行。"

耿红星有些意外,这些你也知道。

顾寒山又道:"而且必须是你和侯凯言两个人,这样你们互相帮助照应才能做好。如果公司老人说只能安排一个,你们就不答应,别被离间,别被画的大饼冲昏头脑。你们人脉少,经验不足,单枪匹马容易手忙脚乱,要团结。"

"嗯嗯,知道。"耿红星简直对顾寒山刮目相看,谁说她与世隔绝的,她明明很懂嘛。"谢谢你。"

"不用谢,我也是为了我自己。"顾寒山道:"我的情况特殊,我指望着你们对我照应些,别坑我。其他人我不认识,信不过。"

耿红星忙道:"我们肯定不会坑你,踏踏实实把事情做好,尽量帮助你。"

"谢谢。"顾寒山又问:"那你们联络了简教授了吗?"

"还没有。"耿红星道:"简教授是由公司前辈负责联络,他们查了,说简教授很有威望,是个大人物,他们希望能准备充分一些再跟简教授谈。不然担心会耽误简教授的时间。"

顾寒山道:"那你们呢,想不想见见简教授,先建立一个联系,也给自己争取些筹码。前辈们没做到的事,你们顺手就做了。这样好不好?"

"啊?"耿红星有些吃惊,这种大人物,是顺手就见的吗?

"简教授约我一会儿见面,在新阳精神疗养院,他的脑科学研究中心也在那儿,我可以带你们去,跟简教授认识认识,聊一聊,递个名片什么的。但我和简教授还有别的事,你们认识一下就得先走,你觉得怎么样?"

耿红星喜出望外:"那,当然好。"

"行。"顾寒山点头,那胸有成竹的样子,仿佛她说了就算。

许杭领着社团的人过来了,顾寒山上前与他们寒暄。侯凯言凑到耿红星旁边,耿红星忙道:"先做事,一会儿说。"

侯凯言默契点头。

顾寒山很快与社团里的各位同学聊上了。大多数时候是他们在说，顾寒山听。耿红星和侯凯言跟大家沟通好，打开了摄像机。

在镜头下，大家的表现又更积极了些。许杭认真介绍了他们社团的情况和各种活动，介绍了几位明星社员。同学们也很热情地说了自己的训练项目，展示道具。顾寒山跟在一旁看着听着，没说话。

之后有人提到许多练习记忆的人都向往的"国际记忆大师"称号，还有人表示想冲刺更高级别的"特级记忆大师"称号。顾寒山这才开口，说她爸爸为了给她治病，学习脑科学和记忆训练方法，曾经也去学习各种记忆法，参加了相关的训练，花费了大量时间，也去参加了世界记忆锦标赛，不过最后没能赢得称号。

超脑社的同学们对这种遗憾特别有共情，都发出叹息。

"他后来没再训练吗？"一个同学问。

"没了，他没那么多时间。他说他想鼓励我，像他这样年纪大的普通人也能练成，我也可以，希望我吃苦，坚持下去。后来他觉得挣钱比他以身示范的精神鼓励更实际，他就没浪费时间了。"顾寒山道。

大家有些愣，这说法怎么像是有些打击他们这些不挣钱只想拼成就荣誉感的超脑爱好者。

许杭赶紧拉回话题："顾寒山，你也训练过吗？"

"我吗？当然训练过。"顾寒山道。

她话还没说完，另一个同学插话："那你也参加过记忆大赛吗？"

"没有。"顾寒山摇头，"从没想过要参加。我日常治疗的训练要比记忆大赛的内容难很多。我爸爸也不希望我的情况曝光。"

大家一时不说话，互相看了看。

"你们想试试吗？"顾寒山突然问。

众人精神一振，推掉其他事情跑来这里，就是等的这一刻。这姑娘在视频里可是夸下海口没有对手，大家可都摩拳擦掌想领教一下，可都没好意思先开口。这下好了。

"试试吧。"许杭也很兴奋。

"玩什么，你们挑吧。"顾寒山很大方。

大家互视一眼，一个女同学道："你在视频里玩牌，那我们也玩牌吧。"

"记牌面顺序吗？"

"是的。"

"你们谁擅长？"顾寒山问。

其中四个同学都答:"我们最近练的都是牌。"

"那就一起。"顾寒山挑了个位置坐下,左右对面正好空着四个座位。

大家迅速把桌面的其他东西都清空。许杭拿来了四副全新的扑克。

顾寒山道:"我来洗第一道,之后你们各自再洗两遍,互相交换,可以吗?"

"可以,可以。"大家都一脸兴奋,所有人围着桌子站了一圈。

耿红星和侯凯言一人一个位置,分两个不同角度进行拍摄。

有人帮着把牌拆了包装,顾寒山拿起一副牌开始洗。试了试手感之后,她开始玩花样,唰啦,纸牌在她手里拱成弧状,冲向她的另一只手掌。左手接到牌后,单掌将牌翻转,交替切换,很快把牌面打乱。

很快洗完一副,她开始洗第二副,这次是两副牌一起洗。她一边洗一边道:"我练过的。专注力和手指精细活动,还有魔术里的那些小花招。我爸总说有些趣味性能让人更容易坚持,我从前不觉得有什么好的,但现在我才知道,他让我做的每一件事都是有用的。"

大家光盯着她的动作,也太帅气了。

顾寒山把第四副牌洗完,然后从桌上拿起来牌,一副一副分别放在四位同学的手里。

接过纸牌的同学都有些愣,然后他们拿起纸牌,发现他们掌心里放着一颗圆圆的水果糖。大家笑起来,还真是,会魔术。

"谢谢你们今天愿意陪伴我,愿意为我没有作弊做个见证。"顾寒山道。

一位同学笑道:"其实我是来打败你的,不过你这么说,应该就是胜券在握了。"

顾寒山点头:"是的。"

大家又笑起来。好狂妄,但是给了颗糖呢,让人生气不起来。

同学们开始洗牌:"我们洗牌都比较传统,不秀。"

众人又笑。

顾寒山看了看时间:"我一会儿还有别的事情要办,你们记牌也还需要时间,这么安排好不好,我们刚才经过的训练区,墙上有一个乱序的文字墙,桌上有马赛克颜色组,还有一个城市街景模型,你们去换下其中一块或者几块,我去找出来,然后再回来跟同学们比记牌。"

四个同学已经洗完牌,把牌放到桌面。

许杭有些愣,但很快反应过来:"好。"

他招呼几个社员赶紧一起去布置那几块区域。

顾寒山也不看他们的动静,只对那四个记牌的同学道:"交换,摊开吧。"

四个同学随机拿走一位同学面前的牌，放到自己面前，大家把牌唰地一下摊成扇形。在旁边充当裁判的同学赶紧把牌面都拍了下来，负责计时的同学喊道："准备了，一、二、三，计时开始。"

顾寒山把四副牌分别看了一眼，便往后靠到椅背上，轻声向旁边的同学道："社长那边准备好了我就过去。"

那同学赶紧跑去叫社长，许杭很快回来："可以了。"

顾寒山起身离座。耿红星给侯凯言打个眼神，侯凯言便拿着机器跟着顾寒山走。

顾寒山走到汉字墙前，盯着墙上密密麻麻的汉字看了十几秒，选中了两个字。侯凯言的机器拍完汉字墙拍顾寒山，又拍下她选的字，再拍许杭，许杭苦笑："是这两个。"

他们之前介绍训练项目的时候，就站在这墙前面讲了两三句便走到下一个位置去了。顾寒山，也就能看到十几秒吧。

顾寒山没有表情，丝毫没有挑战成功的喜悦，她点点头："下一个。"她转身走到最近的城市街景模型，围着模型走了一圈，一边走一边指出哪里被换过。

一圈走完，她也说完了。

侯凯言的镜头又对准了许杭。许杭道："全对。"

顾寒山不再说话，再走向马赛克色块桌子……

最快的一个同学刚把牌记完，顾寒山就回来了。

大家把牌都收好。

顾寒山道："我刚才看的时间比他们短，所以如果我都说对了，就是我赢。"

"对。"裁判同学道。

"那开始吧。"顾寒山靠在椅背上。

裁判同学拿起第一副牌。

顾寒山念一张他把一张放在桌上。顾寒山念得快，他放牌速度差点没跟上。

大家屏声静气盯着，一副牌念完，一张不差。

两副牌念完，一张不差。

第三副牌，顾寒山念到"红桃三，黑桃K"，裁判同学放出来的是黑桃K，大家均一愣，顾寒山很平静顺滑地道："搓一下，盖住了。"

裁判同学涨红脸搓一下牌，还真是下面有张红桃三。

顾寒山似没事一般继续往下念牌面，大家看她的表情都有些微妙变化，出现与自己答案不一致的情况，她竟然一点不质疑自己记错了，这自信、这心理素质，就不是一般同学能比。

四副牌念完，一张不差。

大家都看向许杭，许杭道："文字墙、街景和马赛克桌，也都全对。"

"哇。"

"太厉害了。"

有人轻呼，有人惊叹。

顾寒山看了看时间，站了起来。她看了看镜头，和缓说道："我想说几句话。"

大家安静下来，顾寒山看了一圈众人，再看向镜头："我生下来，大脑就是有缺陷的，无法治愈，不可逆转，我不是一个正常的孩子。我爸爸给了我有缺陷的生命，但因为他的爱和坚持，我的缺陷最终变成了超能力。我从婴儿时期，大脑还没有产生记忆的时候就开始接受治疗，后来长大一些了，又开始训练，因为我爸爸的认真和努力，我在治疗上没有走过太多弯路，虽然曲折，但一直往好的方向发展。"

"在我小的时候，曾经有医生对我爸爸说过，我夭折的可能性很大，就算能长大，也需要终身看护。我爸我妈的基因是正常的，医生劝我爸爸可以再要一个孩子，一个健康正常的孩子。我爸拒绝了。他说他这样一个平凡的人，上天却赐给他一个天使，他责任重大，所以得把我照顾好。我很感谢我爸爸。"

众人听得有些动容。

顾寒山道："我能赢你们，完全是天赋、方法加勤奋的结果，这跟你们普通人是一样的。我希望你们能理解我赢得有多艰难。你们看到一张牌，只有记得与不记得两种结果，而我看到一张牌，脑子里会涌现我人生当中所有见过这张牌的场景，我没有不记得这个选项，但我可能会被无数场景淹没。我能毫不混乱，像个正常人一样把这些信息处理好、讲出来，是比你们更辛苦更艰难的，我的天赋不是加持，是负担，但我还是做到了。"

耿红星很兴奋，想不到顾寒山还挺会说话，这煽情能力，非常好。太有红的潜质了。

顾寒山继续道："说这么多其实是铺垫我想说的一句话，需要铺垫是因为我爸说过，有些我说的话，讨人嫌程度直接加满，我希望你们能理解我的意思。我想说的是，我是个天才，但我要做到普通人能做到的事，也是需要刻苦学习的。"

最后这句，如果没有铺垫确实挺讨人嫌的。大家都笑了起来。

"希望这些事实能够鼓励到你们。今天先这样，我走了机会。再见。"顾寒山转身往外走，许杭跟在后头道："加入我们社团吧？"

"这个不考虑。"顾寒山道,"不过如果以后还有机会,我可以回来给你们当陪练。"

"那会越练挫败感越重吧。"一位同学道。其他人笑起来。

顾寒山道:"那就教练吧。我掌握的科学和方法,足够当你们教练了。"

许杭笑道:"行呀,我们回头联络。"

大家簇拥着把顾寒山送出去了。少数几个人一路将顾寒山送到学校门口。

大家都很兴奋,一路聊着天。顾寒山话虽少,但还应付着,直到上了出租车,四周才安静下来。

顾寒山掏出耳机戴上了:"我需要休息一下。"

"好的好的。"耿红星和侯凯言交换了一个眼神,也不再说话。两人用微信静音沟通了一下今天的情况,都感到振奋。顾寒山这个项目比他们想象的还好,有超能力,上镜,还很会说话,煽动力强。要是项目真能做起来可就太棒了,那他俩的工作简直是出道即巅峰。

顾寒山戴着耳机闭着眼靠在车窗上。

她的脑子里无数画面乱撞。她爸爸开会和演讲的画面,她模仿、学习他的手势和语调,她对着镜子练习煽情和说辞,她练习微笑,她观察自己的眼神和表情。

她不喜欢说话,她可以好几天一句话都不说。但她现在可以一天说好几天的话。

她头疼,大脑里画面多到要爆炸,神经兴奋得太阳穴突突跳,她的胃也在翻腾。

但她扛下来了。

要坚持呀。

她可以做到。

第八章
浮现

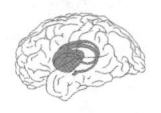

童元龙回到了律所的办公室,换了一部手机拨电话,听到响了一声之后他挂断了。

过了好一会儿,他的桌面电话响起,他刚才找的人回电了。

"雪人。"童元龙唤道,"我今天去见范志远了。他找我。嗯,是有些情况,他说昨天关阳找他问话,让他辨认了十二张照片,其他人他都不认识,但里面有顾寒山。他问我外头是不是发生了什么事。"

童元龙顿了顿,听电话里的人回应,又道:"他倒没说这个,没提起你。但是他让我联络老王,说是让老王帮他找个带院子的小别墅,他出来了先住一段缓缓精神。他还说不要带刺的花,尤其是玫瑰,务必要清理干净,他说玫瑰对他不利。"

对方又说了什么,童元龙听着,然后道:"嗯,我是觉得他有些不想走的意思。但我问他,他又说总不能一出来就上飞机,他要先住一段缓一缓,这也在理。但我总觉得他有什么打算,他不告诉我。"

童元龙顿了顿,道:"我还没有给老王打电话,我想先跟你确认一下,你能明白范志远的意思吗?嗯,你也是这么想的,他想杀人对不对?你知道玫瑰是指谁吗?你也不知道?如果他真让老王帮他杀人,那真是疯了。现在什么状况,他还不老老实实安分一些。不不,我当然不能瞒着不说,他一定会问我结果的。到时我说我忘了,没跟老王交代,我找死吗?而且我跟老王提了范志远的要求,老王也会详细问我发生了什么事,范志远还说过什么。我如果有隐瞒,日后他们万一有通消息的机会,那我也完蛋。我不能瞒着,必须按范志远的要求办。"

对方又说了什么。童元龙有些烦躁地站了起来:"这肯定不行,当然也不能由着他们乱来。如果真杀了人,被警方查出来,我的麻烦就大了。他在看守所关着,出了事肯定是有人帮他传消息,那还能有谁,肯定是我。不,我拖不了太久,我今天必须传达,明天还得去看守所,范志远要办的事,肯定不能让人糊弄。你的计划什么时候能实施?要这么久吗?是,我知道人在看守所里行动不容易,得等机会。但拖得越久,大家就越危险。嗯嗯,你有什么建议?"

童元龙安静地听了一会儿对方说的话,有些意外:"你先找老王?你要跟他说什么?哦,明白了。这样老王就会来找我,让我帮着向范志远示警。这情况正好跟范志远说的一致,我把范志远的交代说出来,既完成了任务,也让老王觉得你这边有门路,靠谱。主动权就在你这边了。"

童元龙再听对方进一步说明计划,他点头:"好的,我明白了。要清理玫瑰之类的带刺的花,范围模糊一点,就按你说的办,起码你还有机会阻止他们。交给你了。你打算什么时候打电话?好的。"

燕子岭,小白楼。

胡磊在床上假寐了一会儿,他觉得自己没睡着,但醒过来时觉得自己的手有些麻,应该是长时间被自己压着造成的。胡磊这时候才发现自己房间没有钟表,他也没有手机看不到时间。胡磊更暴躁起来,觉得自己是个待宰的羔羊。

这时候他听到外头楼梯处有动静,有人拿着什么东西上楼,似乎有金器碰撞的声响。胡磊下了床,甩了甩手,将门打开了一条缝悄悄看,没看到有人。过了一会儿,他看到护工刘辰从楼上下来,直接下到一楼去了。

胡磊退回房间,到洗手间洗了一把脸,让自己清醒了一点。他拨开窗帘检查了窗口,从前没怎么注意这些细节,现在发现窗户外头的防盗纱窗是锁死的,根本打不开。想从窗户逃出去,完全不可能。

胡磊从窗户往下看,隐隐看到院子里停着一辆车。应该就是杨安志的车子。外面天色还是亮的,还没到晚上,这让胡磊稍稍安心。

胡磊等啊等,又熬了一段时间,他再打开门探头看了看,没听到任何动静,于是他壮起胆子潜到楼梯间,确认没人,他便扶着楼梯往上走,三楼的格局跟二楼一样,每间屋子都关着门,胡磊试了试,门锁着,打不开。一直往里走,有一间屋子的门是双开的,似乎特别大。

胡磊猜这可能是两间屋子并成了一间。这间屋子的门没有锁,两门之间错着一条门缝。胡磊趴到门口,从门缝里往里看,没人。他隐隐看到了一张不锈钢床,就像电视上解剖用的一样。胡磊心里一惊，他推开门迈了进去，这才看仔细了。

确实是一张解剖床，床边有两架小推车，空的。床的顶上有巨大的灯，像是手术室里的那种灯。灯的旁边还吊着两架摄像机，那角度，是从空中俯拍床上。床头还有一个机位，也架好了一台摄像机。

胡磊的心乱跳，他的理智几乎被暴怒淹没，他们打算对他做什么？！

科学恶魔，实验怪人！

胡磊从小说和电影里看到的那些剧情在他脑子里发酵，他几乎想象出了完整的后续。

胡磊出了门，又折回去，试图找到一些称手的武器。这里得有手术刀吧，或者别的什么，他得保护自己，他决不任人宰割。但他在这恶魔的实验室里没有找到凶器，这里是空的，什么都没有。

胡磊感觉到头疼，脑袋里似乎有根神经在跳跃，一抽一抽地疼。这让他清醒了一些，他停下了翻找的动作，不再发出声响，他庆幸没有引来刘辰和杨安志，他现在的状况，一对二肯定打不过。

胡磊退了出去，悄悄潜回了房间。他再次洗了一把脸，他得保持清醒。没吃药是对的，但这也让他头疼，而头疼让他暴躁。胡磊在屋里踱步，完全坐不住，真想有一把刀，他要杀掉他们，反正他也杀过人了，还是他们诈骗教唆的，所以不怪他，都是他们自找的，自作自受。

胡磊眼前出现了幻觉，他看到了自己杀掉许塘的那一瞬间，许塘再嚷不出来，软倒在地上。他清楚地记得那一刻的感觉，多么兴奋多么有成就感。别人总是对他呼来喝去，爸妈也总说他这不对那不对，他总是得不到认同，他也没法认同他们。但是许塘死的那一刻，他是喜欢许塘的，许塘被他干掉了，真好，完全被他控制，他才是掌握一切的人。

胡磊的手握了起来，像是握了一把刀，画面里许塘的脸变成了刘辰的脸，杨安志的脸，简语的脸……

对，简语。胡磊把刀子握得更紧了，简语最该死，他是魔鬼头子。

胡磊的幻觉忽地散开，他隐隐听到了杨安志的声音。

胡磊顿时一惊，他僵在原地，缓了一缓，听出来那声音是从外面飘进来的。胡磊想起来，刚才他没有关窗户。胡磊潜到窗户那儿往外看，确实是杨安志，他在院子里抽着烟打电话。越走越远了，再听不到他的声音。

此时外头的天色竟然已经微微暗了下来了。近黄昏了吗？胡磊心跳加速，时间竟然过得这么快？他明明感觉只过去几分钟。

他的时间不多了。有一个念头在胡磊的心里跳了出来——现在，这楼里，只有他和刘辰。

胡磊火速行动，可他找来找去，找不到武器，最后他的目光落在了电视线上。

胡磊把电视线藏在衣服里，放轻脚步下了楼。

楼下空旷安静，办公室的屋门半开着。

胡磊潜过去，在门口一看，屋子里果然只有刘辰一个人，他正戴着耳机在打电脑游戏。

胡磊掏出电视线两端拉紧，几步冲上去用线缠上了刘辰的脖子，将他猛地往后一扯。

刘辰大吃一惊，叫也来不及叫，被扯得重重摔在地上。胡磊弯膝用力将他压着，使劲拉紧了手上的电视线。

刘辰奋力挣扎，但被压制得死死的，没过一会儿，他的身体彻底软下来。胡磊不放心，再勒了好一会儿，这才放了手。

胡磊把刘辰翻过来，确认他断了气。他看了尸体几秒，心里觉得舒畅平静许多。他深呼吸了一口气，感觉吸进来不少能量，浑身有了力气。他把刘辰的衣服脱了，再脱自己的，然后把刘辰的衣服换上。

胡磊把办公室快速搜了一番。他在桌上看到一把汽车钥匙，他拿起就放进了兜里。柜子门锁着，那里面说不定有什么有用的东西。胡磊找到了工具，把柜门撬开。在柜子里，他发现了一个背包。背包里有钱、生活用品等，还有手机、笔记本电脑。胡磊差点笑出声，这简直就是给他准备的。

胡磊背上背包，拿起刘辰放在桌上的门卡，往大门走去。

大门处从外头进来需要刷卡，里头出去得按一个按钮。胡磊被带出去杀人的时候出去过，他知道按钮在哪里，他也知道怎么避开杨安志打电话的那个位置。

胡磊顺利走出去了，他非常小心。杨安志正打电话，电话那头察觉情况很可能随时叫人过来，又或者会通知简语。他好不容易才跑出来，他不能再被他们坑害了。

胡磊从杨安志身后拐角掩了过去，他站在拐角这头，杨安志在那头。他看不到杨安志，但能清楚听到他讲电话的声音。

杨安志正在说："顾寒山来了吗？跟简教授见上面了吗？"

胡磊心一跳，果然是简教授。

"嗯，我不是催什么，这不是你们弄完了顾寒山才能有空过来处理胡磊嘛，我确认一下你们的时间安排。"

胡磊咬牙。这些人是打算杀死一个再来杀另一个吗？胡磊想起来顾寒山是谁了。那时候杨安志带他去新阳，他们提早去的，杨安志说要带他好好参观一下。当时胡磊看着新阳优美的环境心里特别高兴，他做完手术就能到这里康复疗养，简直是太好了。他们经过花园旁边的玻璃长廊的时候，有一个年轻姑娘正闭着眼睛坐在那里晒太阳。胡磊对这姑娘印象深刻，他记得她文文弱弱的样子，皮肤白得像透明的，乌黑的头发披在肩上，是个很漂亮的姑娘。

杨安志告诉他，那也是简教授的病人，叫顾寒山，脑子也有问题，是世上最罕见的病例，就这样简教授还把她医治好了。

"你看她现在，跟正常人一样，健康得很。"当时杨安志这么说，现在杨安志却说"你们弄完了顾寒山才能有空过来处理胡磊"，多恶毒多坏，他们这伙人真是死有余辜。

胡磊气得脑袋疼，他隐隐听到杨安志的话："今晚你们过来就行，我都准备好了。"

准备好了要解剖他是吧？

胡磊心里冷笑。我也准备好了，要死大家一起死。

先杀老大，再弄你们这些小卒。

胡磊探头看了看杨安志的位置，摸着时机又潜回楼里，很快他又出来，转身潜到了建筑的后头。

过了一会儿，整栋建筑里的灯光忽然一下全灭了，一股黑烟在楼里弥漫。

杨安志聊着电话，他似乎闻到了烧焦的味道，他回头看了看小楼，然后他反应过来，楼里室内的灯光灭了，隐隐有烟飘出来。杨安志吓了一跳："挂了，回头再说。"

胡磊伏在楼边角落的阴影里，盯着他。

杨安志挂了电话匆匆往楼里去。

楼大门被推开，又"呼"的一声关上。

胡磊飞奔出来，按了车钥匙，看到院里唯一的一辆车车灯闪了一下。胡磊打开车门上了车，火速启动，离开了这里。

"刘辰。"杨安志进了楼，焚烧的烟还挺大，他大声叫着刘辰名字。

没人应。

"刘辰。"杨安志继续叫，大步往里走。他看到了火光，是一楼堂厅的窗帘被烧着了。杨安志一惊，他赶紧拿了灭火器把火灭掉了。这烧起来就麻烦了，会引来警察。

火灭了，但刘辰没有出现。

杨安志觉得不对了。

他警惕起来，他拿着灭火器走到了办公室门口，门敞开着，一个人倒在地上，一动不动，裸着，没穿衣服，像是刘辰，他脖子上还缠着线。

杨安志吓得连退几步，躲进了墙角。

周围没声音，似乎也没人。

杨安志握紧了灭火器护在胸前，过了一会儿，他定了定神，终于有勇气冲进办公室查看刘辰的情况。刘辰的脖子被电线勒出深深一道印，两眼突出，脸憋得发紫，已经断了气。

杨安志又惊又怒。他飞速退出大门，把大门锁上，防止有人进出。接着他跑到了院子，一眼看到自己停在那里的车不见了。

胡磊！只能是他。他杀了刘辰，偷了自己的车子跑了。

杨安志暴怒，但他稳住自己，思索着应对办法。

这时候追是追不上了，必须搞清楚还有什么状况，最重要的是，这个地方必须马上清理干净，如果胡磊引来了警察，这可麻烦大了。

杨安志迅速在周围转了一圈，看到电箱门是开的，线被割断了。杨安志看了看天色，他退回楼里，开门锁门，取了工具，再锁门，奔回电箱处，快速把线修好。

接着他再次回去，楼里已经灯光明亮，他锁好门，走向办公室。

刘辰确实已经断气了，死状恐怖凄惨，身上只有一条内裤，其他衣物不翼而飞。而离尸体不远的地上，散着一身病号服。显然是胡磊杀死刘辰之后，还把他的衣服换走了。

杨安志咬牙，仔细搜查了一遍办公室。

桌上一片凌乱，抽屉半开，有些杂物滚到了地上。储物柜的锁也被撬开了，门是虚掩的，杨安志心里咯噔，他打开柜门一看，一口气差点提不起来。锁在柜子里的包没了，那里面有他所有的应急物品，最重要的是，他的笔记本电脑在里面。如果电脑落在了警察手里，那他们全完蛋。

杨安志心跳得厉害，他紧咬牙关，奔上了楼。

楼上没人，各个房间都正常，胡磊房间看上去也正常。但他究竟是怎么察觉不对的？他明明吃了药，应该困倦昏睡，为什么突然杀人逃跑？他发现了什么？什么时候发现的？

杨安志上了三楼，一切如常，他不能确定胡磊有没有上来过。

但现在这些都不重要了。

只有一件事重要。

胡磊杀了人，偷了他的包，开走了他的车。胡磊可是受通缉的，他这么乱跑，很可能会落入警方的手里。

太大意了,万万没想到。

把胡磊骗到手的过程太顺利,让人轻视了他。甚至胡磊听话杀了许塘回来一脸愧疚没办好的样子,傻傻地听任他安排时的局促,每天吃药昏睡的状态,都让他疏忽了。

以为胡磊是傻瓜,结果人家蓄势待发。

杨安志忽然想到了,他回到胡磊房间,把电视机墙上的线盒打开,里面的线果然接上了。胡磊看了电视,这就是原因。杨安志憋了一口气,他缓了一缓,把楼里完整地搜查了一遍,确认了所有情况,这才回了办公室。他把自己的东西收拾了,坐下想了好一会儿,然后他给常鹏拨了电话。

一间郊区自建房,两层小别墅,前后两个院子,红瓦白墙,干净气派。

夕阳下,一个年轻人在院子里浇花,院墙角落里,安装着安全监控摄像头。

屋子里,一个高大健壮的男子一脸严肃地接着电话:"嗯,嗯,你确定?好,非常好,这当然没问题,你做得很对。我也觉得这会危害到老范,得马上处理。是的,我们都在等老范出来。就差最后一步了,不能功亏一篑。你继续查一查,了解清楚更多情况,我来联络童律师。嗯,你就了解情况就好,不要有任何行动,等我的指示。好,就这样。"

男子挂了电话,拿着手机看了看,刚才他通电话时进来了一个电话,他没理,现在一看,还正好就是他想找的童元龙律师。

男子微皱了皱眉,看来还真是有些状况了。

男子给那个未接电话拨了过去,没一会儿,童元龙接了。

"童律师,你好。我是老王。"男子道。

童元龙那边应了。

"你刚才给我打了电话,有什么事吗?"老王问。

童元龙在电话那头说着什么,老王仔细听着,然后道:"他就说了这个吗?找个房子,不要带刺的花?嗯,他有强调什么花吗?玫瑰是吗?玫瑰这类带刺的。好,这个当然没问题。对了,童律师,老范他最近有什么事吗?警方那边有没有找他的麻烦?"

童元龙又一通说。

"那个关队,拿顾寒山的照片让老范认?"老王冷笑起来,"那老范怎么说的?警方有没有说为什么要认顾寒山?好,那你去查一查,有消息告诉我。你什么时候再去见老范?行,你就告诉他,他喜欢什么样的屋子我知道的,以前他在网上看到一个北欧风格的，跟我念叨了好几次说就喜欢这种，我就按那样的去给他找。花我会给他种好的，他不喜欢的肯定不会有，让他放心吧。"

童元龙应了。

老王又问了些别的，然后挂了电话。

老王坐在客厅里想了想，走出了屋子。他看了看外头浇花的年轻人，唤道："安平。"

那个浇花的年轻人此时正在修剪花枝，听到喊便转头："刘哥，打完电话了？是什么事？"

"是老范。"刘施阳道，"我们得办点事了。"

冯安平顿时来了劲头，他把剪刀往工具箱里一丢，双手随意在裤子上擦了擦，朝刘施阳走去："有事情做了？要做什么？"

"杀掉关阳。"

冯安平瞪大眼睛："真的？"这也太刺激了。

"对。老范从前跟我定过一些暗号。玫瑰，是指警察。他让童律师给我带话，说让我帮他找带花园的小别墅，不要带刺的花，尤其是玫瑰。他的意思是，他出来后，不打算走了。"

冯安平面露喜色："那刘哥你也不会走了吧？"

"我又不是老范，我不会说鸟语。再怎么糟糕，还是家里舒服呀。"刘施阳道，"但当初童律师说的，跟老范说好了，让我们大家都散了，安安静静的，都别惹事，等他官司打完。如果他没事出来了，就到国外去，国内不安全。那些警察会一直盯着他的。就算这次没事，以后也说不好。也许还会被翻些旧账出来，还是出国换个地方踏实。"

冯安平点点头。之前计划确实是这样。不止范志远要出国避风头，为了避免查到他们头上拖累了范志远，他们也得出去，而且还不能跟范志远去同一个国家。大家分开几年，等风声都过去了再说。

"我觉得老范现在不这么想了。"刘施阳道，"或者他从前就没这么想过。只不过当时得靠着童律师，还有他爸爸那边，他得稳住他们，先把官司打赢再说。现在嘛，肯定是有些变化了。"

"什么变化？"

刘施阳道："关阳很可能查到了顾寒山。"

"顾寒山？"冯安平不是太明白，"这是什么问题？顾寒山不认识范哥吧？"

"那是老范的私事。"刘施阳道。

"哦哦。"冯安平觉得自己明白了。

顾寒山这个人物在他们这里算是一个小秘密，亲近的几个兄弟都知道她。小姑娘，大脑有缺陷，天才。她是范志远的目标，一个很重要，但是一直都没有下手的目标。

范志远有一些特殊的癖好，非常私人。他自己做些满足个人癖好的行动时，不需要小弟们帮他处理，他要自己亲自动手。所以很多时候冯安平他们并不知道范志远看上了谁，做了什么。但这个顾寒山，他们却是知道的。

因为这个姑娘太特殊了。据说她有超能力，可能还远在所有人之上。

冯安平听过这姑娘的传说，感觉她不只是个目标，也有点像是对手。但她与他们这伙人从来都没有交集。没人去接触过她，据说范志远也只是远远看过，不知道是在等待什么。

冯安平对刘施阳很忠心，也很仰慕范志远。这两个都是超级强人，都有超能力，而范志远就更有光芒一些。有些人天生就有领袖气势，范志远就是。他才华横溢，胆魄过人，阴狠冷静。

范志远另一个让人羡慕的地方就是太潇洒了，他做事只凭喜好不求利益，不拉帮结派逞凶求财，不与什么黑势力勾连，做他的小弟不必卑躬屈膝看人脸色，而他对他们这些兄弟出手大方，很舍得给利益。且范志远做事计划周密，执行起来还挺刺激，他们这些小弟学到不少东西。这些都让冯安平觉得比别的犯罪小团伙高级许多。

他们这些人，是跟着老大走高端路线的。

冯安平认为范志远这样的人不会再有第二个。

范志远自己的特殊癖好，从不拉上他们。他都干自己的。简直是不给小弟添麻烦的好大哥。冯安平很满意跟随两位大哥的生活。可惜范志远终究东窗事发，被警察抓住了。

这之后刘施阳按范志远的嘱咐，把队伍都解散了。大家钱拿好，各自过各自的生活，别惹事别犯法，不能在范志远待审期间给警察抓到什么把柄。至于今后怎么办，就等范志远一声招呼。

冯安平没离开，他仍旧跟着刘施阳。这两年日子过得太无聊，跟退休老头似的。冯安平挺高兴现在有事干了。原因不重要，能重回光辉岁月就行。

"要杀那个警察关队，可是大活呀。"冯安平道，"能干成吗？"

干成的意思，不是能不能把人杀死，而是怎么杀，杀了人之后能不能全身而退，而且还不能牵连到范志远。

范志远挑还在看守所的时候让他们动手，就是要撇清楚自己的关系。

"这事得好好计划。"刘施阳当然清楚事情的重要性，"而且现在不止关阳，还有其他带刺的花。"刘施阳顿了顿,"他们对老范的二审有威胁。我们动手得干净,不能留下把柄。"

"那我们把兄弟们召回来?"

"不行,都说了要干净。当初让他们散了就是不想让警察查到。"

冯安平问:"那就我们两个?"

"我先找雪人商量商量。"刘施阳道,"雪人掌握了一些情况,我觉得可以利用。老范的事,她必须要出一份力。而且她脑子灵,办法多,身份也好用。找些跟我们不相关的帮手,处理起来方便。"

"她行吗?"冯安平不放心。

刘施阳道:"没问题的,她特别怕老范,听话得很。要说忠心,我们排一二,她能排第三。"

冯安平便道:"我没意见。刘哥你定好计划,让我怎么办我就怎么办。"

刘施阳转身往屋里走:"我去联络雪人。"

新阳精神疗养院。

耿红星和侯凯言第一次到传说中的"精神病院",这里与他们想象中大相径庭。

气派的大门,华丽的庭院,优美的绿化,再来是富有格调的建筑,整洁明亮的环境,如果没有大门招牌,根本想象不到这里是收治脑部和神经类疾病的疗养院。

旁边的"新阳脑科学研究中心"的牌匾更让这里有了高大上的感觉。

"这里环境也太好了。"侯凯言忍不住赞叹。

"价格也很好。"顾寒山道。

"嗯嗯。"耿红星点头,"看着就很贵。"

顾寒山道:"我爸跟简教授签的协议里,有一条是如果我有需要,可以免费住在这里,期限终身。"

耿红星和侯凯言愣了愣,明明是一件占便宜的事,但听上去好惨。

"我当时跟我爸说,也不知道这医院活得久,还是我活得久。"顾寒山道,"我爸说你管这医院怎么样,爸爸在,不会让你住院的。后来我爸不在了,我在这里住了快两年。"

耿红星和侯凯言都沉默了,真可怜。

顾寒山这时候却停下了脚步。

耿红星和侯凯言顺着她的目光一看,看到了昨天晚上的那位向警官。

"你们好。"向衡微笑着。

耿红星和侯凯言很意外在这里会遇到向衡，这位警官还真是一直跟着顾寒山的吗？

"向警官好。"顾寒山也没想到向衡在这儿。虽然向衡说过他愿意陪她来，但她已经拒绝了。

"你们陪顾寒山来做体检吗？"向衡看着耿红星和侯凯言问。

两位刚入社会的年轻小伙子顿时感觉到了压力。耿红星答道："我们一起去的学校，拍完那边的素材，也过来见识见识，多多了解，希望后头能更好地合作。"

应对得还算得体。

向衡点点头："走吧。"他摆摆手，示意顾寒山领路。

顾寒山走到他身边，问他："向警官来做什么？"

"受专案组组长葛队的委托，来跟进证人的身体检查情况，确认证词有效性，保证案子侦查的顺利推进。"向衡道。

"好的。"顾寒山也不问向衡等了多久，只道，"那一起走吧。"

顾寒山领着大家朝里走，一边走一边给简语打了电话："简教授，我来了。你在哪里？好，那我去医疗大楼等你。我今天带了朋友给你认识。"

耿红星和侯凯言闻言有些紧张，生怕简语不高兴。但简语似乎没什么异常反应，因为顾寒山很快应："好的，我们等你。"听起来简语都没问什么样的朋友。

顾寒山挂了电话，带着大家继续走。一路园林景致优美，人迹稀少。这里像公园，不像医院。

进了医疗大楼，大堂有一个服务台，坐着两名护士，见到有人进来便站了起来，微微欠身，齐声道："你们好。"

角落站着一名保安，也立正微欠身打了招呼。

顾寒山似乎跟她们很熟，说了句："我给简教授打过电话了。"

一名护士微笑应着："好的。"她小跑步奔到电梯间，帮忙按了电梯。电梯门开了，待顾寒山他们进去，那护士按了三楼按键，又退了出来，对顾寒山他们微微欠身。

电梯门关上，耿红星舒了一口气："服务很到位。"

顾寒山道："也就这栋楼和住院大楼有这种服务，因为会有病人和家属进出。门脸还是要做得好看的。走到里面，就很少能见到人了。"

说话间三楼到了。电梯门一开，一位女医生在电梯外头等着："你好，顾寒山。"

"林医生好。"顾寒山带着耿红星他们走出电梯。

林玲道："简教授告诉我你来了，让我来接，他说你带了朋友，需要招呼一下。"

"我的两位学长,这位是向警官。"顾寒山给他们做介绍,"这位是林玲医生,我的医疗小组医生之一。"

"你好。"耿红星和侯凯言有些拘束,客客气气的。

"你们好。"林玲也客客气气。

一位高大的男医生走了过来:"顾寒山,你来了。"

"常鹏医生。"顾寒山继续介绍,"我医疗小组的另一位医生。我的两位学长,这位向警官。"

耿红星和侯凯言有些愣,这顾寒山究竟有几位医生?

这位常鹏医生表现得比林玲医生热情,笑着对他们道:"第一次看到顾寒山带朋友来。两位学长也是历史系的?是陪寒山来看病吗?"

"不是不是。"耿红星忙摆手,"我们不在一个学院,我们学新闻的。"

顾寒山道:"他们在第一现场做记者,来认识认识,了解一下情况。"

林玲有些惊讶:"记者吗?跟简教授说了吗?"

"没说具体的,但简教授愿意见见我的朋友。"顾寒山道。

这个是肯定的。顾寒山就算是路边捡到一只猫简教授估计都很有兴趣了解情况,何况是主动带人过来。不管是谁,他都会有兴趣见一见。

这边常鹏已经掏出名片,递给耿红星和侯凯言:"那就认识一下吧,常鹏。"

耿红星和侯凯言受宠若惊,赶紧也掏出名片递了过去,简单自我介绍了一番。

林玲没参与,她招呼大家去会客室。

常鹏跟在众人身后,走在向衡身边:"向警官也是武兴分局的?"

"凤凰街派出所。"

"那向警官来这里是因为?"

"葛队派我来的。"

常鹏套着近乎:"葛飞驰队长?我昨天见过他,我们整个医疗小组他都问话了。看来他很在意顾寒山的情况。"

向衡只笑笑没说话。

常鹏便也不多说,相当识趣。

林玲将大家安置在会客室。会客室里有沙发、图书、杂志,甚至还有玩具。耿红星和侯凯言忍不住四下看了看,然后跟着林玲到沙发这边坐下了。

"这里是给病人家属朋友等待时用的。我们这里的看诊、检查和评估有时候需要的时间很长,所以需要一些能消磨时间的布置。"林玲问,"你们要喝什么吗?"

"不用不用。"耿红星和侯凯言忙应。

"那就矿泉水吧。"林玲拿手机发了信息，道："得麻烦你们稍等一会儿，简教授一会儿到。"

"今天检查什么项目？"顾寒山问。

"等等。"林玲走到一旁的电脑前，敲键盘进入系统，不一会儿打出一张纸。她把纸拿给顾寒山："这些，你看看。"

顾寒山看了一眼，问："要测谎吗？"

"不是。"林玲看了一眼耿红星和向衡他们。耿红星和侯凯言觉得有些尴尬，似乎他们在一旁是偷听隐私的。

"没关系。"顾寒山道。

林玲道："脑波扫描和应激反应监控是为了确认你对某些事物的情绪反应是否与出院时的状况一样。"

"我不接受任何类型的应激测试。"顾寒山道，"我情绪很稳定。"

林玲默了默，轻声道："我们只是希望能确保你最近遭遇到的事情没有对你造成有风险的压力。如果有，就需要及时介入干预。"

"没有。我很清楚压力有风险时我的感受反应是怎样的，但我没法预知你们对我进行的测试是否会对我造成不必要的刺激。我拒绝。"顾寒山说得很冷。

林玲与常鹏对视一眼。常鹏轻声道："那跟简教授说一下。"

林玲点头，顾寒山却道："我可以自己跟他说。"

"行。"林玲道，"我在系统里给你标注上。"

顾寒山坐回沙发上，对一旁不敢吱声的耿红星和侯凯言道："我爸在世的时候，对我做的所有项目都是需要他签字才可以执行。现在他不在了，我自己看自己签字，除非我丧失了判断以及签字的能力。我出院之前，做过所有能做的检查，扛住了不同类型的测试，全都没问题，简教授才在我的出院证明上签了字。我说过我不会再回来住院的。"

坐在对面的常鹏默默无语。

走到电脑前做标注的林玲无声叹了口气。

屋子里气氛正尴尬，门被推开了，简语走了进来。

大家都站了起来。

简语笑笑，对大家摆摆手："坐吧，别客气。在聊天吗？不好意思，被事情耽搁了。"

简语说着，走到耿红星他们面前，他看了看两位年轻人，又看了看向衡。他先跟向衡打招呼："向警官。"

"你好，简教授。"

"好久不见了。"简语主动伸手一握。

向衡与简语握了手："确实有段日子了。"

"你也是跟着顾寒山过来的？还是有别的事情？"

"我也在专案组里。"向衡没有透露太多。

简语懂了，他点头应着："好的好的，有什么需要我们配合的就请说，我们一定尽力。"

向衡客气应。

耿红星和侯凯言看着简语学者气度，眼眉慈祥，待人有礼，之前紧张的情绪不由得消失了大半。

简语的目光转到了他们身上："顾寒山的朋友？"

耿红星和侯凯言忙自我介绍了一番，一旁常鹏也帮腔解释了几句。

向衡注意到顾寒山没说话，只盯着简语看。

简语非常惊讶："第一现场的记者？"他表情一顿，但很快缓了过来，微笑寒暄，"实习辛不辛苦？竞争很激烈吧？"

耿红星和侯凯言笑笑点点头。

简语又问："你们对脑科学有兴趣？"

耿红星不敢把话说死，顾寒山的这个项目比较复杂，领导那边是什么决策还不一定，于是他说了个活话，道："对，我们正在研究这方面的选题，顾寒山给了我们挺多帮助，她说可以介绍她的医生给我们认识。"

简语和蔼笑笑："那好呀，多普及脑科学，让大家了解大脑，爱护自己的大脑。爱护大脑就是爱护健康。"

常鹏在一旁笑道："也多帮我们医院做做宣传。"

耿红星和侯凯言忙应着："一定一定。"

简语笑："他开玩笑的，我们付不起广告费。"

这才是玩笑。大家哈哈一笑，耿红星和侯凯言的紧张彻底没有了。

这位大人物，也太好说话了吧。

耿红星大着胆子问："简教授，可以交换名片吗？"

"可以。"简语招呼林玲，"去我那儿拿两张名片过来。"

林玲赶紧去了。耿红星和侯凯言先递上了自己名片，简语接过认真看了看，鼓励了他们一番，跟他们聊起来怎么认识顾寒山，一起做过什么。

耿红星就说在路上遇到了，顾寒山认出他是大学学长，还说出他什么时间地点做了什么事，把他吓一跳。他们加了微信，后来又偶遇上，然后他们在网上看到顾寒山在反诈宣传活动上的视频，又帮着学校社团联系了顾寒山，等等。

简语认真听着，似乎对他说的内容很感兴趣，还适时提问，在有趣的地方附上笑容。耿红星真心喜欢这位长者，可比他们领导有魅力多了。

顾寒山一直没插话，也没打断他们。耿红星说的一些内容经过了加工润色，在顾寒山看来与事实并不完全相符，但顾寒山没有纠正他。她盯着简语看。

向衡观察着，也不说话。

林玲将简语的名片拿来了。

简语接过，又要了笔，在上面写上了宋朋的名字，还有宋朋的手机号。然后他把他的名片递给了耿红星和侯凯言："这是我名片，我在上面写了我助理的名字和号码。我平常比较忙，有时可能不好联系，你们可以联系我助理，有什么事他也会帮忙处理的。"

"好的好的。"耿红星和侯凯言连连点头，觉得听懂了暗示，"我们一定不会打扰教授的。"

"不客气，有需要我帮忙的就说。顾寒山难得交上朋友，还参加社团活动，这可是她人生里的第一次，多谢你们。我非常高兴能看到她有这样的进步。顾寒山非常需要融入社会，她爸爸一直盼着她能过上普通人的生活，还请你们以后继续帮助她。"

"好的好的。"耿红星和侯凯言又赶紧应。这简教授的语气，就是做父亲的口吻呀。

简语又问："你们今天还有空的话，想不想参观一下我们脑科学研究中心？在东边，有单独一栋办公楼。"

耿红星惊喜："可以吗？"

"当然可以。不是说想研究一下关于脑科学的选题吗？可以去看看，了解了解。我们这里离市区远，都来了，别白跑一趟。"简语道。

"太感谢了。"

"谢谢简教授。"

耿红星和侯凯言异口同声。

简语笑笑，他左右看看，还没等他开口，常鹏的手机响了。常鹏拿起看了看，把手机按灭了。简语便对他道："你先去忙吧。"

常鹏便应："我去看看超声科那边的准备情况。"他对在座众人点头示意，退了出去。

简语没管他，对耿红星和侯凯言道："这样吧，我让我助理带你们去，你们等等。"

简语打电话，简单说了两句。

过了一会儿，有人敲门。

简语唤："进来。"

走进来一个年轻男人。

"宋朋。我助理。"简语介绍道，"就是我给你们在名片上写的那个。"

耿红星和侯凯言忙客气打招呼。

简语跟宋朋说了耿红星和侯凯言的身份，嘱咐他带这两人去参观脑科学研究中心，又道："可以让他们拍些照片，好好跟他们介绍一下。一会儿参观完应该也到饭点了，带他们去食堂吃个饭。"

耿红星和侯凯言忙说不用客气。

简语道："这里离市区远，你们回去得饿坏了。就当是参观体验我们的伙食情况吧，打软广的时候素材也多样性一些。观众一看饭菜不错，这家医院肯定很好。"

简语幽默和蔼，大家笑了起来。

耿红星和侯凯言简直太高兴了，他们连连谢过，起身要走时才想起了顾寒山的存在。

"顾寒山，那我们先走了。"耿红星道。

"没问题，再联络。"顾寒山非常淡定。

"回头请你吃饭。"侯凯言道。

"好的，我会挑贵的。"顾寒山一点没客气。

耿红星和侯凯言连声说没问题，非常愉快地走了。

常鹏回到了自己办公室，一脸不愉地拿了抽屉里的另一部手机，给杨安志回电话："怎么回事？我这儿忙，你电话一个接一个地来，不要催……"。

杨安志在那边赶紧把情况说了，常鹏脸色大变："找死吗，这节骨眼上出这种事？"

杨安志自认理亏，之前总是他谴责常鹏他们，结果最后闯下大祸的却是自己。他道："现在说这些也没用了，得想办法解决。"

"怎么解决？"常鹏非常不高兴，"胡磊开着你的车到处跑，我们连他会去哪里都不知道。"

"他看了电视，知道自己被通缉了。"杨安志道，"这种时候他不会回家的，他杀人逃跑可不是为了自首。"

常鹏警觉："他是不是知道今晚会对他有行动？"

"我不清楚。"杨安志更加心虚了，"他之前的表现一直很正常。"他顿了顿，道，

"按最糟的情况去想,就当他知道了吧,也许刘辰上楼下楼动静大被他发现了呢。"

常鹏沉默。

杨安志道:"如果他被警察抓到了,我们一点办法都没有。但如果他去了新阳,你做好准备。"

"我能准备什么?!"常鹏咬牙,"顾寒山刚到没多久,检查还没开始呢。简教授给她排了一整张表,今晚肯定得加班。要不跟你约了九点呢,也许还得晚点,这都得跟着简教授的时间办。而且顾寒山带着警察来的。我刚才还跟警察面对面,你说我能准备什么?"

"她怎么带着警察去?"杨安志也有些急,"是有什么状况?"

"不清楚,现在简教授自己应付。"常鹏道,"我没法跟简教授说,只能当没事发生。"他想了想:"只要胡磊没机会在警察面前开口就行,他是通缉犯,又有攻击性,我们普通人正当防卫应该是可以的。"

"对,我就是这个意思。"杨安志道,"还有,我这边得处理干净,警察迟早会找到这里,我没有车了,刘辰的尸体还在这儿。"

常鹏真是气到头顶冒烟,但他很能忍耐地没有发脾气,他觉得自己师从简语真是受影响太大了,连脾气和行事作风都跟着简语的风格来。"你在那边等着。先把能处理的处理了,痕迹都擦干净,监控盯好,如果有警察来,你赶紧离开。后续我们再想办法。"

"行,我先收拾着。你那边一定要尽快。"杨安志道。

新阳,会客室。

耿红星和侯凯言跟着宋朋离开,门关上,屋子里安静了。

简语脸上的客套笑容没了,但表情依旧和蔼。他看着顾寒山,顾寒山回视他。

向衡看着他们,感觉到了两人之间微妙的压力。

简语很快把头转到一边,看向林玲,道:"先做咨询吧。"

"好的。"林玲答。

简语又把头转回来,看回顾寒山:"顾寒山,你签字了吗?"

简语语气如常,让向衡差一点以为刚才那一瞬间的压力感是错觉。

"没签。"顾寒山答得很干脆,简语的态度对她没有任何影响,她道,"脑波扫描和应激反应监测我不做。"

简语道:"这两项对你的评估很重要。"

"不做。"顾寒山答得依然干脆。

简语想了想,语气温和但坚定:"那我们聊完了,做完测评题再决定这两项。"他对林玲道："把这两项摘出来单做一张表，其他的先签字。"

林玲应了，去电脑那登录系统重新做同意书。

简语看向向衡："那向警官是在这里等还是……"

"面诊咨询的部分我需要向警官在场。"顾寒山插话。

简语一顿，显然有些意外，但他仍然有风度，他提醒顾寒山道："我们有保密协议，我无权让他在场。"

"我知道。"顾寒山拿出手机按啊按，"我会给他委托书。"

打印机嗞嗞嗞的一阵响，林玲转头看，她旁边的打印机吐出来四张纸。她拿起来，这些是顾寒山打的委托书。

委托书内容很简单，顾寒山委托向衡为她的临时监护人，为期一天。由向衡监督保护她在新阳及其他地方的医疗和健康检查过程安全有序，在她失去意识或是没有行为能力时为她签字确认她的医疗安排及其他活动事项，确保她的人身及财产安全。如果出现任何意外，向衡可联络她的律师或是聘请其他相关人员为她采取相应法律措施，并可代她签字。委托书签署时顾寒山仍为完全刑事责任能力人，若因她的过失而对他人造成的人身及财产损害，向衡并不承担相应责任。但在受委托期间得到的有关她的医疗资料，未经她授权不得传播。后面是有关保密事项的细节条款。

林玲对这个委托不予置评，她把打印好的委托书交给了顾寒山。

顾寒山迅速签好自己名字，转手就递给向衡，还把笔也递了过去。

向衡有些愣，他怎么就突然被委以重任了。哦，对，还是他自己送上门的。

向衡看了看那委托书的内容，这显然不是顾寒山刚刚拟出来的，这是早就准备好然后把委托时限、被委托人名字身份证号以及日期填上就行。而且这内容，说是临时监护人，感觉称为保镖更合适。

向衡看完委托书，再看看顾寒山。她是担心自己在检查的过程中有什么人身安全意外吗？她对简语和他的团队就这么不信任？

顾寒山对上了向衡的眼睛。她表情平静，目光清澈，向衡低头在两份委托书上签下了自己的名字，填好身份相关资料信息。

向衡签好字，把其中一份委托书给了顾寒山，另一份递给了简语看。

简语看完，没有太大的情绪反应，他让林玲留了一份复印件备份。林玲影印完，把原件还给了向衡，又顺手把摘掉脑波扫描和应激反应监测这两项的诊疗检查表给顾寒山过目。顾寒山看完，在上面签了字。林玲再次复印，留下了原件，影印件给了顾寒山。

顾寒山把表格交给向衡："我这次要做的检查和测试是这些。"

向衡仔细看了看，没太看懂，但他郑重点点头，好像很懂的样子。

简语起身道:"那向警官就一起来吧。"

简语领头出去,带他们去诊室。

顾寒山和向衡跟在后头。顾寒山对向衡道:"不必担心,不会有什么问题的。你注意观察就好。"

向衡看她一眼没说话,没什么问题你这么多动作。但签都签了,他也没后悔。

简语的诊疗室很大,布置得相当温馨舒适。

顾寒山进去后就很自在地往沙发上坐,完全无视那位置对面有一个支架支着一台小型摄像机,镜头正对着她。

简语拿了一个文件夹,坐在了她对面的单人沙发上。向衡想了想,拉了一把椅子坐在了沙发组旁边,既能看清顾寒山,又能将简语观察仔细。

林玲进来了,把一个小型录音器摆在茶几上。简语打开了文件夹,翻了翻里面那沓纸上的内容。

林玲倒了水,一杯放在顾寒山面前的茶几上,一杯放在简语面前,另一杯放在了向衡这儿,还体贴地拉了一个小几放在向衡旁边,杯子放在上面。

向衡说了谢谢,心忖这位女医生还真是体贴周到,而且显然她也很习惯处理这些细节事项。

简语和蔼地问顾寒山可以开始了吗,顾寒山应了可以。

林玲把录音器的录音键按下,又把摄像机打开,开始摄像。然后她轻悄地走了出去。

顾寒山和简语显然都很熟悉这一套流程,两个人都没看林玲。

向衡意识到,如果没有那份委托书,这屋子里应该就只有顾寒山和简语两个人。

简语开口了,他先报了现在的时间地点,在场人员以及这次咨询谈话的原因背景,然后他这才开始提问。

顾寒山回答得迅速且流畅,没有顾虑和思索,但她的回答也并不热情详尽,简语问一句她答一句,没有多说话的意思。这对提问者是个考验。简语很耐心细致,没有流露出丝毫受挫或是不满意的样子。

向衡心想着,也许是简语够专业,又也许他对顾寒山太熟悉了。

简语不但对顾寒山熟悉,对警方的调查禁忌也很清楚,他在与顾寒山的沟通中,了解她对命案现场的观感,让她描述环境情况,后续接触到的人、事及体验,以便对顾寒山的精神状态做判断,但他并不询问案情,也不追究顾寒山涉案细节,他的问题关注点,都在顾寒山的感受上。

顾寒山的描述非常冷静,向衡在她脸上没有看到恐惧、感慨、困扰等任何一种情绪,仿佛尸体与鲜血就像秋风与落叶,与她擦肩而过的凶手凶器不过是她面前的一幅画。

简语并不知道顾寒山与警察之间还有交涉条件和谈判,他没问,顾寒山也不主动说。

话题最后说到顾寒山的交友上,自然也说到顾寒山今天带媒体朋友过来的想法和目的。

"我在讨好他们,希望他们能帮忙。"顾寒山的直言不讳让向衡有些意外。他以为顾寒山对简语有顾忌,毕竟她把他拉过来当保镖,回答问题也是问一答一绝不多说,这种状况在他们审讯里,就是嫌疑人避免说错话而采取的措施。这么直接袒露自己交友的功利性,岂不是就得交代自己的目的。

"希望他们帮你什么呢?"果然简语问到了。

"我爸爸当初跳水身亡,就是在第一现场报道的,我希望他们能继续追踪报道这件事。比如当初那个要跳河自杀的姑娘,我想见见她。"

"要见她做什么呢?"简语继续问。

"虽然她的命不是我爸爸救的,但我爸爸的命是因为她没的。她总该对我爸爸说一声谢谢。"顾寒山道,"还有,对不起。"

简语沉默了一会儿,但看表情并不觉得意外,向衡估摸着这事有可能简语跟她讨论过,因为她爸爸去世她才会住了两年医院,这个话题有可能是她治疗的重点部分。

简语再问顾寒山:"目睹命案的发生,成为警方的证人,对你开始实施与媒体合作找那个姑娘,有影响吗?"

"没有。"顾寒山道,"我的想法一直没有改变。我出院时心理测评说的那些,现在依然一样。"

简语再换一个问题:"能帮上警方的忙,交到了朋友,你感觉到鼓舞吗?"

顾寒山道:"从1到10评级,应该是5吧。"

"差的那些你觉得哪里有问题?缺点什么?"

"没问题,什么都不缺,就应该差的。"顾寒山答。

"为什么?"简语问。

"他们都是普通人。"顾寒山道,"被普通人肯定而已,这没什么可受鼓舞的。"

向衡:"……"他这个普通人是受到了羞辱吗?

但简语神色如常,似乎顾寒山这么回答就很正常。

简语继续道:"我注意到你参加了警方的反诈宣传活动,还拍了视频,发了朋友圈。"

"是的,我现在在网上有一点点热度。"

"为什么要这么做？"

"普通人喜欢这些，我迎合他们的喜好。"顾寒山答。

向衡："……"他是普通人，但他并不喜欢这些。

简语的表情终于有了些变化，他沉默了一会儿，道："顾寒山，虽然我很希望你能融入正常社会生活，但我并不赞成和鼓励你这么做。你还没有准备好。你进入社会的速度太快了，并且是以你并不喜欢的方式在进行，横冲直撞，这对你有害无益。不要操之过急。"

"我不着急，但机会来了，我不介意马上抓住。不然可能没下回了。"

简语微皱眉头，但很快放松。向衡注意到这细微变化，他观察着。简语对顾寒山确实很关心。他是介意她的不听话，还是介意她所面临的危险？

简语道："你目前的行为有些激进，我会对你的状况评分做些调整。"

顾寒山却道："我自我感觉非常好，比刚出院的时候更好。"

"好在哪里？"简语问。

顾寒山道："那时候有些茫然，现在我的目标明确，很自信。我能感觉到自己比刚出院的时候要积极。"

简语不为所动，他在评分表上记录着，道："我建议你可以放缓一些节奏，以防你对自己失去控制。"

顾寒山默了一会儿："我接受你的建议。"

向衡看着她，觉得她说的不是真心话。他觉得简语应该也能看出来，但简语没有继续追究。他换了别的问题，顾寒山都回答了。之后简语又转了回来："你刚才说愿意接受我的建议放缓适应社会生活的节奏，你有什么具体的想法和措施吗？或许我们可以讨论讨论。"

顾寒山道："跟第一现场的合作我不再逼他们这么紧，时限可以放宽一些。当初我用时间和竞争危机来给他们制造压力，这个我会调整。"

向衡注意到简语的表情有些严肃。

简语停了停，见顾寒山不说话了，再问："还有吗？"

顾寒山道："先等第一现场的回复吧。我现在还不知道他们最后的合作意向。"

简语问："你跟他们怎么谈的？顾寒山，你爸爸去世两年了，第一现场怎么去找那个姑娘？他们怎么可能答应你这个要求。我不希望你被媒体骗了。"

向衡认真看了简语一眼，这位教授是真的挺有脑子。

顾寒山道："我不会被骗的，他们的策划案拿出来我也会仔细研究，确认方法可行，风险在可承受范围内。如果你担心，签约前我会给你看一看，听听你的意见。我给出的条件很好，我相信他们会全力以赴做这事的。"

"什么条件？"

"我答应给他们授权，公开我的病历，他们可以独家做我的个人纪录片以及其他节目。我会配合展示我的能力、生活情况等等。"

简语脸色变了："你说什么？"

顾寒山不受影响，又重复了一遍："我的合作条件是我的病情和生活隐私，全球最特殊的超忆症患者，我觉得这个条件足够吸引他们。"

简语直接愣在那里，像是被打了一拳。

向衡观察着，不说话。

顾寒山继续道："只有这样，我才能找到那个跳水姑娘。我必须找到她。"

简语好半天没有说话。

顾寒山也不说话了，她看着简语。

屋子里有片刻的安静，空气中充满了压力。

向衡的目光从简语脸上转向顾寒山。

顾寒山说过，她身边的人她全都怀疑，那简语当然也在她的名单里。而简语与她相识十余年，为她治病十余年，这两年更是为将她救治回来费尽心力，当然也会清楚她的想法。

她怀疑他，现在还故意刺激打击他。简语会怎么处理？

简语沉默了好一会儿，终于开口："我希望我能帮助你，顾寒山。但我非常不赞成你这次的决定。人们垂涎某些东西的价值，比如名画，比如文玩，觉得它们值钱，觉得它们能为自己赚更多钱，所以有机会得到的时候，他们不惜代价。可这并不表示他们真正明白这些东西的价值。他们没有收藏保养保护这些东西的能力，他们会毁了它的。"

简语的语气诚恳，很能打动人。向衡在他脸上没有找到破绽。

但顾寒山不为所动，她冷漠地问："这些东西被买卖的时候，自己能选择吗？"

简语默了默："它们是受保护的，就不该被买卖。"

顾寒山不说话了。

简语看着她，语气更软，相当包容："没关系，顾寒山，这事不是一次就有结果的，后头我们还可以继续沟通。我会帮助你的。"

顾寒山没有表情地回视他。

两人目光相对。

简语继续道："昨天警察来新阳做调查，他们问到你的情况。"

这话题转得顺滑，语气若无其事，似乎上一秒的对抗并没有发生过。向衡心里不由得夸一声简教授确实厉害。

顾寒山也若无其事接话:"问的什么?"

简语答:"问你能不能在极速状态下看清和记清嫌疑人的外貌穿着细节。我听他们的意思,物证与你的证词似乎是有些冲突。"

"嗯。"顾寒山没有多说。

简语看着她的表情:"我建议他们去查查物证。"

顾寒山道:"你的建议非常好,希望他们能听进去。"

向衡:"……"作为警方人员,他听到这话怎么觉得这么不合适呢。

简语看了一眼向衡,再看向顾寒山:"我得提醒你,顾寒山。警察在经过多方调查后,有可能认为物证就是铁证,也就是说,也许最后物证证实的事实,与你所见就是存在冲突,而他们会排除你的证词,以物证结果为最后结论。无论你的记忆力多么趋于完美,也不可能以你的证言为最后的判断。希望那时候你能够接受这样的挫折。"

顾寒山摇头:"除非他们能给出出现这种冲突的合理解释,不然我绝不接受。"

简语也不着急,他道:"你接不接受,有什么情绪,于我来说是个问题,但对警方来说不是问题。因为我是你的医生,我会在意你的身体和精神健康状态,但警方不会。所以无论最后警方结论如何,我希望你能处理好。我很能理解这种感觉。我对自己在医学上的成就也非常自信,但我也会遇到一些问题。比如有些病人我觉得治疗效果很好,但最后病人还是自杀了,完全在我意料之外。这让我相当难过和遗憾。有时候手术很成功应该不会有任何问题,但术后偏偏出现了我判断之外的并发症,病人去世。这也给我相当大的打击。顾寒山,我想告诉你,大脑是个复杂精巧的东西,人生与这个社会比大脑还要复杂,如果你真的要融入这个社会,你得学会接受现实。"

顾寒山沉默了好一会儿,简语观察着她。

顾寒山最后道:"我明白你的意思,你是想说我的社交活动最后取得的结果并非如我所愿,希望我不要因此太受打击。"

简语点头:"是的。你才刚刚直接接触社会,我刚才说了,你太急进了。所以你可能会遭遇很大挫折。我希望无论发生什么事,你都能及时跟我沟通。无论你是否信任我,或者你有什么想法,沟通是最好的解决办法。如果你觉得有任何的不舒服,或者感觉到任何压力,你随时找我。我们要在你的病情可控制的时候就介入干预。不然等你崩溃了再治疗,就比较麻烦了。你说过你再也不要回来住院,我也希望如此。我希望你能过得好,顾寒山。"

顾寒山点头:"好的,没问题。"

简语和蔼笑笑:"那就好。"他在文件上记录着,过了一会儿他问:"你还有什么愿意跟我分享的吗？"

"没有。"顾寒山答得干脆。

简语再问她："那两项你摘出来的检查，可以做了吗？"

"不可以。"顾寒山答得仍是干脆。

简语继续在记录上写着什么，完了他合上文件夹，看了看表，报上了时间，道："本次咨询谈话结束。"然后他起身关上了录音器和摄像机，对顾寒山道："你休息一会儿，我去看看他们准备的情况。"

他对向衡微摆了摆头，然后出去了。

向衡看了看顾寒山，她闭上了眼睛靠在沙发上，似乎真的需要休息。向衡便走了出去。

走廊里，简语正在等他。

"简教授。"向衡轻声招呼。

简语点点头，摆摆手示意向衡跟他走。

两人走回会客厅，那里已经没人。简语让向衡坐，这才道："刚才没机会好好跟向警官打招呼。"

"简教授客气了。"向衡当然知道简语并不是只为了跟他打招呼。

简语问他："在派出所工作怎么样？"

向衡客套应酬几句。简语说完客气话，把话题引回到顾寒山身上："顾寒山这人比较孤僻，我行我素惯了，不知道她跟警方之间是不是有什么情况？"

向衡有所保留："简教授说的是哪类情况？"

"她愿意给你委托书，要求你参与咨询治疗，让我很意外。"

"我也很意外。我对她的了解有限，但几次打交道下来，也感受到她的我行我素了。"向衡趁机道，"既然我有她的委托书，又签了保密协议，我想向教授咨询一下顾寒山的具体病情。"

简语未置可否，却问："向警官对顾寒山要把诊疗病历向媒体公开这事知情吗？"

"她跟媒体谈判的时候我在现场。"

"是什么情况？"

"就像她说的那样，她用自己的隐私做交换，让第一现场继续追踪报道两年前的那则事故，把那个跳水姑娘找出来。她号称自己是全世界最特殊的超忆症患者，声称能让第一现场成为全球最强，当然原话不是这样，但意思和气势是的。媒体的两位小朋友也被她镇住了。"向衡轻笑道。

简语一脸严肃，笑不出来，向衡尴尬收起了笑。

简话见向衡的反应，苦笑道："顾寒山说话不会修饰，她说的就是她这么认为的。我觉得她目前的举动很危险。在医疗范围内，我能帮助她，但是生活中，我不可能一直盯着她，她对我也有所怀疑，会抗拒和排斥。所以我希望向警官能帮忙看着点，如果她有什么比较急进的表现，向警官提醒她一声，或者告诉我。"

向衡趁机问："顾寒山为什么怀疑简教授？"

"她怀疑任何人。我是脑科学研究专家，她是世上最特殊的超忆者，而她爸爸对她的保护非常周密。这些身份和关系能算是我会伤害她爸爸的合理动机。"

"她怀疑的其他人呢？"

"比如她的继母，我们院长，她父亲的同事、客户等等，据我所知，她都有进行过调查。打电话、拜访之类的，但都没有得到任何可以证实她的怀疑的线索。"

向衡看着简语："简教授不担心吗？"

简语道："这是正常的，敏锐、敏感和多疑这些特质往往相生相伴。顾寒山爸爸的去世对她来说是毁灭性的打击，她能挺过来，康复成现在这样是个奇迹。她一直对她爸的死亡有疑虑，放不下，并就此进行思索，太正常了。如果她什么反应都没有，很容易就接受了，我反而会担心。"

"简教授有针对这事给她进行过治疗和疏导吗？"

"有的，我知道她进行过调查就是因为与她进行过沟通，她有时愿意将疑虑告诉我，有时沉默，有些时候会像刚才一样说没问题了，但我知道她心里仍保留自己的想法。哪怕是普通人，对无法接受的现实都会很固执己见，更何况她这样的人群，会更偏执一些。"

"简教授打算怎么解决这个问题？"

"这不是一个需要解决的问题。"简语温和地道，"每个人都有自己执着的东西，只要没有什么不好的念头和行动，那就不要强硬地去抹杀和对抗，这既无效又残忍。顾寒山是个聪明的姑娘，而且她接受治疗这么多年，早就能分清脑子里的影像与现实的区别。"

"你是说她会有幻觉？"

"那不是幻觉，是记忆。比如我们看到这个花瓶，这就是一个花瓶。"简语指了指边柜上的一个花瓶，"但对顾寒山来说，那是无数她见过的各种花瓶，那些花瓶摆在了哪里，有没有插花，出现的场景，伴随花瓶和花一起出现的声音、人、物品等等，它们会瞬间涌来，将她的脑子淹没。如果有同款花瓶或是相似的物体，它们还会撕开那些画面出来抢占位置。她的脑子里会经历一场不会休止的激烈战争。"

向衡皱了皱眉。竟然如此，比他能想象的还要夸张。

简语道:"顾寒山现在能够安排好脑子里的影像与现实里的花瓶的冲突。尽管她脑子里排山倒海涌出无数画面,但她仍能像正常人一样跟你讨论面前的这个花瓶是什么颜色,什么材质工艺,里面的花是什么品种。这是经历了大量艰难、痛苦但是有效的训练后得到的结果。"

简语顿了顿,对向衡道:"她非常了不起,向警官。她的爸爸也是,非常了不起。这种训练的辛苦、枯燥、看不到希望的绝望,不是一般人和家庭能承受的。她爸爸帮助她走过了最艰难的童年、少年时期,我亲眼见证并参与创造了这样的奇迹,我也感到非常自豪。我很理解失去父亲对顾寒山意味着什么,用我们普通人的话说,天塌了。我曾经以为她再也恢复不了,没想到她比我想象的还要坚强。她爸爸为她打下非常坚固的基础,她恢复得比她爸爸在世的时候还要好。我认为她爸爸留给她的精神鼓舞起了很大作用,而对她爸爸死亡原因的猜疑在这份鼓舞里占了一定的比例。"

向衡想了想:"你不担心吗,简教授?"

简语笑了笑:"担心什么,担心她失去理智伤害我?"

向衡不说话,默认了这个意思。

简语道:"那我还做什么医生呢?我遇过的暴力型的病人有许多,我们做医生的,就是治疗他们,让他们恢复正常。更何况顾寒山跟他们不一样。我刚才说了,顾寒山分得清脑中的画面和现实,同样的,她也分得清猜疑与真相。她如果要盲目使用暴力,早就用了,不会等到现在。她出院的时候情况很稳定,我们对她进行了十分严格的测试和评估,才允许她出院。她父亲顾亮是一个非常优秀的人,顾寒山受他的影响很大,所以她很清楚趋利避害的道理。直白点说,就是她是一个很现实的人,只做对自己有利的事。举个最简单的例子,她怀疑我,就会调查我,但她也会接受我的治疗,因为她很清楚,她要保持稳定的健康状态,就需要我的帮助。我不担心她的调查,我也不担心她会伤害我。有些创伤的平复,需要时间。她所进行的调查以及为此开展的一些日常活动,都是治疗创伤的一种方法。只是我们需要密切注意这些方式方法是否过激,她只要保持在一个适度安全的范围,那就是有益的。"

这番话听起来很中肯,也很有道理,向衡点点头。

简语道:"顾寒山愿意给你委托书,一种可能是她信任你。毕竟你出现在她父亲死后,你们完全没有关系。另一种可能这是她的投机行为,你是警察,对她友善,她觉得可以利用。当然这两种可能兼而有之。关队从前常跟我提起你,我知道你是一个非常优秀和正直的警察,所以我也信任你。我请你帮忙,希望你能多注意顾寒山的举动,确保她的行为和接触的人群都是安全的。她虽然是天才,但很单纯。她如果真拿自己作为筹码和利益交换的标的,我担心她被骗。"

"我明白了。"向衡道,"我会多留意她。"

向衡回到简语诊室,顾寒山还在闭目休息。

向衡看着她的侧脸,不禁想象着刚才她与简语那些看似冷静又平常的对话,在她的脑子里是一番怎样的汹涌景象。

向衡正看着顾寒山发怔,顾寒山忽然睁开了眼睛。

向衡差点吓着,他赶紧端正脸色。

"向警官。"顾寒山唤他。

"你还好吗?"向衡问。

顾寒山没答,反问:"简教授找你出去聊什么了?"

向衡一时无语,你这闭目休息是开了顺风耳吗?

"我给你委托书,他一定会找你聊的。"

哦,这样,那确实是。向衡答:"就是聊你说的这个。他对你愿意给我授权感到惊讶,想了解一下你最近的情况,希望我能帮助你,让你别受骗。"

顾寒山看着他:"还有吗?"

向衡又道:"他知道你对身边的人都有猜疑,包括他。他表示了理解和包容,并对于健康正向的调查行动对你的意义给予了肯定。"

顾寒山问:"你觉得他诚恳吗?是真心的吗?"

向衡想了想,谨慎道:"我觉得很诚恳,他很有说服力。他让我更理解你了。"

"完美无缺是吗?非常非常好的医生?"顾寒山道。

"目前看来确实是这样。"

顾寒山却道:"我爸说过,这世上没有完美的人,什么都非常好、无可挑剔的人,一定是虚假的。这也是我会信任你的原因之一,向警官,你有挺多挺明显的毛病。"

向衡:"……我谢谢你,的信任。"

"不客气。"顾寒山似没听懂向衡语气里的吐槽,她站起来,"我后头还有别的检查,如果向警官还有别的工作,就去忙吧。"

"听上去像是用完即甩。"向衡道,"你其实不担心简教授会对你下毒手把你弄回精神病院对不对?你就是想让我帮你鉴定一下他的表现。因为你看不懂人的表情。"

"担心的,但也没那么担心。他要操作起来也不是这么容易。"顾寒山道,"我原本没想安排你帮忙鉴定,但你正好就在这儿了。反正坐在会客室等着也是等着。"

你真是,一点没客气。向衡没好气道:"那我还是等你检查完送你回家吧,毕竟是临时监护人。"

顾寒山看着他。

向衡看回去，他说错了吗？没错呀。可不就是她的监护人，她自己给的委托书。

"谢谢。如果你需要帮忙，我也会帮你的。"顾寒山道。

向衡心想：你不捣乱就行。

顾寒山的后续检查还挺烦琐，需要的时间挺长。向衡在这里面确实起不到什么作用，除了在一旁干瞪眼又看不懂外，就像个摆件。于是向衡接受了顾寒山的建议，干脆在医院里逛了逛。他还遇到了兴高采烈的耿红星和侯凯言，最后想了想还跟他们一起蹭了一顿新阳食堂的晚餐。

这食堂跟外头的高档自助餐厅差不多。宋朋有别的事忙，给他们安排好餐点就走了。向衡用一顿饭的工夫，跟耿红星和侯凯言混熟了。顾寒山能做到的事，他当然也能，他还能做得更好。

耿红星和侯凯言走的时候，跟他告别的态度明显亲热许多："向警官，再见。"

向衡微笑送走他们，正准备回医疗大楼看看顾寒山的情况，却接到了葛飞驰的来电。

"向衡啊，快去买彩票吧！"葛飞驰那大嗓门里透着中大奖的喜悦。

向衡马上反应过来："那107个车牌号？"

"查出一个嫌疑人！"葛飞驰是真高兴，"车主叫杨安志，他经营一家医疗器械和保健品公司，做代理的。他公司名下有一部手机，用来销售联络，这个号码在胡磊的通话记录里出现过。去年12月和今年1月，一共打过四次电话，三次是胡磊主动拨打，一次是这手机拨过去。昨天我们警员查通话记录号码时还核查过这个号码，接电话的是一个姑娘，她当时说有可能是顾客想咨询了解保健品和医疗器械，她不记得有脑癌，也不记得胡磊这个名字。在公司的购买记录里没有胡磊的名字，可能只是咨询过。总之说得合情合理，而且后续几个月胡磊也确实没再跟这个号码联络过，所以当时我们警员是把这号码归在无嫌疑里了。"

"然后顾寒山给的车牌号里就有一辆车是这家公司老板的？"

"是的，太巧了，差点就错过。拐了个弯你知道吗，这车主名字跟胡磊通讯录里的号码没有重合，但我们警员仔细，把座机的还有公司号码的相关人员也查了，居然真有能对上的。而且那个老板，杨安志，私人手机关机。我已经派人再联络了那个接公司手机电话的姑娘，去了他们公司。公司不大，有个仓库，有一家门店，代理批发为主，不怎么压货。员工就四个人，那姑娘是店长。她说公司的这部手机就是用来接洽业务，一般是老板杨安志用，杨安志没空就会把手机交给她。平常杨安志偶尔到公司，最近出差了。昨天晚上杨安志跟她联络过，她有告诉他警察问过话。杨安志就问了几句警察问了什么，然后了解了一下公司的业务，没说别的。"

"你们查了杨安志吗？"

"查了，他今天刚订的机票和火车票，都是明天最早的一班，目的地还不一样。这看起来像是要跑路呀，准备周全。他家地址在华强路，昨晚手机开机打电话时，定位也在那个地段位置。我已经派人去他家了。"葛飞驰道。

向衡思索着："杨安志要跑路，订的却是明天的票。那今天可能有一些计划。"

葛飞驰叫道："我也是这么想。"

"跑路之前，总要把首尾收拾干净。"向衡道。

葛飞驰反应过来了："胡磊？他们今天要灭口？哎！我们得尽快找到杨安志。向衡，你在新阳盯着点，昨天我在新阳调查过，如果里头真的有人跟杨安志里应外合，那肯定已经互相通过信了。订票这事就很说明问题。简语约顾寒山今天做检查，是不是也另有目的？"

向衡转身朝医疗大楼走："我去找找她，我现在没跟她在一块。我今天见到了简语和其他几个医生，还有简语的助理，目前看起来没什么异样。我再观察观察。你把杨安志的资料发给我，再调一组人过来。我们需要查清楚这医院里有没有杨安志的同伙。"

"好的，我马上派人过去。"葛飞驰道，"你别忘了去保卫科，让他们把这一个月的监控调出来。当初胡磊来看诊，超出了一个月的监控影像保存期，我们什么都没查到。但是如果杨安志与新阳有关联，那他很可能不止来了一次，如果他在近一个月内又来过，监控肯定能拍到他。你要把监控资料扣下来，别让他们动手脚。说不定监控里就有杨安志与同伙碰面的影像。"

"好，知道。"向衡应着，他听到葛飞驰在电话那头嘱咐调人来新阳。

接着葛飞驰又道："要是没人承认认得杨安志，那你调监控时把顾寒山带上，如果我们这边没有找到杨安志，他在新阳的同伙线索就很重要。也许胡磊真等着我们救命呢。你让顾寒山直接看监控，八个屏1.5倍速对吧？"

向衡："……"这就惦记上了顾寒山的超能力了？但还真是，如果遇上这种情况，就得抢速度。

"行。"向衡挂了电话，抬腕看了看手表，下午六点五十了。这一天过得飞快，希望胡磊还好好的。

... 第九章

失控

胡磊开着车，小心翼翼往新阳精神疗养院去。他没有手机导航，只能凭着印象朝着差不多的方向开，过程里走错了几次路，他摸索着重新找方向。有两次碰上红灯时，路口还站着交警，胡磊紧张得直冒冷汗。

天色已暗，路灯亮起。胡磊看着那些灯，有种命运被指引的感觉。他终于找到了新阳。这条路他记得了，他一直开，离新阳越来越近。

胡磊的脑子还清醒，他知道自己被通缉，他猜警察应该也曾到新阳调查过。他没直接驶进新阳，而是在周围绕了几圈观察了一番。这附近有一个路段正在整修，胡磊心里有了主意，他把车子开到街尾停下了。

胡磊戴着帽子和口罩，身上穿着刘辰的衣服，背着偷来的包，他步行朝施工路段走去。

周围似乎没人注意到他，夜幕下，胡磊心里的紧张渐渐消除，随之而来的，是要实现目标的兴奋感。他不觉得疲惫，他觉得浑身充满了力量。他站在了工地旁。围起的工地围栏，翻起的路面，暴露的管道，胡磊对这种场面很熟悉。他看准了工人在一旁吃盒饭休息的机会，偷偷拿走了工地现场一件搭在架子上的维修工人的工服和安全帽，他换了装，拿了放在一旁的工具袋，靠近了管道。

过了一会儿，穿着工服、戴着安全帽的胡磊走出了工地区域。他压了压帽子，尽量挡住自己的面容，他贴着墙走在暗处，朝着新阳精神疗养院的方向去。

另一边的工人们正在吃饭聊天，没人注意到被挡板隔着的工地现场情况。

二十分钟后，新阳疗养院的安全监控室里，一个保安走了进来，道："断网了吗？监控APP联不上画面了。"

他同事刷了刷手机，又敲了敲电脑，应道："对，网断了。"

那保安不耐烦地给网管打电话，网管应了，过了好一会儿，打电话回复说是电信那边的问题。"可能是修路把电缆弄断了，他们派人去修了。"

"多久能好？"

"不一定。"网管答道。

保安便给主管打电话，报告因为宽带断了，所以APP暂时会看不到监控画面。"其他没问题，摄像存储和监控室的画面还有的。好，我们注意。"

保安挂了电话，靠在椅子上叹气："好累。"

他同事吐槽他："你上个厕所上了半小时，累个屁。换老子去厕所，你看着点。"

那保安应了一声，待同事出去了，拿出手机开始看小说。过了一会儿，他一抬眼，差点跳起来，所有监控屏幕上，都显示着"无信号"。

保安赶紧又给网管打电话："监控没信号了，出什么问题了？你在干吗呢？那你快点，去机房看看。"

网管去了机房，一番操作，在机房里没找到问题，他拿上手电筒和工具，出去检查线路去了。

机房屋顶，吊顶板子隔开的线路管道层里，胡磊偷来的包静静地放置在那里。

病房大楼的地下室，胡磊在洗衣房里穿上了一套病号服，马路维修工的工服和安全帽丢在地上。他捡了起来，塞进了屋角。他低头看了看自己身上的服饰，拉拉衣袖，然后站到洗衣房门口，小心朝外头看了看。他的脸色又青又白，不用伪装，就是一脸病容。

新阳，医疗大楼。

向衡找到了顾寒山，她正在休息室沙发上休息。旁边的小桌上放着一份菜色丰富的晚餐，显然是给她准备的，但只吃了几口，筷子摆在一边，顾寒山远远坐着，看上去不打算继续吃的样子。她盯着窗外渐沉的天色没有表情，向衡觉得她很疲惫。

这一瞬间向衡忽然觉得不忍心，让她八个屏1.5倍速帮他们审看监控影像的要求，感觉说不出口。

顾寒山一回头，看到向衡戳在门口看着她，便问："怎么了？你电话里似乎挺着急的样子。"

向衡缓了缓神，走了进来："你那107个车牌号里，有发现。"

顾寒山眼睛一亮："真的？哪一个。"

向衡看了看手机，把葛飞驰发给他的号码念了一遍。

顾寒山抿紧嘴，思索着。

向衡想起简语说的：我们看到花瓶就是一个花瓶。但对顾寒山来说，那是无数她见过的各种花瓶，伴随花瓶和花一起出现的声音、人、物品等等，它们会瞬间涌来，将她的脑子淹没。她的脑子里会经历一场不会休止的激烈战争。

向衡看着顾寒山，想象着她现在脑海里的汹涌画面。

数秒后顾寒山开口道："我没有在其他地方见过这辆车，其他时间在新阳也没有见过。"她抬眼，迎上了向衡的目光，"有车主的资料吗？"

向衡回过神来，走近她，把手机上杨安志的照片给她看："见过这个人吗？他叫杨安志。"

"没有。"

向衡继续往后刷照片，那是杨安志公司里的那几个员工："这些人呢，见过吗？"

顾寒山很快看完："没有。"她抬头看向衡，"发生什么事了？就是这个杨安志把胡磊带来新阳的吧？"

"对，应该是他。葛队那边查到了别的线索，现在比较紧急，需要马上找到他。"向衡道，"虽然没有证据显示杨安志在新阳认识谁，但不能排除这种可能性。如果葛队那边找不到杨安志，在新阳这边找到知情人就很重要。"

顾寒山道："我明白你的意思。在葛队派的人到来之前，这里只有我和你，你具体说说你有什么计划？"

"没什么特别的，也就是询问人证，查查监控。"

"那行。我来应付机器，你来对付人吧。"顾寒山按各自强项迅速分工，她拿出手机，"先找简教授。他肯定会说不认识杨安志，但我们可以让他安排保卫科的配合，还可以让他调其他人来给你问话。"

向衡也正有此意。

顾寒山的电话还没有拨出去，简语就来了。他进来看了看顾寒山的餐盒："就吃这么一点？"

"吃不下了。"顾寒山答。

简语便道："可以进行下一项了吗？如果行的话就尽快吧，大家都在加班了，我也不想让他们等太久。"

"不做检查了，向警官需要我们帮忙。"顾寒山引了话题，向衡便把杨安志的问题跟简语问了一遍。

简语认真看了杨安志的照片,摇头:"不认识,我没见过他。"他问,"这是什么人?"

向衡道:"暂时不便透露细节,但事情挺着急的,我们需要尽快找到认识他的人。"

简语主动道:"需要我安排医院行政协调各科室把所有医护人员都问一下吗?"

"这样当然最好。但在这之前,还需要简教授帮忙协调保卫科,我们需要查看新阳所有的监控。"

简语道:"昨天葛队过来已经问过了,我们按规定只保存一个月的。他没要求查看。"

"今天有了新情况,我们需要查一查,还挺着急的。"向衡态度很好,很有求人的低姿态,他给葛飞驰拨电话,对简语道:"我让葛队跟你说,还请简教授多帮忙。"

葛飞驰很快接电话,向衡与葛飞驰说明情况,说在跟简语协调调查的事,他把手机递给简语,葛飞驰再与简语确认事情确实如此,紧急,请简语帮忙,需要的相关手续他们正在办。

简语非常配合,他把手机还给向衡后马上电话联络了几个人,通知了院长,联络负责行政管理的副院长,再叫来了保卫科的主任等等,几通电话打下来,事情安排好了。

"我去监控室看看。"顾寒山道。

简语愣了愣:"你确定?"

"这里没有警方用的那种人脸识别排查程序吧?"顾寒山问。

"没有。"简语答。

"那就没有比我更快的。当然是我去。他们不是着急吗?"顾寒山对简语道,"你一直鼓励我如果可以就帮助别人,也接受别人的帮助。我正打算这么做。"

简语微皱眉道:"我只是担心你大脑压力过大。"

"在医院里没什么可担心的,要急救很方便。"顾寒山道,"我去看看监控,简教授你帮他们问问医护有没有认识的吧。这比向警官一个一个问效率高。"

"行吧。"简语不再多说。

简语再次跟保卫科的主任联络,并叫来了助理宋朋,让宋朋带向衡和顾寒山去监控室。

向衡谢过,临走时道:"今天顾寒山做检查,她的医疗小组的医生都在吧?能不能把他们召集起来,我一会儿安顿好顾寒山就回来,有些情况想跟大家了解一下。"

简语默了两秒："我今天只安排了四位医生值班，而且刚刚我让林医生出去办事了。只有常医生还有其他两位你没见过的医生在，可以吗？"

向衡凭直觉反应问："之前那位女医生林玲？她去了哪里？"

"她去了顶峰基因研究所，替我送一些文件，参加个小会。"简语解释道，"临时出了点状况，不是特别重要，但挺着急，就让她帮我跑一趟。"

向衡没说话。

简语看了看向衡的表情："向警官如果也需要跟她问话，就等等好吧。差不多一个多小时她就能回来。主要我跟合作方都说好了，现在把林医生叫回来跟那边有点交代不过去。"

不待向衡说话，顾寒山的声音冒了出来："这样不合适吧？跟合作方交代不过去，难道比警方的调查重要？我建议还是把林医生叫回来，不然就太可疑了。明明安排她配合我做检查，警方来调查，她却突然跑掉了。"顾寒山顿了顿，再一次道，"实在太可疑了。"

向衡准备应简语的那个"好"字都说不出口了。顾寒山这话说的，非常挑衅。

其实向衡觉得不回来也没关系，他们可以追踪到林玲的定位，知道她去了哪里，核对简语和林玲有没有说谎，如果真有嫌疑，她的去处还有可能对案件侦查有帮助。虽然这关头简语当着他的面来这招的可能性不大，但他们确实有比把林玲叫回来更好的办法。

只是顾寒山这么一说，他倒是对简语的反应有些好奇了。

但简语没什么大反应，他看看顾寒山，语气非常温和和耐心："如果向警官有需要，他会提的。我说对合作方不好交代，只是讲明我这边的情况。警方对我们情况越了解，就越能明确他们的需求，需要我们怎么配合，他们会说的，你不必担心。"

向衡对简语有点佩服，看人家这修养，这应对能力，不但包容了顾寒山，还给向衡搭好台阶，无论向衡说什么都没问题，而且还把顾寒山的无礼解释成了担心，在外人面前给足了顾寒山面子。

顾寒山没有表情。但也没再进一步追究。

向衡便点头："没关系，我先处理监控，麻烦简教授帮我协调问话的事，看看有谁认识这位杨安志的，这很重要。其他事等我跟葛队汇报，看他有什么安排吧。"

"好的。"简语让宋朋带向衡他们去保卫科，自己去找行政高层去了。

路上，向衡他们遇到了前来接待的安保主任。

安保主任已经接到了简语和医院高层的指示，态度上非常配合。他赶过来接人，一边走一边说明情况。他们系统是保存一个月内的监控记录，全院这么多监控摄像头机位，记录的内容非常多。他们拷贝一份备份出来还是需要挺长时间的。如果向衡他们在当场看，也不知道要看哪些位置的，他们也需要时间准备。

向衡便道："把医院两个大门的监控找出来，我们先查看出入车辆和人员好了。"

安保主任连声答应，引着向衡他们朝监控室去。

安保主任和宋朋走在前面，向衡放慢脚步，故意与顾寒山一起落在了后面。他先给葛飞驰发了消息让他们监控林玲的手机位置，再问顾寒山："你刚才是什么意思呢？觉得林医生具体有什么可疑的地方吗？"

"没觉得，没针对林医生。"顾寒山答。

那向衡就明白了。顾寒山仍然是在试探简语的反应。简语确实是情商出奇的高，无论顾寒山怎样，他都不生气不着急。

向衡不说话了。

顾寒山看看他："所以你能从简教授脸上看出什么吗？"

"没有。"向衡摇头。

顾寒山瞥了他一眼，那眼神里情绪不大，但向衡感受出来了。他真的不能服气："我确实很擅长察言观色。"

顾寒山平板板地道："跟我水平差不多。"

向衡没好气："我谢谢你的肯定。"

顾寒山又道："我还指望我们能互补一下强项。"

向衡不吭气。还互补呢，你别先把人气死就行。

顾寒山还在继续说："我不是要故意跟你显摆碾压你，但确实有发现。"

"你发现了什么？"向衡觉得简语的城府有一半就靠顾寒山这些年的刺激修炼出来的，他才认识顾寒山几天，脾气和耐心都已经有了质的提升。

"监控摄像头显示红灯，网络故障提示。"顾寒山语气平淡，仿佛说着家常。

向衡猛地站住了。

他举头四望，附近最近的一个监控摄像头在花园的路灯旁。向衡不近视，但现在这个天色他也需要站稳了非常仔细地看才能看清摄像头下面那一点点小灯。

"是绿色的灯。"向衡道，他仔细看，又确认了一遍。

"刚才是红的，你转头看的时候刚变回绿的。"顾寒山淡定道。

向衡看着她的眼睛。顾寒山从容回视他。

向衡信她。

他拿出手机拨号，对方接了。

向衡道："葛队，麻烦查一查新阳附近有没有什么异常情况，比如断电断网水管爆裂车祸火灾修路撞桥之类的。"

顾寒山有些意外，她跟他说A，他为什么忽然让别人查B？

安保主任和宋朋察觉到向衡和顾寒山落后太多，停了下来等他们。

向衡看了他们一眼，挂了电话，对顾寒山道："走吧，我们去验证一下。"

"验证什么？"顾寒山问。

"验证监控是不是真的出问题了。"

"然后呢？"

"然后加上葛队他们的调查情况，我们就能判断这个监控问题究竟是什么状况。"向衡道。

顾寒山这才露出个有点满意的表情："好吧，现在有点补上了。"

向衡在心里翻个白眼，真不想搭理她啊。

保安监控室。

一名保安在门口远远看到领导带着宋朋过来，后面还跟着两个人，应该就是主任说的要来查看的警察。他紧张地直唤："赶紧赶紧，他们来了！"

监控室里，一名保安正跟网管通电话："快点，领导领着警察过来了，看到满屏无信号是想让我们死吗？"

"马上，马上了。靠，谁知道怎么这么倒霉会被老鼠咬断了。"怎么断的都不重要，修好最重要。网管顾不上多想，拼命加快手速。

门口的保安看了看屋里，再看看远处花园。花园里那四个人站住了。保安紧张地捏了一把汗。

"好了，好了。"屋里的同事叫着，"网络好了，快回来调设备。"

门口保安踮脚再看，那四个人又朝着这边走来，他赶紧飞速缩回屋内。

屋里的监控画面屏幕跳出了各个监控摄像头的画面。下一秒，主任带着人推门而入："这里就是我们的监控管理室。"

各个保安紧张得屏声静气。

向衡一进来就注意到保安们不太正常的脸色和气氛："怎么了，刚才发生什么事了吗？"

主任也察觉到不太对，他皱眉瞪着这些保安，怎么回事，关键时候搞什么鬼！

"没有没有。"一个保安解释着，"我们听说要检查，有点紧张。"

其他人不说话。

安保主任真是要被他们气死。到底在紧张什么？警察面前摆出一副做贼心虚的样子，找事儿吗？

向衡打量这些人，走到了控制台前，问道："能调一下前十分钟的监控画面让我看看吗？就花园和医疗大楼门口的几个机位的就可以。"

保安们僵在那儿。

安保主任很不高兴，喝道："动啊，让你们做什么就做。"

当值的保安组长不得不道："刚才网络出故障了，有十来二十分钟的没录上。"

屋子里有几秒的安静。

安保主任又尴尬又恼火。

保安组长硬着头皮又道："是外头挖路电缆断了，电信线路断了对我们的影响。"

向衡道："宽带断了，局域网应该还能用。"

保安组长冷汗都要下来了，他支吾道："就是，调试了一下，具体得问网管。"

"网管是谁？"向衡问。

园区一个过道的监控死角，胡磊靠着墙站着。他看到监控摄像机上面的灯由红色转成了绿色，知道局域网修好了——比他想象的快一些。但没关系，他已经成功混进来了，他探好了地方，还拿到了他需要的东西。

他的腰间，插着一把从食堂后厨偷来的尖刀。

他在后厨吃了馒头，可以在杂物间躲起来，在他成功行动之前，他能够把自己藏好，也不会饿死。

胡磊正打算往杂物间方向潜过去，却发现办公楼二楼的落地玻璃过道里，有个眼熟的人走过。

简语。他居然就在这里。

胡磊的心一阵狂跳，不用等太久，今天就可以。他只要藏好踪影别被人发现，等着简语路过。

突然，有人急匆匆从花园过道朝医疗大楼走去，与胡磊一墙之隔，几乎是擦身而过。

胡磊迅速往后退，把自己紧紧贴在墙上。

没人发现他。

那人径直进了大楼，过了一会儿，在二楼过道里与简语会合了。

胡磊隐在墙角盯着简语看，心突突地跳，头也隐隐作痛。

监控室。

网管被叫来了。面对向衡的问话，还有自己领导那难看的脸色，网管不敢说线路被老鼠咬断了，只说检查了信号情况，做了重启操作，中间系统出了点问题就费

... 275

了点时间。

　　向衡盯着他，等他讲完，问清了电信网络出问题的时间，便让网管就在监控室待着，哪儿也别去，他还要继续问话。

　　然后向衡让保安主任安排把电信网络出问题，但是局域网没坏的这个时间段的大门及围墙外的所有监控摄像头影像内容调出来。又要求保安封闭院门，严查进出车辆和人员，从现在开始打起十二分精神盯好实时监控，在巡逻的保安加强警戒，留心周围安全，如果有可疑人员马上通报。还让安保主任把医院详细的平面图、各楼宇图纸、监控摄像安装分布图纸给他准备几份。

　　大家都看着他。

　　顾寒山问："不是看一个月内出入的车辆情况吗？"

　　"不是，是要看一个小时内鬼鬼祟祟潜入医院的人员情况。"

　　众人一惊。

　　安保主任赶紧行动，协调向衡的那些要求。向衡让顾寒山帮忙盯着点监控，他自己出去给葛飞驰打了电话。"我这边查到一些情况，附近修路挖断了电信通信线缆，你联络指挥中心，监查这一带两小时之内的道路监控，查杨安志和胡磊。得调更多的人到新阳来，这里肯定出问题了。"

　　燕子岭，小白楼。

　　杨安志手脚麻利地收拾着房间里的各种物品。床单、被罩、生活用品，还要拆床、拆柜子，所有东西都得运走。

　　都弄完了还得把墙、地、门、角角落落都清洁一遍，不能留下任何痕迹。

　　杨安志一边干一边心里骂街，真他妈的倒霉。这个胡磊，真的可恨。也怪自己蠢，当初听到计划的时候就觉得风险太大，但就是信了他们的邪。

　　真的是，还是要相信直觉。但凡有一点心里不舒服的都不能答应。

　　杨安志想到这里停下手里的活，上了三楼。

　　三楼解剖室里，一个纤细的身影正在忙碌。那人穿着全套手术服，戴着面罩，正在摆弄着工具。杨安志透过门板上的小窗往里看了看，地上的塑料防水布上放着刘辰的尸体。那人就在尸体边晃着，从容不迫，非常冷静。

　　杨安志有些着急，这人来半天，怎么光收拾不动手呢，杨安志便催了一声："你好了没有呀？"

　　那人回头看了一眼门口，慢条斯理，没有说话，肢体动作里透着不满。

　　杨安志忽然冒出了鸡皮疙瘩，心里有些慌，他硬着头皮又说了一句："快点吧，一会儿警察该来了。"

那人没理他，把头扭回去了。

杨安志赶紧转身走，一边下楼一边嘀咕着："真是变态。"

想着刘辰尸体的模样，杨安志着实有些心疼，怎么说那都是自己人，一直安安分分听话干活，最后却落得这样的结果。

杨安志深吸一口气，把心里的难受劲压了下去。

他回到了办公室，再次给常鹏打了电话。

常鹏把电话挂断了。杨安志等着。

过了好一会儿，常鹏才回电，他的声音压得低低的："你有什么事吗？"

杨安志心里很不痛快，他问："我就想问问你情况怎么样了？有没有什么新消息？"

常鹏很生气，但仍耐心道："就问这个？不是告诉你这边有警察吗？如果你没紧急情况，咱们最好先别联络。我这边忙得很，你不要再打电话，太危险。有消息我会联络你的，你就放心吧。"

杨安志打断他："你能回电话就表示还能联络，我又不蠢。我就问你有没有新情况？"

"你那边怎么样？"常鹏反问。

"收拾得差不多了。刘辰的尸体在处理，完了一会儿我们就走了。"

"嗯，那你们注意着点。胡磊应该是来新阳了，不知道警方查到了什么，说是怀疑医院进来了可疑人员，让安保部封了大门严查呢。"

杨安志一惊："啊，可别让他们抓到胡磊。"

常鹏道："那也不是我们能控制的，只能是尽力处理好。"

杨安志很着急："必须得处理好，新阳可是你们的地盘，如果胡磊真去了，你们得比警察更早找到他。你们可别以为只是我的问题，虽然你们在胡磊面前一直戴着口罩，可胡磊肯定也能把你们认出来。还有简教授，胡磊肯定会供出他。那这么查下去，你们当然也跑不掉。"

"你别激动，我不是说了尽力处理好，但也要两手准备。"

"要准备什么……"杨安志正说着，眼角忽然瞄到一个人影，他猛地回头，却觉脖子一痛。

杨安志眼睁睁看着一个针筒扎进自己脖子，药水瞬间被推干净。

杨安志下意识抬手捂着脖子，他跟跄了两步后退，一脸惊恐和不可置信。面前的人稳稳站着，丝毫不慌。

杨安志愤怒且慌乱，他抬起手想抓住面前这人，那人淡定地退了一步，仍看着他。

"你……"杨安志挤出一个字，后头竟不知能说什么。药效实在太快，他的眼前已经模糊。杨安志身子一软，双眼一翻，扑通一下倒在了地上。

那个全身穿着手术服，应该在三楼的人，弯腰从地上捡起了杨安志的手机，看了看电话还通着，便举到耳边道："我解决了。"

常鹏那边默了一会儿，最后应道："嗯，好的。"

电话挂了。

常鹏在办公室又坐了一会儿，缓了缓情绪。然后他起身离开了办公室。

过道里，不远处简语正在跟管行政的副院长说着什么。两个人神情都严肃。过了一会儿，两人结束了谈话，一起朝着电梯方向去。

常鹏站在原处，跟两位领导打了招呼，等着两位领导先过去。

简语走过他身边，给了他一个不悦的眼神："怎么闲站在这儿，没事干了？都通知了吗？"

"都办好了。"常鹏微微低头。

简语没再说话，跟副院长一起走了。

常鹏目送他们进了电梯，然后他看了看电梯口的监控器，这才转身离开。

一直在暗处的胡磊等得筋疲力尽，他的头很痛，要撑不住了，他干脆坐了下来靠着墙等。

就在他昏昏欲睡时，忽然一个寒战惊醒，他看到简语跟另一人朝电梯方向走，他要下来了。

胡磊赶紧打起精神跳了起来，他往前移动，站在花园杂物间门口。可惜不能离电梯太近，监控会拍到，简语也会提前发现他。只能在这里了。

简语出了电梯，跟那人又说了几句话。然后那人朝另一个方向走了，而简语朝着胡磊的方向走来。

胡磊的心跳得飞快，充满喜悦。

老天爷给了他机会。

胡磊拔出了刀，将身体紧紧贴在墙角。

可就在这时，一个穿着清洁工制服的男人打着哈欠朝花园杂物间走来，一边走一边喃喃地："麻烦死了，要下班了还说不让走，要等到什么时候？"

胡磊听得声音，急转头。

清洁工打完哈欠揉揉眼睛，定睛一看，与胡磊对上了正脸。

清洁工的困意瞬间消散，但他的反应速度远没有一直兴奋戒备蓄势待发的胡磊快。

胡磊一个箭步冲上去，一把按住了他的嘴，两只胳膊将他夹着，用力一拖，将那清洁工拖进了杂物房。

胡磊心跳如鼓，用尽了全力，紧紧压着那个清洁工，按着他，全身都贴在杂物房的门后墙角里。

还有机会的，还有机会的！

只要简语走过来……

"简教授。"一个年轻男人的声音传了过来。

"宋朋，情况怎么样了？"

胡磊听到简语道。

胡磊的耳朵里"嘭嘭嘭"地响，像鼓一样敲打着他的头。他冒着汗，听不清但又听清了，声音似从远处飘来，飘进了他的耳朵里。他们在说什么？有警察吗？说的是什么呢？

两个人一起从杂物间门口路过，宋朋走在靠杂物间这边，简语走在另一边。

他们都没有注意到杂物间里有一道疯狂狠厉的视线瞪着他们。

胡磊手里的刀尖也指向他们的方向，但他什么都做不了，他只是瞪着。

那个高大的年轻男人将他和简语隔开了。胡磊有一小会的犹豫，但简语他们的步伐很快，等胡磊反应过来，两人已经从杂物间门口走过去了。

胡磊愣了一会儿，再愣一会儿，眼睁睁地看着两人从他的视线里消失。

胡磊过了好一会儿才意识到自己站在杂物间的门口，他回过头，发现那个清洁工倒在了杂物间的地上。

胡磊走过去，背对着门坐在了那个清洁工身边。他应该紧张的，这个清洁工会爬起来叫喊，会招来保安，会引来警察。但胡磊就只是坐着，他没有力气了，他脑子空空的，头很痛，他不知道自己在做什么。

似乎才过了几秒，又似乎已经过了很久，胡磊忽然意识到这个清洁工一直没动弹过。

胡磊把手上的小尖刀丢在地上，把清洁工翻过身来，却发现他的脖子歪得厉害，人竟然已经断气了。

胡磊一惊，又死了一个？

不不不不不不，胡磊猛摇头，不能在这里死人。简语走了，他错失了机会，他还要等他回来的。死了人怎么办？有人不见了，其他人就会来找，他们如果找不到，就会报警，他就没机会了。

他还要等简语，全怪简语，都怪他。他们想害死他，他们想解剖他，他们利用他，他们还想把他弄成怪物。

他要杀掉简语，他要杀掉他们。反正杀一个和杀几个都是一样的。是他们逼他的，他原本好好的，是他们想害他，他们把他弄成了这样。

胡磊喘着气，正激动着，忽然发现一道阴影笼罩着自己。

是一个人的影子。

胡磊猛地回头看向身后。

新阳精神疗养院，保安监控室。

向衡和顾寒山查看着监控影像。向衡发现外围摄像头数量不多，皱起了眉头。

"不止外面，新阳里面的监控情况也是稀烂的。"顾寒山完全不管自己就站在新阳的监控管理地盘上，非常直言不讳。

安保主任悄悄瞪她，没吭声。

向衡看了顾寒山一眼，顾寒山又道："因为住在这里的非富即贵，又是这种不太体面的病症，要有隐私。所以他们的监控布置并不严密。"

向衡点点头，继续盯着监控。

顾寒山忽然问："我说得够委婉吗？礼貌上算有进步吧？其实我是想说这里偏僻、人少，平常没什么事，大家工作太轻松，所以虽然门面上比较好看，但其实安保方面都比较散漫懈怠。"

安保主任和其他保安："……"

向衡忍不住再看了顾寒山一眼。

"你觉得有人潜进来了，那肯定就已经潜进来了。他们没发现很正常。"顾寒山淡定地继续发表看法，再踩新阳安保一脚，还顺便拍了拍向衡的马屁。

向衡很想吐槽顾寒山这简直就是在破坏警民关系，制造安保科对他们的不满，会让保安们不好好配合工作。这种时候最不需要的就是批评帮手。但他看顾寒山的表情，放弃吐槽。好吧，这个道理同样适用在顾寒山身上。

监控画面里一个穿修路工人工作服，戴着安全帽的人影吸引了向衡的注意。这人穿着工服，但背着一个大背包。向衡对一旁的安保经理道："调一下画面，追踪这个人。看看有没有他的正脸。"

监控室里各人都松了一口气，终于有事情干了，可以不用听顾寒山唠叨。

"没有正脸，也没有他别的画面。他肯定已经进来了。穿成工服在医院里太显眼，他会找地方换装，换成什么衣服就不一定了。这医院里头这么大，他又断了监控，现在跑到哪里都不知道，不好找。看身形这人是胡磊。"已经把过去一小时监控扫了一遍的顾寒山道，"我就说安保不行吧。"

安保主任和其他保安："……"

向衡的手机响了，他对顾寒山摆了摆手，顾寒山闭了嘴，等他接电话。

电话是葛飞驰打来的："查清楚了，电信修路切断网络电缆那个事，有人为迹象。而且现场工地今天丢了一套工作服。你判断得对，新阳里面应该是出问题了。指挥中心监控这边在修路地段附近查到了杨安志的车子，驾车人是胡磊，车上没看到其他人。我调人去处理这个。另外，去新阳的第一队人马上就要到了，你安排一下。我带着人现在也在去新阳的路上。"

"好。"向衡应了，挂了电话跟安保主任说了安排，要对全院进行安全搜查，需要多准备几份详细的平面图和建筑结构图。安保主任赶紧联络门口保安，让把警察的车子放进来。

向衡给简语打了电话，告诉他胡磊或者还有其他危险人物进入了新阳，目前还没有找到踪迹，希望简语和医院方面领导通知各部门和各楼加强安全意识，所有病人回到病房，医生和相关工作人员不要随意走动。警方需要对医院进行搜索，希望院方可以配合。

电话那头的简语有些吃惊："胡磊进入新阳了？你确定？"

"是的。"

简语默了两秒，道他正在院长办公室跟院长汇报这事，他们会认真处理，一定配合警方。

向衡手机有电话插进来，向衡忙应了简语，把电话挂了，接上另一通电话。

电话是葛飞驰打来的，他那边有了新消息。

"杨安志公司的同事都说不知情，不知道杨安志的去处，只知道杨安志前几天出差去了。在他家里也没找到人。聂昊现在带人去他父母家了。"葛飞驰道。

"好的。"向衡明白了。想找到杨安志，恐怕得费一番功夫了。

"我很快到。"葛飞驰道。

向衡挂了电话，看着医院的平面图和监控摄像头的安装分布图仔细再看一遍，沉思几秒。接着他把顾寒山带出去了。

"你是有什么问题？"向衡问她。

"我没问题，我在帮助你。"顾寒山没有表情，显得一脸无辜。

向衡道："那就请不要当着相关人员的面批评他们的工作，现在我们非常需要他们的配合。"

顾寒山仍然淡定："我不太能分清说实话和批评的界限。"

向衡噎了一噎："那就安静，只看着就好。除非有发现，否则别说话可以吗？"

"好的。"顾寒山应了。

向衡把顾寒山又带了回去，给她搬了把椅子，按在屋子角落。这地方既能看到监控的所有屏幕，又不干扰到其他人。

顾寒山乖巧坐了上去，像个听话的小学生。

向衡瞅她一眼，她坦然回视。

向衡总觉得她有什么捣蛋的小心思，但又想不出这种可能性的理由，干脆作罢。

来的那队警员已经进入医院大门。

向衡与他们联系上了，工作马上安排上。

院长办公室。

简语挂了电话，与石文光目光一碰。

石文光有些担心："不会有什么问题吧？如果我们新阳牵扯上了命案就太麻烦了，有两个项目已经谈到合同阶段，十佳民营评选也开始了，我的个人提名算是定好的，你的研究成果演讲交流活动也在安排，这种节骨眼上可不能出什么差错。这关系到后面几年的投资。"

简语道："不会有问题的。需要配合的我们就配合好了。打电话吧，让各个楼都封闭管理，保安看好门，大家没什么紧急重要的事先不要进出。"

石文光点点头："行吧。"

石文光的办公位旁边的墙上，挂满了新阳的荣誉证书和他与简语，以及其他重要人士的合照。

简语的目光从这面墙上扫过，脸色有些凝重。

向衡走出了监控室与赶来的警员们会合。

大家碰头协商，警员很快分工布控，将新阳各个位置守好。更多的警员到达，警车一辆一辆开进了新阳。

月光清冷不甚明亮，但新阳里面灯火通明。

顾寒山在监控室里看着各个画面里出现的警察，脸上没有表情。

葛飞驰与向衡在保安监控室会合。

安保主任确认了葛飞驰的刑侦大队大队长的身份，对他态度非常恭敬。但葛飞驰转头便与向衡商量起布控搜查的计划，言谈之间似乎与向衡平级，还对向衡的意见建议非常重视。这让安保主任很意外。原先安保主任打听了，向衡只是派出所的一个小民警，他觉得简教授让宋朋把人领过来就是怕他们怠慢，他是挺不爽一个小民警对他们使唤这个使唤那个，那架势仿佛他是领导，而且还让顾寒山对他们冷嘲热讽。

顾寒山是他们医院的VIP，人人都知道她是简教授最重视的病人，他是不敢怎样，但小民警也威风八面的，让人心里不怎么舒服。

但现在大批警察进来，向衡似乎还挺有分量，安保主任庆幸自己脾气和耐心都挺好，之前没对他们有什么不礼貌。

向衡与葛飞驰对照着整个医院的建筑平面图和安保摄像头布控图，研究了一番胡磊能进入医院，破坏线路，而后再躲藏的路径，规划了搜查分工和人手安排。

一番忙碌后，新阳的初步内部调查也出了结果。没人声称认识杨安志，也没人看到有什么异常情况和可疑人员。

这些倒是都在葛飞驰和向衡的意料之中。他们仍按原计划开展工作，警员各就各位，开始进行搜查。

顾寒山听着外头的动静，在监控室里继续看着监控画面，中庭花园的两个画面里，有四名警察走了过去。

新阳中庭花园。

四个警察他们两两组队，一队进入了花园，一队走进了花园旁边的楼宇，在过道里搜查着。

一组人发现了花园和过道交界的杂物房。他们正靠近，听到了里面传来了"咔嗒"一声轻响，似乎什么东西落在了地上，之后再无别的声响。

一警员快速打了一个手势，另一人会意点头。两个人左右错开，在杂物房门口做好准备。一警员观察着，这门口微掩，没有锁。

"里面有人吗？出来！我们是警察。"

屋里没人应话，但能听到很轻微的声响，不好判断是什么动静。

警员再次大喊："出来！我们是警察！"

安保监控室里，葛飞驰正盯着监控画面确认目前各组调查的进展，李新武摆好笔记本电脑，把医院地图电子版和监控摄像头重叠，他坐在葛飞驰身边，等待着葛飞驰的指令在地图上做标记，一边还帮着搜索案件相关的资料。

向衡让安保主任拿着各部门当天的值班表一个一个给各楼各部门打电话确认人员情况。"要确保他们都在办公室里待着，所有的病人都在病房。如果有人员失踪的马上上报。"

葛飞驰跟李新武说着话，李新武关掉界面，正想点一个文件夹，顾寒山忽然蹿了过来："这谁的片子？"

李新武吓一大跳。

顾寒山不管他的反应，伸手把桌面上的一张脑部扫描图点开了。李新武生怕犯错误，赶紧把电脑拿开。

葛飞驰现在对顾寒山有些迷信，便问："怎么了？"

向衡听到这边动静，转头扫了一眼顾寒山原来坐的位置，再看一眼李新武电脑摆的位置，不禁想顾寒山这眼力真的有点夸张。

"他得了脑癌。"顾寒山道。

葛飞驰一愣："你能看懂？"

"这人得动手术。"

李新武好奇问："你是学医的？"

"不是。"葛飞驰与向衡异口同声答。

"她学历史的，就读了一学期。"葛飞驰看着顾寒山，这种时候她插进来不是只想说这人得脑癌吧？

顾寒山继续问："暴力犯罪吗？杀人了吗？"

向衡也凑过来："……这片子还能看出来这些？"

"家庭关系应该不太好吧？人很聪明，但是学习和工作不怎么样。自私、冲动、人际关系差。"

向衡："……"这姑娘除了看泡妞的书以外还看了些玄学算命？

葛飞驰对李新武招招手，让他把电脑再放回顾寒山面前："是杀人了，你还能看出什么？"

顾寒山把其他几张造影图都点开看了看："还没抓到他吗？他很大可能还会继续杀人的。他没有愧疚感，认为一切都是别人的错，无论做错什么，他都很快能接受自己的行为。所以，反正杀了一个，如果还需要这样的手段来解决问题，他就会继续做。"

葛飞驰："……"

对讲机响了，有警员报告在中庭花园A区杂物房外发现异常情况。

葛飞驰看了一眼监控屏幕，监控上看不到那两个报告警员的身影，那里是个监控盲区。葛飞驰忙下令在附近巡查的另外两名警察过去增援。

"是胡磊，对吗？"顾寒山看着电脑上的影像。

"这些回头再说。"向衡道。

顾寒山转头看他一眼："你说有发现再说话，我现在就有发现。这是个有暴力犯罪倾向的大脑，还有脑癌，很有追踪观察研究的价值。胡磊是初犯吗？第一次杀人总是不容易的，但如果有人诱导，就可以实现。"

葛飞驰和向衡对视一眼，听懂了顾寒山话里隐藏的指控。如果新阳真的隐藏着秘密实验，现在他们把全院监控起来细细排查，应该能有所发现。

"我们知道了。"向衡对顾寒山道。

顾寒山看了看他和葛飞驰，退回到原位坐下。

杂物房外，增援的警察已经赶到。

大家摆好防备的架势，一个警员冲到门边，一把推开杂物房的门。另外两名警察冲了进去，手电筒将杂物房照亮。

一只大老鼠吱吱惊叫着从警员的脚边窜了出来。

杂物房里空无一人。

警员用手电迅速照了一圈，把这个屋子的灯打开了。

屋内有两个大柜子和一张桌子，放着打扫工具和一些园艺用品。柜里桌上东西有些凌乱，但都属正常情况。墙上的钩子上挂着一个文件夹，上面夹着一张清洁工作签字表。

警员仔细把屋子检查了一遍，然后看了签字表。

"最后签名是下午5点，陈常青。"

向衡把信息跟安保主任确认，主任道："应该晚上9点还要签一次的。"

现在已经过了9点了。

有状况。

向衡跟安保主任道："联系这个陈常青。"

安保经理紧张地拨打员工表里陈常青的电话号码，手机里传出"您拨打的用户已关机"的提示音。

安保经理对向衡道："他关机了。"

葛飞驰正想说话，忽然屋里一片惊呼。

向衡转头看，全部监控显示屏上只有三个字："无信号。"

葛飞驰吃了一惊："搞什么鬼？"他马上用对讲机给各队下指令，告诫大家留心，监控网络被切断。

负责机房附近区域的三队应声他们没有看到异常，现在马上展开搜查。

安保主任紧张地问："是……是那个杀人犯吗？"

向衡的脑子迅速转着，不可能。之前胡磊得手是因为大家没有防备，他对新阳并没有这么熟，现在全院区布控，他怎么可能还能轻易搞破坏。

向衡猛地回头。

顾寒山呢？！

向衡大踏步走出监控室转了一圈，葛飞驰也已经发现了不对："顾寒山呢？"

向衡黑了脸，太生气了。顾寒山，你搞什么鬼！

向衡扫了一眼院区平面图，没有头绪，这里太大了，任何地方都能动手脚，顾寒山会去哪里？

葛飞驰用对讲与各处联络，让大家加强戒备，及时报告情况。负责行政楼的警员刚说他们那里没发现异常，却忽然一声惊呼，接着道："电力中断，楼里有人跑出来了。"

葛飞驰暗骂一句脏话。难道目标是行政楼？简语在里面，这是有什么状况？

"控制好楼门，别让人进出。"葛飞驰下指令，他迅速调派两组人再到行政楼那边。

向衡怒火中烧，顾寒山！是你在搞鬼吗？你针对简语，所以要整出什么事来？等一会儿抓到她了，他一定要骂她一顿！哦，对，她脸皮厚，不怕骂的。那他要用妨碍公务拘留她！他一定会公事公办，让她长教训！向衡的手机响了，是简语来电。

向衡赶紧接起。

"我在行政楼，这里停电了，是有什么情况吗？"简语问。

"我们在排查，暂时没发现。"向衡答道，"我们有警员守着大楼，请不要随便走动。"

"好的。"简语的声音很冷静，"我和石院长在他办公室里，我助理宋朋也在，我们关着办公室门，请不要担心。有任何情况我们都会马上通知警方的。"

"好的。多谢配合。"向衡挂了电话，与葛飞驰对视一眼。

葛飞驰的对话机又响了，他继续安排协调警力。向衡盯着那平面图看。然后他突然灵光一现，指着行政楼后面的重症楼问："这重症区里，有什么特殊的病人吗？"

安保主任愣了愣："都挺特殊的吧。那楼里的东区是需要24小时监护的，有卧床不起的病人。西区是特殊病房，墙体都用防撞材料包起来的，病人会狂躁、兴奋、暴力还有自残的，就都关在那里。这楼的安保是最严的，而且铁门铁窗密码锁，门禁卡都得有权限才能进去。"

向衡没说话。

安保主任看了看他的表情，再次强调："那里是全院最安全的地方了。"

向衡喃喃道："对，所以大家就会习惯性地疏忽。"他转头对葛飞驰道，"调人去重症楼，我现在过去。"

他说完往外奔，葛飞驰一愣，忙低头看了看平面图，问安保主任："重症楼里有什么特殊的人吗？"

"都挺特殊的。"安保主任又说了一遍。

葛飞驰皱起眉头，拿起对讲机正要说话，对讲里传来警员声音："重症楼有骚乱，楼门开了。重复，重症楼出现骚乱，有病人冲出来。"

葛飞驰："……"

向衡真的，太灵了。

重症楼，西区。

重症楼里有人号叫着，守在门口的保安习以为常，不为所动。但行政楼那边的突然停电把他们吓了一跳。

一个保安被那边的喧嚣引得伸长了脖子看，这时一个奇怪的声响在楼前花园树丛那边响了一下。另一名保安一惊，他的注意力从停电那边转向了花园。他招呼着同伴，抽出电棍，走进花园靠近树丛，小心翼翼观察着。

顾寒山冷静地从他们身后过去，伸手按开了楼门密码锁。铁门打开，她轻巧地走了进去。

一个保安回头看了看，没看到有人，他再看向树丛。另一个保安用对讲报告有可疑情况。

报告完了刚要商量怎么办，却听得楼里忽然响起巨大的动感音乐声响，保安猛地再回头看，却发现楼门大开，有病人跑了出来。

保安大惊失色。还没来得及去抓跑出来的那人，另一个大叫大笑的病人也奔了出来，还在门口撞了一下头。这脑袋撞得疼，气得他大吼，吼完转头，看到了保安。

两个保安吓得后退一步。这时警察奔了过来。

更多的病人跑了出来，警察和保安都在用对讲机呼叫增援。

楼里，医生护士乱成一团，病房门锁全被打开了，巨大的音乐声刺激了楼里的病人，病人们叫着闹着，有些在房间里跳，更多的是冲了出来。

顾寒山在一片混乱中走进一间病房，里面有个很瘦的男子正在跳，他看到顾寒山进来，停下了："苦……闪……"他发不清楚顾寒山名字的音，但他认得她。

"小明。"顾寒山对他招手。

"待岛（太吵）。"小明捂了耳朵。

"走，我们去个不吵的地方，玩一会儿。你想出去玩吗？"顾寒山向他伸出手。

小明眼睛一亮，握住了顾寒山的手。

"我们走这边。"顾寒山牵着他往楼道后面去。

有病人跑出来，捂着耳朵恶狠狠大叫："关掉，关掉。"一边喊一边打墙。

顾寒山镇定地拉着小明从那人身边过去，前方有两人打成一团，对着顾寒山冲撞过来。顾寒山快速闪过，牵着小明继续走。

保安和警察的增援很快赶到。

楼里的医生终于找到了播放音乐的小型外放MP3，把它关掉了。

众人把病人一个一个抓住，带回楼里。

向衡飞奔而来，他看着重症西区的一片混乱，转了一圈没找到他想找的人，他用对讲机问监控室："看到顾寒山了吗？"

监控室刚恢复监控画面，大家眼睛忙不过来，一个屏幕一个屏幕找："没有。"

向衡又转了一圈。他不明白，顾寒山到底想干什么？他站定了，想了想，然后转向了行政楼。

还没走到，对讲机响了，葛飞驰的声音传来："顾寒山在8号楼C3监控摄像头前面走过。"

向衡心头的火腾腾直冒。顾寒山，你死定了！

向衡朝8号楼楼侧C3的位置跑，有别的警察也跑了过去。

"救命啊，救命。"

向衡远远就听到了顾寒山冷静的呼救声，声音从8号楼方向传来。

向衡心里又是气又是吐槽：你学会惊慌失措了再喊救命行吗！

向衡和别的警员前后脚冲进了楼里。

顾寒山不是一个人，她跟前不远处还有一个穿着病号服的男孩，看上去二十多岁的样子，因为太瘦小，脸又白净，真实年纪不好判断。

那男孩看到有人来了，也不害怕，只指着一个方向叫着："能（人）……能（人）……"

向衡一看。

那是一个电梯井，没有电梯厢门，只一块木板围起，旁边墙上贴着"维修中，危险勿近"。

板子现在已经倾斜，被撞倒了一半。

向衡示意警员上前控制住那个男孩，然后他走到电梯井边，用手电筒照着，探头一看。井底躺着两个男人，看姿态像是两个人抱摔落了下去似的。

看不清脸，但向衡已经猜到是谁了。

向衡再往上看，上面电梯井也是空的，也不知道这两个人是从哪一层摔下去的。

向衡用对讲机通知了葛飞驰。

然后他转过身来，认真打量了一下那男孩。

男孩头发很短，几乎没有，头上长长的疤隐约可见。

做过开颅手术吗？向衡皱皱眉。

男孩正对着顾寒山道："抖（走）啊……抖（走）……"见顾寒山没理他，他又转向看着他的警察，歪着头认真观察。

向衡看了那男孩半响，然后转向顾寒山。

有医生急匆匆赶来，准备带走那个男孩。向衡指着那医生道："他就在这儿，不许走。"

医生吓了一跳，没敢动。向衡对一旁的警员道："问清楚情况。"

警员把医生带到一边，询问这个男孩的状况。

向衡走到了顾寒山的面前，不说话，就盯着她。

眼神凛冽，气势十足。

顾寒山一点不紧张，她道："报告向警官，这里有尸体。"

向衡深呼吸一口气，把脾气压了下去。

"你搞什么鬼，顾寒山。"向衡问。

"我想起我上次来的时候，看到这里有个电梯坏了，维修工人说得大修，这边货梯很少有人用，大家都用东边的电梯，所以我猜胡磊会不会躲在这边，可是你在忙，我就想着自己过来看看，找到情况再通知你。"

向衡冷冷地看着她，你编，继续编，我听你鬼扯。

"结果我走到半路的时候忽然停电了。我想着马上就到了，而且你们在呢，马上就能来电，所以我就继续过来了。到了之后我看到有黑影在这里晃，我害怕，就喊救命了。"

向衡面无表情，他双臂抱胸，很酷的样子："你接着说。"

顾寒山继续说了："然后我看清了，原来是小明。他全名叫孔明，是这里的病人，我住院的时候认识他的。他趴在电梯井那里看，我差点以为他要自杀，结果他只是指着那儿说有人，我看了看，原来里面有尸体。"

向衡冷冰冰地道："顾寒山，你行踪可疑，我需要带你回去调查。"

"可以的。"顾寒山答道，"我会好好配合调查的。那小明比我先到这里，他更可疑，是不是也要调查他一下？"

向衡心里一动，这是顾寒山的目的？

"当然，他也需要调查。"向衡道。

顾寒山又道："虽然申请调查我的病历和诊疗资料比较麻烦，但是申请调查小明的很容易。他没有监护人,也没有律师。他在这里住了很久了。"

向衡:"……"

原来如此。

葛飞驰很快带着人赶到了。

大家迅速在这个电梯井周围拉起了警戒线,禁止其他人等进入。行政大楼的电力系统在这会儿也恢复了。楼道的灯都亮了起来。

警员问清楚了孔明的情况,向衡对那个值班医生进行了确认,又试图与孔明交流几句,但他发现孔明的精神状态不对,没法正常沟通。

医生表现得有点紧张,他说孔明没在晚上出来过,他不适合长时间在外头待着,夜晚的户外环境对他来说是陌生的,而且这里太吵闹了,有很多警察,这些都会对孔明产生刺激。

"他是谁的病人,主治医生是谁?"

"许医生,和简教授。"那值班医生答。

"简语教授是吗?"向衡问。

"是的。"

"许医生的全名叫什么?"向衡再问。

"许光亮。"值班医生把三个字分别说了说。

向衡记下了。

那医生又说了一遍:"我必须把孔明带回病房,他受了刺激,会发病的。"

向衡皱了皱眉,叫过一名警员,让警员护送这位医生和孔明回去。

这时候他手机响,是简语。

简语听安保那边报告说警察发现了尸体,他和院长石文光很重视,希望能过来看看情况。

向衡与葛飞驰说了说,葛飞驰点头,向衡便同意了。

电梯井这边,四周很快被拉了警戒线,有警员做好了防护,下到了电梯井里,确认井里的两个人已经死亡。一个是胡磊,一个正是失踪的清洁工陈常青。

现场取证拍照,搭架板,准备把电梯井里的两具尸体搬上来。

痕检技术员和法医接到了通知,更多后援也收到了指令,大家正在赶来的路上。

葛飞驰一看胡磊身上穿着病号服,马上与一旁的新阳职员了解情况,得知洗衣房在地下室,他安排警员到地下室搜查,并将情况通知院内其他区域的警员,让大家务必不要松懈,严查各个角落。

顾寒山听着他们的谈话，看着他们的动静，她一脸淡定，只是站着。

过了一会儿，简语和石文光迈着大步走了过来，后面跟着宋朋。

简语远远看到顾寒山，加快了脚步，唤她："顾寒山。"

"简教授。"顾寒山点头招呼。

"你没事吧？"简语仔细打量了一番顾寒山，见得她毫发无损，情绪稳定，这才松了口气。接着他看到了不远处许多警察围着电梯井，有人喊着尸体如何如何，简语对顾寒山道："你不适合在这儿，我今天跟你说过了，现阶段你需要一个稳定安静的环境，不要挑战自己对抗大脑。"

向衡也看了电梯井方向一眼，再看看面无表情的顾寒山。他心里还是有气，觉得顾寒山跟稳定安宁不沾边，她不捣乱不去刺激别人就不错了。

顾寒山扫视了周围一圈，不说话。

一个医生过来与简语和石文光低语了几句，石文光对简语道："你去处理吧，我留在这儿看看情况。"

简语便对向衡道："我得先去看看孔明的情况。"

向衡点头应了。

简语又道："顾寒山也应该离开这里，如果需要留她问话，她可以到我办公室去等。"

顾寒山却道："我不走。"

石文光皱着眉扫了大家一圈，转头对简语道："你先去吧，我在这儿看着，有什么情况我来处理。"

简语便不再说话，他看了顾寒山一眼，转身跟那医生朝重症楼去了。

石文光问一旁的职员："这里谁负责？"

职员指了指不远处的葛飞驰。

石文光便过去了解情况，才说了两句，一个警员过来报告，他们在不远处的花圃墙边发现了鞋印。

葛飞驰把石文光交给现场另一个警员，自己跟向衡招呼了一声，看鞋印去了。

这花园就在行政楼的后面，高墙后面通往一个森林公园。高山绿树，这是新阳对外宣传时引以为傲的适合治病静养的好环境，但现在对警方来说，要到山上追捕一个逃犯，那可真是个大工程。

鞋印就在墙边一棵大树下。树很高，枝丫茂密，有警员顺着鞋印方向爬上树搜查，发现一根长绳绑在一根探往墙外的枝条上，看样子应该是顺着绳子逃到外头去了。

葛飞驰安排警员到墙外继续搜查。警员很快报告，墙外绳下也发现了脚印，按脚印方向，确实是通往不远处的森林公园。警员一直跟到石板路上，脚印消失。

葛飞驰马上组织人员，准备派两组人上山追捕。他向指挥中心报告，一是要求增援人手参与搜山，二是需要后头森林公园的地形图。

有警员拿到了标记牌和工具，把树下的几个脚印圈围保护起来。向衡把鞋印拍了照片给技术科发了过去，又看了看测量工具比对出来的尺码："44码。"

葛飞驰眼皮一跳："段成华就是这个尺码。"

向衡皱起了眉头，又是段成华？

两组人员很快集结完毕，葛飞驰给他们布置任务，先做围堵，如果嫌疑人逃进了山里，要确保他不能离开。等增援人手到了，再进行搜山。两组人很快出发。

这边向衡接到了技术科的电话，那头查出了结果：鞋底花纹与李宁牌的一款鞋一致。

向衡向葛飞驰做了报告，葛飞驰挺振奋："这鞋码44，段成华就是44码。李宁牌，段成华喜欢这个牌子。"

向衡没吭声，他思索着。葛飞驰下结论："还是段成华，这回一定能抓到他。"

向衡默了几秒，开口道："太刻意了。"

葛飞驰联络那两队追捕小组，看他们到了哪里。向衡突然道："他没上山，别浪费人力和时间。"

葛飞驰一愣："什么？"

"段成华是被栽赃的，不是他。"向衡语气坚定。

葛飞驰有些急："我知道顾寒山的证词，但不能以她的为准。我们现场演示过，有可能段成华先跑掉了，顾寒山就是没看到。"他靠近向衡一步，压低声音道，"顾寒山的行为有些古怪，刚才那个病人孔明是怎么回事，监控和电源是顾寒山破坏的吗？这种危急的时候，大家正为搜捕胡磊焦头烂额，她搞这些，是不是在搅乱我们的视线？"

"顾寒山今晚的行动，还有孔明，是另外一件事。她对胡磊和段成华的证词没问题，她跟这案子没关系，没必要搅乱我们视线。"

"就算这样，可段成华是被陷害的这个推断，根本没证据。"葛飞驰道，"我不能因为你一句话就改变侦查方向。人力有限，不抓紧就会错失时机。"

"没错，人力有限，所以正确判断很重要。我给你证据。"向衡突然转身喊，"顾寒山。"

顾寒山一直等着，闻言精神抖擞地跑过来。

葛飞驰无语，这架势，好像神探呼唤他的神犬。

向衡飞快对葛飞驰道:"李宁牌,是段成华喜欢的牌子?"

"对。"葛飞驰下意识应。

"胡磊杀人时就穿的李宁牌。"向衡提醒他。

葛飞驰:"……"

向衡道:"顾寒山的证词非常详细。她看清了凶手的帽子、外套、鞋子,各种细节。"

是是,顾寒山有超能力。葛飞驰看了一眼顾寒山。顾寒山淡定回视他。

向衡道:"把段成华的朋友圈内容给顾寒山看一遍。"

葛飞驰一愣:"现在吗?"

"对。"向衡应完,转向顾寒山,"找出胡磊杀许塘时穿的衣物。不要相似,要一模一样的。"

葛飞驰又一愣,胡磊杀人时身上穿的都是段成华的同款?如果那样,就太有可能是栽赃证据了。没人安排别人杀人时会要求对方穿上自己的衣服。

"按幕后真凶的计划,就算有目击证人看到了什么,他们大概只能看清某个特征。比如黑色外套上的金色按扣和拉链,比如黑色跑鞋上的白色李宁LOGO等等。胡磊挑了大晚上行凶,把自己包得严严实实的,戴着帽子手套口罩,生怕被人看到相貌,但是却穿着一件有明显特征的衣服。金色在黑暗的环境里比较容易被看到,虽然只是小配饰,但安排得这么周详的杀人计划里,凶手难道就不能找到一件全黑的衣服?"

葛飞驰听懂了。顾寒山之前说的,记忆的诡计。如果有目击者能看到凶手,看不到样貌,认不清体型,但衣服上的明显标记会是指认凶手的重要物证。

向衡继续道:"这些东西在我们侦查段成华的社交平台内容、手机相册时,或者经由他亲友辨认,都会指证是段成华的。而实物必定是找不到了,又佐证是他行凶后销毁。这个杀人计划非常周密,让凶手穿全套同款衣物,精心挑选的杀人地点,事先选好的证人人选,事后散布影响记忆的流言,不是陷害栽赃又是什么?"

葛飞驰不得不承认,这确实非常有道理。再加上手机上的信息,逃逸现场的血迹,不但动机合理,还有人证、物证,简直全套一条龙证据安排好送到他们面前。

"确认段成华是被陷害的,这对整个调查方向很重要。幕后真凶在拖延我们的时间。段成华没有来过新阳,他不是从这面墙逃跑的。他可能跟胡磊一样被囚禁着。"向衡道,"他也许还活着,我们得抓紧时间救他,而不是去搜山。"

第十章
约定

燕子岭，小白楼。

三楼的一个房间，锁被打开了。

屋里边，被绑坐在椅子上的人惊恐地抬起了头。

这一抬头，露出了脸，正是段成华。

新阳。

陈尸现场里，众警员有条不紊地工作着，紧张有序，四周有些喧杂。

葛飞驰脸色严肃看着向衡。

向衡道："让指挥中心抓紧时间排查胡磊的行车路线，找到他从哪里跑出来的。马上调人手去那边。"

葛飞驰没应声，但他叫过李新武，联系技术科把段成华的朋友圈发过的照片给顾寒山看看。李新武应了，带着顾寒山到一边看照片去。

葛飞驰思索了一会儿，又看了看向衡的表情，这才问："你觉得，段成华跟胡磊被关在同一个地方？"

"是的。"向衡道，"而且他还活着，起码现在还活着。但拖久了就不好说了。毕竟夜长梦多，幕后黑手在胡磊这里吃了教训，同样的错不能犯两回。我们得现在就找到段成华。"

葛飞驰瞪着他，好半晌道："你让我很为难，向衡。我如果听你的，放弃搜山，把人力全投到查胡磊的逃跑地点上，让凶手跑掉了，我没法交代。"

向衡回视他，不说话。

葛飞驰继续道："可是如果不听你的，最后证实你的推测是对的，我被幕后真凶耍得团团转，错过了解救段成华的最佳时机，我也没法交代。"

"可惜了。"向衡道，"我愿意背这个责任，但我没这个官职呀。"

葛飞驰气得冒烟，好你个向天笑，这种时候还敢抖机灵，你怎么不反省反省自己究竟是为什么会被流放到派出所的，现在这是连派出所都不想待了是吗？

"葛队，段成华是被陷害的，他现在有生命危险。"向衡举起一根手指，"第一，杀人这么大的事，段成华一而再再而三地疏忽，在现场留下了自己的痕迹，这不合理。"

葛飞驰瞪着向衡的手指，哇，看看，这就开始了。

葛飞驰故意道："也许他就是这么粗心大意了，毕竟是大事，人会紧张，一紧张就出错。而且犯错的不止他，还有杨安志。"

向衡点头："对，还有杨安志，这个一会儿再说。"他举起了第二根手指，"第二，胡磊离家的时候是留了遗书的，对吧？"

"对。"葛飞驰继续瞪向衡的手指。

"所以如果没出意外，胡磊应该悄无声息地在这人间消失，加上有遗书做证，那胡磊的事情就已经了结了。"

葛飞驰板着脸："是的，然后呢？"

向衡继续道："我在思考他们处理许塘的手段。一开始我猜测是因为许塘跟警察的关系让他们感到紧张，他们有把柄落在了许塘的手里，生怕许塘向警方举报，于是等不及收拾得干净漂亮，只能抓紧时间将他杀死，用简单粗鲁的方式处理成抢劫杀人之类的案子。"

葛飞驰抬杠："这不是挺合理的吗？"

向衡摇头："可是后来种种的迹象都表明，对许塘的谋杀，是有严密的计划和组织的。这么有手段，为什么不能让许塘失踪？悄悄地，在人间消失。他们有能力做到。"

葛飞驰皱起眉头。

向衡顿了顿："他们不这么做，是因为必须得所有人都死了，才能结案。侦查才会结束。"他举手在空中画了个圈，"确定嫌疑人，嫌疑人身亡，结案。完整闭环。"

葛飞驰道："那还有石康顺呢？"

向衡问他："我们有证据证明石康顺跟这案子有关吗？"

葛飞驰不说话了，不能。

"况且如果不是突然冒出来一个顾寒山，我们也不可能注意到石康顺。"

葛飞驰抿嘴，这确是事实。没有顾寒山，也不会确认凶手是胡磊。

向衡举起第三根手指："第三，杨安志出了差错，让胡磊开了自己的车跑出来，这是要命的错误。就算我们之前没查出他来，一个通缉犯开着他的车，他也会被调查，他们关押胡磊的地方也会暴露。既然他们的剧本安排的段成华是真凶，所以段成华的踪迹一定得出现在囚禁胡磊的地方，而且段成华会死掉。新剧本大概是与杨安志起内讧之类的，两个人都死掉。这样才能结案。"

葛飞驰："……"

"我们时间不多了。趁着现在他们也是手忙脚乱的，找到他们，让他们措手不及，就还有机会。"

向衡刚说完，李新武颠颠地跑了过来："顾寒山找出来了。"

顾寒山跟在他身后，非常稳重冷静地走着。

葛飞驰对顾寒山的神速已经不意外了，但这两人过来时的气场对比太明显，葛飞驰憋着一口气，觉得李新武不争气，自己也不争气。葛飞驰吐出那口气，拿过李新武手上的平板电脑一看，还真有。

黑色外套，金色按扣，金色拉锁。

李宁牌跑鞋，黑色鞋面，白底，显眼的白色LOGO。

这分别在两张不同的照片里，段成华穿着黑色外套与朋友吃夜宵，以及在公园钓鱼时穿着那鞋。

顾寒山伸手帮他往后划，指着另一张照片道"这条裤子"，再划到另一张照片："这个帽子。"

葛飞驰沉默了好几秒，咬了咬牙，给指挥中心打电话："请调动所有资源追查胡磊驾车的出发地。这个非常紧急，人命关天。"

指挥中心答说目前只查到从燕子岭那一带过来的，但燕子岭的范围挺大，有许多拆迁待改造的老城区域，监控不足，胡磊驾车时又不停兜圈子，所以还不能确定他具体从哪里出来的。

向衡道："把时间往前推，从早上查起。昨晚杨安志不是还在家里跟他公司的店长联系吗，这说明他在家里睡了一觉，今天去的囚禁胡磊的地方。从早上开始查，查杨安志开车去那地方的线路。胡磊绕圈子，杨安志不会，他的应该好查。"

有道理。葛飞驰赶紧跟指挥中心那边说了。

向衡等他讲完电话，又道："我去燕子岭现场看看，他们能确认位置了告诉我。"

向衡说罢转身便走。顾寒山默不作声，紧跟在他身后。

葛飞驰无语地瞪着这两人背影走远，还真是，像神探和神犬。

李新武跟着葛飞驰一起看。末了两人互视一眼，葛飞驰微眯了眯眼睛，李新武反应过来，招呼了一名警员，跟着一起去了。

葛飞驰想了想，给聂昊拨电话："找到杨安志父母了吗？让他们多想想，无论想到什么都行，线索越多越好。杨安志可能有生命危险，我们在抢时间。"

杨安志父母家。

聂昊带着几个警员继续在调查。

杨安志父母把杨安志的房间打开了，让警察们随便看随便搜，但警员搜查了半天也没找到什么有用的线索。

"他买了自己的房子之后，能用得着的东西他都搬走了。平常偶尔回来走动一下，也不留下住，没有什么东西在这儿了。这些都是他小时候或者好几年前的东西，我们舍不得扔，这房间一直给他留着。"杨安志的母亲焦虑紧张，站在房间门口看着警察们的举动。

聂昊在外头接完了电话进来，一脸严肃地对杨安志母亲道："阿姨，你听我说，杨安志骗了你们，他没有出国做市场考察，他一直在国内，买了明天早晨的机票和火车票。我们找到了他的车子，但人不见了。现在他的处境非常危险，我们得尽快找到他。"

杨安志的母亲慌得脸色发白。

聂昊道："你们再仔细想想，他还有没有别的去处，有没有什么朋友是你们刚才没想到的？"

杨安志的父亲急匆匆地从屋子出来，手上拿着一个本子，他戴上老花镜，翻着本子道："我帮他寄过快递，不知道有没有用。这个地址，还有这个人，这个号码是他的。"

"还有别的吗？"聂昊接过笔记本，仔细看了看，是杨安志公司仓库的地址，这个他们有。

"没了。"老人家仓皇摇头。

"你们知道他还有什么朋友吗？或者同学，跟他有来往的人，可能他不常提起，总之所有能想到的都可以。"

杨安志母亲红着眼眶，急急奔回屋里翻抽屉。

"现在具体是什么情况？"杨安志父亲紧张地问，"你们确定他没出国吗？你们得仔细查一查，他告诉我们要走的，还发了机场照片给我们看的，说出发了。"

"他确实没出国，我们查过了。"

杨安志父亲神情复杂，有震惊有担忧。

过了一会儿，杨安志的母亲抱着一本相册跑出来："我找到了，这是他中学时候的相册，我那天翻到，就放屋里抽屉了。他的中学同学录都在里面。"杨安志母亲把相册交给聂昊，"他工作以后的朋友我们都不太知道，他工作上的事也不告诉我们。他没有别的住处，只有华强路那个。"

"他曾经交往过两个女朋友，但都没带回来给我们见过，就是聊天的时候偶尔提起来。我们催他带来见见，他原本答应的，后来分手了。再后来谈了另一个，也是分了。"杨安志父亲说着说着卡了壳，"我忘了名字了。"

他看向自己妻子，杨安志母亲也在拼命回想："对对，他女朋友。姓刘，我记得，他说做销售的。第二个姓宋……"

"姓宋吗？姓陈吧？"杨安志父亲道，"在医院上班的。"

"哪家医院？"聂昊听到医院两个字便敏感起来。

"不记得。"杨安志父亲道，"阿志公司做医疗器械的，基本上每个医院都有认识的人。"

"嗯。好的。"聂昊用他的小笔记本记着。

杨安志父亲忽又想起来："等一等。"他快速回到屋里，在衣柜里翻了半天，翻出一个扁平的盒子，他把盒子抱给聂昊："这是阿志大学时期用的笔记本电脑，但是几年前他买了一个新的，这台旧电脑就放着了。他说跑不动了，不好用。当时说留给我学学电脑，玩一玩，后来我没用，他又说卖二手，但一直也没拿走。"

聂昊接过盒子，打开看了看。

"这电脑清空了，阿志说做了什么格式化。也是好几年前的旧东西了，但是你们是不是有什么恢复内容的技术呀？万一有什么有用的消息呢。"杨安志的父亲一脸担忧，杨安志的母亲靠过来，老两口互相握着手。

"警官，我儿子是个老实孩子，从小就很听话，大家都夸他的。真的，他是一个好人，这里头肯定有什么误会，请你们一定要找到他，别让他出什么意外。"杨安志的母亲眼眶都红了。

聂昊看着两位老人，心里沉甸甸的。

新阳。

案发现场。

一直在观察着警方动静的石文光看到顾寒山跟着向衡走了，不禁皱了眉头。他欲过来，被守着警戒线的警察拦住了。石文光一番交涉，那警员过来与葛飞驰报告，葛飞驰过去了。

"葛队长。"石文光问,"现在是什么情况?"他指了指围了一堆警察的方向。

葛飞驰心里一动,道:"我们发现凶手有可能是从那头翻墙逃走的,正在做排查。"

石文光惊讶:"这墙这么高,怎么翻墙?"

葛飞驰点头:"从树上。"

石文光张了张嘴,似乎不太相信:"那到了墙那头也得摔下去。"

"用绳子。"葛飞驰道。

石文光皱了眉头:"真的可以吗?"

葛飞驰不回答了,他道:"这里比较乱,希望院长能协助我们让其他不相关的人都离开,大家回办公室等待,以确保我们工作的顺利进行。"

石文光问道:"顾寒山呢,她去了哪里?"

"这里没她什么事,她可能回去休息了。"

石文光微皱眉头:"重症楼的情况,孔明的情况,不问问她吗?"

"简单问过了,进一步的询问得往后放放,我们目前比较着急抓到凶手。"

石文光不说话了。

葛飞驰观察着他的表情,道:"我先忙去了,多谢院长协助。"

葛飞驰走回原位,微侧头观察了一番石文光,他还在看着他们。

向衡开着车,顾寒山坐在他的副驾驶座上。

车子开了一会儿,顾寒山问:"我们去哪里?"

向衡横她一眼:"有让你跟来吗?"

"你缺帮手。"顾寒山答。

向衡没好气:"会剪网线和电线的帮手?"

顾寒山道:"如果你需要,我确实可以帮你剪,但如果你是在讽刺抹黑,想把今晚新阳里发生的事栽到我头上,我拒绝。"

向衡看她一眼:"你没干?"那语气明显不信。

"没干。"顾寒山摇头,"我走到半路时灯就灭了。"

"不用亲自动手还挺遗憾是吗?"向衡的怒气噌噌往上冒,他还想继续说什么,但忍住了,"先解决眼前的事,其他的以后再跟你算。"

顾寒山冷淡道:"那等你算的时候我再反驳你。"

这态度。向衡憋得一肚子气。

过了一会儿向衡实在没憋住,忍不住道:"顾寒山,你是许塘命案的重要证人,你的证词非常非常重要。"向衡想起葛飞驰对这案子证据的评价——"顾寒山一个人对抗了全世界"。

"你今晚的举动很可能会毁掉这个案子,我希望你能明白事情的重要性,顾寒山。"向衡道,"如果我们不信任你,如果我们被你的举动搅乱了视线,我们会跑偏的。那些人有生命危险,日后案件的审理判决也会受到重大影响。这不只是现在受害的几条人命,真凶不伏法,以后还会有更多受害者。"

顾寒山默了两秒,回道:"在我心里,重要的事只有一件。"

向衡噎住,不想把顾寒山丢下车,他忍着气继续开。"你是看了胡磊的大脑扫描图决定要干这事的是吗?把孔明卷进来,让我们调查他。"

"他值得你们调查,向警官。"顾寒山道,"我、胡磊、孔明,虽然情况不一样,程度不一样,但我们都有一个共同点,我们的脑袋,都是特殊的脑袋。"

向衡看了一眼计时器上的时间,道:"行,我记住了。"以后再跟你算。

顾寒山注意到他的小动作,问他:"为什么要计时?"

"这是最近的路线,我要测一下如果凶手在新阳行凶后再赶回燕子岭,到达不同地段时各需要花多长时间。"向衡答道。

顾寒山道:"这样后头如果遇到什么证词或是事件,你好判断真实性?"

向衡"嗯"了一声。

顾寒山评价道:"还不错,你很聪明。"

向衡不想搭理她。这是又拿他练手了是吗?看他不高兴了,找理由夸夸他。

向衡不说话,顾寒山也不吭气了。车子里保持着安静。

过了一会儿,燕子岭到了。

燕子岭其实是个山名,老城区当年的繁华地带围着这山绕了一片,本地人就叫这一带燕子岭,范围包括了周围好几条街区。后来市中心东移,老城区搬迁改建,因为种种原因,进度并不理想,许多单位搬走了,但房子还在。年轻人都往东城那边跑,这里留下来的都是老本地人。这一带就渐渐没了以往的生气。

向衡维持着车速把这一带转了两圈,然后给葛飞驰打了电话,报告他已经到达,与葛飞驰互相沟通了一下情况。

一直跟在他车后的李新武看到他停了车,也跟着停车,下车过来会合。

向衡在车上看到李新武过来,便下车打电话,把手机开了免提,让李新武一起听听。

葛飞驰正巧问到李新武在哪儿。李新武忙应他们在。

葛飞驰说他联系了这边的派出所,让他们加派人手在这一带巡逻,若发现什么问题各方能马上响应。向衡刚才看到了警方的车子,便跟葛飞驰也反馈了。葛飞驰又说目前指挥中心仍没有找到具体地点，杨安志警惕心很重，他开车到了那一带也绕圈子。但指挥中心交叉比对了他俩的路线，缩小了一些范围。

向衡和李新武记下了。

葛飞驰说一片区域还是挺大的，问向衡打算怎么找。

"第一，道路没有监控，房子有监控。不是楼房，单栋小楼，不大，可能会像小型招待所、疗养院之类的，有一间间房间的那种。太大了不好维护，引人注目，太小了不好藏人。"向衡道，"第二，房前道路畅通，方便轿车出入。也许有院子，也许停车场在楼后边，总之停车不会太显眼。周围屋宅人员都少，有什么大动静不会引起注意。"

李新武忍不住多看向衡两眼，这些条件是怎么想出来的？他等着向衡凑出第三点。

"第三，大门有门禁，窗户有防盗窗格或防盗窗纱，平常窗帘都拉着。"向衡道。

电话那头葛飞驰默了一会儿："完了？"

"完了。"

李新武觉得电话那头的自家领导肯定跟自己一样，在琢磨向衡凑三的这个强迫症。

葛飞驰道："行吧，我通知指挥中心和那边派出所，大家分分工，一队负责一个区域的搜查。"葛飞驰顿了顿，又道："顾寒山在吗？"

"在呢。"李新武看了一眼趴在车窗听着他们讲电话的顾寒山。

葛飞驰道："看好她，让她别捣乱，如果她干扰妨碍警方办案，就拘捕她。"

李新武尴尬地再看一眼顾寒山。顾寒山一脸冷漠，跟没听见似的。

"她听到了吗？"葛飞驰还要问。

李新武答："应该是听到了。"

电话里没听清葛飞驰是不是"哼"了一声，他让大家注意点安全，有情况及时通报等后援，正想挂，顾寒山推开车门下来，对着手机唤了一声："葛队。"

葛飞驰应了："怎么？"

"你应该派人保护孔明的安全了吧？"顾寒山加重了"应该"两个字的语气，这让李新武觉得自己莫名中枪。

葛飞驰愣了愣，答："派人送他回去，守着病房了。怎么？顾寒山，如果你知道什么就提前说，不要总是说一点瞒一点的。"

顾寒山道："我只知道他是目击证人。目击证人，总是有危险的。他跟我不一样，我有自理能力，我能自保。而孔明，他的大脑受过严重损伤，他无法正常沟通，当然也没有求救逃跑的能力。你们要盯好他，真凶说不定会找他。"

向衡盯着顾寒山，没说话。

葛飞驰那头也沉默片刻："行，知道了。"

向衡道："挂了，现在不是讨论孔明的时候，回头说。"

"你说的那些条件，刚才路上我看到五个差不多能符合的。"顾寒山突然冒出一句。

向衡心里一动。他带着想法开车观察，这么大的范围，这么多条路，他也只能看个大概，最后确定特征，大家分头搜查是最快的办法。但如果顾寒山扫一圈可以先圈定些范围，当然会比他们扫街更快。

顾寒山报出了那五个小楼的具体地点，大家赶紧记下。向衡就着手上的地图分好区域，他与李新武他们一组搜查第一、二个地点，派出所那边搜查另外三个。葛飞驰应了，他给向衡留下了派出所那边负责人的电话，他会先行跟他们说好分工事宜。

事情沟通完毕，大家分头上车往目标地点去。

车子驶起来，顾寒山便问："为什么会像招待所、疗养院，还一间一间房间那种？"

"胡磊被诱骗，是因为他有强烈的求医渴望，他们总要有一个像样的地方让他相信，他们能满足他的渴望。所以那地方不能太差，干净、有基础医疗条件，能囚禁约束几个人，有医生、有护工之类的。虽然不会百分百一样，但在胡磊这样头脑发昏被骗得团团转的情况下，有个五六成的样子也能行。"

顾寒山点点头："希望你的判断没有错。"

"错了就接着找。"

顾寒山再点点头："希望你对我爸爸的案子也这么努力。"

向衡闻言不太高兴："顾寒山，你为什么选中孔明？"

"你不是说现在不是讨论孔明的时候？"

"先聊两分钟的。"向衡道，"二十分钟的长篇等以后。"

"你是说先批评两分钟的？"

向衡没好气："孔明的状态根本做不了证人，你以为我们傻吗？凶手当然也不傻。他不会冒险去把一个根本无法指证他的人灭口。你硬把一个无辜的、重病的人，拖进我们正在调查的命案里，就是为了把你爸的案子绑进来。你知道在派出所立案不可能，但如果跟正在调查的案件有关，就可以合并侦查。"

顾寒山看着窗外，没有否认。

向衡也在观察窗外，但不耽误他训人："你不能这样，顾寒山。你的行为可能会伤害到孔明。"

"他现在这样的状态，还能受到什么伤害呢？"顾寒山淡淡地冒出一句，显得冷血无情。

向衡真的生气，他抿紧嘴，不再说话。

一路观察，没有符合的建筑，但到了顾寒山说的第一个地点，还真有几分相符。小楼，干净整洁的围墙栅栏，墙外种着小花，没有招牌，楼门装着监控摄像头，摄像头的绿灯亮着。

向衡在小楼不远处停车，李新武在他斜对角停下，避开了摄像头的拍摄范围，形成一个对小楼包围的架势。

"你在车上不要下来。"向衡对顾寒山交代。他下了车，向李新武的车子打了一个手势，李新武会意，下车走到小楼的另一边观察，看了一圈，没看到什么异常，他绕回来，给向衡打了个手势。

向衡站在小楼前观望，一间间窗户，显示着里面是一间间屋子。有灯光，窗户紧闭，窗帘拉着。向衡朝小楼里面走去。李新武赶紧踱到门口准备接应，车上的另一名警察也下车戒备。

向衡进去了。没有动静。李新武也跟着进去。

过了好一会儿，两个人出来了。看起来这楼没有问题。

向衡一边朝车子走来一边给葛飞驰报告了情况。待他上车，看到顾寒山老老实实坐着，对她的气消了一大半："是个非法营业的小旅馆。"

顾寒山点头："那第二个吧。"

第二个地点位置比第一个更偏，整条街都没有道路监控，而那座小楼，还得从主路上拐进去，甚至连个路灯都没有。虽然拐进去没多远就是，但从大道上开车经过，确实不容易察觉。

向衡不禁问："这地方你刚才怎么看到的？"

"车子开过，眼角这个角度。"顾寒山比画了一下。他们现在已经开车经过这小楼的门口，有院子，院门紧闭，围墙挺高，门口墙上装着摄像头。

向衡没有停车，他继续向前开。李新武已经在拐角停车，等待向衡的指示。

顾寒山继续道："当时三楼的灯亮着，现在已经灭了。"

"你确定？"

"我肯定。"

向衡道："现在摄像头的灯也是灭的。"他试图开车绕院子一周观察，但绕到后面是死路，有土坡树木把绕到楼后的路堵上了。向衡下了车往那后面看了看，黑乎乎的，但似乎是一片荒地，有小树林和杂草，还有许多砖石建筑垃圾，稍远处有座小山头。向衡又看了看这高高的围墙，决定先探探院内小楼的情况。

向衡找了个隐蔽的地方停好车："我觉得很有可能是这里。"

"为什么？"

"直觉。"向衡说完看到了顾寒山不满意的眼神，又道，"前面是平房，站在这楼的三楼可以看到外头主路的情况。我们车子过去不久，迎面过来一辆警车，也就是说，我们经过之后，这楼里的人看到了警车在巡逻。这楼后背有山，左右有路。"

后面就不用多说了，向衡不再解释，他给李新武拨电话，交代好情况。然后他下车，对顾寒山道："别开门锁，别下车。"

顾寒山从包里掏出一个哨子挂脖子上："放心，有危险我就吹哨子。"

向衡一脸黑线："我只是去观察，一会儿就回来。要有什么行动也是等后援来了再议，你只要好好待着，在车里锁着门不会有危险。"

顾寒山挥挥手，赶他快走。

向衡转身，迅速潜进了墙角阴影处，朝小楼的大门跑去，与李新武会合。

四下昏暗，只有半明月光给他们照映这一方之地。向衡在大门门缝往里看，看不太清。

李新武也在观察，然后他给向衡打了个手势，指了指大门上的锁。

向衡一看，那锁闩向下倾斜着，似乎没扣上。向衡让李新武退后，他稍用力一推，大门嘎吱一声，推开了。

大门被推开的瞬间，院子里的灯突然亮了。

向衡和李新武皆一惊。两个人身形顿了一顿。

但也只是灯亮了，没有任何事情发生。四周非常安静。

向衡悄悄探身，从大门被推开的空隙钻了进去。进去后侧头一看，门背处连着线，有感应器，应该是这个门打开拉动了灯的开关。

向衡站在门背的阴影处，再次观察那栋楼，没有声音，未见人影。向衡当机立断："通知葛队，呼叫后援，都到这里来。"

李新武也不多问，向衡嘱咐他就照办。刚拨出电话，却听得楼后墙外响起了尖锐的哨子声。

李新武吓了一大跳，要说的话梗在了喉咙，葛飞驰在电话那头的"喂"与顾寒山的大叫声同时响起："屋顶！站住，别跳！"

向衡撒腿就往楼后头冲，一边跑一边挥手喝道："绕到外头追，堵好门，叫后援。"

李新武急得差点打转，向衡的话都没主语，但他听懂了，他大叫："小钟，来这里！注意观察，小心逃犯。我去支援向师兄。"

在外头大路转角警戒的警员应了一声,迅速奔来。

李新武说完那句话便沿着院墙往院后方向绕着跑,一边跑一边对着手机那头的葛飞驰叫道:"葛队,2号目标位置发现情况,呼叫增援!2号,2号,呼叫增援!"

尖锐的哨声响个不停。

向衡在哨声中冲到楼后,他刻意离楼体稍远,注意观察楼顶,没看到人。待跑到楼后,正看到一人滑着绳子落到一个搭在二楼窗台上的梯子上,那梯子斜着横架在围墙上,形成一个滑梯状。那人正顺着滑梯往下滑,一下就翻过了墙面。

"咚"的一声闷响,那人在墙外落地。

向衡只来得及看到一个男性身影,完全未看清相貌。

墙外哨声停了一停,顾寒山的声音响起:"段成华,站住!"

向衡心里一惊,冲刺的脚步丝毫未停,他冲向楼体,抓住了窗框向上攀,脚一蹬向上跃,抓住了梯子翻身而上,顺着梯子也滑向墙外。

墙外还有一个长梯,从墙头一直通到地面土坡上。

向衡一路滑了下去,那长梯有些颤颤悠悠的,向衡小心控制着平衡。

向衡落地,听到身后不远处李新武的呼唤:"向师兄!"

"我没事!"向衡一边应一边继续跑,"是段成华!"

向衡看到了前方的身影。有两个。

段成华高大的身影很显眼,他身后跟着顾寒山。顾寒山一边打着小手电筒追一边奋力吹着哨子,就像在撵一只丧家犬。

向衡简直要被她气死,他大喝着:"顾寒山!"

顾寒山仍在追,还吹着哨子。

段成华速度很快,顾寒山勉强没追丢,但越离越远,而向衡速度更快些,他追了上来。

段成华头也不回,完全没往后张望,只闷头向前冲。

向衡大喝着:"段成华,站住!别跑了!我知道发生了什么!"

段成华根本不听,他奋力跑着,穿过小道,奔过布满建筑垃圾的杂乱草坪,前方视野开阔,月亮照亮前路。

向衡跑到顾寒山身边,越过她,再跑一段,离段成华只两臂之遥,正待一个冲刺猛扑把他拿下,却惊见前方一个大坑,向衡大叫:"小心!"

段成华似乎是一惊,脚下顿了一顿,但已经来不及,他直直摔了进去。

"噗"的一声闷响,伴随一声惨叫。

向衡冲到坑边，紧急刹车，晃了一晃这才稳住脚步。他探头一看，目瞪口呆。

建筑垃圾从路边一直填到坑里，几根插着钢筋的大水泥块像是死神在坑底等待着段成华。钢筋穿透了段成华的身体，鲜血迅速染红了他的身体。

他的脸朝下，向衡看不到他的脸，无法确认他的身份。

向衡转头看向顾寒山。顾寒山终于不再吹口哨，但仍举着那小巧的手电筒，她似乎能看懂向衡的表情了，道："就是段成华，我看清了他的脸。"

向衡气呼呼的，生气顾寒山不听话乱跑，但是她帮他们发现了段成华，这气就没法说了。可是发现了也没来得及把段成华抓到，眼睁睁看着他这样丧命，他更气，气自己速度没能更快一些。

"他不是正常人的反应，他被控制了。"顾寒山又道。

向衡一愣："你说什么？"

李新武刚刚赶到就听到这句，也愣了。

"他的情况不正常。"顾寒山道，"他很平静地走到楼顶边上，我一吹哨子向你们示警，冲他大喊，他才突然发疯一样快速行动。他跳下墙的时候根本不看我，就像我是透明的。他没有表情，对危险的梯子不紧张，对噪音的刺激没反应。"

李新武挪到坑边看了一眼，那下面的惨状让他脸一白，差点吐了出来。他赶紧退后，稳了稳，道："我跟葛队报告一声。"

顾寒山转身朝那小白楼跑去："屋里有人吗？抓住他。或者有什么别的东西，段成华被控制了！"

向衡赶紧跟在她身后追："顾寒山！"

当向衡与顾寒山跑回小白楼，小白楼已经被派出所的警员们包围了。

向衡让顾寒山后退，站在院外边，想了想又让她回来，在他视线范围内待着。顾寒山很想进楼查看，闻言不满，皱着眉嘀咕她不是小孩子，她是具备专业知识的成年人。

向衡正找现场负责的警员沟通，听到她在一旁唠叨，气得掏出一张纸塞她手里："你自己看，这什么！"言罢再不理她，径自跟现场负责人交谈起来。

顾寒山展开那纸一看，是她签的委托书，委托向衡做她24小时的临时监护人，以防她出了什么意外没人为她安排处理各项事务。

顾寒山淡定看完，默默把那纸折好，塞回包里。

监护人有什么了不起，还不是她给的。

派出所只将这地方包围，不让人进出，等待着指示再做进一步行动。在他们包围现场这短短时间里，没看到有人，没听到声音。楼里静悄悄、黑乎乎的。

向衡重新做了些现场调度安排，把楼后一直通往段成华身亡处的地点做了封锁，又调人对四周扩大范围做搜查。

更多的警力到达，葛飞驰也已经在路上。李新武过来问向衡是否对楼里进行搜证，向衡拒绝了。

向衡向葛飞驰报告情况，说周围和楼外都没有新发现，他建议报特警过来，排除楼里危险后，再放人进去。

"你觉得有什么问题吗？"葛飞驰问。

"情况有些奇怪，我觉得小心一点好。"向衡道，"假设段成华之前站在三楼看到警车经过，知道这个地方很快会暴露，他还有一点时间做销毁证据的准备。我推开院门，院子里的灯亮了，这告诉他，警察来了，于是他偷偷跑掉。可他什么都没带，连个包都没有。证据呢？"

葛飞驰顺着他的语气也问："证据呢？"

"在这楼里。"向衡道，"他就这样把一楼证据留给我们了？不奇怪吗？"

"他可能已经烧没了……"葛飞驰的话还没说完，只听得"砰"的一声巨响，小白楼爆炸了。

众人吓得全都本能矮身躲避，离得稍近的人被气浪冲击倒地，但大多数的人离得远，毫发未伤。倒地的那些爬了起来，所幸也只是有些小擦伤。

大楼窗户迸裂，墙体炸穿，此时冒出熊熊烈火和浓烟。火势蔓延很快，转眼便吞没了整个楼，显然楼里有助燃物。

所有人目瞪口呆。李新武瞪着楼，又转头看向衡，这位就是救命恩人呀。

向衡叹气，对电话那头的葛飞驰道："楼炸了，不用叫特警，叫消防吧。"

他说着，转头寻找顾寒山的身影。

顾寒山直挺挺地站在熊熊燃烧的小楼前，火光映着她的脸，在她眼底蹿出火花。

葛飞驰终于赶到现场。

向衡与李新武带他走了一遍他们追逐段成华的路线，把所有情况和细节与他说了，最后三人站在段成华陈尸之处，看着段成华的尸体静默无语。

尸体还没能搬上来，坑底的建筑垃圾有水泥块、钢筋、铁架等等，非常危险，需要组织人员、准备工具、搭好架子才能把尸体移上来。此时警员们正在想办法在附近架灯，有照明才好展开工作。

葛飞驰一时不知道该说什么，心里庆幸今晚没有警员伤亡。他看了看向衡，不禁拍了拍他的肩。这家伙的直觉，真的可以。

葛飞驰转身寻找顾寒山的身影，那姑娘站在不远处，正在看着他们。

"跟顾寒山问过话了吗？"葛飞驰问。

"问过了。"向衡道，"她说自己坐在车上觉得不放心，便想帮助到处看看。她从土坡的树旁钻过来，站在那里时看到楼顶有人。然后院子里的灯亮了，那个人开始往楼后移动，她就向我们示警。"

李新武道："她一直在吹哨子，她说觉得那个人很不对劲，她想用吹哨子的办法阻止他。"

"嗯。"葛飞驰点点头，"她说她想阻止他？"

"对。"

"可你们都没看到段成华的状态，对吧？"葛飞驰问。

"是的。"向衡道，"我跳出院子在外头追上，才看到段成华背影，由始至终我都没看到他的脸。"

李新武补充道："我当时绕过来时，站在坡上特意看了看屋顶，那上面没有人。"

葛飞驰不说话了。

李新武问："葛队，有什么问题吗？"

葛飞驰叹气："我在想报告怎么写。"他看了向衡一眼。

向衡不说话。

葛飞驰领头往回走，向衡和李新武跟在他身后。不远处的顾寒山默默地跟着他们走。

一行人钻过那个长着大树和灌木的小土坡时，葛飞驰停了停，琢磨了一会儿，继续往前走。

向衡这时道："怪我，如果当时我先从这里钻过去查看一番，就能看到梯子。那就能堵住段成华了。"

葛飞驰揽过向衡的肩头，把他往旁边带，轻声道："不怪你，这个地方怎么看都是死路，正常人第一反应都不会往后面钻。"

向衡看了他一眼，两个人都明白对方在想什么。

葛飞驰用下巴指了指正灭火的小白楼："处理这个估计得一晚上，一把火烧得乱七八糟，里面的取证麻烦大了。顾寒山在这里也没什么用，你先送她回去，让她等我们通知，后头还需要她到局里来录份笔录。今天发生了太多事，有好多细节还得问清楚。"

"好的。"向衡应了。

葛飞驰压低声音："我知道你相信她，我也信她。但这事情太诡异了，我们得小心处理。"

"我明白。"

向衡把顾寒山送回家去了。

两人一路无语,各有心思。

进到了电梯里,向衡终于忍不住问:"你没有什么想问的吗?"

顾寒山淡定看他一眼:"我是个证人,应该你们向我提问。而我已经回答了你们的问题,如果你们有什么补充要问的,你们再问好了。"

"有很多要问的,这两天你不要乱跑,等我们消息。应该还需要你到局里做份笔录。"

"没问题。"顾寒山道,"简教授也得做笔录吧,你们得认真问问他。还有孔明的医生许光亮,还有孔明。"

"他们说孔明无法正常与人交流。"

"有些人也觉得,与我无法正常交流。"

向衡:"……"这是什么值得骄傲的事吗?

"那些医生护士对孔明很耐心的。"顾寒山道,"他们喜欢他,不喜欢我。有时候他们能猜到孔明想表达的意思。所以,不存在完全不能交流的情况,只要有心,只要有迫切的想交流的意愿,都能办到的。"

向衡明白她的意思了,他点点头,又问:"那你呢,你有什么孔明的事能直接告诉我的?"

"所有技术的精进都是经过了刻意练习,向警官。"顾寒山道,"练习的过程都会有记录的。你今天看到对我的检查了吗?每一项都是有记录的。"

向衡忽然明白了顾寒山给他监护人委托的另一个用意。她做的事,都有目的。

想到这一天发生的事,向衡有些生气,他告诫自己得耐心一些,最重要的是要解决问题。

出了电梯,到了顾寒山家门口,向衡看着顾寒山掏钥匙开门。

顾寒山看他没有要走的意思,问他:"你要进来吗?"

"要的。有些话需要跟你聊一聊。"

顾寒山开门进屋,侧了侧身,示意向衡可以进来。

向衡跟上次一样,在玄关脱了鞋,踩着袜子走了进来。顾寒山看着他的脚,向衡有些别扭,但装作无事。他进去了,把屋子里各房间都看了一遍,确认安全,这才回到客厅。

顾寒山一直看着他,没阻止,待他回来,这才问:"你觉得我会有危险?"

"依你这种到处挑衅试探反应的行为，很有可能。"向衡道。

顾寒山淡定道："我倒是挺期待的，可惜没人来。"

向衡把到了嘴边的话先咽回去，再次告诫自己不能生气，他得先想好再说。

向衡看了看茶几上的那几张照片。与上次他来时一样，那些照片都还在原位，没动过。

顾亮，还有顾亮与顾寒山。

顾寒山还是婴儿时，去公园时，上大学时。

向衡站在那儿看了一会儿，顾寒山没说话。

向衡问："你选这几张照片，有什么用意吗？"

"不是我选的，是我爸爸摆在这里的。我没有动过。"

向衡看了看她："他还选了一张自己的单人照摆在这儿？"

"是的。"顾寒山道，"这照片是我拍的，他觉得这张最帅。那是为我第一次单独在家做的准备，疏解我的分离焦虑，表示他还在陪着我。"

向衡怔了怔，居然是这个原因："有用吗？"

"没用。"顾寒山道，"我还是躲进了衣柜里。"

向衡默了默。他再看了看其他照片，只有顾亮抱着婴儿顾寒山的那张照片是合影，其他顾寒山去游乐园的照片，顾寒山在大学门口的照片，全是单人照。

"这两张是你爸爸拍的？"

"是的。"

"第一次愿意去游乐园，第一次正式独立上学？"

"是的。"

原来如此。原来单人照也有意义，依然表示着陪伴，也见证着顾寒山父女二人共同的努力和取得的进步。

"我爸抱着我的那张照片是我妈妈拍的。"顾寒山指了指那张照片，道，"不是贺燕，是亲生的那个妈妈，已经离婚走掉的那个。她叫许思彤。"

向衡转头看她："她跟你有联络吗？"

"没有。"顾寒山语气冷淡。

"你爸去世后，你也没有跟她联络过吗？"

"没有。"顾寒山仍是冷淡。

向衡再问："那你爸爸呢？你爸爸跟她有联络吗？"

"我小时候他们还联系的。因为我的病，有时候需要许思彤的一些配合。"

向衡有些好奇了，他问："需要她配合什么？"

"家族病史，基因检测，脑部扫描之类的。"顾寒山道，"简教授的各种检查,特别细致,要查的东西比较多。"

"那你妈妈,都配合了吗?"向衡问。

"配合了,她按要求在国外做了检测,然后把检查结果报告发过来。不然我爸不会放过她的。"顾寒山反问,"你怀疑是许思彤吗?因为我爸爸曾经骚扰她?不会的,那都是好多年前的事了,后来他们就再没有联络过。而且许思彤连回来都不敢,她都不敢回来看看我,生怕一回来我爸爸就让她分担抚养看护责任。我爸死了对她一点好处都没有。这么多年她对我们不闻不问,不会是她的。"

向衡沉默了一会儿:"你怪她吗?"

"没有。我感觉她跟我没什么关系。"顾寒山道,"向警官,我跟你说过,你不知道我从前是什么样子。我真的,特别特别麻烦。别的小朋友去游乐园都开开心心,只有我大哭、大叫。我狂躁起来的样子,连成年壮汉都害怕。我爸说,一公园的小朋友都被我吓哭,好多家长抱起孩子赶紧跑。我不想接近他们,他们也不敢接近我。"

她停下来看了看向衡。

向衡没有大惊小怪,没有异样表情,很平静地在听她说。

顾寒山便继续说:"我不能跟别人接触,不喜欢玩,任何对小朋友来说热闹高兴的事对我来说都是折磨。我愤怒、痛苦,我会攻击别人,伤害自己。我听我爸说,我婴儿的时候,在家也是这样,不停哭闹,吵得要掀翻屋顶。邻居每天都来投诉,他们不得不给家里加装了隔音设施。那时候他们不明白我怎么了。只有等我睡着了,他们才能解脱一小会。他们带我去看医生,从我婴儿时期开始就不停看医生。请各种保姆、育婴阿姨,可那些人大多数干了一两天就走了,最短的只待了一小时就吓跑了,最顽强的那个,坚持了一星期。我爸说过,放弃我,是正常人都会做的选择。"

顾寒山停了下来。向衡看着她。她没有表情,仿佛在说别人的事。

向衡真心赞叹:"你爸爸很了不起。"

"他也是这么说。"顾寒山道,"我爸说,所以老天爷才会把这么重要的我托付给他。"

天选之子吗?向衡不知该说什么才好。这位父亲,就是用这样的理由鼓励自己坚持下来的?也是用这样的理由来鼓励女儿?

寒山。

所以他为她改了这个名字。

你不融于俗世,但这世上总有你的容身之处。别人不懂你,但爸爸懂你。

"向警官。"顾寒山问他,"你有什么话就直说吧。"

向衡呼吸了一口气:"顾寒山,我有一个猜测,我需要跟你好好沟通一下。"

"沟通什么?"

向衡默了一会儿,酝酿了一下措辞,他看着顾寒山的眼睛,她的眼神单纯清澈,但向衡知道那不是真实的顾寒山。

"顾寒山。"向衡道,"我想跟你重复一次我的保证。我已经了解了你爸爸去世的情况,我也觉得这里面有些疑点,我会尽自己最大的努力去查出真相。那么,你掌握的所有情况和细节,包括你的猜测,能够全部告诉我吗?"

顾寒山眼神闪了闪:"我以为你会问我今天发生的事情。"

向衡摇头:"你所有的行为,背后都有一个动机。不解决那个动机,各种行动还会出现。过去的、今天的、还有以后,还会发生各种各样的事。头痛医头,脚痛医脚不是办法,我们一直跟在你后头收拾烂摊子,不断有新事件要调查。这样既没有效率,也会影响侦查结果。"

顾寒山看着他。

向衡道:"所以我们还是先来解决最根本的问题。我知道你想要什么,但你掌握了什么,你有什么猜测,或者你还有什么计划,你得告诉我。我们必须好好合作,才能把你爸去世的谜团解开。你对警方有很多隐瞒,这对你爸爸的案子没有帮助,我希望你能明白这一点。"

顾寒山不说话。

向衡继续道:"你在地铁监控里找什么?你说让我帮忙查的那个号码,是什么号码?你对简教授的怀疑,具体还有什么线索?还有,除了梁建奇、宁雅、简教授,你还有什么调查目标?"

顾寒山默了一会儿,道:"所有我能告诉警方的事,我都告诉了。所有能帮警方的,我都帮了。"

"顾寒山。"向衡唤她。

顾寒山摇头。

向衡皱起眉头,沉默了一会儿,叹了口气:"顾寒山,按时效,我现在还是你的临时监护人。以下这些话,是我作为监护人对你说的,希望你能认真对待。"

"你说说看。"

向衡道:"我对你的承诺依然有效,但我需要你答应我一件事。"

顾寒山听着。

"如果,我是说如果,你有什么要越界的想法,比如,你想通过做一些违法犯罪的事来达到你的目的,你想做的事,是不合法的、危险的、会造成严重后果的……比如用极端方式复仇,比如任何惩罚了嫌疑人但是会毁了你后半生的行为。"向衡顿了一顿,他看到了顾寒山眼底的情绪,他慢慢地、几乎一字一句地道,"你给我打一个电话,如果你不愿意,那你什么都不用说,但要给我示个警,给我一个阻止你的机会,好吗?"

这个台阶,给得相当友善诚恳了。

顾寒山定在那里,直直地看着他。

"希望在那发生之前,我能够得到你的信任,可以提前说服你。"向衡道。

顾寒山几乎没什么表情,过了一会儿她问:"你怎么会这么想?"

向衡道:"你这么努力帮助警方想获得信任和好感,说明你非常需要警方的帮助,但你却这里藏一点,那里藏一点,不但有所隐瞒,还跟警察玩捉迷藏。这不合理,很矛盾。"

"合理的,不矛盾。我这人不正常,有时忍不住会恶作剧,很多人都生我的气。新阳不少医生护士都可以为我做证。"

"不是的,顾寒山。我告诉过你,我是神探,料事如神。我确定你有非常危险的想法,并且下定了执行的决心。所以你不能全部都交代出来,这样警方会把所有人都控制住,然后你就没机会了。可你确实还需要跟警方合作,想借警方的手帮你调查,但你最后要抢在警方的前面——就像今晚孔明这事一样。这不过是你练手的一个部分。你想做的事超出了正当的范围,是法律不允许的,所以你只有一次机会。这也是为什么你有很多怀疑的对象,但你都能沉得住气,你想找到最值得下手的那一个。"向衡盯着顾寒山道。

可顾寒山没表情,她冷静道:"你不能主观臆测我的想法,而且还这么负面。实际的情况是,我对警方不够信任,我怕你们把事情办砸了,打草惊蛇,最后让幕后黑手跑了。我爸的案子如果这么好查,两年前就该立案把所有嫌疑人都抓起来,到现在都该开庭了。可惜,连立案的条件都没有,这是'完美犯罪'。"

"这世上没有'完美犯罪'。"

"那为什么有些陈案到现在都没能抓到凶手?五年、十年、二十年、三十年……那些人仍然逍遥法外。我在公开的媒体记录里就看到过67件,你需不需要我背给你听?"

"不用背。"向衡相信她真能背出来,真是要被她气死,怎么就这么会顶嘴呢。

顾寒山非常淡定,丝毫不被向衡的怒气影响:"你能认同我有努力在帮助警方就好,这确实是我在做的事。不用谢。"

"你干扰警方办案,扰乱办案秩序也是事实。"向衡道,"顾寒山,你知道新阳重症楼的密码,你随身带着作案工具,播放器里还有你剪辑准备好的刺激音乐,你随时寻找着时机。不是今晚也会是别的时候，你总要把孔明带到我们面前。但你可以直接跟我说，你不需要用这样的方式来完成这事。"

"直接跟你说什么？你们没有合理理由，连重症楼大楼都进不去。"

向衡被噎得，还真是：“理由总能找到，我们警方的办案方法有很多。"

"这话都不值得反驳。"顾寒山的语气让向衡气死。

顾寒山还要继续火上浇油：“我今晚什么错事都没做，我只是偶遇了孔明。我还帮你们找到了段成华，虽然他死了，但我已经尽力了。我不接受任何指控，你要是找到任何证据就逮捕我，不然就别说太多废话，毫无意义。"

向衡瞪着顾寒山。顾寒山淡定回视他。

向衡猛地转身走到落地窗前看向窗外，他不想跟她吵架，他需要解决问题，并不是跟她争个输赢。

顾寒山看着他的背影。

他叉着腰，肩膀宽阔，一头短发在灯光的照映下显得黑亮有光泽。地上有他的影子，落地窗上有他隐约的照面。

那是从前爸爸很喜欢站的位置。他生她的气，但忍着不想发脾气，就这样站在那里，叉着腰瞪着窗外。等他平复好心情，他会转过身来唤她的名字，然后跟她讲道理。

他太喜欢讲道理了，她不爱听，但他要讲，就让他讲吧。

无数的画面将顾寒山包围，她的爸爸将她拥抱："寒山。"

她爸爸死了。杀害他的凶手必须被惩罚。

以命偿命，是最公平的结果。

顾寒山看着向衡的背影，在心里数着数，稳定着自己的状态。她很努力了，非常努力。

向衡忽然转身，顾寒山看着他的脸，她脑中的画面涌入了许多向衡的内容，与她爸爸的交汇在一起。

"顾寒山。"向衡唤她。

顾寒山没说话。

向衡朝她走来，走到茶几这儿。

他低头看了看茶几上面的照片，顾寒山顺着他的视线看去。

"这里全是你一生中最重要的时刻，从出生到现在。"向衡道。

"是的。"顾寒山在心里应着，那时候爸爸还在。

"还应该有未来，还应该再增加一些照片。"向衡道，"比如你在法庭外拿着审判书取得胜利的照片，比如你大学毕业的照片。"

顾寒山抬眼看着向衡的脸。她脑中无数画面翻腾，那都是过去。记忆里只有过去。未来，那是想象的范畴。

她的未来，没有爸爸了。谁在乎呢，只有她自己在乎。向衡的目光给她一种坚定而温柔的感觉，她在心里问他："是吧？"

向衡看着顾寒山的眼睛："你该好好生活，把这些照片摆上来。你不该变成尸体，也不该变成囚犯。你和我相识时间不长，我知道我现在无法改变你的想法。可你一直在让我了解你爸爸，你知道你爸爸伟大、了不起，用他的魅力比较能感染到别人，引发同情，获得帮助。但这也让我相信，这样的爸爸养育出来的女儿，肯定会做出聪明的选择。我只有一个要求，如果真有那么一天，提前给我一个电话，给我有机会阻止你。"

顾寒山看了向衡很久，她在心里再次问他："谁在乎呢？"

向衡没说话，他在等着她。

顾寒山忽然道："上一次，最后一次，用我的手机打给我爸爸的电话，让我爸爸去世了。"

向衡的心被触动，顾寒山有着冷静的表情，平淡的语调，但就是能让他变得柔软耐心："不一样的，顾寒山，不一样的。你可以打给我。"

顾寒山再度沉默地看着他，这次时间更久，久到向衡有些忐忑，久到顾寒山脑子里的画面慢慢淡去。

顾寒山忽然道："我曾经想过很多次，如果死去的人是我，我爸会怎么做？"她顿了顿，"每一次我都很肯定，他也会为我复仇的。而且说不定现在他已经完成了。"

向衡张了张嘴，又闭上了。

顾寒山继续道："我除了拥有完美记忆，其他一无是处。我爸不一样，他非常优秀，长得帅，有学识，善解人意。他能体会人的情绪，读懂对方的表情，他总能抓到对方的弱点，找出漏洞。他有很多朋友、资源，大家都喜欢他崇拜他，都愿意帮助他。他甚至还能再生一个孩子，正常的孩子。我的生命毫无意义，他不一样。如果我们对调了该多好。"

"不是的，顾寒山。"向衡道，"怎么会没有意义。你看了街面一眼，看到一个狂奔逃跑的罪犯，你改变了许多人的命运。"

顾寒山看着他。

"你非常重要，顾寒山。非常非常重要。"向衡道。

顾寒山默了许久，道："后来我想明白为什么命运这样安排。因为我爸这么优秀这么好，他不该承受这样的痛苦。所有的事都是有交换条件的，他对我这么好，所以这痛苦由我来承担。"

向衡觉得非常心痛,他柔声道:"让我帮助你,顾寒山。"

顾寒山终于点了点头:"我答应你。"

"答应我什么?"向衡问。

"我答应,如果真有那么一天,我打算做违法犯罪、会引发严重后果的事,我给你打个电话。"顾寒山说着,看了看落地窗前。

爸爸在她脑子里站在那个地方看着她,而眼前,是向衡看着她。

"我给你一个,阻止我的机会。"顾寒山道。

向衡离开了。

顾寒山坐在了客厅地板上,面对着茶几,看着茶几上爸爸的照片,沉默许久。

照片里,顾亮在微笑。他看着自己的女儿。

"他想阻止我,爸爸。"顾寒山轻声说,"他居然想阻止我。"